Bücher von Tina Folsom

Samsons Sterbliche Geliebte (Scanguards Vampire – Buch 1)

Amaurys Hitzköpfige Rebellin (Scanguards Vampire – Buch 2)

Gabriels Gefährtin (Scanguards Vampire – Buch 3)

Yvettes Verzauberung (Scanguards Vampire – Buch 4)

Zanes Erlösung (Scanguards Vampire – Buch 5)

Quinns Unendliche Liebe (Scanguards Vampire – Buch 6)

Olivers Versuchung (Scanguards Vampire – Buch 7)

Thomas' Entscheidung (Scanguards Vampire – Buch 8)

Ewiger Biss (Scanguards Vampire – Buch 8 1/2)

Cains Geheimnis (Scanguards Vampire – Buch 9)

Luthers Rückkehr (Scanguards Vampire – Buch 10)

Brennender Wunsch (Eine Scanguards Hochzeit)

Blakes Versprechen (Scanguards Vampire – Buch 11)

Schicksalhafter Bund (Scanguards Vampire – Buch 11 1/2)

Johns Sehnsucht (Scanguards Vampire – Buch 12)

Ryders Rhapsodie (Scanguards Vampire – Buch 13)

Damians Eroberung (Scanguards Vampire – Buch 14)

Graysons Herausforderung (Scanguards Vampire – Buch 15)

Isabelles Verbotene Liebe (Scanguards Vampire - Buch 16)

Geliebter Unsichtbarer (Hüter der Nacht – Buch 1)

Entfesselter Bodyguard (Hüter der Nacht – Buch 2)

Vertrauter Hexer (Hüter der Nacht – Buch 3)

Verbotener Beschützer (Hüter der Nacht – Buch 4)

Verlockender Unsterblicher (Hüter der Nacht – Buch 5)

Übersinnlicher Retter (Hüter der Nacht – Buch 6)

Unwiderstehlicher Dämon (Hüter der Nacht – Buch 7)

Ace – Auf der Flucht (Codename Stargate – Band 1)

Fox – Unter Feinden (Codename Stargate – Band 2)

Yankee – Untergetaucht (Codename Stargate – Band 3)

Tiger – Auf der Lauer (Codename Stargate – Band 4)

Ein Grieche für alle Fälle (Jenseits des Olymps – Buch 1)

Ein Grieche zum Heiraten (Jenseits des Olymps – Buch 2)

Ein Grieche im 7. Himmel (Jenseits des Olymps – Buch 3

Ein Grieche für immer (Jenseits des Olymps - Buch 4)

Der Clan der Vampire (Venedig 1 – 5)

Begleiterin für eine Nacht (Der Club der Ewigen Junggesellen – Buch 1)

Begleiterin für tausend Nächte (Der Club der Ewigen Junggesellen – Buch 2)

Begleiterin für alle Zeit (Der Club der Ewigen Junggesellen – Buch 3)

Eine unvergessliche Nacht (Der Club der Ewigen Junggesellen – Buch 4)

Eine langsame Verführung (Der Club der Ewigen Junggesellen – Buch 5)

Eine hemmungslose Berührung (Der Club der Ewigen Junggesellen – Buch 6)

Umkehr des Schicksals (Time Quest - Band 1)

Vorbote der Bestimmung (Time Quest - Band 2)

AN ALL MEINE WUNDERVOLLEN LESER*INNEN

Danke dafür, dass ihr meine Arbeit unterstützt und mir somit erlaubt, euch mit den fiktiven Welten, die ich erschaffe, zu unterhalten.

Dies ist wahrlich der beste Beruf in der ganzen Welt!

Tina Folsom

Isabelles verbotene Liebe

Scanguards Hybriden - Band 4

Scanguards Vampire - Band 16

Tina Folsom

1

Die Wunde war schlimm und blutete stark. Aus tiefen Schnitten in der ansonsten perfekten Haut sickerten Rinnsale von Blut. Der Duft stieg ihr in die Nase und wirkte sich auf unerwartete Weise auf sie aus. Er war schwer verletzt und obwohl sie um sein Wohlergehen besorgt war, konnte sie nur daran denken, wie sein Blut schmecken würde. Würde es süß oder würzig sein? Reichhaltig und lecker? Sie war sicher, es war all das.

Isabelle ließ ihren Blick über den

blutenden Unterleib zu der geformten Brust gleiten, bevor ihr Blick auf der pulsierenden Halsschlagader verweilte. Sie löste den Blick davon und hob die Lider, um sein Gesicht anzusehen. Orlandos blaue Augen fixierten sie. Er hatte sie dabei ertappt, wie sie ihn mit so unverhohlenem Verlangen, solchem Hunger und solcher Begierde ansah. Als sie erkannte, dass ihm bewusst war, was sie wollte, spürte sie, wie ihr Puls zu rasen begann und ihr Herz gegen ihren Brustkorb schlug wie der Drummer einer Rockband. Doch er wich nicht zurück, hielt sie nicht auf, als sie ihr Gesicht auf seine Bauchwunde senkte, obwohl er wissen musste, was sie vorhatte.

„Ich muss die Wunde verschließen", murmelte sie. Sie wussten beide, dass das nicht der Grund war, aus dem sie es tat.

Der Geruch des Blutes war jetzt intensiver. Es hatte etwas Metallisches an sich, obwohl es sich vollkommen von menschlichem Blut unterschied. Sie wollte es, wollte ihn kosten, ihn erkunden. So lange sie sich zurückerinnern konnte, liebte sie den

Geschmack von Blut, obwohl sie noch nie zuvor ein solches Verlangen verspürt hatte. Es hatte ihr noch nie nach Vampirblut gelüstet. Aber jetzt verspürte sie diese Begierde mit einer Dringlichkeit, als hinge ihr Leben davon ab.

Ohne Zurückhaltung leckte sie das Blut auf, das aus der Bauchwunde strömte, und leckte über die Schnitte, die die Klauen eines Vampirs hinterlassen hatten. Sofort erwachte alles Weibliche in ihr, als wäre sie Dornröschen und der Kuss eines Prinzen erweckte sie gerade wieder zum Leben. Aber der Mann unter ihr war kein Prinz. Er war ein Vampir. Ein sehr maskuliner. Ein starker. Jede Zelle ihres Körpers erhitzte sich. Es fühlte sich an, als würde in ihr ein Feuerwerk entzündet. Als ob dies das erste Mal wäre, dass sie sexuelles Verlangen verspürte. Dabei war sie weit entfernt davon, noch Jungfrau zu sein. Vor ihrem einundzwanzigsten Lebensjahr, bevor ihr Vampirhybriden-Körper aufgehört hatte zu altern und in seiner endgültigen Form erstarrt war, hatte sie schon zahlreiche sexuelle Erfahrungen gesammelt. Jetzt, mit fast vierunddreißig, war sie eine erfahrene Frau mit gesunden Bedürfnissen und Wünschen, die sie regelmäßig mit menschlichen Männern stillte, die sie in Bars oder Clubs aufriss.

Sie hatte einige ihrer Liebhaber gebissen, aber dies hier war anders. Dieser Mann war ein Vampir. Und sein Blut zog sie zu ihm hin. Als sie über die verletzte Haut leckte und das reichliche Blut aufsaugte, spürte sie bereits, wie sich die Form der Schnittwunden unter ihren Lippen veränderte. Die Haut heilte dank ihres Speichels, dessen heilende Eigenschaften genauso wirksam waren wie die eines vollblütigen Vampirs.

Isabelle strich mit ihren Händen über Orlandos Cargohose, hielt sich an seinen Hüften fest und drückte ihn auf das Sofa, damit er nicht entkommen konnte. Doch Orlando bewegte sich trotzdem; seine Hüften hoben sich. Plötzlich rieb etwas Hartes an ihren Brüsten. Ihr Atem stockte und sie wich zurück und schaute nach unten. Dort, hinter dem Reißverschluss seiner Hose, sah sie die

Beule, die sich gebildet hatte: ein Ständer von gewaltigen Ausmaßen.

Unfähig zu widerstehen, legte sie ihre Handfläche darüber und drückte seinen Schwanz.

„Verdammt, Isabelle!"

Orlandos gestöhnter Ausruf klang nicht wie eine Zurechtweisung, sondern eher wie eine Einladung. Sie drückte ihn erneut. Sie konnte sich nicht zurückhalten, öffnete den Knopf und zog den Reißverschluss nach unten. Er trug keine Unterwäsche. Sie holte tief Luft, gleichermaßen überrascht und erfreut. Sein Schwanz war lang und dick. Lilafarbene Adern schlängelten sich um den schönen Schaft und an seiner Spitze glitzerten Tropfen seines Spermas.

Isabelle legte ihre Hand um die Wurzel und bemerkte, wie Orlandos Atem sich beschleunigte. Seine Reaktion gefiel ihr. Sie hatte es schon immer geliebt, einen Mann vor Verlangen in den Wahnsinn zu treiben, aber bei Orlando ging es um mehr als nur das. Sie wollte, dass dieser starke Vampir mit dem riesigen Körper sich ihr unterwarf, um mehr bat und süchtig nach ihrer Berührung wurde.

Sie konnte nicht länger warten, legte ihre Lippen um die Spitze seines Schwanzes und nahm ihn tief in ihren Mund, wobei ihr Speichel seine Haut bedeckte und den Abstieg geschmeidig machte. Er schmeckte verboten, und sie liebte den Geschmack. Ein Stromstoß fuhr durch ihr Innerstes, wo er jede Zelle erfüllte, bis er ihren Kitzler erreichte und ihn vor Verlangen pochen ließ.

„Fuck!", fluchte Orlando

Einen Moment später waren seine Hände auf ihr, zerrten an ihrem Oberteil und rissen es in Fetzen. Ihr wurde klar, dass sie keinen BH trug, obwohl sie hätte schwören können, dass sie zuvor einen getragen hatte. Ihre Brüste waren von harten Brustwarzen gekrönt, die sich jetzt nach seiner Berührung sehnten. Große, warme Hände umschlossen sie und sie seufzte erleichtert, bevor sie mit eifrigen Bewegungen weiter an seinem Schwanz lutschte.

Plötzlich drückte Orlando sie zurück, sodass sie ihren Halt an seiner Erektion verlor. Bevor sie protestieren konnte, gruben sich seine Krallen in ihre Hose und er zerriss sie, genau wie er ihr Oberteil zerrissen hatte. Kühle Luft wehte gegen ihre erhitzte Haut, während ihr Herz weiterhin in ihren Ohren donnerte.

„Isabelle ...“

Als sie Orlando in die Augen sah, sah sie, dass diese golden schimmerten, ein klares Zeichen von Erregung und Verlangen. Das Rascheln der Kleidung ließ ihren Blick zu seiner Hose wandern. Jetzt war auch diese zerfetzt, und sie war diejenige, die es getan hatte – mit ihren Fingern, die sich in scharfe Krallen verwandelt hatten. Sie hatte nicht einmal bemerkt, dass ihre vampirische Seite zum Vorschein gekommen war.

Im nächsten Augenblick setzte sie sich rittlings auf ihn und spießte sich auf seiner steinharten Erektion auf, wobei sie mit solcher Kraft zustieß, dass mit einem lauten Stöhnen alle Luft aus ihrer Lunge strömte.

„Isabelle!“

Sie hörte ihren Namen, aber sie konnte jetzt nicht aufhören, musste ihn reiten, als würde der Teufel sie verfolgen. Schweißperlen bildeten sich auf ihrem Hals und liefen zwischen ihren Brüsten hinab, wo sie ein kleines Rinnsal bildeten. Orlandos Lippen umfassten eine Brust und saugten den harten Nippel in seinen Mund, während er ihre Brüste mit beiden Händen drückte und sie streichelte wie ein Mann, der wusste, was ihm gehörte. Seine besitzergreifende Berührung war berauschend und spornte sie noch mehr an, ließ sie ihn noch schneller reiten.

„Isabelle!"

Sie warf einen Blick auf ihn hinab, aber seine Lippen waren immer noch um ihre Brustwarze gelegt und saugten an ihr, als könnte er nicht genug davon bekommen. Es war nicht Orlando, der ihren Namen gerufen hatte.

„Isabelle!"

Diesmal erkannte sie die Stimme. Noch immer auf Orlandos Schwanz aufgespießt, wirbelte Isabelle ihren Kopf herum und blickte über ihre Schulter. Ihre Mutter Delilah stand in der offenen Tür und starrte sie an.

„Isabelle!"

Isabelle richtete sich auf und öffnete die Augen. Einen Moment lang wusste sie nicht, wo sie war.

„Geht es dir gut, Isa?", fragte Delilah mit Besorgnis in ihrer Stimme. Sie stand nur ein paar Meter von ihr entfernt.

Isabelle blinzelte. Sie lag allein in ihrem Bett, ihr Nachthemd klebte an ihrem schweißüberströmten Körper. „Mom."

„Dein Wecker hat geklingelt. Hast du das nicht gehört?"

Isabelle warf einen Blick auf den Nachttisch, auf dem ihr Handy lag.

„Ich muss wirklich müde gewesen sein", sagte sie schnell und hoffte, dass ihr nicht ins Gesicht geschrieben stand, dass sie einen sexuellen Traum von niemand anderem als Orlando, einem Angestellten ihres Vaters, gehabt hatte. Orlando, der Vampir, der so zurückhaltend war wie nur möglich und der nie über sich selbst und generell nur sehr selten sprach.

Dies war nicht das erste Mal, dass sie diesen Traum hatte. Seit Orlando vier Monate zuvor im Zusammenhang mit den

Ermittlungen zur Entführung ihres Vaters Samson und ihres Freundes Cain verletzt worden war, hatte sie davon geträumt, was in jener Nacht passiert war. Orlando war schwer verletzt gewesen, und während sie ihm menschliches Blut zur Heilung gegeben hatte, hatte sie gleichzeitig seine Wunde geleckt, um sie mit ihrem Speichel zu schließen, was er zu verweigern versucht hatte. Aber sie hatte sein Blut kosten wollen, und das hatte sie auch getan. Damals war es nicht weiter gegangen, weil andere mit ihnen im Raum gewesen waren, aber in ihren Träumen führte das Ereignis immer zu Sex, zu herzklopfendem, ans-Kopfteil-des-Bettes-schlagendem, verschwitztem Marathon-Sex.

„Du siehst ein wenig gerötet aus", sagte Delilah und legte ihre Hand auf Isabelles Stirn.

Isabelle wich zurück. „Mom, mir geht es gut. Du weißt genauso gut wie ich, dass ich nicht krank werde. Es liegt wahrscheinlich an der schweren Bettdecke. Ich sollte sie gegen die Sommerbettdecke austauschen."

Ja, gib der Bettdecke die Schuld! Sehr schlau.

„Das ist es wahrscheinlich", antwortete Delilah. Sie lächelte. „Ich weiß, dass du heute Abend frei hast, aber dein Vater hat gerade angerufen. Er möchte, dass du ins Hauptquartier kommst. Es gibt einen Fall."

„Hat er gesagt, worum es geht?"

„Um einen Mord."

Isabelle nickte und schwang ihre Beine aus dem Bett. „Ich dusche mich lieber und mache mich fertig. Kannst du ihm bitte sagen, dass ich in vierzig Minuten da bin?"

„Sicher, Schatz."

„Danke, Mom."

Isabelle betrat ihr Badezimmer, als sie hörte, wie sich die Tür zu ihrem Schlafzimmer hinter Delilah schloss. Sie war erleichtert, wieder alleine zu sein, auch wenn sie gerne zu Hause lebte. Schließlich war das Haus so riesig, dass sie die meiste Zeit das Gefühl hatte, allein zu sein, selbst wenn ihre Eltern und ihr jüngerer Bruder Patrick zu Hause waren. Aber in den letzten vier Monaten, seit dem Vorfall mit Orlando, hatte sie begonnen darüber nachzudenken, sich eine eigene Wohnung zu nehmen. Gelegentlich übernachtete sie in Graysons Loft im Finanzviertel, wo sie mehr Privatsphäre genoss. Sie bewahrte dort sogar einige ihrer Kleidungsstücke und andere Notwendigkeiten auf. Ihr Bruder Grayson war mit seiner Gefährtin Monique nach New Orleans gezogen, kurz nachdem Samson und Cain von ihren Entführern befreit worden waren. Aber er hatte das Loft nicht verkauft.

Isabelle trat unter die Dusche. Sie konnte immer noch den Geist von Orlandos Berührung spüren, auch wenn er sie im wirklichen Leben nie berühren würde. Aber in ihren Träumen hatte er noch viel mehr getan. Er hatte mit ihr geschlafen und sie auf die besitzergreifendste Art und Weise genommen, die nur möglich war.

In Wirklichkeit würde so etwas natürlich nie passieren. Ihren Freunden und Kollegen bei Scanguards zufolge hatte Orlando noch nie Interesse an einer Frau gezeigt und niemand hatte je gehört, dass er ein Date oder einen One-Night-Stand hatte. Und als

Türsteher im Nachtclub Mezzanine, der Samson und seinem besten Freund Amaury gehörte, hatte er sicherlich die Wahl an hübschen Frauen. Dennoch schien er an Sex desinteressiert zu sein. Für einen kurzen Moment hatte sie sich gefragt, ob Orlando schwul sei, aber Eddie und Thomas, das schwule Paar, das die IT-Abteilung von Scanguards leitete, waren sich hundertprozentig sicher, dass Orlando heterosexuell war.

Sie seufzte. Warum interessierte sie sich für einen Mann, der sie nur mit höflicher Gleichgültigkeit behandelte? Lag es daran, dass sie der Versuchung erlegen war, sein Blut zu trinken? Fühlte sie sich deshalb jetzt zu ihm hingezogen? Oder lag es daran, dass er ein Riese war, ein Vampir, der jeden überragte und eine Stärke und Macht ausstrahlte, die absoluten Schutz versprach? Hatte sie immer noch emotionale Narben von ihrer eigenen Entführung vor vierzehn Jahren? Fühlte sie sich deshalb zu Orlando hingezogen, weil sie instinktiv wusste, dass er sie immer beschützen würde?

Isabelle schüttelte den Kopf und griff nach dem Shampoo. Es war dumm, so zu denken. Orlando hatte kein Interesse an ihr. Er sah sie nur als Samsons Tochter. Und obwohl sie wusste, dass er und Samson eine gemeinsame Vergangenheit hatten, hatte ihr Vater niemandem – außer vielleicht Delilah – erzählt, was zwischen ihnen vorgefallen war.

2

San Francisco, achtzehn Monate zuvor

Er hatte nur noch einen letzten Gefallen zu erbitten. Was er tun würde, wenn diese Sache nicht klappte, wusste er nicht. Hatte er den Mut, alles zu beenden? Oder war er ein Feigling, weil er an der Hoffnung festhalten wollte, obwohl er wusste, dass es keine gab? Warum sollte er sein elendes Leben verlängern wollen, wenn so viel Blutvergießen in seiner Vergangenheit lag?

Bevor er seine Meinung ändern konnte, klingelte Orlando an der Tür des großen viktorianischen Hauses in einem schicken

Viertel von San Francisco. Er wusste, dass jemand zu Hause war. Er konnte Geräusche von drinnen hören, obwohl selbst sein empfindliches Vampirgehör keine Worte ausmachen konnte. Durch die Fenster in den oberen Stockwerken strömte Licht in die Nacht. Im Erdgeschoss bewegte sich ein Vorhang und ließ vorübergehend einen Lichtstrahl auf den Bürgersteig fallen.

Obwohl es Ende November war, war die Temperatur in dieser Küstenstadt mild. Im Norden würde es schneien. Aber er vermisste den Schnee nicht, obwohl er andere Dinge seines Zuhauses vermisste, ein Zuhause, das er seit Jahrzehnten nicht mehr gesehen hatte und in das er nie zurückkehren konnte.

Die schwere Holztür öffnete sich und gleichzeitig warf eine Lampe über dem Eingang ihr Licht auf Orlando. In der offenen Tür stand ein großer Mann, dessen Silhouette sich vom Licht hinter ihm abzeichnete. Orlando blieb auf der Treppe stehen. Er wollte sich nicht anmaßen anzunehmen, er sei willkommen. Es war gut möglich, dass ihn der Mann, der ihn jetzt anstarrte, nicht erkannte.

Immerhin waren über drei Jahrzehnte vergangen, seit sie sich kennengelernt hatten. Und sie waren sich nur ein einziges Mal begegnet.

„Orlando", sagte Samson, seine Stimme nur ein Echo, bevor er sich räusperte. „Orlando Carlisle."

Orlando nickte. „Samson."

„Was machst du hier?"

Bei dieser Frage durchfuhr ihn ein Anflug von Enttäuschung. Er war hier nicht willkommen. „Ich hätte nicht kommen sollen." Er drehte sich bereits auf dem Absatz um, als sich eine Hand auf seine Schulter legte. Orlando war sofort in Alarmbereitschaft und spannte sich an.

„Beweg deinen Hintern hier rein, Orlando, und zwing mich nicht, dich hereinzuzerren. Ich mache es, wenn ich muss." In Samsons Stimme lag ein Schmunzeln. „Obwohl du gut fünfzig Pfund schwerer bist als ich."

Sein Zögern war wie weggewischt. Orlando betrat den Flur und Samson schloss die Tür hinter sich. Er blickte sich in dem eleganten Haus um, das nicht nur Reichtum, sondern auch Wärme ausstrahlte, die Wärme einer Familie. Er hatte immer gewusst, dass Samson ein reicher Mann war, aber er war in mehr als einer Hinsicht reich. Er hatte eine Familie, eine Gefährtin, Kinder, auch wenn Orlando den Gerüchten zunächst nicht geglaubt hatte.

„Schön, dich zu sehen", sagte Samson und umarmte ihn für einen kurzen Moment. „Es ist lange her."

Orlando nickte. „Fünfunddreißig Jahre." Es war eine zufällige Begegnung gewesen.

„Komm, setz dich." Er deutete auf das große Wohnzimmer.

„Danke, Samson." Orlando nickte und setzte sich auf das Sofa, unsicher, wie er sagen sollte, was er geübt hatte, seit er herausgefunden hatte, wo Samson lebte.

„Kann ich dir etwas anbieten?", fragte Samson. „Welche Blutgruppe magst du am liebsten?"

Orlando schluckte. „Du hältst dir Blutsklaven?" Das hatte er von einem Mann wie Samson nicht erwartet. Erstens war er mit einer Sterblichen gepaart, also trank er nur von seiner Gefährtin, und zweitens war Samson ein ehrenhafter Mann, einer, der keinen Unschuldigen wehtat. Das war ihm sofort klar geworden, als er Samson damals begegnet war. Hatte er sich in seiner Beurteilung Samsons geirrt oder hatte dieser sich verändert?

„Natürlich nicht", sagte Samson kopfschüttelnd. „Es ist in Flaschen abgefüllt und kommt aus ethischer Quelle. Lass mich dir eine holen."

Bevor Orlando protestieren konnte, verließ Samson den Raum. Er hörte, wie eine Tür geöffnet und dann wieder geschlossen wurde. Orlando sah sich in dem wunderschön dekorierten Raum um. Über dem Kamin, in dem ein Gasfeuer brannte, schmückten Bilder von Kindern unterschiedlichen Alters und einer schönen dunkelhaarigen Frau an Samsons Arm den Raum. Wie es aussah, hatte Samson einen Blutbund mit einer atemberaubenden Schönheit geschlossen und zwei Söhne und eine Tochter gezeugt. Für einen Moment verkrampfte sich Orlandos Herz. Er hätte auch eine Familie haben können. Eine Familie wie die Samsons. Aber das Schicksal war grausam, und was einst in greifbarer Nähe gewesen war, war ihm wie feiner Sand durch die Finger geglitten und hatte in Blut und Tod geendet.

Samson betrat erneut das Wohnzimmer und reichte ihm eine durchsichtige Glasflasche. Orlando bemerkte das Etikett darauf: *AB+ abgefüllt von Scanguards.*

„Danke."

Es war schon ein paar Tage her, seit er sich ernährt hatte, und jetzt verspürte er den Hunger und das Bedürfnis, sich mit dem Blut vollzutrinken. Da er jedoch nicht wie ein Wilder wirken wollte, ließ er sich Zeit, den Deckel abzuschrauben und die Flasche an seine Lippen zu setzen. Als die reichhaltige, zähfließende Flüssigkeit seine Zunge berührte und seine ausgetrocknete Kehle hinunterlief, wurde ihm klar, wie hungrig er war. Die letzten Jahrzehnte unter dem Radar zu leben, hatte ihn gelehrt, mit wenig auszukommen. Er ernährte sich nur, wenn er das Gefühl hatte, dass es sicher war und das Risiko, entdeckt zu werden, gering. Manchmal bedeutete das, dass er auf eine Mahlzeit verzichten musste. Er hatte sich daran gewöhnt.

„Warum hast du mich nicht schon früher aufgesucht?", fragte Samson.

Orlando begegnete seinem Blick und stellte die Flasche auf dem Wohnzimmertisch ab. „Mir ging es gut. Es bestand keine Notwendigkeit."

Samson zeigte auf die Flasche, die noch halbvoll war. „Es gibt noch mehr, wenn du es brauchst. Ich urteile nicht."

Orlando zwang sich, ein paar Sekunden zu warten, bevor er die Flasche noch einmal hob und den Rest der Flüssigkeit hinunterkippte. „Ich weiß es zu schätzen."

„Jetzt erzähl mir, was dich nach San Francisco führt." Samson lehnte sich im Sessel gegenüber dem Sofa zurück.

Langsam holte Orlando Luft. „Ich bin gekommen, um dich um einen Gefallen zu bitten."

„Brauchst du Geld? Ich kann dir alles geben, was du brauchst."

Orlando schüttelte den Kopf. „Ich brauche

kein Geld. Ich habe genug, um durchzukommen. Ich brauche etwas anderes."

„Nenn es, und es gehört dir."

Er zweifelte nicht daran, dass Samson es ernst meinte. Dennoch zögerte er.

„Orlando, du hast mir damals das Leben gerettet. Ich wäre nicht hier, wenn du nicht gehandelt hättest. Ohne dich hätte ich nicht das, was ich jetzt habe: eine liebevolle Familie."

„Das freut mich für dich."

Samson drängte ihn nicht weiter und er war dafür dankbar. Er war es nicht gewohnt, um etwas zu bitten. Er hatte sich immer auf sich selbst verlassen, nie auf andere, aber er war an dem Punkt angelangt, an dem er erkannte, dass er ohne etwas, dem er zugehören konnte, zugrunde gehen würde.

„Ich brauche einen Job, Samson. Einen Job bei deinem Unternehmen." So könnte er Teil von etwas Größerem sein, wieder Teil einer Gemeinschaft, einer Art Familie.

Samson beugte sich vor. „Ich glaube, ich

habe genau das Richtige für dich. Es ist eine gute Position."

„Es ist mir egal, was ich verdiene. Ich bin bereit, alles anzunehmen." Auch wenn er dadurch verzweifelt klang. Zumindest sich selbst gegenüber konnte er das zugeben. Ohne eine Gemeinschaft gleichgesinnter Vampire um ihn herum hätte er nicht die Kraft, weiterzumachen. „Und ich muss heute Abend noch anfangen."

Samson musterte ihn lange, bevor er nickte. „Ich verstehe. Das haben wir alle schon durchgemacht. Ich werde dir heute Abend gleich etwas besorgen. Quinn kann dir sofort einen Firmenausweis und einen Auftrag geben. Brauchst du eine Unterkunft?"

Orlando zuckte mit den Schultern. „Ich werde schon etwas finden. Mach dir darüber keine Gedanken."

„Ich werde Amaury Bescheid geben; er wird dir eine Liste der verfügbaren vampirsicheren Mietobjekte geben, bis du etwas Dauerhafteres findest."

Das war mehr, als er erwartet hatte. „Das weiß ich zu schätzen."

Samson stand auf und Orlando tat es ihm gleich.

„Ich wünschte, ich könnte mit dir zum Hauptquartier fahren, aber ich gehe heute Abend mit meiner Frau ins Theater. Sie zieht sich gerade an. Aber ich rufe vorher an, damit Quinn dich erwartet und sich um dich kümmert."

„Danke, Samson, ich bin dir sehr dankbar."

„Genauso wie ich es immer sein werde, mein Freund", sagte Samson, schüttelte seine Hand und hielt sie ein paar Atemzüge lang fest.

In der Stille kamen eilige Schritte näher.

„Dad?"

Samson wandte sich um, als er die Frauenstimme hörte, und Orlando folgte seinem Blick, als eine junge Frau durch den offenen Torbogen eintrat.

„Oh, tut mir leid, ich wusste nicht, dass wir Besuch haben", sagte sie mit einem hinreißenden Lächeln.

Orlandos Kehle wurde trocken.

„Isabelle, das ist ein alter Freund von mir,

Orlando Carlisle. Orlando, das ist meine Tochter, Isabelle."

Er hörte Isabelles Antwort kaum und war sich nicht sicher, ob er etwas erwiderte, denn alles in seinem Inneren wirbelte herum, als wäre er in einen Trockner geworfen worden. Er konnte seine Füße nicht spüren, wusste nicht, ob er noch stand oder ob er auf einer Wolke schwebte oder, schlimmer noch, zusammengebrochen und ohnmächtig geworden war.

Isabelle war die schönste Frau, die er je gesehen hatte. Und in seinem langen Leben – er war im Jahr 1754 zu Beginn des Siebenjährigen Krieges in einen Vampir verwandelt worden – war er schon vielen schönen Frauen begegnet. Doch niemand konnte Isabelle das Wasser reichen. Sie war groß und schlank, mit langen Beinen, die in engen Jeans steckten, und einem Rollkragenpullover, der ihre Brüste wie ein kuscheliger Handschuh umschlang. Ihr langes dunkles Haar sah aus, als wäre es aus zarter Seide gesponnen. Ihre Haut hatte einen olivfarbenen Teint, der zu ihren natürlich roten Lippen und ihrer geraden Nase passte. Perfekt geschwungene Augenbrauen umrahmten ihre dramatischen grünen Augen, die wie tiefe Wasserbecken aussahen, in denen jeder Mann ertrinken könnte. Als wäre sie eine Sirene und ein bloßer Blick auf sie könnte sein Schicksal besiegeln.

Alles an ihr deutete auf Gefahr hin: ihr sinnliches Lächeln, die Krümmung ihrer Lippen, das sanfte Heben und Senken ihrer Brüste, während sie gleichmäßig atmete, ihre anmutigen Bewegungen, als sie näher kam, das Gefühl ihrer warmen Hand in seiner, als sie sie zum Gruß schüttelte. Ja, alles an Isabelle zeigte ihm, dass er sich fernhalten sollte, weil es so leicht wäre, sich in sie zu verlieben. Ihr sein Herz zu öffnen. Sie hineinzulassen. Sie zu Seiner zu machen.

Obwohl er wusste, dass er es nicht tun durfte, denn alles, was er berührte, zerstörte er. Und eine Frau wie Isabelle verdiente etwas Besseres als ihn. Es spielte keine Rolle, dass er sich bereits jetzt, Sekunden nachdem er sie kennengelernt hatte, nach ihr verzehrte. Eine so intensive Lust endete nie gut. Es würde ihn – noch einmal – blind machen und er würde die Gefahr erst erkennen, wenn es zu spät wäre. Bis er keine andere Wahl mehr hatte, als das Unverzeihliche zu tun. Nein, es war am besten, nie auf diese Weise an Isabelle zu denken. Es war besser, niemals seinen Wünschen nachzugeben.

„Orlando?"

Samsons Stimme unterbrach seine Gedanken.

„Wie bitte?", gelang es ihm zu antworten, denn er wusste nicht, was Samson ihn gefragt hatte.

„Isabelle hat angeboten, dich zu Scanguards zu bringen, da sie sowieso dorthin fährt."

Verdammt! Warum musste sie ihn so in Versuchung führen? „Ich möchte keine Umstände machen."

„Es sind keine Umstände", versicherte ihm Isabelle.

Ihre Stimme war wie ein sanftes Rinnsal, das in jede Zelle seines Körpers eindrang, ihn betörte und in Versuchung führte. Wie würde sie klingen, wenn sie unter ihm wäre, wenn er mit ihr Liebe machte? Würde ihr Stöhnen die gleiche sinnliche Qualität haben wie ihre Stimme? Würde sie seinen Namen auf die gleiche Weise sagen, während er sie beglückte, bis er sich nicht mehr zurückhalten konnte und sie zu Seiner machte? Und das erste Mal, wenn er während des Liebesspiels von ihr trank, würde es noch besser sein, als er es in Erinnerung hatte? Wäre es wie im Paradies?

„Dann ist es abgemacht", sagte Samson bestimmt.

Orlando hatte keine andere Wahl, als Isabelle zu folgen, als sie die Treppe hinunter zur Garage ging, wo sie auf ein babyblaues Auto zeigte. Sie wollte, dass er sich in einen Thunderbird hineinquetschte?

„Ich habe den Wagen gerade erst bekommen. Es macht so viel Spaß zu fahren." Sie ließ sich auf dem Fahrersitz nieder.

Es war nicht einfach, in den winzigen Sportwagen einzusteigen, besonders nicht für einen Mann mit seiner riesigen Statur. Bei einer Körpergröße von 1,90 Metern und einem Gewicht von 120 Kilogramm von

Knochen und Muskeln hatte er große Mühe, seinen Körper zusammenzuklappen, damit er auf dem Beifahrersitz Platz nehmen konnte. Seine Knie befanden sich auf halber Höhe seines Oberkörpers, sein Kopf berührte fast das Dach, aber das Schlimmste war, dass Isabelles Hand sein linkes Bein streifte, als sie den Gang einlegte und aus der Garage schoss.

Jedes Mal, wenn der Wagen abbog, stieß Orlando in dem kleinen Innenraum mit ihr zusammen, während Isabelles natürlicher Duft den engen Raum erfüllte. Sie duftete nach Vanille und Orangen, und der Duft beschwor Bilder ihrer nackten Körper herauf, die sich in einem uralten Paarungstanz aneinander wanden.

Er spürte, wie sich zwischen ihnen eine Spannung ausbreitete, als könnte sie spüren, was er dachte. Als wüsste sie von seinen ausschweifenden Gedanken.

Verdammt! Er musste aus diesem Auto aussteigen, bevor sie ihn vor Verlangen in den Wahnsinn trieb. Er wünschte, er wäre nie zu Samson gekommen, denn seine schöne

Tochter würde ihm zum Verhängnis werden. Dessen war er sich sicher. So sicher wie die Tatsache, dass die Sonnenstrahlen ihn zu Asche verbrennen würden, wenn er zu lange dem Licht ausgesetzt wäre.

3

Orlando schnappte sich seine Schlüssel vom Sideboard im Flur seines kleinen zweistöckigen Hauses und öffnete die Eingangstür. Er atmete die kühle Nachtluft ein und ließ seinen Blick schweifen. Ein Nachbar ging mit seinem Hund spazieren und drängte ihn zum Pinkeln, während der Mann sich heimlich eine Zigarette anzündete und über die Schulter zu seinem Haus schaute, als wollte er nachsehen, ob seine Frau aus dem Fenster blickte. Orlando schüttelte den Kopf. Aus einer Entfernung von fünfzig Metern stank der Mann wie ein Aschenbecher. Sicherlich würde seine Frau den Zigarettenrauch riechen, der an ihm hing, sobald er das Haus wieder betrat.

Wachsam wie immer ging Orlando die fünf Stufen hinunter zu dem kleinen Tor, wo sich sein Briefkasten befand. Er schloss ihn auf und holte die Post heraus. Bevor er sie durchblättern konnte, ließ ihn ein Geräusch zu seiner Linken den Kopf herumschnellen. Seine Nachbarin, eine Frau Anfang Fünfzig, trat aus ihrem Haus und näherte sich.

„Guten Abend, Mr. Carlisle", sagte sie.

Der einzige Grund, warum sie seinen Namen kannte, war, weil seine Post ein- oder zweimal mit ihrer vermischt worden war. Das ärgerte ihn, weil er es vorzog, anonym zu bleiben, aber er hatte sich nichts anmerken lassen. Auch jetzt zeigte er nicht, dass er keine Lust auf ein Gespräch hatte.

„Ms. Brix." Er nickte knapp und drehte sich auf dem Absatz um, um wieder hineinzugehen.

Aber Ms. Brix verstand den Hinweis nicht. „Haben Sie von Wayne gehört?"

Mit einem stummen Seufzer wandte er sich um und täuschte einen freundlichen Gesichtsausdruck vor, obwohl er nicht sicher war, ob ihm das gelang. Schließlich war er nicht für seine Freundlichkeit bekannt. „Ich kenne niemanden, der so heißt."

Sie deutete auf die Umschläge in seiner Hand. „Der Postbote Wayne Hong."

„Oh, ich wusste nicht, dass das sein Name ist."

Welche Gerüchte auch immer Ms. Brix über den Postboten hatte, Orlando war nicht daran interessiert, davon zu hören. Er musste sich auf seine Schicht im Mezzanine vorbereiten, wo er seit anderthalb Jahren als Türsteher arbeitete. Die Arbeit gefiel ihm aus einer Vielzahl von Gründen. In erster Linie hielt es ihn bei Verstand. Er war Teil einer Gemeinschaft, in der alle zum Wohle ihrer Artgenossen zusammenarbeiteten. Es hielt ihn unter Kontrolle, sorgte dafür, dass er zur Rechenschaft gezogen wurde, damit er nicht in die Dunkelheit absackte.

Auch wenn er als Türsteher in einem Nachtclub, dessen Teilhaber Samson war, viel

Kontakt zu Gästen hatte, war er nicht gezwungen, freundlich zu ihnen zu sein. Tatsächlich wurde von ihm eine gewisse Schroffheit erwartet. Die Leute nutzten jeden aus, der zu freundlich war. Orlando sorgte dafür, dass sich die Clubbesucher benahmen, und ein unhöflicher Türsteher sorgte dafür, dass die lautstarke Menge ausreichend eingeschüchtert blieb. Es hätte Konsequenzen, wenn sie sich nicht an die Regeln halten würden. Und diese Regeln galten sowohl für Menschen als auch für Vampire. Tatsächlich wurden Vampire strenger behandelt als Menschen, da sie selbst ohne Waffen viel mehr körperliche Schmerzen verursachen konnten als ein Mensch.

Auch die Tatsache, dass er in seinem Job nicht viel reden musste, gefiel ihm gut. Er war kein Mann vieler Worte. Tatsächlich fielen ihm die Worte nicht leicht, und er zog es vor, seine Gefühle und Meinungen für sich zu behalten. Es würde ihm nichts nützen, jemanden an sich heranzulassen. Er hatte schon vor langer Zeit eine Mauer um sein

Herz errichtet, aus Angst, dass er erneut einen fatalen Fehler begehen würde. Leider traten bereits vor achtzehn Monaten Risse in dieser Mauer auf. Für die Risse war Samsons Tochter Isabelle verantwortlich, obwohl sie sich ihrer Wirkung auf ihn nicht bewusst war. Gut, dass sie sich selten sahen und dass sie ihn kaum bemerkte. Er würde in großen Schwierigkeiten stecken, wenn sie jemals erahnen würde, dass er sie begehrte.

„... so grausig, ich kann es immer noch nicht glauben. Wayne war so ein netter Mann."

Ms. Brix' Worte holten ihn zurück in die Gegenwart.

„Wayne?"

Sie seufzte und in ihren Augen schimmerten Tränen. Wie lange hatte er nicht zugehört?

„Ja, es war ein brutaler Mord. So viel Blut. Fast so grausig wie der Angriff des Tigers aus dem Zoo. Erinnern Sie sich daran? Es war vor etwa fünfzehn Jahren, als dieser Mann über das Gehege kletterte und von dem Tiger in Stücke gerissen wurde."

Verwirrt starrte Orlando sie an. „Wollen Sie damit sagen, dass unser Postbote von einem Tiger aus dem Zoo getötet wurde?"

Sie schüttelte den Kopf und sah genervt aus. „Nein, natürlich nicht. Aber offenbar hat derjenige, der in sein Haus eingebrochen ist und ihn getötet hat, ihn abgeschlachtet. Ich meine, sie sagen, dass es so viel Blut gab. Sie haben ihn heute Morgen tot aufgefunden. Es war überall in den Nachrichten. Wie kommt es, dass Sie das nicht gehört haben?"

Orlando zuckte mit den Schultern. „Nachtschicht. Ich verfolge die Nachrichten kaum." Er deutete auf die Briefe in seiner Hand. „Ich muss mich darum kümmern, bevor meine Schicht beginnt."

„Es macht mir Angst", fuhr sie unbeirrt fort. „Er wohnte in der Nachbarschaft, wissen Sie."

„In Glen Park?", fühlte Orlando sich gezwungen zu fragen, obwohl seine Geduld am Ende war.

„Ja, auf der anderen Seite des Hügels, Sie wissen schon, in der Nähe der BART-Station." Sie schniefte. „Ich wünschte, Sie würden nicht nachts arbeiten, wissen Sie? Es wäre gut, einen so großen und starken Nachbarn wie Sie in der Nähe zu haben, wenn ein Mörder sein Unwesen treibt."

Sie warf ihm einen anerkennenden Blick zu und ließ diesen über seine Oberarme und seine Brustmuskeln schweifen, die unter seinem schwarzen T-Shirt hervortraten. Wenn Blicke einen Mann ausziehen könnten, würde er splitternackt in seinem Vorgarten stehen.

Zeit, sich aus diesem Gespräch zu befreien. „Ich bin sicher, dass die Polizei für die Sicherheit in der Gegend sorgen wird. Gute Nacht."

Er drehte sich um, bevor sie noch etwas sagen konnte, und eilte die Stufen hinauf. Sekunden später war er wieder in seinem Haus und schloss die Tür hinter sich. Er seufzte. Jeder Mord war tragisch, aber er konnte nichts dagegen tun. Er war zuversichtlich, dass die Polizei damit umgehen konnte. Es war deren Aufgabe.

Orlando blätterte beiläufig durch die Post und wollte gerade alles in den Mülleimer werfen, als ihm auffiel, dass sich zwischen den Angeboten von Immobilienmaklern und der örtlichen Supermärkte und anderen nutzlosen Anzeigenblättern ein weißer Umschlag befand. Der Poststempel zeigte an, dass der Brief aus San Francisco verschickt worden war. Er drehte den Umschlag um, aber weder der Name noch die Adresse des Absenders standen darauf. Er öffnete den Brief und zog eine weiße Karte heraus. In gepflegter Handschrift stand da: *Ich weiß über Montreal Bescheid.*

Alles Blut schien aus ihm zu weichen, und er spürte, wie eine Kälte seinen Körper erfasste und ihn lähmte. Jemand hatte ihn gefunden. Er hatte immer gewusst, dass es eines Tages passieren würde. Aber warum jetzt, wo er wieder etwas zu verlieren hatte, auch wenn es nur ein Tagtraum war? Denn das war alles, was es war, ein Traum. Der Traum, dass Isabelle ihm gehörte und dass sie ihn liebte und ihn mit all seinen Fehlern akzeptierte. Und es würde immer ein Traum bleiben, denn er würde nie versuchen, ihn Wirklichkeit werden zu lassen. Der Traum allein hatte ihn in den letzten achtzehn

Monaten aufleben lassen. Tatsächlich hatte es ihm etwas gegeben, auf das er sich am Ende seines Arbeitstages freuen konnte. Und nun drohte jemand, ihm dieses bisschen Glück zu rauben und die Taten seiner Vergangenheit aufzudecken. Wozu? Um ihn ein für alle Mal zu vernichten und ihm dem Schicksal zu übergeben, dem er so lange entkommen war, dem Schicksal, das er für die Sünden, die er begangen hatte, das Blut, das er vergossen hatte, verdiente: den Tod.

4

Isabelle stieg aus dem Aufzug und ging den Korridor im obersten Stockwerk des Scanguards-Hauptquartiers im Missionsviertel entlang. Hier war viel los, was nachts nichts Ungewöhnliches war. Schließlich arbeiteten die vollblütigen Vampire und viele der Vampirhybriden zu dieser Zeit gerne, da sie tagsüber schliefen. So wie sie es die meiste Zeit tat. Während ihrer Schul- und späteren Collegezeit hatte sie andere Arbeitszeiten eingehalten, aber jetzt bevorzugte sie die Nacht, genau wie ihr Vater und seine Vampirkameraden.

Isabelle klopfte an die Tür des kleinen Konferenzraumes neben Samsons Büro und trat ein, ohne auf eine Antwort zu warten. Die anwesenden Personen standen im Raum und unterhielten sich beiläufig. Samson sprach mit Mike Donnelly, dem Polizeichef, der seit über zwei Jahrzehnten ihr Vertrauter war. Er war ein einfacher Polizist gewesen, als er von der Existenz von Vampiren erfahren hatte, und fungierte anschließend als Verbindungsmann der Polizei, um Verbrechen im Zusammenhang mit Vampiren an Scanguards weiterzuleiten, anstatt die Polizei etwas untersuchen zu lassen, wofür sie nicht ausgerüstet war. Im Alter von über 60 Jahren war Mike immer noch einer der wenigen Polizeibeamten von San Francisco, die wussten, was hier nachts vor sich ging. Er bewahrte ihre Geheimnisse.

Cooper und Benjamin, beide Vampirhybriden und erfahrene Leibwächter, nur ein paar Jahre jünger als sie, deren Eltern ebenfalls für Scanguards arbeiteten, warfen ihr einen Blick zu. Isabelle begrüßte sie mit einem Nicken und ließ dann ihren Blick zu

Amaury, Benjamins Vater, wandern, der mit einem Vampir sprach, dem sie noch nie zuvor begegnet war. Er war groß und hatte blondes Haar und durchdringende graue Augen. Der Mann schien Mitte dreißig oder vielleicht Anfang vierzig zu sein, obwohl sein wahres Alter weit davon entfernt sein könnte. Es bedeutete lediglich, dass er im menschlichen Alter von Mitte dreißig bis Anfang vierzig in einen Vampir verwandelt worden war.

„Isa, da bist du ja", sagte Samson mit einer Geste zum ovalen Tisch. „Wir können anfangen."

Während alle ihre Plätze einnahmen, zeigte Samson auf den blonden Vampir. „Habt ihr euch schon kennengelernt?"

„Nein, das glaube ich nicht", antwortete Isabelle.

„Ich hätte mich daran erinnert", fügte der Vampir hinzu und richtete seinen Blick auf sie.

„Isabelle, das ist Nelson Sarduni", sagte Samson. „Er ist unser neuer Verbindungsmann zum SFPD. Nelson, das ist meine Tochter Isabelle."

„Freut mich, dich kennenzulernen, Isabelle", sagte Nelson mit einem lockeren Lächeln, das ihn jünger aussehen ließ.

Isabelle begrüßte ihn mit den gleichen höflichen Worten. „Bist du gerade dem SFPD beigetreten?"

Mike klopfte Nelson auf die Schulter. „Nelson arbeitete für die Polizei in Seattle. Ich habe es vor sechs Monaten geschafft, dass er zu uns versetzt wird. Wir hatten großes Glück, ihn zu bekommen. Es ist ziemlich schwierig, gleichzeitig Polizeichef zu sein und eine Liaison mit Scanguards zu haben. Mein Tag hat nur 24 Stunden. Und ich werde nicht jünger."

„Ich bin sehr dankbar für die Gelegenheit", sagte Nelson.

„Und wir wissen das wirklich zu schätzen", fügte Samson hinzu, bevor sich sein Gesichtsausdruck änderte. „Lasst uns alle über diesen Fall auf den neuesten Stand bringen. Mike? Nelson?"

„Darf ich, Sir?", fragte Nelson mit einem Blick auf Donnelly.

Donnelly nickte und Nelson öffnete die

Akte vor sich. „Heute Morgen wurde die Leiche von Wayne Hong in seinem Haus in Glen Park gefunden. Er wurde brutal ermordet." Er nahm mehrere Fotos aus der Akte und reichte sie herum.

Isabelle schaute sich die Tatortfotos an, auf denen die Leiche eines asiatischen Mannes auf einem Sofa in einem Wohnzimmer liegend zu sehen war. Seine Kehle war herausgerissen worden und überall war Blut. Seine Augen standen offen. Die Angst spiegelte sich in ihnen wider. Seine Kleidung war zerrissen und blutgetränkt.

„Mr. Hong war Postbote. Er befand sich mitten in einer Scheidung und lebte allein. Seine Schwester fand ihn, als sie am Morgen kam, um sein Auto auszuleihen, weil ihres in der Werkstatt war", fuhr Nelson fort.

Ein eisiger Schauer lief Isabelle über den Rücken. Sie konnte sich nicht einmal vorstellen, was die Schwester des armen Mannes gerade durchmachte. Wenn ihren beiden Brüdern Grayson und Patrick etwas zustoßen würde, wäre sie am Boden zerstört.

„Irgendwelche Anzeichen eines

gewaltsamen Eindringens?", fragte Isabelle automatisch.

„Nein. Wir gehen davon aus, dass er seinen Mörder kannte oder dass der Mörder Gedankenkontrolle oder eine List benutzte, um hineingelassen zu werden", antwortete Nelson.

„Ist es bereits bestätigt, dass dies das Werk eines Vampirs war?", warf Cooper ein.

„Nicht bestätigt", sagte Donnelly schnell, „aber aus der vorläufigen forensischen Untersuchung geht hervor, dass die Wunden nicht mit irgendeinem Messer oder einer Klinge zugefügt wurden." Er zeigte auf eines der Fotos. „Das sind Spuren, die von Krallen hinterlassen wurden. Und da es in San Francisco keine Bären, Tiger oder Berglöwen gibt, würde ich sagen, dass es ein Vampir war."

Samson nickte mit ernster Miene. „Ich stimme Mike zu. Deshalb nehmen wir diesen Fall an. Isabelle, du wirst die Führung übernehmen." Er gab den beiden Hybriden ein Zeichen. „Cooper und Benjamin helfen dir bei allem, was du brauchst. Nelson wird dir

Zugang zum Tatort, zur Leiche und zu den forensischen Daten verschaffen, die die Polizei bisher gesammelt hat."

„Wir müssen unsere eigene gerichtsmedizinische Untersuchung durchführen", sagte Isabelle.

„Kein Problem", antwortete Nelson schnell. „Wir werden euch die Leiche übergeben, damit das forensische Team von Scanguards eine Beurteilung vornehmen und bestätigen kann, dass Hong von einem Vampir getötet wurde."

„Und die Gerichtsmedizinerin der Stadt? Was wirst du ihr sagen?", fragte Isabelle.

„Lass das unser Problem sein", sagte Nelson mit einem Blick auf Donnelly. „Richtig, Sir?"

„Es hat Vorteile, Chef zu sein", sagte Donnelly mit einem Augenzwinkern, bevor er wieder ernst wurde. „Leider hat die Presse bereits Wind von diesem Fall bekommen. Ich werde mich um sie kümmern. Aber wir müssen den Mörder schnell finden. Wir können keinen außer Kontrolle geratenen Vampir in unserer Stadt herumlaufen lassen.

Ich muss dem Bürgermeister und den Bewohnern versprechen können, dass sie in Sicherheit sind. Ich werde mir eine Geschichte ausdenken, die die Presse zufriedenstellt, wenn es so weit ist.“

„Na ja, darin hast du doch jede Menge Übung, nicht wahr?“, fügte Amaury hinzu.

„Ich wünschte, das hätte ich nicht, aber so ist es eben.“ Donnelly erhob sich.

„Ich begleite dich nach draußen, Mike“, bot Samson an und stand ebenfalls auf. Amaury tat dasselbe.

„Wir überlassen die Sache euch“, sagte Samson mit einem Nicken. Dann lächelte er Isabelle an. „Das schaffst du, Isa.“

Die drei Männer gingen und die Tür schloss sich hinter ihnen.

Gestärkt durch das Vertrauen ihres Vaters in sie holte Isabelle tief Luft und blickte Nelson und die beiden Hybriden an.

„Na dann“, begann Isabelle. „Wie bald kannst du uns Hongs Leiche überführen lassen, damit wir ihn untersuchen können?“

„Heute Nacht wird nichts passieren, fürchte ich. Die Gerichtsmedizinerin muss das abzeichnen. Aber ich kann den Transfer für morgen Vormittag anberaumen. Passt dir das?", fragte Nelson.

„Das ist in Ordnung. Benjamin, kannst du dafür sorgen, dass Maya im Laufe des Tages vorbeikommt, um sich die Leiche anzusehen, sobald sie hier ist?"

„Kein Problem", bestätigte Benjamin. „Möchtest du, dass ich oder Cooper dabei helfen?"

„Nur wenn ihr nicht mit anderen Dingen beschäftigt seid. Ich möchte die Leiche auch selbst sehen." Sie machte sich eine Notiz auf dem Block vor ihr. „Ich möchte, dass du, Benjamin, zum Postamt gehst. Erkundige dich über Hongs Postroute und arbeite an dem Zeitablauf, wann er an jenem Tag die Arbeit verlassen hat bis zu dem Zeitpunkt, wo ihn seine Schwester tot aufgefunden hat."

„Soll ich seine Kollegen verhören?", fragte Benjamin.

„Mach das. Allerdings bezweifle ich, dass der Mörder einer seiner Kollegen ist, wenn wir es wirklich mit einem Vampir zu tun haben."

„Das haben wir", unterbrach Nelson. „Ich

habe die Leiche gesehen." Er zeigte auf die Bilder. „Für mich besteht kein Zweifel daran, dass dies das Werk eines Vampirs ist. Blutdurst ist meine Vermutung."

„Wahrscheinlich hast du recht, aber lasst uns nichts überstürzen."

„Was soll ich tun?", fragte Cooper.

„Du und ich werden mit den Nachbarn reden." Isabelle schaute auf ihre Uhr. „Für heute Abend ist es etwas zu spät. Die meisten Menschen werden inzwischen schlafen. Das machen wir morgen. Lass uns frühmorgens, bevor sie zur Arbeit gehen, anfangen."

„Sieben Uhr?", fragte Cooper.

„Ja, lass uns das machen. Und mit wem wir am frühen Morgen nicht reden können, bei dem versuchen wir es am späten Nachmittag und frühen Abend noch einmal. Das gibt mir Zeit, mir die Leiche anzusehen, sobald sie hier ist. Und bis dahin sollte Benjamin auch einen Zeitablauf für uns haben, oder?"

Benjamin nickte. „Ja. Was ist mit dem Tatort selbst?"

„Den könnten wir uns jetzt anschauen", schlug Isabelle vor, da sie keine Zeit verlieren wollte. „Kannst du uns hineinlassen, Nelson?"

„Das könnte ich, ja, sicher", sagte er zögernd. „Aber warum machen wir das nicht, nachdem eure Leute die Leiche untersucht haben? Ich denke, dass ihr dadurch ein besseres Bild bekommt, wenn ihr euch dann Hongs Haus anseht. Dann werdet ihr wissen, wonach ihr sucht."

„Hmm." Isabelle dachte über seine Worte nach.

„Ich sage ja nur." Er zuckte mit den Schultern. „Ich habe einfach die Erfahrung gemacht, dass der Tatort nach der Untersuchung der Leiche viel mehr Sinn ergibt. Zumindest habe ich das in den letzten zehn Jahren getan. Aber wenn du jetzt gehen willst, ist das auch in Ordnung."

Isabelle wusste, dass sie nicht so viel Erfahrung in der Aufklärung von Morden hatte wie Nelson, und sie hatte schon vor langer Zeit gelernt, dass es nicht schaden konnte, sich von jemandem mit mehr Erfahrung beraten zu lassen. „Hat die Polizei das Haus schon gründlich durchsucht?"

„Außer dem Beamten, der zuerst am Tatort war, und der Gerichtsmedizinerin, die die Leiche abgeholt hat, waren nur Donnelly und ich in Hongs Haus. Wir gingen sofort davon aus, dass es sich um einen Vampirmord handelte, und haben deshalb allen anderen den Zugang verwehrt. Ich habe eine oberflächliche Suche durchgeführt, aber ich hielt es für besser, mit einer gründlicheren Suche zu warten, bis euer Team sich mir anschließen kann." Er schaute auf seine Uhr. „Wir könnten es heute Nacht noch machen, aber ich bezweifle, dass wir unsere Suche vor Tagesanbruch beenden würden."

Sie verstand seine Sorge. Er war ein vollblütiger Vampir, der nicht in der Sonne sein konnte. Und es gab heute Nacht keine Eile, sich den Tatort anzusehen. Die Fotos, die Nelson mitgebracht hatte, gaben ihr einen sehr guten Hinweis auf das, was geschehen war.

„Also gut, lass es uns morgen Abend

machen", stimmte Isabelle zu. „Wir fangen kurz nach Sonnenuntergang an. Sollen wir uns im Haus treffen?"

„Das passt mir", stimmte Nelson mit einem Nicken zu. Er klappte die Akte zu und schob sie über den Tisch. „Das ist alles, was wir bisher haben. Es wird euch helfen, euch ein gutes Bild des Opfers zu machen. Dort findet ihr Kontakte zu seiner Schwester und seiner Arbeit sowie die Adresse von Hongs Haus. Dort steht auch meine Handynummer." Er stand auf. „Ich muss ein paar Dinge organisieren, damit wir euch morgen Früh die Leiche bringen können."

Isabelle griff in ihre Handtasche und holte eine Karte heraus. Sie reichte sie ihm. „Das ist meine Handynummer. Halte mich auf dem Laufenden."

„Sicher."

Nelson verließ den Konferenzraum und ließ sie mit Benjamin und Cooper allein.

Benjamin seufzte und zeigte auf die Fotos. „Das sieht wirklich gruselig aus. Ich hoffe, wir kriegen diesen Bastard bald."

Isabelle nahm eines der Fotos und starrte

es an. Wieder zitterte sie, obwohl Hybriden die Kälte nicht so spürten wie Menschen. „Ich hasse den Gedanken, dass irgendwo da draußen jemand ist, der zu dieser Art von Gewalt fähig ist."

„Wir werden ihn finden, keine Sorge", meinte Cooper zuversichtlich. „Das machen wir immer."

5

Isabelle parkte ihren babyblauen Thunderbird einen halben Block vom Hintereingang des Mezzanines entfernt und stieg aus. Sie hatte die Akte über Wayne Hong, die Nelson zusammengestellt hatte, zweimal gelesen, um sicherzustellen, dass ihr nichts entging. Er hatte viele handschriftliche Notizen gemacht und alles, was die Polizei über den Hintergrund des Opfers gesammelt hatte, ausgedruckt, um ihr ein vollständiges Bild des Opfers zu vermitteln. Da sie heute Abend nicht viel anderes tun konnte, hatte sie beschlossen, sich zu entspannen und ins Mezzanine zu gehen, den Nachtclub in South of Market, dessen Miteigentümer ihr Vater war und der von ihrem Bruder Patrick und ihrem guten Freund Damian geleitet wurde. Der beliebte Nachtclub beschäftigte eine Reihe vollblütiger Vampire und wurde von Scanguards-Mitarbeitern frequentiert - von Menschen, Vampiren und Hexen gleichermaßen.

Anstatt den Club mit ihrem Scanguards-Ausweis über den Hintereingang zu betreten, ging Isabelle um das Gebäude herum zum Vordereingang, wo ein Türsteher stand. Sein Rücken war ihr zugekehrt, als sie näher kam, aber sie erkannte ihn trotzdem. Orlando war der größte Vampir, dem sie je begegnet war, größer und breiter als ihr Vater und noch massiver als Amaury, der beste Freund ihres Vaters und Miteigentümer von Scanguards und dem Mezzanine.

Sie hätte Orlando leicht aus dem Weg gehen können, wenn sie den Hintereingang genommen hätte, aber sie wollte ihn sehen, wollte ihren Blick über ihn schweifen lassen, selbst wenn es nur für einen kurzen Augenblick war. Sie fühlte sich wie ein Junkie, der seinen nächsten Fix brauchte. War es erst vier Monate her, dass er verletzt worden war und sie sich um seine Wunden gekümmert hatte, nicht nur, indem sie ihm menschliches Blut zur Heilung verabreichte, sondern auch, indem sie die tiefen Schnitte an seinem Bauch geleckt und sie mit ihrem Speichel versiegelt hatte? Es fühlte sich an, als wäre es erst gestern passiert, dass sie sein Blut gekostet hatte. Seitdem träumte sie jedes Mal, wenn sie schlief, von einer Wiederholung.

Isabelle wischte sich ihre verschwitzten Hände an ihrer engen Jeans ab und holte tief Luft. Immer wenn sie wusste, dass sie Orlando gegenüberstehen würde, wurde sie so nervös wie ein Teenager, der in das Büro des Rektors geschleppt wurde und das Schlimmste erwartete. Orlando hatte den Vorfall ihr gegenüber nie wieder erwähnt, aber sie erinnerte sich noch daran, wie er sie angesehen hatte, als sie ihn geleckt hatte:

wütend und bereit, sie zu töten, als hätte sie etwas getan, das ihm unvorstellbare körperliche Schmerzen bereitete.

Isabelle war nur wenige Meter von der Eingangstür des Clubs entfernt, als Orlando plötzlich den Kopf drehte, als hätte ihn eine Hornisse gestochen – obwohl mitten in der Nacht keine Hornissen umherflogen. Seine Augen weiteten sich und seine Nüstern blähten sich wie die eines Tieres, das den Geruch eines Raubtiers wahrgenommen hatte. Was war er dann, wenn sie das Raubtier war? Die Beute?

Ihr Herz begann so schnell und laut zu pochen, dass sie hätte schwören können, dass jeder in San Francisco von dem Geräusch geweckt werden würde. Aber sie wusste, dass es nicht möglich war. Es war nur ihre Wahrnehmung, denn sie allein wusste, was der Anblick von Orlando mit ihr anstellte. Ihr Körper schien sich von ihrem Geist zu lösen und steuerte sich selbst. Ihr Puls hämmerte unter der Haut, ihr Körper erhitzte sich, ihre Sinne wurden hochempfindlich, und weiter unten, wo sich ihre Schenkel trafen, sammelte sich flüssige Hitze, um sich auf die Möglichkeit vorzubereiten, dass Orlando sie dieses Mal so berühren würde, wie er sie in ihren Träumen berührte.

„Isabelle." Ihr Name rollte von seinen Lippen wie ein kühles Rinnsal, das von einem grünen Blatt im Regenwald rollte. Darin war das Echo eines Grollens zu hören, als würde ein Gewitter auf sie zukommen und sie durchnässen.

Zwei weitere Meter trennten sie, aber sie verlangsamte ihre Schritte nicht, denn sie wusste, dass sie es sich nicht erlauben durfte, schwach zu werden. Orlando hatte kein Interesse an ihr. Außerdem war er offensichtlich immer noch sauer über den Vorfall von vor vier Monaten. Sie musste so tun, als ob es ihr egal wäre, dass er sie nicht berührte.

„Orlando, hallo. Viel los heute Nacht?", fragte sie, um irgendetwas zu sagen und nicht wie ein einsilbiger, schwärmender Groupie zu klingen. Fühlten sich andere Frauen auch so schüchtern, wenn sie mit dem

Mann ihrer Träume sprachen? Aber sie war nicht schüchtern, war es noch nie gewesen. Ihre Eltern hatten sie so erzogen, dass sie Vertrauen in ihre Fähigkeiten und in sich selbst hatte.

„Wie immer."

Mr. Plaudertasche griff nach der Tür und hielt sie ihr auf. Das Gespräch war beendet und ihr blieb nichts anderes übrig, als den Club zu betreten. Vielleicht würde sie auf dem Weg nach draußen mehr Mut aufbringen und ihn in ein längeres Gespräch verwickeln. Oder vielleicht wäre es besser, wenn sie einen Fremden aufriss, damit sie ihre unerklärliche Anziehungskraft zu dem Vampir, der sie kaum bemerkte, drosseln konnte.

Der Club war trotz der späten Stunde und der bevorstehenden Sperrstunde immer noch voll. Sie schaute sich um. Sie entdeckte Damian, Benjamins Zwillingsbruder und zweiter Co-Manager des Clubs, auf der Tanzfläche. Er tanzte ziemlich aufreizend mit seiner blutgebundenen Gefährtin Naomi, einer vollbusigen Blondine, die ihm vor weniger als zwei Jahren das Herz gestohlen hatte. Ein unwillkürlicher Seufzer rollte über ihre Lippen. Das Paar sah unsterblich verliebt aus und sie fragte sich, wie es wäre, wenn sie jemanden hätte, der sie so ansah, wie Damian Naomi ansah. Natürlich nicht irgendjemanden. Nein, sie wollte Orlando! Wie doof! Orlando war älter als ihr eigener Vater und hatte wahrscheinlich schönere und erfahrenere Frauen gehabt als sie. Nicht, dass sie sexuell unerfahren war. Bis vor vier Monaten hatte sie ihren Anteil an Männern gehabt. Dann hatte ihre Durststrecke begonnen. Sie war zu wählerisch geworden und hatte praktisch an jedem Mann, den sie getroffen hatte, etwas auszusetzen. Es war an der Zeit, dies jetzt zu beenden. Sie musste sich selbst beweisen, dass Orlando nur eine vorübergehende Verliebtheit war und nichts weiter.

An der Bar winkte Isabelle Tanja zu, ihre Getränkebestellung entgegenzunehmen. Tanja war eine Vampirin so wie alle Barkeeper im Mezzanine. Samson und ganz Scanguards hatten es sich zur Aufgabe gemacht, Vampiren Beschäftigungsmöglichkeiten zu bieten, um ihnen zu helfen, ein normaleres Leben zu führen. Scanguards stellte seinen Vampir-Mitarbeitern sogar kostenloses Blut in Flaschen zur Verfügung, um die Notwendigkeit zu minimieren, Menschen zu beißen. Zunächst hatte Scanguards das menschliche Blut, das über eine Scheinfirma für medizinische Versorgung beschafft wurde, zum Selbstkostenpreis verkauft, doch da es Scanguards finanziell sehr gut ging, erhielten alle Mitarbeiter das Blut mittlerweile kostenlos. Sie mussten nur danach fragen.

„Hey, Isa, was kann ich dir einschenken?", fragte Tanja.

„Einen Negroni bitte."

Während Tanja anfing, ihr Getränk zu mixen, sah sich Isabelle um. „Ist heute Abend jemand Interessantes hier?"

Tanja kicherte. „Du meinst nicht nur ein schönes Gesicht und einen schönen Körper, sondern auch ein passendes Gehirn?"

„Das bringt es auf den Punkt."

Tanja stellte das Getränk vor sie hin. „Dann hast du Pech. Die Guten sind bereits mit ihren Eroberungen im Schlepptau abgezogen. Du hättest früher kommen sollen."

„Konnte ich nicht. Ich musste ins Büro."

Tanja hob die Augenbrauen. „Ich dachte, heute Abend hättest du frei."

„Ich auch. Aber ich wurde wegen etwas Wichtigem gerufen."

Tanja schüttelte den Kopf. „Nicht nötig, es zu erklären. Ich weiß, dass du mir wahrscheinlich sowieso nicht sagen kannst, worum es geht."

„Tut mir leid."

Ein Mordfall, bei dem ein Vampir der wahrscheinlichste Täter war, musste vertraulich behandelt werden. Es würde ihren Ermittlungen nicht helfen, wenn sich die Gerüchte wie ein Lauffeuer verbreiten würden. Allerdings war Isabelle sicher, dass einige Leute in ihrer eng verbundenen Vampirgemeinschaft bereits von dem Mord wussten. Es würde nicht lange dauern, bis jeder davon erfuhr. Aber sie wollte diesen Prozess nicht beschleunigen.

Isabelle hob ihr Glas. „Kannst du das bitte auf meine Rechnung setzen?"

Tanja nickte. „Geht klar." Dann wurde sie von einem anderen Gast gerufen.

Isabelle nahm einen Schluck von ihrem Getränk und drehte sich um, um zur Tanzfläche und den hohen Tischen zu blicken, die deren Rand säumten. Damian und Naomi waren weg. Vielleicht hatten sie sich in die Privatsphäre von Damians Büro zurückgezogen oder waren nach Hause gegangen.

Ein junger Mann, ein Vampir, wie seine Aura verriet, eine Aura, die nur andere übernatürliche Wesen wahrnehmen konnten, kam schnurstracks auf sie zu. Sie ließ ihren Blick über ihn schweifen. Sie hatte ihn noch nie zuvor gesehen. Vielleicht besuchte er Familie oder Freunde in San Francisco. Schließlich lebte in San Francisco eine große Anzahl an Vampiren. Er schien in den Dreißigern zu sein, groß und sehr attraktiv. Er hatte ein lockeres Lächeln und, da war sie sich sicher, eine gekonnte Anmache, die er jeden Moment an ihr ausprobieren würde.

Und vielleicht, nur vielleicht, würde sie ihm ein paar Minuten ihrer Zeit schenken, um zu sehen, ob er es wert war. Ein Versuch schadete ja nicht, oder? Sie konnte sich doch nicht auf ewig für jemanden aufheben, nur weil ein gewisser Vampir zu dämlich war, um zu erkennen, dass sie auf ihn scharf war.

6

Orlando öffnete die Tür zum Club und betrat das Foyer. Es war nicht mehr nötig, draußen zu bleiben. So kurz vor der Sperrstunde kamen kaum noch Gäste. Es war wichtiger, dass er jetzt im Club verfügbar war, da es an der Zeit war, dafür zu sorgen, dass die teilweise sehr betrunkenen Gäste keinen Ärger machten, wenn sie zum Verlassen des Clubs aufgefordert wurden. Aber das war nicht wirklich der Grund, warum er seinen Posten draußen verlassen hatte. Er hoffte, einen weiteren Blick auf Isabelle zu erhaschen, obwohl sie wahrscheinlich mittlerweile durch den Hinterausgang verschwunden war – um ihm aus dem Weg zu gehen.

Und warum auch nicht? Er hatte sich wie ein Idiot angehört, als sie bei ihrer Ankunft versucht hatte, ein höfliches Gespräch mit ihm zu führen. Und er hatte in ihrer Gegenwart nicht mehr als zwei Worte herausgebracht.

Wie immer.

Er hätte genauso gut stumm sein können. Aber wann immer er in der Nähe von Isabelle war, brachte etwas sein Gehirn durcheinander und er konnte kaum noch funktionieren. Es war ein Wunder, dass er nicht sabberte. Vor achtzehn Monaten, als er Isabelle zum ersten Mal begegnet war, hatte er es noch geschafft, seine Beherrschung zu bewahren. Aber seit er verletzt worden war, als er bei der Suche nach Samsons Entführern geholfen hatte, und Isabelle seine Wunden geleckt hatte, um ihn zu heilen, hatte er sich in einen liebeskranken Narren verwandelt. Egal wie oft er sich einzureden versuchte, dass sie das für jeden getan hätte, der ihrem Vater treu ergeben war, und versucht hatte, ihn zu retten, und dass dies nichts Persönliches und schon gar nichts Sexuelles war, wollte er die Wahrheit nicht sehen. Stattdessen lebte er in einer Fantasie, in der Isabelle seine Geliebte war und sein Blut trank, während sie rund um die Uhr atemberaubenden Sex hatten.

Es war dumm und er wusste es. Isabelle hatte kein Interesse an ihm. Außerdem könnte sie einen viel besseren Mann finden als ihn. Eine schöne und gebildete Frau wie sie hatte zwischen Menschen und Vampiren gleichermaßen freie Wahl. Und er hatte kein Recht zu hoffen. Dennoch konnte er sich das Träumen nicht verkneifen. Das Fantasieren, wie es wäre, sie zu berühren. Mit ihr zu schlafen.

„Orlando?"

Als Orlando seinen Namen hörte, wandte er sich zur Garderobe, wo Beth, eine Vampirin, den Hörer wieder auf das Haustelefon legte. „Ja?"

„Andrew fragt, ob du ihm helfen kannst, einen lästigen Kunden loszuwerden."

Orlando hob eine Seite seines Mundes zu einem halben Lächeln. „Sicher."

Sie klimperte mit den Wimpern, aber die Handlung ließ ihn kalt. Beth war hübsch, und wenn die Gerüchte wahr waren, konnte sie einem Mann eine schöne Zeit im Bett bereiten. Aber er hatte kein Interesse. Nicht an ihr. Sein Blick schweifte zur Tanzfläche, wo er viele bekannte Gesichter sah: Mitvampire und Stammgäste. Dann richtete er den Blick auf die Bar und suchte nach dem rüpelhaften Gast, den der Barkeeper hinauswerfen wollte. Sein Blick landete auf Isabelle. Sie stand mit dem Rücken zur Bar, während sich ein Vampir, den Orlando schon ein paar Mal zuvor gesehen hatte, viel zu nahe zu ihr beugte und ihr etwas ins Ohr flüsterte.

Orlandos Innereien verkrampften sich. Sie flirtete mit diesem Kerl, der viel zu gut aussah und dem das auch bewusst war. Orlando hatte schon mehrmals beobachtet, wie der Kerl seinen Charme auf andere Frauen ausübte, und wusste, dass der Vampir arrogant und selbstgefällig war. Aufgrund seines attraktiven Aussehens glaubte er, ein echter Fang zu sein, und viele Frauen ließen ihr Höschen für ihn fallen. Und jetzt versuchte er es mit Isabelle. Und alles, was Orlando tun konnte, war hilflos zuzusehen.

Orlando löste seinen Blick von ihr und entdeckte sofort den Gast, der halb über dem anderen Ende der Bar drapiert war, offensichtlich betrunken und streitlustig. Während er die Tanzfläche überquerte, wanderte sein Blick zurück zu Isabelle und dem Fremden. Zu seiner Überraschung löste sich Isabelle plötzlich von dem Vampir, warf ihm einen genervten Blick zu und sagte etwas, das wie eine Zurechtweisung aussah. Dann ging sie in Richtung des Korridors, wo sich die Toiletten, der Lagerraum und der Hinterausgang befanden. Unwillkürlich grinste Orlando in sich hinein. Er hätte wissen müssen, dass Isabelle schnell erkennen würde, dass der Kerl ein arroganter Arsch war.

Erleichtert ging Orlando zur Bar und legte seine Hand auf den Betrunkenen. Er nickte Andrew, einem der drei Vampir-Barkeeper, die heute Abend Dienst hatten, zu.

„Ist das dein Sorgenkind?", fragte

Orlando, während er den Betrunkenen von der Bar zog.

„Er gehört jetzt dir", sagte Andrew grinsend.

Als der Betrunkene versuchte, sich zu wehren, fügte Orlando hinzu: „Ich liebe diesen Teil meines Jobs am meisten."

„Und ich liebe es, zuzusehen", antwortete Andrew und ließ seinen Blick auf unverkennbare Weise über Orlando schweifen.

Orlando legte den Kopf zur Seite und grunzte unzufrieden. „Noch so ein Blick, und du schleppst den Müll selbst raus."

Andrew zuckte mit den Schultern. „Man kann's doch keinem verübeln, dass er es versucht." Dann kicherte er. „Und entspann dich ein bisschen. Ich weiß doch, dass du nicht für mein Team spielst."

„Hmm." Da er Andrew nicht das letzte Wort überlassen wollte, sagte er: „Nächstes Mal dreh diesem Kerl den Hahn zu, bevor er zu viel hat."

Orlando wartete nicht auf eine Antwort, sondern drehte sich um und packte den

Betrunkenen fester, obwohl dieser versuchte, seinem eisernen Griff zu entkommen. Er marschierte zum Vorderausgang. Er hätte den Kerl leicht über die Schulter werfen können, um ihn schneller loszuwerden, aber er wusste, dass weder Damian noch Patrick, die beiden Clubmanager, Demonstrationen übermäßiger Stärke mochten. Schließlich wussten die Menschen in San Francisco nichts von der Existenz von Vampiren, und das musste auch so bleiben.

Augenblicke später war der Betrunkene draußen und Orlando kam zurück in den Club. Er warf einen Blick zur Bar und prüfte, ob es noch andere Betrunkene gab, die rausgeworfen werden mussten, als er am anderen Ende der Bar eine Bewegung wahrnahm. Dort betrat der Vampir, mit dem Isabelle geflirtet hatte, den Korridor, in dem Isabelle nur wenige Augenblicke zuvor verschwunden war.

Ein unangenehmer Schauer lief Orlando über den Rücken.

Isabelle wusch sich die Hände in der Damentoilette im Mezzanine, wohin sie geflohen war, weil der Vampir, der sich als Kevin vorgestellt hatte, für ihren Geschmack viel zu aufdringlich gewesen war. Er hatte ihre subtilen Hinweise, dass sie kein Interesse an ihm hatte, nicht verstanden. Während sein äußeres Erscheinungsbild ansprechend war, ließen sein Charakter und sein Benehmen zu wünschen übrig. Am Ende hatte sie unverblümt sein und ihm sagen müssen, er solle sie in Ruhe lassen. Er würde darüber hinwegkommen. Tatsächlich war sie sich sicher, dass er bereits nach einem anderen Opfer suchte, wahrscheinlich einer menschlichen Frau, die er mit Gedankenkontrolle beeinflussen konnte, damit sie mit ihm nach Hause ging und sich von ihm beißen ließ. Vielleicht sollte sie mit ihrem Bruder Patrick sprechen, um ihn auf Kevin aufmerksam zu machen, damit er ihm klarmachen konnte, dass ein gewisses Verhalten hier nicht toleriert wurde.

Mit einem letzten Blick in den Spiegel verließ Isabelle die Toilette und betrat den

Flur. Einen Moment lang überlegte sie, ob sie wieder hineingehen sollte, entschied sich dann aber dagegen. Sie wandte sich nach rechts, um zum Hinterausgang zu gehen. Sie machte nur zwei Schritte, bevor sie eine Hand auf ihrer Schulter spürte und herumwirbelte.

„Glaubst du, du kannst mich ganz heiß machen und dann einfach verschwinden?" Kevin schleuderte sie gegen die Wand.

Der Idiot hatte keine Ahnung, mit wem er es zu tun hatte. Sie war nicht nur Samson Woodfords Tochter, sie hatte auch die strenge Leibwächterausbildung von Scanguards durchlaufen, die mehrere Kampfsportdisziplinen umfasste.

„Nimm deine verdammte Hand von mir, sonst verlierst du sie", sagte sie so ruhig, wie es der Ärger, der in ihr aufstieg, ihr erlaubte.

„Du spielst einfach die schwer zu Kriegende, nicht wahr? Ich wette, du bist eine wahre Wildkatze im Bett", wagte er zu antworten.

„Das wirst du nie herausfinden." Es wäre ein kalter Tag in der Hölle, wenn sie zulassen würde, dass jemand wie Kevin sie berührte.

„Das ist meine letzte Warnung: Nimm deine Hände von mir."

Isabelle wusste, dass er ihrem Befehl nicht nachkommen würde. Er war zu dumm, zu arrogant. Sie machte sich bereit. Es würde Spaß machen, diesen Kerl zu vermöbeln. Das war genau das, was sie jetzt brauchte: ihre Frustration an diesem Idioten, der dachte, er könnte ihr seinen Willen aufzwingen, auszulassen. Sie würde es ihm zeigen.

Isabelle stieß ihr Knie hoch. Der Stoß hätte Kevins Eier getroffen, wäre er nicht zurückgerissen und mit solcher Wucht gegen die gegenüberliegende Wand geschleudert worden, dass sein Körper eine Delle in der Trockenmauer hinterließ.

Der Mann, der solche Stärke bewiesen hatte, war kein anderer als Orlando. Wo zum Teufel war er plötzlich hergekommen?

Orlando packte den verblüfften Vampir an seiner Jacke und riss ihn hoch. „Hast du die Dame nicht gehört? Sie hat dir gesagt, du sollst deine schmutzigen Pfoten von ihr nehmen."

Kevin wirkte von Orlandos drohender

Gestalt zu verblüfft und zu eingeschüchtert, als dass er etwas sagte.

„Und weißt du, was wir mit Männern machen, die nicht auf Frauen hören? Na?" Orlando fuhr seine Fangzähne aus und seine Augen funkelten in einem bedrohlichen Rot.

Isabelles Atem blieb ihr im Hals stecken. Noch nie hatte sie Orlando mehrere Sätze auf einmal sprechen hören. Aber das war nicht alles. Er sah auch wie der beeindruckendste Rächer aus, den sie sich jemals hätte vorstellen können. Ihr Herz schlug laut und schnell gegen ihren Brustkorb.

Orlando zog Kevin zu sich, sodass ihre Gesichter nur noch wenige Zentimeter voneinander entfernt waren. „Wenn ich dich jemals wieder hier sehe, werde ich dich höchstpersönlich pfählen und jede verdammte Sekunde davon genießen. Nick, wenn du mich verstehst."

Sie hatte noch nie einen Vampir vor Angst zittern sehen, aber Kevin zitterte und nickte schnell.

Orlando ließ ihn los und stieß ihn in Richtung Hinterausgang. „Wenn ich dich in zwei Sekunden immer noch sehe, bist du Staub. Eins ...“

Kevin wirbelte herum und rannte zum Ausgang. Eine Sekunde später war er weg.

Sie hörte, wie Orlando hörbar Luft holte, bevor er ihr einen bösen Blick zuwarf. „Und jetzt zu dir ...“

Seine Augen leuchteten immer noch rot und seine Reißzähne waren immer noch vollständig ausgefahren und lugten zwischen seinen Lippen hervor.

„Du hättest sofort schreien sollen, als er dich in die Enge getrieben hat“, brummte Orlando. „Einer von uns hätte dich gehört.“

Genervt von seinem befehlerischen Ton, ging Isabelle sofort in die Defensive. „Ich wäre mit ihm klargekommen. Und ich brauchte dich auf keinen Fall, um mich zu retten. Ich wollte ihm gerade in die Eier treten. Aber nein, du, du großer Trottel, musstest eingreifen!“ Je mehr sie darüber nachdachte, desto wütender wurde sie. „Ich muss nicht gerettet werden! Ich kann mir selbst helfen.“

Er sah sie mit zusammengekniffenen Augen an. „Bist du mit deiner Tirade fertig?"

Isabelle stemmte ihre geballten Hände in die Hüften. „Tirade? Du hast noch gar nichts gehört!"

Orlando packte sie am Arm und zog sie um die Ecke zu einer Nische, die in den Vorratsraum führte.

„Was zum Teufel, Orlando?"

Er wirbelte sie herum und drückte sie mit dem Rücken gegen die Wand, dann blockierte er sie mit seinem massiven Körper. „Oh, jetzt willst du schreien?"

Sie presste ihre Lippen zusammen, denn ihr fehlten die Worte. Warum war Orlando so sauer? So hatte sie ihn noch nie gesehen. Nein, Korrektur: Sie hatte ihn nur so wütend gesehen, als ihr Bruder Grayson ihm mitgeteilt hatte, dass er Orlando verdächtigte, hinter der Entführung ihres Vaters zu stecken, eine Annahme, die sich als falsch erwiesen hatte.

„Jetzt zeig mir, wie du ihn abwehren wolltest!", forderte er.

Er beugte sich zu ihr, sodass ihre Körper

jetzt nur noch wenige Zentimeter voneinander entfernt waren. Sein massiver Körper überragte ihren, und sie konnte weder an ihm vorbeisehen noch konnte jemand, der vorbeiging, sie sehen.

„Ich sagte –"

Isabelle legte ihre Hand auf Orlandos Nacken und zog ihn zu sich herunter. „Halt die Klappe, du Dummkopf." Dann legte sie ihre Lippen auf seine und küsste ihn, bevor er entkommen konnte.

Orlando blieb einige Sekunden lang starr, bevor er sich bewegte. Bei dem Gedanken, dass er ihren Kuss nicht erwidern würde, stiegen Enttäuschung und Verlegenheit in ihr auf. Sie lockerte ihren Griff um seinen Nacken, damit er sich ihrer Umarmung entziehen konnte, doch zu ihrer Überraschung drückte er sich plötzlich an sie und hielt sie zwischen der Wand und seinem ebenso harten Körper gefangen. Seine Lippen öffneten sich und er legte den Kopf zur Seite und küsste sie.

7

Das war Wahnsinn!

Dennoch konnte sich Orlando nicht zurückhalten. Isabelle hatte diesen Kuss initiiert, vielleicht um ihn aus der Fassung zu bringen, vielleicht um ihn zu verärgern. Es spielte keine Rolle, warum, denn der Effekt war derselbe. Er war erregt. Endlich war Isabelle in seinen Armen und küsste ihn, eine Hand auf seinem Nacken, die andere krallte sich in sein Hemd und hielt ihn fest. Endlich kostete er sie, erkundete mit seiner eifrigen Zunge ihren süßen Mund, strich über ihre

Zähne, um ihre Reißzähne zu necken, in der Hoffnung, dass sie sich ausfuhren.

An ihn geschmiegt fühlte sich ihr Körper zierlich an, obwohl sie für eine Frau groß war. Ihre Kurven waren üppig, ihr Duft berauschend und betäubend. Genauso wie ihr Kuss. Es gab kein Zögern, keine Zurückhaltung. Dies war eine Frau, die für die Liebe geschaffen war, eine Frau, die wusste, wie sie ihren Körper dazu einsetzen konnte, jeden Mann vor Lust in den Wahnsinn zu treiben. Kein Wunder, dass der andere Vampir sich zu ihr hingezogen gefühlt hatte. Als er darüber nachdachte, wurde er wieder wütend. Wie konnte ein anderer es wagen, sie zu berühren? Wie konnte ein anderer Mann es wagen, sich das zu nehmen, was ihm gehören sollte?

Der Gedanke ließ ihn erschaudern, und gleichzeitig schlang Orlando seinen Arm um Isabelles Taille und zog sie mit noch größerer Kraft zu sich, drückte seinen Unterleib an ihren, damit sie spüren konnte, was sie mit ihm anstellte. Sein Schwanz war so hart wie ein Brecheisen, bereit, in sie einzutauchen.

Wenn sie nicht noch vollständig bekleidet gewesen wären, wäre er bereits in ihr und würde sie gegen die Wand ficken, zu ungeduldig, um sich die Mühe zu machen, ein Bett zu finden. Er drückte seine Erektion gegen sie und spürte, wie sie nach Luft schnappte. Doch sie wich nicht zurück, befreite sich nicht aus seiner Umarmung, wehrte sich nicht.

Er legte eine Hand auf ihren Nacken und vertiefte den Kuss, während er ihren Hals streichelte und mit seinem Daumen über ihre Halsschlagader strich, wo ihr Puls gleichmäßig trommelte. Er konnte nicht genug von ihrem Geschmack und den festen Zungenschlägen bekommen, mit denen sie ihm mit gleicher Inbrunst begegnete. Eine Frau, die wusste, was sie wollte. Und obwohl er nie ein Mann gewesen war, der viel küsste, und lieber direkt mit dem Ficken begann, konnte er nicht aufhören, sich mit ihrer Zunge zu duellieren, um ihrem erhitzten Körper immer mehr Stöhnen zu entlocken. Ja, sie fühlte sich heiß unter seiner Berührung an. Ihre Haut transpirierte und ihr natürlicher Duft hüllte ihn ein wie ein Kokon.

Alles schien mit dem Hintergrund zu verschmelzen. Vergessen war der Vampir, der sie angegriffen hatte, vergessen war der Club. Die laute Musik drang nicht mehr an seine Ohren, ebenso wenig wie die Stimmen der Gäste oder irgendetwas anderes in seiner Umgebung. Es war, als wäre er allein mit Isabelle. Allein, um mit ihr zu machen, was er wollte.

Und er wollte so viel. Vor allem wollte er nicht, dass dieser Moment endete, aus Angst, dass es nie wieder passieren würde. Er ließ ihr nicht einmal eine Sekunde Zeit, um tief durchzuatmen, denn wenn er es tat, würde sie vielleicht ihre Meinung ändern und ihn wegstoßen, anstatt ihn so hingebungsvoll zu küssen. Wenn er es nicht besser wüsste, würde er denken, dass sie betrunken war, doch Vampire und Vampirhybriden konnten sich nicht betrinken. Ihre Sinne konnten nicht wie die eines Menschen abgestumpft werden.

Isabelles Hand bewegte sich plötzlich von seiner Brust hinunter zu seinem Hintern. Sie packte ihn fest und drückte seine Leistengegend noch fester an sich, als er es zuvor getan hatte. Jetzt war er derjenige, der nach Luft schnappte und unkontrolliert stöhnte, weil er wusste, dass sie seinen Schwanz willkommen hieß und dass sie mehr wollte.

„Da bist du ja, Orlando. Ich brauche dich –"

Die vertraute männliche Stimme hinter ihm ließ ihn sofort Isabelles Lippen loslassen. Er schaute über seine Schulter, wobei er darauf achtete, Isabelle weiter zu verbergen, denn der Mann, der ihn angesprochen hatte, war ihr Bruder Patrick. Und er war sich nicht ganz sicher, wie Patrick reagieren würde, wenn er mitbekam, dass Orlando wie ein Wilder mit seiner Schwester rummachte.

„Ähm, Patrick", brachte er hervor, während seine Stimmbänder einfroren.

Fassungslose Überraschung stand in Patricks Gesicht geschrieben. Dies war das erste Mal, dass ihn jemand in dieser Stadt mit einer Frau rumknutschen sah. Er fühlte sich, als wäre er in etwas Verbotenes verwickelt worden. Und das war es wahrscheinlich auch. Schließlich war Isabelle die Schwester seines direkten Vorgesetzten und, was noch schlimmer war, die Tochter seines obersten Vorgesetzten Samson. Sie war so tabu, als wäre er ein Mönch und sie eine unschuldige Jungfrau. Scheiße! Er war etwa dreißig Sekunden davon entfernt gewesen, sie in der Öffentlichkeit zu ficken.

Patrick versuchte, über Orlandos große Gestalt hinwegzuschauen, aber Orlando rührte sich nicht. Er hatte nicht die Absicht, preiszugeben, mit wem er erwischt worden war, obwohl klar war, dass Patrick wusste, was los war. Sein Blick wanderte zu Orlandos Hintern, wo Isabelles Hand ihn noch immer umklammerte, bevor er wieder direkt in Orlandos Gesicht schaute.

„Äh, ja, tut mir leid, Bro, aber wir brauchen vorne Hilfe. Wenn du eine Minute Zeit hättest ..."

„Sicher. Ich bin gleich da."

Patrick nickte, blieb aber stehen und hoffte offenbar zu sehen, wen er versteckte. Aber Orlando rührte sich nicht. Das

Schweigen zwischen ihnen dauerte mehrere Sekunden an, bevor Patrick nachgab und sich umdrehte. Als er wegging, lockerte Orlando seine Haltung, trat einen Schritt zurück und befreite Isabelle aus seinen Armen.

Isabelles Lippen sahen wund aus. Ihre Augen schimmerten golden und verrieten, dass sie erregt war. Ja, sie hätte sich von ihm hier ficken lassen. Und das war nicht richtig. Das konnte er nicht zulassen. Er fühlte sich wie ein Vollidiot, weil er sie so benutzt hatte.

Er räusperte sich. „Hör zu, was gerade passiert ist ..."

„Orlando." Sie legte ihre Hand auf seine Brust.

„Es tut mir leid. Das kann nicht noch einmal passieren."

„Aber, aber du ... wir ... Es ist nichts falsch daran –"

„Du bist Samsons Tochter. Ich kann ihn nicht so hintergehen." Orlando schüttelte den Kopf und drehte sich auf dem Absatz um. „Ich entschuldige mich für mein Verhalten."

„Du kannst nicht einfach gehen –"

Aber das musste er. Wenn er in ihrer

Gegenwart bliebe, würde es wieder passieren. Er würde sich völlig in diese Frau verlieben und alles tun, um sie zu Seiner zu machen. Und wenn ihr klar wurde, was für grausame Taten in seiner Vergangenheit lagen, würde sie ihn angewidert und voller Angst, dass er ihr dasselbe antun würde, wegstoßen. Und sie würde ihm das Herz brechen. Die Vergangenheit würde sich wiederholen.

So schnell er konnte, marschierte er zurück in den Club, um Patrick zu helfen, sich um ein paar Betrunkene zu kümmern, die bei ihren Dates übergriffig geworden waren. Es lenkte ihn für ein paar Minuten von Isabelle ab. Doch als sich alles beruhigte, wuchs sein Verlangen nach ihr erneut. Und es gab nur eine Möglichkeit, dieses einzudämmen, bevor es explodierte.

Er zog sein Handy aus der Tasche und scrollte durch seine Kontakte, bis er den richtigen gefunden hatte.

Der Anruf wurde innerhalb von Sekunden verbunden. „Eva's, wie dürfen wir Ihnen heute Abend dienen?", antwortete die Besitzerin des exklusiven Clubs, den er in den letzten vier Monaten immer häufiger besucht hatte.

„Orlando Carlisle. Ich brauche in einer halben Stunde ein Zimmer."

„Willkommen zurück, Mr. Carlisle. Wir haben Sie vermisst. Das Übliche?", schnurrte sie.

„Ja."

„Alles wird für Sie bereitstehen, wenn Sie hier sind."

Er beendete das Gespräch und steckte sein Handy wieder in die Tasche. In ein paar Stunden würde es ihm besser gehen, und dann könnte er vielleicht ruhig schlafen, ohne dass Gedanken an Isabelle ihn wachhalten würden.

8

Vom Fahrersitz ihres Autos aus sah Isabelle zu, wie Orlando in seinem Hummer den Mitarbeiterparkplatz des Mezzanines verließ. Sie war immer noch voller Wut. Orlandos Abfuhr hatte wehgetan.

Alles war perfekt gelaufen. Orlando hatte auf ihren Kuss noch enthusiastischer reagiert, als sie erwartet hatte. Sein Kuss war leidenschaftlich gewesen und hatte sofort das Verlangen nach mehr in ihr geweckt. Genauso wie sie gespürt hatte, dass auch er Lust auf mehr hatte: Seine Erektion war unverkennbar gewesen. Sie hatte noch nie etwas so Großes und Hartes an sich gedrückt gespürt. Ein Beweis dafür, dass er sich zu ihr hingezogen fühlte. Wie konnte er dann behaupten, es sei ein Fehler gewesen?

Du bist Samsons Tochter. Ich kann ihn nicht so hintergehen.

Die Worte hallten immer noch in ihrem Kopf wider. Was hatte ihr Vater damit zu tun? Er würde niemals einer Beziehung im Wege stehen, selbst wenn ihr Auserwählter einer seiner Angestellten wäre. Orlando würde seinen Job nicht verlieren, wenn er eine Beziehung mit ihr hätte. Samson war kein Tyrann. Er beurteilte niemanden nach dessen Klasse, Ansehen in der Gesellschaft oder Bankkonto. Ja, er wollte einen guten Mann für sie, aber das bedeutete nicht, dass dieser Mann reich oder mächtig sein musste. Solange der Mann, mit dem sie zusammen war, sie liebte und sie gut behandelte, würde Samson niemals versuchen, sie auseinanderzubringen.

Ihr Vater war kein Hindernis. Das musste sie Orlando erklären. Und das musste sie sofort tun. Entschlossen, Orlando klarzumachen, dass ihr gemeinsamer Kuss kein Fehler gewesen war, startete sie das Auto und folgte Orlando in einiger Entfernung. Sie wusste, wo in Glen Park er wohnte, und selbst wenn sie ihn verlieren sollte, machte sie sich keine Sorgen.

Doch nachdem sie seinem Auto einige Minuten lang gefolgt war, wurde ihr klar, dass Orlando nicht nach Hause fuhr. Sein Hummer bog nach Norden in Richtung Nob Hill und Pacific Heights ab. Wohin war er unterwegs?

Um nicht gesehen zu werden, nutzte sie alles, was Scanguards ihr über Überwachung beigebracht hatte, bis Orlando schließlich sein Auto vor einem großen Haus in Russian Hill parkte. Isabelle hielt ihren Thunderbird hinter einem geparkten Lieferwagen an und wartete. Orlando sprang aus seinem Hummer, schloss ihn ab und ging zum Eingang eines großen Edwardianischen Hauses. Er drückte gegen die Tür und verschwand im Inneren.

Ihr Atem stockte. Das war nicht sein Zuhause. Wen besuchte er zu so später Stunde? Eine Freundin? Ihr Herz verkrampfte sich. War das der wahre Grund, warum er sie abgewiesen hatte? Weil er bereits eine Beziehung hatte, obwohl bei Scanguards niemand etwas davon wusste? Hatte der stereotypische Einzelgänger eine Liebhaberin?

Plötzlich erinnerte sie sich an den Silvesterabend, als Samson zusammen mit Cain, dem Vampirkönig von Louisiana, aus dem von Cain gemietetem Haus in Russian Hill entführt worden war. Als ganz Scanguards mobilisiert worden war, war Orlando als Erster aufgetaucht, um zu helfen. Er hatte behauptet, er sei in der Gegend gewesen. Dies war einer der Gründe gewesen, warum ihr Bruder Grayson ihn verdächtigt hatte, an der Entführung beteiligt gewesen zu sein. Wie sich herausstellte, hatte Grayson sich geirrt, und Orlando hatte tatsächlich dabei geholfen, die Entführer zu finden.

War er in jener Nacht hier gewesen? Mit seiner Geliebten im Bett, doch zu verschwiegen, um diese Information preiszugeben?

Isabelle schaute weiterhin zu dem Haus. Es waren schon über fünf Minuten vergangen, aber Orlando kam nicht heraus. Sie hatte keine Wahl. Sie musste herausfinden, wer diese andere Frau war. Sie musste wissen, mit wem sie konkurrierte. Sie parkte das Auto und stieg aus. Die Nachtluft war frisch und sie konnte einen Hauch von Regen in der Luft riechen. Es würde kein Platzregen sein, nur ein andauernder Nieselregen.

An der Tür des Gebäudes blieb sie stehen und betrachtete das kleine Messingschild neben dem Türknauf. *Eva's* stand darauf. Dies war kein Wohnhaus. Sie legte ihre Hand auf den Türknauf und drehte ihn. Zu ihrer Überraschung war die Tür nicht verschlossen: ein weiterer Hinweis darauf, dass es sich nicht um ein Privathaus handelte. Niemand würde die Tür zu seinem Zuhause unverschlossen lassen, weder in diesem schicken Viertel noch sonst irgendwo in der Stadt. Die Leute hatten hier zu viel zu verlieren.

Bevor sie ihre Meinung ändern konnte, betrat Isabelle das Haus und schloss die Tür hinter sich. Sanfte Musik drang zu ihren Ohren. Vor ihr befand sich ein kurzer dunkler

Korridor mit einer Tür am Ende. Durch das kleine Fenster über der Tür kam kein Licht, und es war still. Sie warf einen Blick auf die Treppe vor ihr. Sie wurde von indirektem Licht beleuchtet und lud die Besucher ein, nach oben zu gehen.

Der Teppich auf der Treppe verschluckte den Klang ihrer Schritte und verschaffte eine Atmosphäre, die sie in einem exklusiven Hotel oder Club erwarten würde. Aber welche Art von Club? Als sie oben an der Treppe ankam, nahm sie schnell ihre Umgebung wahr: Ein opulenter Empfangsbereich war von einer provokant gekleideten Frau in den Vierzigern besetzt. Eine Sterbliche. Sie führte ein Telefongespräch. Ihre Stimme war angenehm und sinnlich.

Obwohl sie nicht sehr laut sprach, erfasste Isabelles Vampirgehör jedes Wort.

„Natürlich, Mr. Jennings. Carol wird Sie wie immer erwarten." Die Frau blickte sie unter ihren langen Wimpern an und musterte sie, während sie ihr Telefongespräch fortsetzte. „Ja, schön. Alles wird für Sie bereit sein."

Sie legte den Hörer auf und warf Isabelle einen einladenden Blick zu. Isabelle setzte ein unverbindliches Lächeln auf und näherte sich.

„Guten Abend", schnurrte die Frau.

„Abend", antwortete Isabelle, unsicher, wie sie fortfahren sollte.

„Was suchen Sie denn, meine Liebe? Einen Mann oder eine Frau? Bei uns ist für jeden Geschmack etwas dabei."

Diese wenigen Worte bestätigten alles, was sie vermutet hatte, als sie das Telefongespräch der Frau belauscht hatte. Dies war ein Bordell oder ein Sexclub oder wie auch immer diese Etablissements genannt wurden. Warum um alles in der Welt kam Orlando hierher und bezahlte für etwas, das er umsonst bekommen konnte?

„Eigentlich einen Mann", sagte Isabelle und blickte der Frau direkt in die Augen, um eine Fähigkeit zu nutzen, die nur Vampire und Vampirhybriden besaßen: Gedankenkontrolle. Damit konnte sie diese Sterbliche beeinflussen, damit sie preisgab, was sie wissen wollte. „Ich glaube, er ist erst vor ein paar Minuten angekommen.“

Die Frau legte den Kopf ein wenig schief, als ob etwas nicht stimmte, bevor sie antwortete: „Ähm, ja.“

„Sein Name ist Orlando“, fuhr Isabelle fort.

„Ein sehr guter Kunde, ja.“

Das war also kein Einzelfall. Er war Stammgast. Das hätte sie nie erwartet. „Ist er schon mit der Frau zusammen, die er gebucht hat?“

„Tracy macht sich gerade fertig.“

„Rufen Sie sie zurück und sagen Sie ihr, sie soll eine Pause einlegen. Ich werde ihren Platz einnehmen.“ Es war an der Zeit, mit Orlando zu reden, denn sie konnte es nicht hinnehmen, durch eine Prostituierte ersetzt zu werden. Und das würde sie ihm auch sagen.

Die Frau nahm den Hörer ab und drückte einen Knopf, bevor sie ins Telefon sprach. „Tracy. Mach eine Pause. Ich werde jemand anderen beauftragen, sich um Mr. Carlisles Bedürfnisse zu kümmern.“

Als sie den Hörer auflegte, fragte Isabelle: „Wo ist er?"

Sie stand auf und zeigte auf das Ende des Korridors. „Wenden Sie sich dort nach links. Tracy wird Ihnen das Zimmer zeigen."

„Danke."

Als Isabelle den Korridor entlangging, kam eine junge Frau in einem farbenfrohen Kimono-ähnlichen Gewand auf sie zu. „Sind Sie Tracy?"

Die sterbliche Schönheit lächelte. „Ja." Sie ließ ihren Blick über Isabelle schweifen. „Sie übernehmen Mr. Carlisle?"

„Ja. Zeigen Sie mir bitte sein Zimmer."

„Aber Sie müssen sich erst einmal umziehen. Er hat sehr spezifische Wünsche", betonte Tracy.

Isabelle zog die Augenbrauen hoch. Welche Art von Fetisch hatte Orlando? Neugierig ließ sie sich von Tracy in einen kleinen Raum führen, in dem sie sich sofort fühlte wie in der Umkleidekabine eines Burlesque-Theaters.

Tracy durchstöberte das Regal, zog dann einen sexy Morgenrock in Rot- und

Schwarztönen heraus und reichte ihn ihr. Isabelle betrachtete das freizügige Kleidungsstück. Nun, es konnte nicht schaden, sich umzuziehen. Denn sobald sie ein ernstes Wort mit Orlando geführt und ihm erklärt hatte, dass ihr Vater sich nie zwischen sie stellen würde, würde sie sich sowieso ausziehen müssen. Sie würde ihn nicht gehen lassen, bevor sie Sex hatten.

„Ziehen Sie alles aus. Hier können Sie Ihre Kleidung unterbringen." Sie zeigte auf einen Spind.

Isabelle trat hinter einen Raumteiler und zog sich um. Sie trug das Gewand ohne irgendetwas darunter, und trat hervor. Augenblicke später führte Tracy sie zurück in den Flur und blieb vor einer Tür stehen, an der neben dem Türknauf ein rotes Licht aufleuchtete.

„Er ist bereit." Tracy hatte die Hand bereits auf dem Türknauf, bevor sie über ihre Schulter schaute. „Und was auch immer Sie tun, Sie dürfen kein einziges Wort sagen, wenn Sie da drinnen sind. Er möchte nicht, dass wir sprechen. Befolgen Sie einfach seine Anweisungen."

Bevor sie nach dem Grund fragen konnte, öffnete Tracy ihr die Tür. Isabelle trat ein und hörte, wie sich die Tür hinter ihr schloss.

Das Erste, was Isabelle wahrnahm, war der Geruch von Duftkerzen. Sie atmete tief ein: Vanille und Orangen. Ihr eigenes Haarshampoo roch genauso. Der Duft überwältigte den schwach beleuchteten Raum. Nur Kerzen und ein paar Wandleuchter beleuchteten ihn. Und dort, auf einem großen Kingsize-Bett, lag der Mann, den sie suchte: Orlando. Er war nackt, doch ein dünnes Laken bedeckte seine untere Hälfte. Herrlich nackt, bis auf einen Gegenstand, den man nicht als Kleidung bezeichnen konnte.

Es gab einen Grund, warum Orlando jetzt, da sie im Raum war, noch nicht aufgesprungen war. Die Duftkerzen beeinträchtigten offensichtlich seinen Geruchssinn, aber das war nicht der einzige Grund. Er trug eine schwarze Schlafmaske, die seine Augen vollständig bedeckte, sodass er nicht wie bei einer normalen Augenbinde darunter hervorlugen konnte. Er konnte nichts sehen. Dutzende Gedanken gingen ihr durch den Kopf, als sie versuchte zu verstehen, warum Orlando in ein Bordell kam und sich praktisch blind machte, um nicht zu sehen, wer ihn beglückte.

Jetzt ergab auch Tracys Bemerkung, kein Wort zu sagen, Sinn. Er wollte die Stimme der Frau nicht hören, wollte nicht wissen, wer sie war.

„Komm", sagte Orlando mit heiserer Stimme.

Isabelle trat näher. Der üppige Teppich unter ihren nackten Füßen verschluckte ihre Schritte und sie blieb neben dem Bett stehen.

Er klopfte auf die Matratze zu seiner Linken. „Komm hier rauf und dann leck mir den Bauch."

Beim Klang seiner Worte wurde ihr alles klar. Ihr Herz hämmerte in ihrer Brust. Orlando stellte den Vorfall von vor vier Monaten nach, als er verletzt worden war und Isabelle seine Bauchwunden geleckt und ihn somit geheilt hatte.

Sie ließ sich auf das Bett gleiten, faltete

ihre Beine unter sich und beugte sich dann über Orlandos Unterleib. Ihr langes Haar strich über die Haut seines Rumpfs und er holte hörbar Luft. Isabelle senkte ihr Gesicht zu seinem Unterleib, genau dort, wo er Monate zuvor von den Klauen eines Vampirs aufgeschlitzt worden war. Aber er hatte keine Narben. Der Körper eines Vampirs vernarbte nicht.

Sie legte eine Hand auf seinen Oberschenkel, spürte seine harten Muskeln durch das dünne Laken, dann legte sie ihre Lippen auf seinen Bauch und küsste seine warme Haut. Diese war genau so, wie sie sie in Erinnerung hatte: weich und glatt wie die eines Babys. Doch darunter lagen stahlharte Muskeln.

„Ich sagte, leck –"

Sie schnitt seinen Befehl ab, indem sie mit langen, gemächlichen Bewegungen über seinen Bauch leckte, als würde sie sein Blut auflecken. Ein sichtbarer Schauer lief durch Orlandos Körper, ein Beweis dafür, wie sehr ihn diese Tat antörnte. Sie fuhr mit ihrer sinnlichen Liebkosung fort und genoss den

Geruch und Geschmack seiner sauberen Haut, während sie das dünne Laken ergriff und es weiter nach unten zog, um seinen Schwanz freizulegen. Aus dem Augenwinkel beobachtete sie, wie sich sein Schaft wie ein Phönix erhob. Sie schleckte noch etwas länger und er war vollständig erigiert. Sie drehte den Kopf und unterbrach die Handlung, die er ihr aufgetragen hatte, um seine Erektion zu bewundern.

Er war noch größer, als sie es sich vorgestellt hatte. Lila Adern schlängelten sich um den stolzen Schaft, der in einem Bett aus dunklem Haar stand. Bei dem Gedanken, ihn in ihr zu haben, verkrampfte sich ihre Gebärmutter vor Vorfreude.

„Weiter", forderte er und seine Stimme klang wie ein Knurren. „Leck meinen Bauch."

Als sie ihn weiter leckte, sah sie, wie er nach seinem Schwanz griff. Er legte seine Hand um seinen Ständer und begann daran zu ziehen. Warum hatte er sie nicht stattdessen gebeten, seinen Schwanz zu lutschen? Bedeutete das, dass die Frauen, die ihm bei dieser Fantasie halfen, nichts weiter taten, als ihm den Bauch zu lecken? Fickte er sie nicht? Bat er sie nicht einmal um einen Blowjob?

Vielleicht war das nur ein Vorspiel, und sobald er genug davon hatte, seinen Bauch geleckt zu bekommen, würde er sie bitten, seinen Schwanz zu lutschen oder ihn zu reiten. Es gab einen Weg, das herauszufinden.

Sie hörte auf, ihn zu lecken, legte ihre Hand auf seine und löste diese so schnell von seiner Erektion, dass er keine Chance hatte zu reagieren. Dann legte sie ihre eigene Hand um die harte Wurzel.

„Fuck!", zischte er.

Sie zog einmal daran, senkte dann ihren Kopf und legte ihre Lippen um seine Schwanzspitze.

„Hör auf!", knurrte er und setzte sich ruckartig auf.

Aber Isabelle nahm seinen Schwanz bereits in den Mund. Sie kam nicht weit. Eine feste Hand auf ihrer Schulter riss sie zurück. Sie wirbelte ihren Kopf zu ihm, gerade als er seine Schlafmaske herunterriss und sie wütend ansah.

9

„Fuck!"

Das durfte nicht wahr sein. Isabelle konnte nicht hier sein. Dies war nur sein Fantasiebild, die einzige Möglichkeit, echte Erleichterung zu finden. Seit er Isabelle zum ersten Mal begegnet war, kam er zu *Eva's*. Er hatte immer darauf bestanden, dass die Frauen, die ihm Vergnügen bereiteten, stumm blieben. Und er trug stets eine Schlafmaske, damit er nichts sehen und sich vorstellen konnte, es wäre Isabelle, die ihn berührte. Um die Träumerei zu vervollständigen, hatte er darum gebeten, dass im Raum Kerzen mit

Vanille- und Orangenduft angezündet würden, denn das war Isabelles Duft. Es half ihm, tiefer in seinen Traum einzutauchen. Anfangs ließ er sich immer von den Frauen den Schwanz lutschen. Aber nach dem Vorfall vor vier Monaten, bei dem Isabelle seine Bauchwunde geleckt hatte, hatte sich das Fantasiebild geändert und er hatte die Frauen angewiesen, einfach seinen Bauch zu lecken, während er masturbierte. Er wollte ihre Münder nicht mehr auf seinem Schwanz spüren. Er wollte Isabelles.

Und jetzt war sie hier, mitten in seiner verdorbenen Träumerei, in Fleisch und Blut, kaum bekleidet, ihr Gewand aufklaffend und ihre Brüste seinem lustvollen Blick ausgesetzt.

Orlando griff schnell nach dem Bettlaken und zog es hoch, um sich zuzudecken. „Was zum Teufel, Isabelle! Du solltest nicht hier sein."

Sie warf ihm einen empörten Blick zu. „Ja, das könnte ich von dir auch sagen!"

„Verschwinde sofort!" Denn wenn er sie noch eine Minute länger ansehen müsste, wäre er sich nicht sicher, ob er der Versuchung widerstehen könnte, sie auf den Rücken zu werfen und sie zu ficken, bis er keinen Muskel mehr bewegen konnte.

Isabelle kniete immer noch auf dem Bett und stemmte die Hände in die Hüften, was dazu führte, dass ihr Morgenrock noch weiter aufklaffte. „Ich gehe nicht. Nicht bis wir darüber gesprochen haben." Sie gestikulierte mit der Hand. „Glaubst du, ich weiß nicht, was du hier machst?"

„Es geht dich nichts an."

„Doch!" Sie rückte näher. „Ich weiß, was das hier ist. Du spielst nach, was vor vier Monaten passiert ist. Leugne es nicht."

Sie warf einen Blick auf seine Leistengegend, wo sein Schwanz immer noch hart unter dem Bettlaken war und sich nach Erlösung sehnte. Er verfluchte die Tatsache, dass die Art, wie sie ihn ansah, ihn noch härter machte. Aber er konnte nicht zulassen, dass es so weiter ging.

„Ich kann in meiner Freizeit machen, was ich will", betonte er. „Verschwinde von hier, bevor ich etwas tue, das ich bereuen werde."

„So wie du mich geküsst hast?“ Sie warf ihm einen herausfordernden Blick zu. „Bereust du das? Bereust du es, dass du im Mezzanine deinen Schwanz an mich gerieben hast? Tust du das? Oder wolltest du mehr?“

Verdammt, Isabelle war eine Frau, die nicht so schnell nachgab. Dafür musste er sie bewundern. Aber das bedeutete nicht, dass er einfach annehmen konnte, was sie so deutlich anbot. Es würde nicht gut ausgehen. Und dann müsste er wieder verschwinden, wieder allein sein, ohne Familie, ohne Freunde.

Also tat er das Einzige, was er tun konnte: er leugnete, wie sich ihre Gegenwart auf ihn auswirkte.

„Ich bin nicht an dir interessiert. Dein Kuss hat mich kalt gelassen.“ Oh Gott, er hasste sich dafür, so gefühllos zu sein. „Ich will dich nicht ficken. Bekommst du das nicht in den Kopf? Du bist nicht so begehrenswert, wie du denkst. Was du bist, ist ein verwöhntes kleines reiches Mädchen.“

Isabelle erbleichte. Offensichtlich wirkten die Worte. Sie verletzten ihre Gefühle. Gut. Zumindest würde sie sich jetzt von ihm fernhalten. Die Versuchung würde vergehen. In ein paar Sekunden würde sie verschwunden sein, und er könnte sich dann dafür niedermachen, dass er ihr diese grausamen Worte an den Kopf geworfen hatte, obwohl er in Wirklichkeit mit ihr schlafen wollte. Aber das konnte er nicht. Er konnte nicht nur nicht riskieren, dass sich die Vergangenheit wiederholte, jemand hatte ihn gefunden und war offensichtlich auf Rache aus. Isabelle würde ins Kreuzfeuer geraten. Und das verdiente sie nicht. Es wäre besser, wenn sie ihn hasste und sich so weit wie möglich von ihm fernhielt.

Isabelle sprang vom Bett. „Gut", sagte sie mit zusammengepressten Lippen.

Scheiße! Er hasste es, wenn Frauen *gut* sagten. Es bedeutete alles andere als gut. Wenn er in seinem langen Leben etwas gelernt hatte, dann das.

„Wenn du mich nicht ficken willst, dann bin ich mir sicher, dass ich in dieser Bude einen anderen Mann finden kann, der nicht nein sagt."

Was zum –

„Ich konnte Eva davon überzeugen, mich in dieses Zimmer zu lassen. Ich bin mir sicher, dass sie mich in ein anderes auch hineinlassen wird. Solange er einen großen Schwanz hat, was kümmert es mich schon, wer er ist?"

Sie stampfte zur Tür, doch Orlando sprang bereits aus dem Bett. Ein anderer Mann? Sie wollte einen Fremden in dieser verdorbenen Bude ficken, wo sich alle Arten von perversen Typen aufhielten?

Isabelle riss die Tür auf, aber Orlando war schneller. Er schlug mit der Hand die Tür wieder zu.

„Über meine verdammte Leiche", fluchte er.

Isabelle wirbelte herum, ihre Augen leuchteten jetzt rot und ihre Reißzähne waren ausgefahren. „Da hast du kein Mitspracherecht."

Er drängte sie an die Tür und beugte sich näher. „Habe ich doch. Du wirst keinen anderen Mann ficken."

„Und wie willst du mich aufhalten, hm?" Sie spuckte die Worte förmlich.

Er legte seine Arme um sie und zog sie an seinen nackten Körper, ihr Gewand war jetzt vorne völlig geöffnet. Ihre nackten Brüste berührten seine Brust, ihre Brustwarzen waren hart. Der Duft ihrer Erregung schwängerte den Raum. „Du kannst keinen anderen ficken, während mein Schwanz in dir steckt."

Sie hatte ihm keine Wahl gelassen. Der Vampir in ihm hatte die Entscheidung für ihn getroffen. Er wollte Isabelle, auch wenn er wusste, dass es nicht gut enden würde. Er würde nicht nur ihr, sondern auch sich selbst wehtun. Aber gerade jetzt, in diesem Moment, konnte er nicht mehr klar denken. Bei dem Gedanken, dass ein anderer Mann Isabelle berühren würde, sah er rot.

Orlando hob sie hoch und zerrte sie zurück zum Bett. Er ließ sie auf die Bettdecke sinken und stützte sich über ihr ab. Ihre Beine waren bereits gespreizt und er stieß ohne Umschweife in sie hinein. Sie schnappte nach Luft und ihre Augenlider flatterten. Und noch etwas anderes geschah:

Ihre Augen schimmerten golden. Ein Zeichen von Vergnügen und Erregung.

„Orlando", murmelte sie leise und zog seinen Kopf zu sich hinab.

Er schaute ihr in die Augen, während er versuchte, seine Selbstbeherrschung zu bewahren. In Isabelles Körper zu sein war intensiver, als er erwartet hatte. Und er hatte hohe Erwartungen gehabt. Aber sie stellte sogar diese in den Schatten. Ihre inneren Muskeln drückten ihn fest und ihre heiße, feuchte Muschi umhüllte ihn.

„Davon habe ich geträumt, seit du verletzt wurdest", gestand sie.

„Das darfst du mir nicht sagen."

„Warum nicht?"

„Weil ich dich dann noch mehr begehre." Er zog seine Hüften zurück und zog sich halb aus ihr heraus, bevor er wieder in sie eintauchte.

Sie berührte seine Lippen mit ihren. „Also lasse ich dich doch nicht kalt."

„Hör auf zu reden, Baby. Kannst du nicht sehen, dass ich mit dir schlafen möchte?"

„Dann fang schon an. Ich habe lange genug gewartet.“

„Ich bin kein zärtlicher Mann, Isabelle. Wenn das ist, was du willst –“

„Ich brauche keine Zärtlichkeit. Ich brauche dich.“

Orlando nahm ihre Lippen und küsste sie, während er weiter unten in ihre warme Höhle hineinstieß und wieder zurückwich. Heute Nacht würde er es genießen, mit Isabelle zusammen zu sein. Morgen würde er sich mit den Konsequenzen auseinandersetzen.

Isabelle hatte einen perfekten Körper, stark und dennoch weich und geschmeidig, wo es darauf ankam. Ihre Brüste fühlten sich an wie die weichsten Kissen, die er jemals an seine Brust gepresst gefühlt hatte. Gleichzeitig waren sie fest und brauchten keinen BH, um ihre perfekt runde Form zu behalten. Ihre Taille war schlank, aber sie war nicht dürr. Sie war athletisch, eine Frau mit Muskeln, um sich zu verteidigen, und mit Kurven, die die Stöße eines Mannes perfekt abfederten.

Sie bewegte sich synchron mit ihm, ihre Körper vereinten sich in Harmonie, ihre Herzschläge hallten im gleichen Rhythmus wider, ihre Atemzüge vermischten sich. Isabelle zu küssen, während er unerbittlich in ihre einladende Scheide eindrang, katapultierte ihn auf eine andere Ebene. Ihr Duft umhüllte ihn wie ein dicker Kokon, und der Geschmack ihrer Lippen und ihrer Zunge war berauschend, als würde er bewusstseinsverändernde Drogen enthalten. Er erkannte diese Droge: ihr Blut. Der Duft stieg ihm in die Nase, führte ihn in Versuchung und neckte ihn. Er hatte schon lange keine Frau mehr beim Sex gebissen. Bei dem Gedanken daran kamen längst vergessene Erinnerungen hoch und seine Hüften arbeiteten härter. Mit immer größerer Inbrunst rammte er seine Erektion in Isabelles warme Muschi. Sie hielt mit ihm Schritt, schreckte nicht vor seinem hektischen Tempo zurück und getreu ihrem Wort verlangte sie nicht nach Zärtlichkeit.

Der dünne Schweiß, der nun ihre beiden Körper bedeckte, ließ jedes Gleiten aneinander sanft und erotisch wirken. Es gab kein falsches Stöhnen oder Seufzen, keine Ausrufe oder Bestätigungen sexueller Fähigkeiten. Nur ihre Herzschläge und Körper kommunizierten miteinander. Isabelles Reaktion darauf, dass sein harter Schwanz immer tiefer in sie eindrang, war ehrlich und so leicht zu lesen, als würde ihr Puls ihm eine Nachricht im Morsecode senden. Jede Bewegung, jeder Atemzug sagte ihm, was sie brauchte, wie er sie befriedigen konnte.

Als er seine Lippen von ihren nahm, begegnete sie seinem Blick, bevor sie ihren Kopf zur Seite drehte und ihren Hals anbot. Unter ihrer glitzernden Haut sah er, wie ihre Halsschlagader im Rhythmus seiner Stöße pulsierte.

Fuck! Wollte sie, dass er sie biss? Dass er ihr Blut trank, so wie sie vor vier Monaten sein Blut gekostet hatte? Seine Stöße wurden langsamer und er sah wieder in ihr Gesicht und vergewisserte sich, dass er sie nicht falsch verstanden hatte.

„Bitte", murmelte sie. „Koste mich."

„Ich werde kommen, sobald ich das tue", warnte er sie, wohlwissend, dass das sexuelle

Vergnügen eines Vampirbisses ihn über den Rand katapultieren würde.

„Ich auch."

Die kaum hörbaren Worte, die über ihre Lippen rollten, fühlten sich an wie das Rinnsal einer winzigen Quelle, die zwischen hohen Bäumen und weichem Moos einen Hügel hinunterlief. Er konnte diesem Sirenenruf nicht widerstehen. Mutigere Vampire hatten versucht, einem Angebot von Blut zu widerstehen, und waren gescheitert. Das würde er genauso, denn alles, woran er jetzt denken konnte, war, wie Isabelles Blut schmeckte und was es mit ihm anstellen würde. Es würde ihn vor Geilheit wahnsinnig machen und seine Verliebtheit in sie noch schlimmer machen. Wen wollte er da hinters Licht führen? Ein Tropfen ihres Blutes und –

„Willst du mein Blut nicht?"

Isabelles geflüsterte Frage brachte ihn dazu, sie anzusehen. Was er sah, war nicht die Isabelle, die er kannte, die selbstbewusste, intelligente, sanft erzogene Erbin, sondern die verletzliche Frau in ihrem Inneren. Die Frau, die ihr Herz öffnete und es darlegte, damit jeder darauf herumtrampeln konnte. Da wurde es ihm klar: Er würde ihr nie unbeschadet entkommen.

Seine Lippen bewegten sich und formten Worte, bevor er überhaupt wusste, was er sagen wollte.

„Ich möchte alles von dir."

Er wartete nicht auf eine Antwort, brauchte keine und senkte seine Lippen auf ihren Hals, wo ihre Arterie in einem aufgeregten Rhythmus pulsierte. Einen Augenblick später durchbohrte er ihre zarte Haut mit seinen scharfen Zähnen und begann zu saugen. Als Isabelles süßes Blut seinen Mund füllte und seine ausgedörrte Kehle hinunterlief, wurde ihm klar, dass all seine Pläne, sich von ihr fernzuhalten, einen spektakulären Tod starben und durch einen einzigen Wunsch ersetzt wurden: Isabelle zu seiner Gefährtin zu machen.

10

Isabelle schauderte vor Vergnügen, als Orlandos Fangzähne ihre Haut durchstachen und er anfing, von ihr zu trinken. Das war besser als all die Träume, die sie von ihm gehabt hatte. Das Gefühl, wie Orlandos Körper mit ihrem verschlungen war, sein prächtiger Schwanz in ihrer Muschi, seine Reißzähne in ihrem Hals, ließ ihre Klitoris vor Verlangen pochen. Sie hatte von dem Moment an, als er seinen Schwanz mit solcher Wucht in sie gerammt hatte, dass er eine menschliche Frau in Stücke gerissen hätte, am Rande eines Orgasmus geschwebt.

Aber sie begrüßte die Art und Weise, wie er sie nahm, wie es nur ein Vampir konnte. Ohne Tabus. Ohne Zurückhaltung.

Sie liebte die Art, wie er sich anfühlte, liebte sein Gewicht und wie er sie nahm, als ob sie ihm gehörte und er tun könnte, was er wollte. Nein, Orlando war kein zärtlicher Mann. Er war rau, herrschsüchtig und sich seiner körperlichen Stärke vollkommen bewusst. Sie war noch nie mit einem Mann wie ihm zusammen gewesen. Und jetzt, da sie wusste, wie es war, von seinem erstaunlichen Körper gefangen genommen zu werden, konnte sie sich endlich gehen lassen. Sie konnte sich fallen lassen und die Zügel loslassen, weil sie wusste, dass er da sein würde, um sie aufzufangen und zu retten.

Sein Biss schickte Ranken glühender Hitze durch sie hindurch und durchdrang jede Zelle ihres Körpers, jeden Zentimeter ihres Wesens. Alles Weibliche erwachte in ihr. Darauf hatte sie ihr ganzes Leben lang gewartet: auf einen Mann, der ihr ebenbürtig war, ein Mann, der ihr die Sicherheit geben konnte, nach der sie sich sehnte, ein Mann, der ihr wahres Selbst aus seinem Schneckenhaus herausholte. Denn trotz allem, was alle über sie zu wissen glaubten, hatte die Entführung im Alter von zwanzig Jahren Narben hinterlassen, die niemand sehen konnte, Narben, die sie vor allen geheim gehalten hatte, sogar vor ihrem Vater. Aber in Orlandos Armen empfand sie keinen Schmerz, keine Angst. Sie war in Sicherheit.

Isabelle legte ihre Hand auf Orlandos Nacken und zog ihn näher an sich, denn sie wollte nicht, dass er aufhörte, während sie mit der anderen Hand seinen Hintern packte und ihn drängte, tiefer in sie einzudringen. Das Tempo seiner Bewegungen beschleunigte sich, und sie konnte es jetzt spüren: ihren eigenen nahenden Orgasmus. Und als spürte er es auch, zog er plötzlich seine Fangzähne zurück. Als sie ihr Gesicht zu ihm wandte, schimmerten seine Augen golden.

„Komm", drängte er sie, bevor er seine Lippen wieder auf ihre senkte und sie küsste.

Sie schmeckte ihr eigenes Blut auf seiner Zunge und erschauderte. Die Wellen ihres Orgasmus brachen über sie hinweg und begruben sie wie einen Surfer, der den Kampf gegen die Macht des Ozeans verloren hatte. Sie ließ sich treiben und spürte, wie eine weitere Welle sie emporhob, diesmal eine ganz andere. Diese kam von Orlando, als sein Sperma aus der Spitze seines Schafts explodierte und sie mit einem scheinbar endlosen Hitzestrahl füllte.

Mit einem lauten Stöhnen löste Orlando seine Lippen von ihren. Sein Körper entspannte sich langsam, während sein Höhepunkt nachließ und seine Bewegungen langsamer wurden. Er stützte sich auf seine Ellbogen und umfasste ihr Gesicht mit seinen Händen, bevor er sanfte Küsse auf ihre Lippen und ihr Gesicht drückte. Sie summte zufrieden und genoss das Gefühl, unter Orlandos sexy Körper begraben zu sein. Sie streichelte seinen Rücken und seinen Hintern mit ihren Fingern und erkundete ihn jetzt mit mehr Muße.

„Ich dachte, du hättest gesagt, du wärst kein zärtlicher Mann", murmelte sie und lächelte ihn an.

Er knurrte. „Bin ich auch nicht. Oder hast

du nicht bemerkt, wie wild ich dich gefickt habe?“

„Dann muss ich mich wohl getäuscht haben ...“

Isabelle fuhr mit einer Hand durch sein kurzes Haar und bemerkte, dass er für einen Moment die Augen schloss und ein zufriedener Ausdruck sich auf seinem Gesicht ausbreitete.

„Ich war grob zu dir.“

Er machte eine Bewegung, als wollte er sich aus ihr herausziehen, aber sie schlug ihre Hände auf seinen Hintern und hielt ihn dort fest. „Du gehst nirgendwo hin.“

„Mehr davon kannst du dir doch nicht wünschen.“ Er warf ihr einen durchdringenden Blick zu. „Du könntest einen Besseren finden als mich.“

„Stell dein Licht nicht unter den Scheffel.“ Sie streichelte seinen Po, während sie ihn näher an sich zog und ihre Beine weiter spreizte, damit er tiefer in sie hineinglitt. Er war immer noch hart und sie wusste, dass er noch eine ganze Weile hart bleiben würde. Es war die

Wirkung ihres Blutes, und sie wussten es beide.

„Was willst du mit mir?", fragte Orlando und schaukelte hin und her, wodurch sich ein leises Keuchen ihrer Kehle entrang.

„Ist das nicht offensichtlich?" Sie bewegte ihr Becken und forderte ihn auf, erneut zuzustoßen.

„Du könntest mit jedem Sex haben, den du willst."

Sie kicherte leise. „Orlando, ich habe Sex mit genau dem, den ich will."

Er seufzte und wich ein wenig zurück. „Du wirst mich wohl nicht einfach gehen lassen, nachdem du deine Neugier befriedigt hast, oder?"

„Neugier?"

„Erzähl mir nicht, dass du nicht neugierig warst, wie es wäre, von einem Dummkopf wie mir gefickt zu werden."

„Du bist kein Dummkopf."

„Du hast mich im Club so genannt. Oder hast du das schon vergessen?"

Isabelle grinste. „Du hast eine Art, Leute zu verärgern."

„Dafür wurde ich eingestellt." Dann hob er sein Kinn. „Also beantworte meine Frage. Wirst du mich nach heute Nacht in Ruhe lassen?"

„Auf keinen Fall. Ich kann auch sehr nervig sein. Versuch also nicht einmal, mit Ausreden anzufangen, dass du nicht mit mir zusammen sein kannst, weil du meinen Vater nicht hintergehen willst. Das wird nicht funktionieren."

Orlando holte tief Luft und warf ihr einen ernsten Blick zu. „Er darf es nicht herausfinden. Das darf auch niemand anderer."

„Warum nicht?"

„Ich habe eine Vergangenheit, Isabelle. Und ich habe Feinde."

Das hatte sie auch erwartet. Kein Mann tauchte plötzlich aus dem Nichts vor der Haustür eines anderen Mannes auf und bat um einen Job, ohne eine Erklärung abzugeben. Sie hatte schon immer vermutet, dass er vor etwas davonlief. Aber lief nicht jeder vor etwas davon?

„Jeder hat Feinde. Mein Vater hat Feinde,

und das hat ihn nicht davon abgehalten, eine Frau und eine Familie zu haben."

Orlando schüttelte den Kopf. „Wenn du nach so etwas suchst, muss ich dich enttäuschen. Ich kann dir nicht geben, was du verdienst. Es kann nur Sex zwischen uns sein."

Das würde sie nehmen. Vorerst. „Sex ist mir recht."

Er warf ihr einen zweifelnden Blick zu. „Und selbst das bringt dich in Gefahr. Wenn meine Feinde von dir erfahren, werden sie dich benutzen, um an mich heranzukommen."

Seine Worte deuteten etwas an, auf das sie gehofft hatte. „Das würde bedeuten, dass du Gefühle für mich hegst."

Er wandte seinen Blick ab. „Verdammt, Isabelle. Wenn du mir wirklich am Herzen liegen würdest, hätte ich dich nie geküsst. Ich hätte dafür gesorgt, dass du mir nie zu nahe kommst."

Es war eine Lüge, und sie wussten es beide. Aber sie stellte ihn nicht zur Rede. Nicht heute Nacht.

„In Ordnung. Dann ist es nur Sex. Ich werde nichts anderes verlangen.“

Aber heute Nacht würde sie ihn hungrig auf mehr machen, mehr von ihrem Körper und mehr von ihrem Blut. Und vielleicht würde sie ihn eines Tages dazu bringen, zuzugeben, dass er Gefühle für sie hegte. Sie hatte es am goldenen Schimmer in seinen Augen gesehen und an der Art, wie er mit ihr Liebe gemacht hatte. Vielleicht war es im Moment nur Verlangen und Lust. Damit könnte sie leben. Sie konnte geduldig sein, denn sie empfand mehr als nur Verlangen und Lust für ihn. Das Warten würde sich lohnen.

„Jetzt sei ein guter Junge“, sagte sie süß, „und liebe mich nochmal. Ich glaube mich zu erinnern, dass du mir versprochen hast, dass kein anderer Mann mich ficken kann, weil ich deinen Schwanz in mir habe.“

„Mein Schwanz ist immer noch in dir.“

„Dann sollte es dir nicht zu viel Mühe bereiten, dich ein wenig zu bewegen, es sei denn, du möchtest, dass ich die Führung übernehme.“

Er lachte unerwartet. „Und wie würde das aussehen?"

Sie hakte ein Bein über seine Schenkel und rollte sich herum, wodurch sie ihn trotz seines Körpergewichts unter sich brachte. Glücklicherweise war der Körper eines Vampirhybriden genauso stark wie der eines Vampirs. Sie setzte sich rittlings auf ihn und spießte sich wieder auf seinem Schwanz auf, der während ihres Manövers aus ihr geglitten war.

„So", sagte sie mit einem Grinsen.

„Ich nehme an, ich habe da kein Mitspracherecht, oder?" Er packte sie an den Hüften und hob sie hoch, sodass nur noch die bauchige Spitze seines Schwanzes in ihr steckte. Dann rammte er sie zurück auf sich, während er sein Becken nach oben stieß.

„Oh!" Isabelle stieß ein unwillkürliches Stöhnen aus. „Für wie lange hast du dieses Zimmer gebucht?"

„Lange genug." Er grinste und es war ein Blick, an den sie sich gewöhnen könnte. „Was hattest du denn im Sinn?"

11

Isabelle hatte gerade genug Zeit, zuhause kurz zu duschen und sich umzuziehen. Sie ging in die Küche des riesigen viktorianischen Hauses ihrer Eltern in Nob Hill und öffnete den Kühlschrank. Sie war ausgehungert. Orlando hatte viel Blut von ihr genommen und sie war übermüdet. Laut Orlando hatte sie etwa eine Stunde lang in seinen Armen geschlafen, bevor er sie weckte, damit sie gehen und er vor Sonnenaufgang nach Hause gelangen konnte.

Isabelle holte eine Flasche 0-Neg aus

dem Regal, schraubte den Deckel der durchsichtigen Glasflasche ab und trank gierig davon, als sie hörte, wie sich die Tür öffnete. Sie schloss die Kühlschranktür und sah ihre Mutter Delilah nur in einen dünnen Morgenrock gekleidet eintreten. Sie sah immer noch umwerfend aus, denn der Blutbund mit Samson sorgte dafür, dass sie nicht alterte, obwohl sie ein Mensch blieb. Wenn Fremde sie zusammen sahen, gingen sie oft davon aus, dass sie Schwestern waren.

„Hallo Schatz, ich habe dich letzte Nacht nicht zurückkommen hören", sagte sie mit einem Lächeln.

„Ich war mit diesem neuen Fall beschäftigt. Hat Dad dir davon erzählt?", lenkte sie ab, da sie nicht verraten wollte, wo sie wirklich gewesen war und mit wem. Orlando wollte ihre Beziehung geheim halten. Vorerst. Sie war sich sicher, dass er irgendwann damit einverstanden sein würde, dass jeder erfuhr, dass er mit der Tochter seines Chefs zusammen war.

„Ja, es ist schrecklich", sagte Delilah mit

einem traurigen Blick. „Ich hoffe, wir finden den Mörder bald."

„Ich auch, Mom." Sie stellte die leere Flasche ins Waschbecken und umarmte sie. „Ich muss los. Ich treffe mich mit Cooper, um Mr. Hongs Nachbarn zu befragen. Vielleicht haben die etwas bemerkt."

„Willst du nicht etwas essen? Ich kann dir ein paar Eier machen. Ich bin sicher, du hast noch nichts Richtiges gegessen", tadelte Delilah.

„Das Blut reicht mir. Mach dir keine Sorgen um mich." Sie machte einen Schritt zur Tür. „Oh, und warte heute Abend nicht auf mich. Nach Sonnenuntergang muss ich mit der neuen Verbindungsperson der Polizei zum Tatort, und wer weiß, was da noch alles herauskommt. Also bleibe ich vielleicht einfach in Graysons Loft, um ein paar Stunden zu schlafen, anstatt bis hierher zurückzukommen."

Es war ein Vorwand, damit ihre Mutter nicht misstrauisch wurde, wenn sie nicht zu Hause schlief. Isabelle hatte nicht die

Absicht, in Graysons Loft im Finanzviertel zu übernachten. Das Loft gehörte immer noch ihrem Bruder und war immer noch komplett möbliert, und gelegentlich blieb Isabelle dort, wenn sie Zeit für sich allein brauchte. Aber sie hatte nicht vor, heute Nacht im Loft ihres Bruders zu bleiben. Und sie wollte auch nicht allein sein.

„In Ordnung, Isa. Sei vorsichtig, ja?"

Delilah gab ihr einen Kuss auf die Wange, und Isabelle verließ das Haus und stieg wieder in ihr Auto.

Cooper wartete bereits auf sie, als sie vor Wayne Hongs Haus in Glen Park ankam. Sie parkte ihren Thunderbird hinter seinem SUV und stieg aus.

Cooper kam auf sie zu. „Na, dann lass uns mal." Er gähnte.

„Hast du letzte Nacht geschlafen?"

„Nicht viel", gestand er und grinste. „Nach dem Meeting war ich zu aufgedreht, also ging ich auf einen Schlummertrunk ins Black Velvet."

„Du bist in die *Todsichere Sache*

gegangen, wirklich?" Sie kicherte. Das Black Velvet war eine Pick-up-Bar, nur ein paar Blocks von Graysons Wohnung entfernt. Die meisten Mitarbeiter von Scanguards waren schon einmal dort gewesen, denn dort war es einfach, jemanden aufzureißen, wenn man Lust auf einen One-Night-Stand hatte. Deshalb nannten sie die Bar untereinander jetzt die *Todsichere Sache*.

Er zwinkerte ihr zu. „Ich brauchte einfach etwas, das mich entspannt."

Sie konnte es ihm nicht verübeln. Ihre Jobs waren stressig. Cooper arbeitete als Leibwächter für Scanguards, wurde aber auch in Ermittlungen wie die verwickelt, an der sie gerade arbeiteten. Und Vampire sowie Vampirhybriden wie sie und Cooper hatten einen erhöhten Sexualtrieb, der gestillt werden musste, bevor er übersprudelte und unkontrollierbar wurde.

„Nennst du es heutzutage so?", fragte Isabelle, als sie zu dem Haus gingen, das direkt neben Hongs Haus lag.

Cooper grinste, anstatt zu antworten.

Sie hatte Cooper schon immer gemocht.

Er war der jüngere Bruder ihrer besten Freundin. Lydia, eine Vampirhybridin, die fast genauso alt wie Isabelle war, war die Adoptivtochter von Yvette und Haven, zwei vollblütigen Vampiren. Lydias leibliche Eltern waren von abtrünnigen Vampiren brutal ermordet worden, und Yvette und Haven, die damals noch kinderlos waren, hatten sie zu sich genommen, um sie wie ihre eigene Tochter aufzuziehen.

Lydia hatte viele Talente. Obwohl sie wie alle Hybriden, die mit irgendjemandem bei Scanguards zu tun hatten, von Scanguards zur Leibwächterin ausgebildet worden war, hatte sie eine wunderschöne Stimme und sang regelmäßig im Mezzanine. Isabelle hatte sie letzte Nacht dort nicht gesehen, und vielleicht war das auch gut so, oder Lydia hätte sich vielleicht gefragt, warum Isabelle nicht geblieben war, um mit ihr zu quatschen.

Isabelle wandte sich zur Eingangstür des kleinen Häuschens und klingelte, dann trat sie zurück, um neben Cooper zu warten. Sie wollte den Hausbesitzer nicht bedrängen. Es dauerte fast eine Minute, bis sie hinter der

Tür schlurfende Geräusche hörte und den Klang einer Kette, die entfernt wurde.

Eine Frau in einem dicken Bademantel und mit zerzausten Haaren öffnete die Tür nur wenige Zentimeter, gerade weit genug, um Isabelle und Cooper einen prüfenden Blick zuzuwerfen. „Ja?"

„Es tut mir leid, Sie so früh zu stören, Ma'am", begann Isabelle mit einem Lächeln. „Wir sind Privatdetektive." Sie zeigte ihren Scanguards-Ausweis vor und Cooper tat es ihr gleich. „Sie haben wahrscheinlich davon gehört, dass Ihr Nachbar, Mr. Hong, getötet wurde." Isabelle fokussierte ihre Augen auf den Namen, der auf dem Briefkasten neben der Tür stand. „Mrs. Martinez?"

„Es ist Ms." Sie nickte. „Aber ja, ich habe es gehört. Furchtbare Sache. Und das hier ist eine gute Gegend."

„Ja", versicherte Cooper ihr. „Sie wohnen in einer wunderschönen Gegend. Und so eine tolle Aussicht."

Als die Frau Cooper anlächelte, wusste Isabelle, dass sein Vorgehen funktionierte. Gratuliere einer Person zu ihrem guten

Geschmack oder ihrem Glück, und sie wurde zugänglich. Außerdem hatte Cooper recht. Viele Häuser dieses auf einem steilen Hügel gelegenen Viertels boten einen atemberaubenden Blick nach Süden und auf die Bucht. Sie warf Cooper einen fast unmerklichen Blick zu und deutete damit an, dass er weitermachen sollte, da die Frau offenbar besser auf ihn ansprach. Schließlich hatte Cooper jede Menge Charme und niedliche Grübchen auf den Wangen, wenn er lächelte.

„Kannten Sie Ihren Nachbarn Mr. Hong?", fuhr Cooper fort.

Sie zuckte mit den Schultern. „Wir haben nie mehr als ein paar Worte im Vorbeigehen gewechselt. Aber seine Frau ..." Sie verdrehte die Augen. „Da will ich ja gar nicht anfangen."

„Uns wurde gesagt, dass er sich gerade scheiden ließ", warf Cooper ein. „Oder waren wir falsch informiert?"

„Na, das überrascht mich nicht. Die Auseinandersetzungen, die diese beiden immer hatten. Es war schwer, sie nicht zu hören. Ich meine, mein Schlafzimmerfenster überblickt deren Terrasse. Aber sie war in den letzten Monaten nicht viel da. Zuerst dachte ich, vielleicht haben sich ihre Arbeitszeiten geändert und ich sehe sie deshalb nicht mehr oft, aber jetzt, wo Sie sagen, dass sie sich scheiden lassen, ist sie wahrscheinlich ausgezogen."

„Ja, das glauben wir", sagte Cooper. „Haben Sie Mr. Hong zufällig am Dienstagabend gesehen, als er von der Arbeit nach Hause kam?"

„Ist das der Zeitpunkt, an dem sie denken, dass er getötet wurde?", fragte sie.

„Wir versuchen, den genauen Todeszeitpunkt zu ermitteln, aber da er am Mittwochmorgen gefunden wurde, haben wir Grund zu der Annahme, dass er in der Nacht zuvor getötet wurde."

„Ich habe Mr. Hong in jener Nacht nicht nach Hause kommen gesehen. Aber ich war unterwegs, um Besorgungen zu machen, also habe ich ihn wahrscheinlich nur verpasst. Aber ich weiß, dass er zu Hause war, als seine Frau kam."

Isabelle wechselte einen überraschten

Blick mit Cooper und fragte: „Sie haben Mrs. Hong am Dienstagabend gesehen?"

Ms. Martinez sah sie an. „Ja, na ja, eigentlich nein, ich habe sie nicht gesehen. Aber ich habe sie gehört. Sie stritten sich wieder mal. Es ging um Geld. Und ich hörte, wie eine Tür zugeschlagen wurde."

„Wie spät war das?", fragte Cooper.

„Tja, ich war gerade dabei, mich fürs Bett fertig zu machen, also vielleicht um viertel vor zehn?"

„Und Sie haben definitiv Mr. Hongs Stimme gehört? Also lebte er zu diesem Zeitpunkt noch?", hakte Cooper nach.

„Soweit ich das beurteilen konnte."

„Vielen Dank, Ms. Martinez. Sie haben uns sehr geholfen."

Sie gingen zum nächsten Haus.

„Glaubst du, Hongs Frau könnte etwas damit zu tun haben?", fragte Cooper.

„Möglicherweise. Sie könnte ein Motiv haben. Vielleicht reichte ihr das Geld nicht, das sie bei der Scheidung bekommen hätte. Allerdings bezweifle ich, dass sie die Tat tatsächlich selbst begangen hat", vermutete Isabelle, „es sei denn, sie ist ein Vampir."

„Es gibt eine Möglichkeit, das herauszufinden."

Isabelle nickte und stimmte zu. „Wir werden sie uns mal ansehen, wenn wir mit den anderen Nachbarn fertig sind."

12

Es war noch nicht einmal Mittag, als Orlando aus einem unruhigen Schlaf erwachte. Er war von Alpträumen geplagt worden, in denen Isabelle seinetwegen verletzt wurde. Er hätte ihren Forderungen, mit ihr zu schlafen, niemals nachgeben dürfen. Nun war es geschehen und er konnte sich aus dieser Situation nicht mehr befreien. Jetzt, da er wusste, wie es war, sie zu haben, mit ihr zu schlafen – was hundertmal besser war als in seiner Fantasie –, konnte er es nicht mit ihr beenden. Was ihm nur eine Option ließ: sie vor jedem zu beschützen, der hinter ihm her war. Und dazu musste er herausfinden, wer ihm am Tag zuvor die Nachricht geschickt hatte. Wer wusste, was vor über vierzig Jahren in Montreal geschehen war? Verdammt, wer von damals lebte noch und war auf Rache aus? Und Rache musste es sein, warum sonst würde jemand die Nachricht schicken? Oder war es ein Erpressungsversuch? Nein. In einem Erpressungsbrief wäre angegeben worden, was der Erpresser wollte.

Ich weiß über Montreal Bescheid.

Es war eine so offensichtliche Drohung, als hätte die Person genau dargelegt, wie sie Orlando töten würde.

Da er wusste, dass er noch viel zu tun hatte, bevor er wieder im Mezzanine für seine Schicht antreten musste, sprang er aus dem Bett und ging in das einzige Badezimmer im Haus. Er wohnte zur Miete in diesem Haus aus dem Nachlass einer alten Dame, die etwa zu der Zeit, als er nach San Francisco gezogen war, verstorben war. Es machte ihm nichts aus, dass praktisch alles in dem kleinen 3-Zimmer-Haus reparaturbedürftig war. Das Badezimmer mit rosa und schwarzen Fliesen stammte aus den Fünfzigern. Glücklicherweise war die Dusche groß genug für ihn. Er hatte einmal versucht, sich in die Badewanne zu zwängen, und dabei das Gefühl gehabt, in einer Wanne zu sitzen, die für ein Kleinkind gedacht war.

Ein positiver Punkt des Hauses war, dass es an einen Hügel angrenzte, der ihm das Sonnenlicht raubte. Es gab auch eine Garage mit einer Tür, die direkt ins Haus führte, eine Seltenheit in diesem Viertel, wo viele Bewohner sich Parkplätze an der Straße ergattern mussten. Es war nicht einfach, in der Garage zu parken, weil sein Hummer breiter war als ein normales Auto, aber er schaffte es.

Orlando duschte schnell, obwohl er Isabelles Geruch nicht von sich abwaschen wollte. Aber das musste er. Er konnte sich nicht ablenken lassen, indem er ihre sexuelle Begegnung noch einmal durchlebte, wenn er wichtige Dinge zu erledigen hatte. Nachdem er sich angezogen hatte, ging er in die Küche und öffnete den Kühlschrank, der nur

Blutflaschen enthielt. Das menschliche, in Flaschen abgefüllte Blut wurde von Scanguards über ein medizinisches Versorgungsunternehmen beschafft und den Scanguards-Mitarbeitern kostenlos zur Verfügung gestellt.

Er griff nach einer Flasche, hielt dann aber plötzlich inne. Er hatte keinen Hunger. Isabelles Blut floss immer noch durch ihn und gab ihm die Energie, die er brauchte. Er hatte es nicht nötig, sich jetzt zu ernähren. Ihr Blut hatte reichhaltig und süß geschmeckt, besser, als es das in Flaschen abgefüllte Blut je getan hatte. Es war eine besondere Mischung aus Menschen- und Vampirblut, etwas, das nur wenige Vampire jemals kosten durften.

Er schloss den Kühlschrank und holte sein Wegwerfhandy aus dem Versteck unter einer Schublade im Küchenschrank. Er schaltete es ein und scrollte durch die kurze Kontaktliste. Er fand die gesuchte Nummer und drückte die Taste, um den Anruf zu verbinden. Er bekam fast sofort eine Antwort.

„Hey, lange her", antwortete der Mann, dem er einst aus der Klemme geholfen hatte.

„Craig, ja, es ist schon eine Weile her. Kannst du mir einen Gefallen tun?"

„Sicher", sagte Craig, ohne zu zögern. „Worum geht's?"

„Nicht am Telefon. Wann können wir uns treffen?"

„Ich kann in einer halben Stunde eine Pause machen. Willst du zum Revier kommen?"

Ja, das war verdammt unwahrscheinlich. Es müsste ein kalter Tag in der Hölle sein, an dem er freiwillig ein Polizeirevier betrat. „Nein. Wir treffen uns um die Ecke. Ich werde im alten Hendrick's Pub sein."

„Hast du es nicht gehört? Das Gesundheitsamt hat es letzten Monat wegen mehrerer Verstöße gegen deren Vorschriften geschlossen."

„Deshalb treffen wir uns dort. Und bring dein Fingerabdruck-Set mit."

„Ich habe das Gefühl, ich sollte fragen, warum", meinte Craig zögernd.

„Lieber nicht. Ich erkläre es dir, wenn wir uns sehen. Benutz den Hintereingang."

„In Ordnung."

Orlando beendete den Anruf, schnappte sich den Plastikbeutel mit dem Umschlag, den er am Tag zuvor auf den Küchentisch gelegt hatte, und ging in die Garage. Kaum war er in seinem Hummer, drückte er auf den Garagentoröffner und wartete darauf, dass sich das Tor öffnete.

In seinem Hummer war er sicher. Wie alle Autos, die von Scanguards-Mitarbeitern gefahren wurden, auch solche, die nicht dem Unternehmen gehörten, war sein Auto mit speziellen Fenstern ausgestattet. Sie waren mit einer Folie überzogen, die das Eindringen von UV-Strahlen in das Auto verhinderte und es einem Vampir ermöglichte, tagsüber zu fahren, ohne befürchten zu müssen, dass die Sonne ihn verbrannte.

Ein paar Minuten nachdem er sein Haus verlassen hatte, fuhr er auf die Autobahn und machte sich in Richtung Innenstadt auf. Erneut scrollte er durch sein Handy und tätigte einen weiteren Anruf.

„Talbot's", antwortete der Mann.

„Hey, hier ist Orlando. Ich brauche Kameras und Bewegungssensoren, für draußen und drinnen. Fünf Kameras, sieben Fenster, drei Türen."

„Ich kann alles für dich zusammenstellen. Ich werde etwa eine Stunde brauchen. Soll ich's dir liefern?"

„Nein, ich werde in deiner Nähe sein."

„Gut, ich bereite es vor."

„Danke."

Orlando beendete den Anruf. Die Ausfahrt, die er nehmen musste, war bereits angezeigt, und er verließ die Autobahn und bog mehrmals ab, um zu dem Ort zu gelangen, an dem er Craig treffen würde. Hendrick's Bar and Grill war bei Tageslicht der perfekte Treffpunkt: Es stand leer, es gab einen überdachten Parkplatz hinter der Bar und die Schlösser des Lokals waren keinen Dreck wert.

Orlando parkte seinen Hummer in der Nähe des Hintereingangs von Hendrick's, schnappte sich die Sachen, die er mitgebracht hatte, verließ das Auto und schloss es schnell ab. Er brauchte nur eine Minute, um das Schloss zu knacken und in den dunklen Innenraum vorzudringen. Es roch nach abgestandenem Bier und anderen unangenehmen Gerüchen, die durch seine überlegenen Vampirsinne noch verstärkt wurden. Es stank und er konnte sich nur zu gut vorstellen, warum die Stadt den Laden geschlossen hatte, selbst wenn er sich nur an der Anzahl der Kakerlaken orientieren konnte, die unter seinen Stiefeln umherschwirrten und von ihnen zerquetscht wurden.

Er musste nicht lange warten, bis Craig auftauchte. Die Hintertür öffnete sich und der schlaksige Polizist in Zivil trat ein. Er hatte keine Ahnung, dass Orlando ein Vampir war, und es bestand für ihn auch kein Grund, es herauszufinden. Alles, was zählte, war, dass Orlando ihm das Leben gerettet hatte. Drei Typen, die sich an der Polizei auslassen wollten, hatten ihn damals angegriffen, während Craig sich um einen Obdachlosen kümmerte, der im Eingang eines Gebäudes gegenüber dem Mitarbeiterparkplatz des Mezzanines kampierte. Orlando war gerade am Tatort aufgetaucht, als er den Club nach seiner Schicht verlassen wollte, und hatte aus den Angreifern Hackfleisch gemacht.

Craig war dankbar, denn er wusste genau, dass er den Angriff nicht überlebt hätte, wenn Orlando nicht ins Getümmel gestürmt wäre. Seitdem war Craig nur allzu bereit, bei diesem oder jenem zu helfen, solange es nicht offensichtlich gegen das Gesetz verstieß.

„Finstere Bude", sagte Craig, als er näher kam. „Gehst du jemals in die Sonne? Es wäre ein perfekter Tag für ein Mittagessen draußen."

„Hautkrebs liegt bei mir in der Familie", log Orlando, „also keine Sonne für mich."

„Alles klar, also was brauchst du?"

Orlando zeigte auf einen Tisch mit mehreren Stühlen und setzte sich. Er holte zwei Paar Einweghandschuhe aus einer Tüte und begann, ein Paar anzuziehen. Er hob sein Kinn zu Craig. „Vielleicht solltest du die auch anziehen."

Craig setzte sich und folgte Orlandos Vorschlag. „Jetzt bin ich offiziell neugierig."

Als Orlando die Latexhandschuhe trug, zog er den Umschlag, den er am Vortag per Post erhalten hatte, aus einem kleinen Plastikbeutel und öffnete ihn. Vorsichtig zog er die postkartengroße Karte heraus.

„Das habe ich gestern per Post bekommen. Ich muss wissen, ob der Absender Fingerabdrücke hinterlassen hat."

Craig hob die Augenbrauen.

„Leider wird der Umschlag nicht von Nutzen sein", fügte Orlando hinzu. „Zu viele Leute haben den schon berührt. Aber ich bin der Einzige, der die Karte darin berührt hat. Und nur mit meiner rechten Hand."

„Darf ich?" Craig griff nach dem Blatt Papier und Orlando reichte es ihm.

„Ist das machbar?"

Craig nickte. „Ja. Allerdings brauche ich auch deine Fingerabdrücke, aber das wusstest du wohl schon, sonst hättest du mich nicht gebeten, das Kit mitzubringen."

„Ja."

„Es wäre viel einfacher, wenn wir zur Station gehen würden, wo ich mit dem

LiveScan-Gerät deine Fingerabdrücke erfassen könnte."

„Das muss reichen." Wenn Craig darauf bestand, würde Orlando einfach Gedankenkontrolle einsetzen, um ihn dazu zu bringen, das zu tun, was er wollte.

Craig begegnete seinem Blick. „Worum geht es? Steckst du in irgendwelchen Schwierigkeiten?" Er las die Karte. „Montreal, wie?"

Orlando zuckte mit den Schultern und log: „Sagen wir einfach, ich hatte einmal einen Stalker. Ich möchte wissen, ob er es wieder ist."

„Und du willst nicht, dass die Polizei die Sache auf die übliche Weise angeht?"

„Es ist kompliziert. Tu mir den Gefallen, ja? Ich schwöre, es ist nichts Illegales. Alles, was du tun musst, ist, die Fingerabdrücke durch AFIS laufen zu lassen."

Craig zögerte einen Moment. „Und was ist, wenn die Person nicht im AFIS unseres Staates eingetragen ist? Was, wenn er oder sie sich in einem anderen Staat befindet? Ich bin mir nicht sicher, ob ich ohne einen aktiven Fall Zugriff auf IAFIS, die Datenbank des FBI, erhalten kann.“

„Dann lass uns hoffen, dass mein Stalker in Kalifornien ein Verbrechen begangen hat und erwischt wurde.“

Craig seufzte. „Na gut. Ich mache es. Das schulde ich dir.“

„Ich weiß es zu schätzen.“

Craig nickte. „Dann nehme ich dir mal die Fingerabdrücke deiner rechten Hand ab, damit wir die ausschließen können.“ Er griff in seine Umhängetasche und holte sein Gerät hervor. „Wenn ich deine Abdrücke durch AFIS oder IAFIS laufen lassen würde, würde ich dann einen Treffer bekommen?“

„Nein.“

Und das war die Wahrheit. Schließlich erfassten die automatisierten Fingerabdruck-Identifizierungssysteme der einzelnen Bundesstaaten, die in das IAFIS-System des FBI eingespeist wurden, nur Personen, die in den USA Straftaten begangen oder sich Hintergrundüberprüfungen unterzogen hatten, nicht in Kanada.

13

Montreal, 24. Februar 1981

Überall, wo er hinsah, war Blut.

Mit ausgefahrenen Fangzähnen und rot leuchtenden Augen schritt Orlando durch das alte Haus, das Zuhause der Familie Arnaud, der Eltern seiner blutgebundenen Gefährtin. Leblose menschliche Körper lagen in Blutlachen, drapiert über Möbeln oder teuren Teppichen, die die Holzböden des Herrenhauses bedeckten. Blutige Handabdrücke zierten die Türen und Fenster, hinterlassen von denen, die versucht hatten zu fliehen. Sie hatten nicht so viel Glück gehabt. Einem Mann war es gelungen, die Doppeltüren zum Garten zu öffnen, aber er hatte es nicht weit geschafft. Sein Blut durchnässte jetzt den Schnee draußen, während alles Leben aus seinem Körper sickerte und ein letzter gurgelnder Atemzug verstummte, als sein Herz stehenblieb.

Orlando schaute über seine Schulter zurück in das Haus, das von altmodischen Kronleuchtern und Wandleuchten hell erleuchtet war. Als er zurück zur Tür ging, hinterließen seine Stiefel blutige Fußspuren im Schnee. Er trat ein und ging in den Flur. Dort blieb er stehen und lauschte den Geräuschen im Haus. Wo war sie? Wo versteckte sich Margarite? Er wusste, dass sie hier war. Er konnte sie riechen.

Komm zu mir, meine Liebste.

Er sandte den stillen telepathischen Befehl an seine blutgebundene Gefährtin. Er wusste, dass sie ihn hören konnte. Sie war in der Nähe. Irgendwo im Haus. Sie versteckte sich vor ihm.

Ich werde es wieder gutmachen, Margarite, vertrau mir. Ich liebe dich.

Nur ein Teil seiner Botschaft war wahr. Der andere war eine Lüge. Würde Margarite es spüren? Sie waren nun schon seit drei Jahren miteinander blutgebunden und ihre Beziehung war nicht einfach gewesen. Die Einmischung ihrer Familie hatte ihm zeitweise das Leben zur Hölle gemacht. Ihre Anschuldigungen hatten wehgetan und er hatte sie dafür gehasst. Er hatte sich gewünscht, dass sie keinen Anteil an seinem Leben mit Margarite hätten. Er hatte sie gebeten, sie in Ruhe zu lassen. Sie hatten nicht darauf gehört.

Orlando hörte das Knarren des Holzbodens über ihm. Sie war im ersten Stock. In einem der Schlafzimmer. Mit leichten Schritten ging er zur Treppe und stieg hinauf.

Jetzt sind es nur noch du und ich, meine Liebste. So wie wir es uns immer gewünscht haben.

Als er auf dem Treppenabsatz ankam, spürte er endlich, wie Margarites telepathische Botschaft ihn erreichte. *Ja, wie wir es uns immer erträumt haben. Jetzt ist alles möglich.*

Orlando ging auf das Schlafzimmer zu, das Margarites Eltern gehörte. *Margarite, sie sind alle tot. Jeder Einzelne.*

Die Tür zum Hauptschlafzimmer stand offen. Orlando trat ein. Margarite, seine wunderschöne schwarzhaarige Frau, stand am Fenster und blickte in den Garten.

„Margarite, meine Liebste", flüsterte Orlando.

Sie drehte sich um. Ihr Kleid war mit dem Blut ihrer Familie befleckt. Tränen schimmerten in ihren Augen. „Sie hätten nie versuchen sollen, uns auseinanderzuhalten."

Orlando kam langsam auf sie zu. „Nein, das hätten sie nicht tun sollen." Und auch das war eine Lüge. Als ihm klar geworden war, was Margarites Familie wirklich vorhatte, war es zu spät gewesen, das Ergebnis noch zu ändern. Zu spät, um das Boot in eine andere Richtung zu wenden. Zu spät, um das Unvermeidliche aufzuhalten.

Er griff nach ihr. „Lass mich alles in Ordnung bringen." Er zog sie sanft in seine

Arme, wie er es mit einem verängstigten Kind getan hätte. „Es tut mir so leid, Margarite. Es tut mir so leid, dass ich es nicht sehen wollte."

Und das war die Wahrheit, aber es änderte nichts. Er musste immer noch tun, was er tun musste. Und er hasste sich dafür. Aber das Leiden musste ein Ende haben.

„Trink von mir, mein Liebster", forderte Margarite.

Er tat, was sie befahl, und versenkte seine Fangzähne in ihrem Hals. Wie jede Nacht in den letzten drei Jahren, seit sie sich kennengelernt hatten, nährte Margarites Blut seinen Vampirkörper.

Aber heute Abend war alles anders.

Ich liebe dich, Margarite. Bitte verzeih mir.

Orlandos Sicht verschwamm, und er erkannte, dass Tränen über sein Gesicht liefen und die kleinen Bäche sich in Ströme verwandelten, die so mächtig waren wie der St.-Lawrence-Fluss, während er tat, was getan werden musste.

14

Die provisorische Leichenhalle von Scanguards befand sich direkt neben der kleinen Klinik unter der Leitung von Dr. Maya Giles, einer Vampirin, in einer der unteren Ebenen des Scanguards-Hauptquartiers.

Isabelle und Cooper betraten den Raum mit der Kühlkammer, in der Leichen aufbewahrt werden konnten, wenn dies auch selten vorkam. Sie waren damit fertig, mit denen von Hongs Nachbarn zu sprechen, die zu Hause gewesen waren. Niemand sonst hatte etwas Nützliches gesehen oder gehört; der Nachbar links von Hongs Haus war jedoch nicht zu Hause gewesen. Sie müssten zu einem späteren Zeitpunkt zurückkommen, um ihn oder sie zu befragen. Doch zunächst wollte Isabelle Hongs Leiche sehen.

Maya stand neben der Leiche, die auf einem Stahltisch lag, ein weißes Laken über die untere Körperhälfte gelegt. Neben Maya beugte sich Buffy Grant, eine junge schwarze Sterbliche von knapp zweiundzwanzig Jahren, über die Leiche und untersuchte die Kehle des Opfers. Sie war die Stieftochter eines der langjährigen Mitarbeiter von Scanguards, John Grant.

„Hey, Buffy", begrüßte Isabelle sie, „ich wusste nicht, dass du hier sein würdest."

„Sie hilft mir", sagte Maya. „Sie hat gerade ihre Ausbildung in der Klinik begonnen."

Cooper hob eine Augenbraue. „Ich wusste nicht, dass du dich für Medizin interessierst, Buffy."

„Ich habe das letzte Jahr damit verbracht, eine Reihe verschiedener Praktika zu absolvieren, um herauszufinden, was mir gefällt, und es stellte sich heraus, dass es mir gefällt, Ärztin zu spielen." Sie grinste und zwinkerte ihm zu. „Auch bei toten Patienten."

Isabelle kicherte. „Schön für dich. Dann wirst du also an der UCSF Medizin studieren?"

„Ich möchte kein Jahrzehnt damit verschwenden, Ärztin zu werden, damit ich einen schicken Titel haben kann, wenn ich doch sowieso nur bei Scanguards arbeiten möchte. Was ist der Punkt? Maya kann mir alles beibringen, was ich wissen muss. Schließlich behandeln wir in der Klinik nur Vampire oder Menschen, die von Vampiren verletzt wurden. Das wird an der UCSF nicht gelehrt."

Maya lächelte. „Buffy hat recht. Und es wird gut sein, jemanden auszubilden."

Isabelle nickte. „Also, was kannst du uns hier über Mr. Hong erzählen?"

„Ich kann euch mit Sicherheit sagen, dass es ein Vampir war, der ihm diese Verletzungen zugefügt hat." Maya zeigte auf den Hals des Opfers. „Seht ihr das?"

Isabelle trat näher und beugte sich über den Körper.

„Dieses Mal wurde von einem Fangzahn hinterlassen. Siehst du die Form des Abdrucks, der sich direkt unter seinem Ohr befindet? Das zeigt mir, dass der Mörder zuerst von seinem Opfer getrunken hat, als Hong noch lebte, bevor er anfing, das Fleisch aufzureißen und ihm die Kehle herauszureißen."

„Der Angreifer muss blutüberströmt gewesen sein, als er die Halsschlagader aufriss", vermutete Isabelle.

„Das ist richtig. Es ist sehr wahrscheinlich, dass er nach dem Angriff seine gesamte Kleidung ablegen musste. Wahrscheinlich hat er sie verbrannt", fügte Maya hinzu.

„Irgendwelche Fingerabdrücke am Körper selbst oder vielleicht an einem Gürtel oder einem Knopf?", fragte Cooper.

Maya blickte auf. „Wir haben das überprüft, als sie uns die Leiche übergeben haben, aber da war nichts. Wer auch immer das getan hat, wusste wahrscheinlich genug über Forensik, um darauf zu achten, keine Beweisspuren zu hinterlassen."

„Kannst du uns den Zeitpunkt des Todes mitteilen?", fragte Isabelle.

„Die Gerichtsmedizinerin hat das bereits festgestellt und angesichts der Körpertemperatur, der Leichenstarre und wann die Leiche gefunden wurde, würde ich ihr zustimmen. Mr. Hong wurde am Dienstagabend zwischen neun Uhr und Mitternacht getötet."

Isabelle wechselte einen Blick mit Cooper, der nickte.

„Das war ungefähr zu der Zeit, als die Nachbarin hörte, wie Hong mit seiner Frau stritt", sagte Cooper.

„Seine Frau?", fragte Maya.

„Sie lebten in Scheidung. Sie wohnte nicht mehr bei ihm", erklärte Isabelle.

„Ihr glaubt, sie ist ein Vampir?", warf Buffy ein.

„Es ist möglich", sagte Isabelle, „obwohl es auch möglich ist, dass sie einen Vampir für den Job angeheuert hat. Vielleicht wusste sie nicht einmal, dass ihr angeheuerter Mörder ein Vampir war."

„Wir werden sie uns ansehen, wenn wir hier fertig sind", fügte Cooper hinzu.

Isabelle betrachtete weiterhin Wayne Hongs Leiche. Er war ein großer asiatischer Mann mit muskulösem Körperbau. Ihr Blick wanderte zu seinen Armen. Sie bemerkte dort blaue Flecken.

„Er hat sich gewehrt?"

Maya nickte. „Ja und gegen einen Menschen hätte er vielleicht gewinnen können. Er sieht stark und gesund aus."

Isabelle zeigte auf seine Hände. „Hast du etwas unter seinen Fingernägeln gefunden? Vielleicht hat er seinen Angreifer gekratzt?"

„Das wollten wir gerade machen, als ihr reinkamt. Buffy?"

Buffy griff nach einem Stahltablett mit ein paar Utensilien und einer Petrischale. Maya kratzte Material unter Hongs Fingernägeln hervor und gab sie in die Petrischale.

Als sie mit der linken Hand fertig war, wandte sie sich an Buffy: „Die andere Hand machst du."

Buffy nahm das Metallwerkzeug, das Maya

ihr reichte, und führte deren Befehl aus. „Da. Das ist es."

Isabelle betrachtete den Inhalt der Petrischale. Das war nicht nur Dreck. Es sah so aus, als könnte es sich um biologisches Material des Mörders handeln. „Wann wirst du wissen, was das ist?"

„Gebt mir ein paar Stunden, um ein paar Tests im Labor durchzuführen", sagte Maya. Sie hielt die Petrischale an ihre Nase und atmete tief ein. „Es scheint biologischen Ursprungs zu sein, also ist es definitiv möglich, dass es vom Mörder stammt. Wenn Hong den Vampir, der ihn angegriffen hat, tatsächlich gekratzt hat, wären die Verletzungen des Vampirs jedoch leider innerhalb von Stunden, wenn nicht Minuten, verheilt."

„Zumindest wird es bestätigen, dass der Mörder wirklich ein Vampir war, und sobald wir einen Verdächtigen haben, können wir diese Probe mit den Hautzellen des Mörders vergleichen, oder?", fragte Isabelle.

„Ja, es dürfte genügend Material für die Labortests und einen Vergleich mit

Hautzellen vorhanden sein, wenn wir sie vom Mörder bekommen können.“

„Können wir nicht eine DNA-Analyse machen?“, fragte Buffy.

„Ich fürchte, nein.“ Mayas Stimme war sanft. Sie würde eine großartige Lehrerin für Buffy sein. „Niemand hat jemals die DNA eines Vampirs sequenziert. Vielleicht versuche ich es eines Tages, wenn ich mehr Zeit für Recherchen habe, aber bis dahin ist diese Option nicht verfügbar.“

An der Tür ertönte ein Piepton und sie öffnete sich nach innen. Isabelle schaute über ihre Schulter und sah Benjamin eintreten.

„Hey, mir wurde gesagt, dass ihr alle hier seid.“ Er warf einen Blick auf die Leiche und näherte sich. „Das ist also der Typ. Mensch, das ist grausam, und ich habe schon einiges Grausames gesehen.“

Das hatten sie alle. Durch ihre Anstellung bei Scanguards und den Umgang mit abtrünnigen Vampiren hatten sie alle viel Erfahrung mit der Grausamkeit, zu der manche Kreaturen fähig waren. Es war eine

Sache, einen brutalen Menschenmörder zu jagen, aber ein Vampir war viel gefährlicher und mächtiger als sein menschliches Gegenstück. Oftmals endete eine Jagd nicht mit einer Gefängnisstrafe, sondern mit dem Tod. Und am Tod war nichts Schönes.

„Hey, Benjamin", begrüßte ihn Isabelle. „Wie verliefen die Anfragen?"

„Ziemlich gut." Er öffnete seinen Notizblock. „Hong arbeitete siebzehn Jahre lang für die Post, immer zuverlässig und pünktlich. Er lebte nicht nur in Glen Park, es war in den letzten drei Jahren auch sein Postweg. Mit seinen Kollegen kam er, bis auf einen Zwischenfall letzte Woche, recht gut klar."

„Was ist passiert?", fragte Cooper interessiert.

„Er hatte einen Streit mit einem der anderen Postboten, in dem es darum ging, dass dieser ihm irgendetwas weggenommen hat. Niemand weiß genau, worum es ging. Wie dem auch sei, Hong hat den Kerl völlig niedergemacht. Der Manager und zwei weitere Mitarbeiter mussten sie auseinanderzerren, sonst hätten sie sich gegenseitig umgebracht.“

Isabelle nickte. „Glaubst du, der andere hätte zurückkommen können, um den Job zu Ende zu bringen?“

„Möglich, aber ich habe den Kerl gesehen, mit dem er gekämpft hat. Er heißt Brian Colby. Auf jeden Fall kein Vampir oder irgendein anderes übernatürliches Wesen, das die Kraft gehabt hätte, das zu schaffen.“ Er machte eine Geste in Richtung Hongs aufgerissene Kehle und fügte dann hinzu: „Ich kann sein Alibi aber durchaus überprüfen.“

„Ja, mach das“, sagte Isabelle. „Was ist mit der Zeitleiste? Konntest du bestätigen, wann Hong am Dienstag die Arbeit verlassen hat?“

„Ja, er hat seinen Postwagen an jenem Nachmittag um viertel nach vier an der Sortieranlage geparkt, sich abgemeldet und dann den Parkplatz mit seinem eigenen Auto verlassen. Wir haben ihn auf der Kamera, das ist also bestätigt. Irgendwas von euren Ermittlungen?“

Isabelle deutete mit dem Kinn in Coopers Richtung.

„Seine Nachbarin, eine Ms. Martinez, behauptet, in seinem Haus einen Streit zwischen Hong und seiner Frau gehört zu haben, obwohl sie sie nicht gesehen hat. Das war am Dienstagabend gegen viertel vor zehn. Wir wollten gerade herausfinden, ob Mrs. Hong ein Vampir ist oder einen hätte anheuern können, um ihren Mann zu töten."

„Es ist immer der Ehepartner, oder?", fragte Benjamin.

„Ja, bei *Forensic Files*", mischte sich Buffy ein und trat näher. „Aber das hier ist Scanguards. Es ist immer ein abtrünniger Vampir."

Benjamin grinste und zerzauste ihr dichtes Haar, als wäre sie ein Kleinkind und er der Onkel. „Sie haben dich schon aus der Schule gelassen?"

„Wenn du es unbedingt wissen musst", sagte Buffy mit angespannter Stimme, „arbeite ich jetzt hier." Sie hob ihre Hand, in der sie derzeit ein Skalpell hielt. „Wenn du also nicht auf den Tisch springen und aufgeschnitten werden willst, empfehle ich dir, meinen Wirkungsbereich zu verlassen."

Benjamin hob kapitulierend die Hände. „Niemand kann heutzutage noch einen Witz ertragen." Dann zwinkerte er ihr zu. „Willkommen bei Scanguards."

„Danke, Maya, Buffy", sagte Isabelle schnell und deutete auf die Tür. „Lass es mich wissen, sobald du die Ergebnisse der Tests hast."

„Ich rufe so bald wie möglich an", versprach Maya.

Isabelle verließ zusammen mit Benjamin und Cooper den Raum. Als die Tür hinter ihnen zufiel, blieb sie im Flur stehen und wandte sich zu Benjamin um.

„Musstest du sie hänseln? Du weißt doch, wie sehr sie eine von uns sein möchte."

„Sie ist bereits eine von uns", korrigierte Benjamin sie.

„Sie ist ein Mensch und das bedeutet, dass sie immer schwerer arbeiten muss als der Rest von uns", erklärte Isabelle. „Sie verliert bereits jeden Streit mit ihrem elfjährigen Bruder ..."

„… Halbbruder", unterbrach Cooper.

„… Halbbruder, weil er ein Vampirhybride ist. Also lass sie in Ruhe. Sie gibt sich wirklich große Mühe, und dass du darauf hinweist, dass sie so aussieht, als ob sie noch zur Schule gehen sollte, hilft dabei nicht."

„Isabelle hat recht", fügte Cooper hinzu.

Benjamin seufzte. „Na gut. Das nächste Mal werde ich meine Samthandschuhe tragen."

Cooper gab ihm einen leichten Klaps auf den Hinterkopf. „Idiot."

Isabelle warf Cooper ein Grinsen zu. „Ich glaube, seit Damian den Blutbund mit Naomi eingegangen und ausgezogen ist, hat Benjamin niemanden, mit dem er Spaß haben kann."

„Du hast keinen Zwillingsbruder; du hast keine Ahnung, wie es ist, plötzlich deine andere Hälfte zu verlieren. Ich meine, wir waren praktisch an der Hüfte miteinander verbunden, und dann taucht Naomi plötzlich auf und nimmt ihn mir weg." Er machte eine dramatische Geste.

„Vielleicht solltest du dir auch jemanden suchen", schlug Isabelle vor.

„Bist du verrückt?" Benjamin verzog das Gesicht. „Das würde einschränken, mit wem ich schlafen kann. Ich bin noch nicht bereit für die Monogamie."

Isabelle schüttelte den Kopf. „Vergiss es. Hat sonst noch jemand Hunger?"

„Ich könnte etwas essen", sagte Cooper und Benjamin nickte zustimmend.

„Lasst uns in die Lounge gehen und besprechen, wer was als Nächstes macht."

„Das passt mir", sagte Benjamin und sie machten sich auf den Weg zu den Aufzügen.

15

Während Cooper versuchte, Kontakt zu Hongs Frau aufzunehmen, und Benjamin damit beschäftigt war, Brian Colbys Alibi zu überprüfen, fuhr Isabelle zu Hongs Haus, um sich mit Nelson Sarduni zu treffen. Die Sonne war erst kurz zuvor untergegangen.

Nelson wartete bereits in einem schwarzen SUV, als Isabelle mit ihrem Thunderbird anhielt, hinter ihm parkte und damit die Einfahrt blockierte. Sie stieg aus, die Handtasche über den Oberkörper geschlungen, und traf Nelson am Eingang des Häuschens.

„Du siehst ausgeruht aus", begrüßte sie ihn, als er die Tür aufschloss und sie hineinführte.

„Das ist der Vorteil, ein vollblütiger Vampir zu sein und nicht ein Vampirhybride: Niemand trägt mir auf, tagsüber zu arbeiten." Er gluckste.

Isabelle lächelte. „Ich glaube, da hast du recht. Das ist nicht die erste Doppelschicht, die ich gearbeitet habe."

Er ging vor ihr ins Wohnzimmer. Isabelle machte einen Schritt in den Raum, bevor sie stehen blieb. Überall war Blut, aber die größten Lachen befanden sich auf dem Sofa und im Bereich um den Wohnzimmertisch.

„Schuhüberzüge und Handschuhe?", fragte Nelson und reichte ihr bereits ein Paar Latexhandschuhe und blaue Einweg-Schuhüberzüge.

„Danke." Sie zog beides an, während Nelson dasselbe tat.

„Hier hat ihn seine Schwester gefunden. Auch in anderen Teilen des Hauses fanden wir Blut, aber nicht viel."

Isabelle sah sich um. Die Blutmenge

stimmte mit dem Aussehen des Körpers überein. Der Blutverlust war beträchtlich gewesen. Selbst jetzt konnte sie dessen metallischen Geruch riechen. Infolgedessen spürte sie, wie ihre Reißzähne juckten und sich ausfahren wollten. Obwohl sie heute Morgen eine volle Flasche Blut getrunken und anschließend in der Scanguards-Lounge ein reichhaltiges Mittagessen gegessen hatte, verspürte sie Hunger.

Um sich von diesem Gefühl abzulenken, sagte sie: „Danke, dass du die Leiche zu uns überführen hast lassen."

„Sicher. War es hilfreich? Konntet ihr etwas finden, das uns helfen könnte, herauszufinden, wer das getan hat?", fragte Nelson.

„Ein paar Dinge, ja. Es war definitiv ein Vampirmord, genau wie du schon vermutet hattest. Und der Vampir ernährte sich von Hong, bevor er ihn tötete."

Nelson warf ihr einen fragenden Blick zu. „Glaubst du, es könnte ein Unfall gewesen sein?"

Schnell schüttelte sie den Kopf. „Nein. Auf

keinen Fall. Aber er hatte es nicht eilig. Er ließ sich Zeit, bevor er ihn tötete. Fast so, als würde es ihm Spaß machen."

„Das ist krank."

„Ist es."

„Sonst noch etwas?"

„Er hatte Verteidigungswunden. Wir fanden Hautzellen unter seinen Fingernägeln. Unsere Ärztin rief mich vor einer Stunde an und teilte mir mit, dass der Test bestätigt hat, dass es sich nicht um menschliche Zellen handelt. Die Hautzellen stammen von einem Vampir."

Nelson zögerte einen Moment, als versuchte er, etwas zu überdenken. „Heißt das also, dass wir DNA des Mörders haben?"

Isabelle seufzte bedauernd. „Ich fürchte, nein. Die Vampir-DNA wurde noch nicht sequenziert. Niemand hat das jemals versucht. Das ist also eine Sackgasse, abgesehen von der Bestätigung, dass es ein Vampir war und dass das Opfer sich gewehrt hat."

„Hmm." Nelson presste die Lippen aufeinander. „Nun, dann müssen wir wohl nach anderen Hinweisen suchen, um unseren Verdächtigen zu finden."

„Wir haben bereits zwei Verdächtige", sagte Isabelle.

„Wirklich? Das war schnell."

„Die Nachbarin, Ms. Martinez", sagte Isabelle und deutete über ihre Schulter auf das Haus links, „hat gehört, wie Mr. Hong am Dienstagabend gegen neun Uhr fünfundvierzig einen Streit mit seiner von ihm getrennt lebenden Frau hatte. Cooper überprüft sie, um herauszufinden, ob sie eine Vampirin ist oder irgendwelche Verbindungen zu Vampiren hat oder vielleicht einen angeheuert hat, um ihren Mann zu töten. Offenbar stritten sie sich um die finanzielle Regelung ihrer Scheidung."

Nelson nickte. „Geld ist immer ein gutes Motiv. Aber du hast einen zweiten Verdächtigen erwähnt."

„Ja, ein Arbeitskollege. Die beiden gerieten vor einer Woche bei der Arbeit in eine körperliche Auseinandersetzung. Wir wissen, dass der Kollege Brian Colby kein Vampir ist, aber wir überprüfen sein Alibi und versuchen, herauszufinden, mit wem er in der letzten Woche gesprochen hat."

„Okay, das ist gute Arbeit. Es sieht so aus, als ob du mich nicht einmal brauchst. Du hast das alles wie ein Profi im Griff." Er lächelte sie an. „Schauen wir uns um, ja? Wir beginnen in diesem Raum. Vielleicht hat der Mörder uns einen Hinweis hinterlassen."

Isabelle nickte. Während sie ihren Blick schweifen ließ, Schubladen öffnete und unter Dekorationsgegenstände und hinter Bücher schaute, achtete sie darauf, nicht in die Blutlachen zu treten, da sie das Blut nicht durch das ganze Haus schleppen wollte.

„Lass uns auch unter den Möbeln nachsehen. Als ich das erste Mal hier war, habe ich sein Handy nirgends gesehen."

Isabelle ging in die Hocke, hob eine Seite eines Sessels hoch und spähte darunter. Dort befanden sich lediglich Staub und ein paar lose Münzen. Sie stellte ihn wieder ab und ging dann tiefer in die Hocke, um unter die Couch, wo der Angriff stattgefunden hatte, zu schauen.

„Nichts", verkündete Isabelle.

„Hast du zwischen den Sofapolstern nachgesehen?", fragte Nelson vom anderen Ende des Raumes, wo er eine schwere Ottomane hochhob und darunter schaute.

„Lass mich mal sehen." Isabelle trat hinter das Sofa und beugte sich darüber. Dieser Winkel erleichterte es ihr, zwischen die Kissen zu greifen, ohne dass ihre Kleidung vom Blut befleckt wurde. Bei ihrem zweiten Versuch spürte sie etwas. Sie zog es heraus.

Nelson näherte sich. „Was ist es?"

„Ein Schlüssel zu einem Hummer."

„Einem Hummer? Er sieht nicht so aus, als könnte er sich einen Hummer leisten."

„Das denke ich mir auch", sagte Isabelle. „Lass uns in seiner Garage nachsehen."

Isabelle marschierte voran und fand die Tür, die vom Haus in die angeschlossene Garage führte. Sie öffnete sie und schaute hinein. In der sauberen Garage parkte ein roter Honda Civic. Sie drehte sich um und kollidierte fast mit Nelson, der über ihre Schulter in die Garage schaute.

„Entschuldigung", meinte er schnell und trat beiseite. Er griff in seine Tasche und holte eine Plastiktüte für Beweismittel heraus. „Wir werden sehen, ob wir Fingerabdrücke darauf finden können, und ich kann den Autohersteller kontaktieren, um zu sehen, ob sie das Auto identifizieren können, zu dem dieser Schlüssel gehört."

Er öffnete die Plastiktüte und Isabelle ließ den Schlüssel hineinfallen.

„Guter Fund!", lobte er.

Sie nickte. „In San Francisco fahren nicht viele Leute einen Hummer. Sie sind nicht praktisch." Dennoch kannte sie zwei Männer, zwei Vampire, die beide einen Hummer fuhren: ihr Pate Zane und Orlando.

„Ja, einige Straßen hier sind ziemlich eng", kommentierte Nelson.

„Na dann, lass uns weitermachen", schlug Isabelle vor. „Küche?"

„Sicher."

Die Küche befand sich im hinteren Teil des Hauses und hatte eine Tür, die in den kleinen Hof führte. Isabelle inspizierte die Tür. Es gab keine Anzeichen gewaltsamen Eindringens.

„Sieht so aus, als hätte hier jemand die

Schubladen durchsucht. Keine ist richtig geschlossen", kommentierte Nelson.

„Glaubst du, der Vampir hat nach etwas gesucht?"

Nelson zuckte mit den Schultern. „Es ist einen Versuch wert." Er zeigte auf die Schubladen, die dem Herd am nächsten waren. „Ich werde diese Seite durchschauen, du nimmst die andere."

Isabelle ging an die Arbeit. Die erste Schublade, die sie öffnete, war mit dem üblichen Kram gefüllt, der sich in jedem Haus ansammelte: Stifte, Aufkleber, Gummibänder, Batterien und so weiter. Nichts schien von besonderem Interesse zu sein. Die Schublade darunter war tiefer und mit Postsendungen gefüllt. Sie blätterte den Stapel durch. Das meiste davon war an Mr. Hong adressiert, ein paar Briefe an Mrs. Hong, doch es handelte sich offenbar um Rechnungen für Strom und andere Dinge, die mit dem Haus zu tun hatten. Sie wollte gerade die Schublade schließen, als ihr Blick auf einen Umschlag mit einer anderen Adresse fiel. Sie las sie. Dieser Brief war nicht an Hong gerichtet. Er war vermutlich eine Rechnung einer Versicherungsgesellschaft und an Orlando Carlisle adressiert.

Ihr Herz blieb stehen.

„Irgendetwas auf deiner Seite?", fragte Nelson ein paar Meter hinter ihr.

„Noch nichts", sagte sie schnell, faltete den Brief heimlich zusammen und stopfte ihn in ihre Handtasche. Sie wollte nicht, dass Nelson ihn sah. Im Moment zumindest noch nicht. Es musste eine harmlose Erklärung dafür geben, warum sich ein an Orlando adressierter Brief inmitten von Hongs eigener Post befand. Hatte Hong ihn versehentlich eingesteckt? Schließlich verlief seine Route in Glen Park, also lag Orlandos Haus höchstwahrscheinlich auf seiner Route.

Sie ging noch weiter in die Hocke und öffnete die letzte Schublade unten. Darin befanden sich Erste-Hilfe-Artikel, Cremes und Salben gegen Arthritis, Halspastillen sowie eine halbleere Flasche Hustensaft.

Als sie über ihre Schulter schaute, stand Nelson direkt hinter ihr.

„Hier sind nur Erste-Hilfe-Sachen", sagte sie schnell und stand auf.

„Und die anderen Schubladen?"

„Der übliche Krimskrams. Und Post. Nichts, was nicht hierher gehört."

„Hmm."

„Und bei dir?" Sie zeigte auf die anderen Schränke. „Irgendetwas in diesen Schubladen?"

„Nur Kochutensilien, Töpfe und Pfannen, das Übliche." Er zuckte mit den Schultern. „Ich schätze, die Küche ist eine Pleite. Die Schlafzimmer sind im Obergeschoss."

Sie verbrachten eine weitere Stunde damit, die restlichen Räume und die Garage zu durchsuchen, während der an Orlando adressierte Brief ihr ein Loch in ihre Handtasche zu brennen schien. Sie konnte es kaum erwarten, bis die Suche abgeschlossen war und sie frische Luft schnappen konnte.

Nelson hielt die Beweismitteltüte mit dem Hummerschlüssel hoch. „Ich nehme das mit zum Revier und schaue, was ich herausfinden kann."

„Das können wir bei Scanguards auch

machen", sagte Isabelle, denn sie machte sich Sorgen, zu wem der Autoschlüssel führen würde. Wie groß war die Wahrscheinlichkeit, dass im Haus des Opfers sowohl ein an Orlando adressierter Brief als auch ein Autoschlüssel eines Hummers gefunden wurden? Sie griff danach.

„Nein, mach dir keine Sorgen. Ich muss auch noch etwas leisten, oder nicht?" Er lächelte. „Oder der Chef wird merken, dass ich mich nicht genug reinhänge und dass er mich doch nicht braucht." Er zwinkerte ihr gutmütig zu. „Nenn es Jobsicherung."

Isabelle setzte ein Lächeln auf, obwohl sie sich selbst hätte treten können. Sie hätte den Autoschlüssel genauso verschwinden lassen sollen wie den Brief, aber als sie den Schlüssel gefunden hatte, war ihr nicht einmal in den Sinn gekommen, dass die Möglichkeit bestand, er könnte Orlando gehören.

„Wenn du es sagst. Ich fahre lieber zurück ins Büro und schaue, was Cooper und Benjamin inzwischen herausgefunden haben." Sie drehte sich zu ihrem Auto um.

„Und Nelson, ruf mich an, sobald du mehr über den Autoschlüssel weißt, okay?"

„Natürlich." Er wartete etwas verlegen, während Isabelle ihr Auto aufschloss. „Es ist wirklich schön, mit dir zu arbeiten, Isabelle."

„Danke, gleichfalls", sagte sie schnell und stieg in ihr Auto.

Flirtete Nelson mit ihr? Der Gedanke löste in ihr Unbehagen aus. Nicht, dass er kein gutaussehender Mann und noch dazu ein Vampir war, aber sie hatte nur Augen für Orlando. Aber was, wenn Orlando irgendwie in Wayne Hongs Tod verwickelt wäre? War es nur ein Zufall, dass ein an Orlando adressierter Brief in Hongs Haus gelandet war und dass sie auch einen Schlüssel für einen Hummer gefunden hatte, die gleiche Marke, die Orlando fuhr? Oder interpretierte sie zu viel hinein? Der Autoschlüssel gehörte wahrscheinlich nicht einmal ihm. Und er könnte schon jahrelang zwischen den Sofakissen gesteckt haben. Außerdem wurde Post ständig mit der Post anderer Leute verwechselt. Es musste nichts bedeuten.

Dennoch konnte sie das nicht einfach

beiseiteschieben. Sie war fest davon überzeugt, dass ein ehrliches Gespräch die meisten Missverständnisse klären könnte, bevor sie zu einer Katastrophe führten. Sie musste nur mit Orlando reden. Sie war sich sicher, dass er ihre Bedenken auslöschen konnte.

16

Orlando brauchte mehrere Stunden, um alle Innenkameras und Sensoren zu installieren, aber er musste auf den Sonnenuntergang warten, bevor er zwei Außenkameras installieren konnte: eine, die die Vordertür abdeckte, die andere für die Hintertür, die in den kleinen Garten führte. Er testete, ob die Sensoren funktionierten und ob die Live-Übertragung problemlos an sein Mobiltelefon übertragen wurde, bevor er in seinen Hummer sprang und zum Mezzanine fuhr.

Der Verkehr war stärker als in der Nacht zuvor. Donnerstag war ein beliebter Abend, um die Bars und Clubs zu besuchen, und er bereitete sich mental auf eine rege Nacht im Mezzanine vor. Sich die Nacht freizunehmen kam nicht in Frage. Er musste dafür sorgen, dass niemand bemerkte, dass in seinem Leben etwas nicht stimmte. Das Letzte, was er brauchte, war, dass jemand Fragen stellte, die er nicht bereit war zu beantworten.

Als er die Autobahn verließ, klingelte sein Handy. Er sah den Namen des Anrufers auf seinem Armaturenbrett angezeigt. Für einen Moment machte sein Herz einen Freudensprung – was für ihn ungewöhnlich war.

„Hey", antwortete er und war selbst überrascht, wie heiser seine Stimme klang.

„Orlando."

Isabelles Stimme fühlte sich wie ein atemloses Flüstern an und augenblicklich wurde sein Schwanz unter seiner Cargohose hart. Ja, so schlimm stand es um ihn. Isabelle würde sein Untergang sein. Schon jetzt konnte er der Anziehungskraft, die sie auf ihn ausübte, nicht entfliehen.

„Alles in Ordnung mit dir?", fragte er,

unfähig zu sagen, was er wirklich sagen wollte: dass er sie vermisste, dass er es genossen hatte, mit ihr zu schlafen, dass er sie wieder spüren wollte, sie in seiner Nähe haben wollte, obwohl es sie in Gefahr bringen würde.

„Ja. Ich will dich heute Nacht sehen."

Er hatte darauf gehofft und es gleichzeitig befürchtet. Denn je mehr Zeit sie zusammen verbrachten, desto mehr wurde sie Teil seines Lebens, desto größer wurde die Gefahr, in der sie schwebte.

„Es tut mir leid. Ich bin auf dem Weg zur Arbeit."

„Ich könnte später im Mezzanine vorbeikommen. Während deiner Pause."

„Das ist keine gute Idee."

„Warum?"

„Willst du wirklich, dass dein Bruder uns noch einmal erwischt? So können wir das nicht geheim halten."

„Aber es ist wichtig. Ich muss dich sehen."

„Ich werde mir etwas einfallen lassen." Weil es auch keine gute Idee war, sich in seinem Haus in Glen Park zu treffen. Da die Person, die ihm die Nachricht geschickt hatte, wusste, wo er wohnte, war es durchaus möglich, dass diese das Haus beobachtete. Und wenn sie Isabelle dort sehen würde, würde ihr das nur eine weitere Front zum Angriff bieten.

„Aber es muss heute Nacht sein."

Plötzlich begann sein Wegwerfhandy in seiner Tasche zu vibrieren, und er zog es heraus und blickte auf das Display.

„Ich bekomme einen weiteren Anruf. Ich rufe dich nach meiner Schicht an. In Ordnung?"

„Okay."

Er beendete den Anruf, drückte die Antworttaste des Wegwerfhandys und hielt es ans Ohr. „Craig?"

„Orlando, es tut mir leid, dass ich so spät anrufe, aber ich habe gute Neuigkeiten."

Orlando horchte auf und sein Puls trommelte aufgeregt. „Ja?"

„Ich habe einen teilweisen Daumenabdruck auf der Innenseite des Umschlags gefunden, außerdem etwas, von dem ich glaube, dass es sich um einen Zeigefinger in einer Ecke des Briefes selbst handelt. Ich lasse beides durch das kalifornische AFIS laufen."

„Großartig. Wie lange wird es dauern?"

„Auf jeden Fall ein paar Stunden. Ich verlasse jetzt das Revier. Ich dürfte morgen früh, wenn ich zur Arbeit komme, etwas haben."

„Danke, Craig. Ich weiß es zu schätzen."

„Na klar. Auf dann."

Orlando steckte das Wegwerfhandy wieder in seine Tasche. Das waren gute Nachrichten. Der Verfasser der Notiz hatte nicht sorgfältig genug darauf geachtet, keine Fingerabdrücke zu hinterlassen.

Orlando hielt hinter dem Mezzanine an und parkte an seinem gewohnten Platz. Patricks Auto war bereits da, ebenso wie die von zwei der Barkeeper. Er war noch ein paar Minuten zu früh dran und blieb in seinem Auto sitzen, wo er versuchte, seine Gedanken zu ordnen.

Es war bereits weit nach Mitternacht, als Orlando von seinem Posten vor dem Haupteingang ins Innere des Clubs wechselte. Er wählte einen strategisch günstigen Standort, von dem aus er den Club und seine Gäste überblicken konnte und an dem jeder, der jetzt noch ankam, vorbei musste. So konnte er sicherstellen, dass keine unliebsamen Gäste den Club betraten.

Lydia, eine Vampirhybridin in Isabelles Alter, sang heute Abend und hatte gerade ihren letzten Auftritt. Sie besaß eine verführerische Stimme und eine sexy Figur und die Clubgänger liebten sie. Außerdem war sie Isabelles beste Freundin, und er hatte die beiden oft zusammen in endlose Gespräche vertieft gesehen. Später heute Nacht musste er Isabelle einbläuen, dass sie ihrer besten Freundin nicht erzählen konnte, was zwischen ihnen passiert war – und was wieder passieren würde, weil er ihr keine Sekunde lang widerstehen könnte.

Das letzte Lied, das Lydia sang, war ein Liebeslied. Die Lichter über der Tanzfläche wurden gedimmt und die Tänzer begannen langsam zu tanzen. Das hatte er jahrzehntelang nicht mehr getan. Er hatte schon lange keine Frau mehr in seinen Armen gehalten, um sich zur Musik zu wiegen, sich einfach treiben zu lassen und die warme Umarmung zu genießen. Sich in einen Zustand einlullen lassen, in dem es keinen Schmerz und keine Angst gab.

Aus dem Augenwinkel sah Orlando eine Bewegung und wandte den Kopf. Patrick kam auf ihn zu. Bekleidet war er wie so oft mit einer dunklen Hose und einem hellen Hemd. Er rockte den *Ich bin erfolgreich*-Look. Nun, da er als Sohn eines Vaters wie Samson geboren worden war, hatte er wahrscheinlich alles bekommen, was ihm einen guten Start ins Leben ermöglichte: das Aussehen, den Verstand und das Geld. Und von Isabelles Brüdern bevorzugte Orlando Patrick gegenüber Grayson. Er war viel lockerer, was wahrscheinlich eine Eigenschaft war, die zweiten Söhnen zu eigen war.

„Hey, alles gut heute Abend?", fragte Patrick beiläufig, als er neben Orlando stehen blieb und über die Tanzfläche blickte, wo sich die Menge rhythmisch und synchron zueinander bewegte, als wäre sie eine Welle im Ozean und nicht ein Menschenmeer.

„Alles ist in Ordnung."

„Hast du dafür gesorgt, dass jeder über die Überraschungs-Geburtstagsparty für Naomi am Freitagabend Bescheid weiß?"

„Ja, alle wissen, dass sie den Mund halten müssen."

„Gut. Damian hofft, dass sie es nicht im Voraus herausfindet."

„Wenn man bedenkt, dass sie am Samstag und nicht am Freitag Geburtstag hat, wird sie nicht damit rechnen", prognostizierte Orlando.

„Naja, technisch gesehen findet die Party am Samstag statt. Ich meine, sie fängt gleich nach Mitternacht an. Es ist also eigentlich schon Samstag."

Orlando machte sich nicht die Mühe zu antworten. Patrick redete viel zu viel, obwohl er genau wusste, dass Orlando nicht der Typ fürs Plaudern war.

„Also ... wer war diese Frau gestern Nacht?", fragte Patrick schließlich.

Er hätte wissen müssen, dass sein Chef das nicht auf sich beruhen lassen würde. Orlando zuckte mit den Schultern. „Welche Frau?"

„Die, die du dort hinten in der Nähe des Lagerraums geküsst hast."

„Hast du eine Frau gesehen?"

„Nein, deshalb frage ich ja."

„Wenn du sie nicht gesehen hast, dann gab es vielleicht keine Frau." Denn er würde Patrick gewiss nicht verraten, dass er mit seiner Schwester rumgeknutscht hatte, als wären sie beide Teenager auf dem Abschlussball und nähmen an einem Marathon-Kusswettbewerb teil, den sie gewinnen wollten.

„Komm schon, Orlando. Ich werde es niemandem erzählen."

Orlando legte den Kopf ein wenig zur Seite. „Rate mal, was? Ich auch nicht." Dann nickte er knapp. „Entschuldigung, ich muss meine Runde machen."

Er ging, so schnell er konnte, weg, ohne den Eindruck zu erwecken, er versuchte zu fliehen. Was er auch tat.

Lydia beendete ihr Lied, gerade als Orlando an der kleinen, erhöhten Plattform ankam. Er nickte ihr zu, während sie sich verbeugte, und wollte gerade an der Bühne vorbeigehen, als jemand an ihm vorbeistürmte und auf die Bühne sprang.

Orlando sprang ihm hinterher und stürzte sich auf den gut gekleideten Mann, bevor der Typ Lydia berühren konnte. Orlando riss ihn zurück und der Kerl verlor das Gleichgewicht. Ein Strauß Rosen fiel vor Lydias Füßen zu Boden.

„Was zum Teufel, Mann!", beschwerte sich der Mann. „Ich wollte ihr doch nur Blumen schenken."

Orlando ließ seinen Blick über den Kerl schweifen und prüfte, ob er bewaffnet war, als Lydia ihre Hand auf seinen Arm legte.

„Es ist in Ordnung, Orlando. Du kannst ihn gehen lassen", sagte Lydia, bevor sie sich an den Mann wandte, den Orlando immer noch an den Schultern festhielt. „Tut mir leid, Ted, aber er ist hier für meine Sicherheit verantwortlich." Sie bückte sich, um die Blumen aufzuheben. „Vielen Dank dafür."

Ted befreite sich aus Orlandos Griff und warf ihm einen genervten Blick zu.

Orlando grunzte nur, bevor er Lydia zunickte. „Mein Fehler."

Wenn der Kerl eine Entschuldigung wollte, musste er warten, bis die Hölle zugefroren war. Er hätte nicht auf die Bühne springen sollen, als wollte er jemanden angreifen. Geschah ihm recht. Wenn sich jemand entschuldigen musste, dann dieser Typ.

Orlando wandte sich ab und setzte seine Runde fort, ohne sich darum zu kümmern, wie Ted ihn hinter seinem Rücken nannte. Er war für die Sicherheit aller im Club verantwortlich, und wenn das bedeutete, dass er gelegentlich die falsche Person ermahnte, dann war es eben so.

Er warf einen Blick zurück zu der Stelle, an der er Patrick zurückgelassen hatte, und sah, dass der Vampirhybride in Richtung der Bühne blickte. Er hatte die Auseinandersetzung deutlich gesehen. Orlando schüttelte seinen Ärger ab. Ja, er war spannungsgeladen. Aber er konnte seinen Job trotzdem machen. Tatsächlich machte er seine Arbeit viel besser, wenn er angespannt war. Denn das bedeutete, dass er äußerst aufmerksam und auf alles Ungewöhnliche eingestellt war. Denn irgendwo lauerte sein Feind und er musste jederzeit auf alles vorbereitet sein.

Sein Handy kündigte summend eine Benachrichtigung an. Er trat zu einer Seite der Bar und zog es aus seiner Tasche. Auf dem Display war zu sehen, dass die Kamera, die die Eingangstür seines Hauses abdeckte, eine Bewegung registriert hatte. Er wischte über den Bildschirm und tippte auf den Live-Feed. Tatsächlich betrat jemand sein Haus. Er konnte die Person deutlich sehen.

Scheiße!

Er musste gehen. Jetzt sofort.

Orlando wandte sich zur Bar und bedeutete Andrew, näher zu kommen. „Wenn jemand nach mir fragt, sag, dass ich früher gehen musste."

„In Ordnung."

Er lief zum Korridor, der zum Hinterausgang führte. Augenblicke später wehte ihm die kühle Nachtluft entgegen und er eilte zu seinem Hummer. Als er nach der Türklinke griff, bemerkte er sofort, dass etwas anders war. Das Auto stand tiefer als sonst. Sein Blick schoss zu den Reifen. Sowohl der Vorderreifen als auch der Hinterreifen auf der Fahrerseite waren platt. Er ging um das Heck des Autos herum, um einen Blick auf die andere Seite zu werfen. Auch dort waren beide Reifen platt.

„Fuck!"

Es war eine Sache, einen platten Reifen zu haben. Aber vier? Das war kein natürliches Ereignis. Jemand hatte das mit Absicht getan. Aber er hatte jetzt keine Zeit, sich darüber Gedanken zu machen. Er musste nach Hause. Er tippte auf seinem Handy auf die Vuber-App. Vuber war ein Taxidienst, der speziell für Vampire geschaffen worden war, da alle Autos mit speziell beschichteten Fenstern ausgestattet waren, die kein UV-Licht in das Auto ließen und so die wertvolle Fracht, die sie transportierten, schützten. Die Autos wurden ausschließlich von vertrauenswürdigen Menschen gefahren.

Orlando tippte auf die App und bestellte

eine Fahrt. Das Rad drehte sich einige Sekunden lang, dann öffnete sich ein Fenster. *Ihre Fahrerin, Jessica M., ist vier Minuten entfernt.*

Die vier Minuten, die er wartete, schienen ewig zu dauern. Er verfolgte weiterhin die Live-Übertragung auf seinem Handy, bis sein Fahrzeug schließlich eintraf.

Er sprang hinein. „Guten Abend, Jessica.“

„Guten Abend, Orlando.“

Sie waren sich noch nie zuvor begegnet, aber die Vuber-App hatte seiner Fahrerin seinen Namen und sein Foto übermittelt, sodass sie wusste, wen sie abholen sollte und wohin sie ihn fahren musste. Es funktionierte im Wesentlichen genauso wie ein Uber oder Lyft.

„Ich habe es eilig“, sagte er.

„Kein Problem. Es gibt nicht viel Verkehr. Wir werden in Kürze dort sein.“

Während er die Live-Übertragung im Auge behielt, tippte er eine Nachricht an seinen Automechaniker und wies ihn an, sein Auto am Morgen als Erstes abzuschleppen, die Reifen zu reparieren und ihm mitzuteilen, wann das Auto zur Abholung bereit war. Die Autowerkstatt, die er benutzte, wurde nicht von einem Vampir betrieben, sondern von einem Menschen. Er hätte die von Scanguards betriebene Werkstatt benachrichtigen können, die alle Fahrzeuge des Scanguards-Personals wartete, sowohl die Firmenwagen als auch die Privatfahrzeuge, aber er wollte nicht, dass Scanguards in diese Angelegenheit hineingezogen wurde. Das würde zu viele Fragen aufwerfen. Und er wollte diese nicht beantworten müssen.

17

Als Isabelle hörte, wie sich ein Auto näherte, starrte sie aus dem Fenster des Hauptschlafzimmers im ersten Stock von Orlandos Haus. Allerdings hielt jetzt nicht Orlandos Hummer vor dem Haus an, sondern eine dunkle Limousine. Kam jemand Orlando besuchen? Die Beifahrertür öffnete sich, und ein großer Mann, den sie sofort erkannte, stieg aus und schloss die Tür. Einen Moment später fuhr das Auto davon.

Warum hatte sich Orlando von jemandem nach Hause fahren lassen? Sie beobachtete, wie er zur Haustür ging. Einen Moment später hörte sie, wie der Schlüssel im Schloss gedreht und die Haustür geöffnet wurde. Dann wurde sie wieder geschlossen. Sie warf einen Blick auf die offene Schlafzimmertür und wartete. Erst strömte Licht aus dem ersten Stock herauf, dann knarrte die Treppe.

Isabelle holte tief Luft, als sie endlich einen Blick auf Orlando erhaschte. Er sah sie direkt an und wirkte nicht einmal überrascht, sie zu sehen, als er den Treppenabsatz erreichte und mit mehreren großen Schritten die Distanz zwischen ihm und der Tür überbrückte. Sein Blick richtete sich sofort auf sie.

„Du musstest also einbrechen", begann er und betrat das Schlafzimmer. Sein Gesichtsausdruck war unlesbar.

„Du scheinst nicht überrascht zu sein."

Er ging zum Fenster, zog die Vorhänge zu und betätigte dann den Lichtschalter. „Das war ich, als ich auf meinem Sicherheitssystem sah, dass du das Schloss geknackt hast."

„Ich wusste nicht, dass du ein Sicherheitssystem hast."

„Das ist nicht der Punkt. Warum konntest du nicht auf meinen Anruf warten? Ich hätte dich wirklich angerufen."

Er fixierte sie mit seinem Blick und sie wusste, dass er die Wahrheit sagte. „Ich weiß. Aber ich konnte nicht darauf warten." Doch bevor sie sich mit den Fragen befasste, die von der Durchsuchung von Wayne Hongs Haus aufgeworfen worden waren, wollte sie erst etwas anderes wissen.

„Warum bist du nicht mit deinem Hummer nach Hause gekommen? Wer war –"

Sein wütendes Knurren unterbrach sie. „Weil mein Hummer vier platte Reifen hat. Vier! Ich musste einen verdammten Vuber nehmen."

„Oh." Zumindest bedeutete das, dass die Person, die ihn nach Hause gefahren hatte, weder eine Freundin noch eine Liebhaberin war. „Kein Wunder, dass du verärgert bist."

„Verärgert?" Er trat näher und sah aus wie ein eingesperrtes Tier, das bereit war anzugreifen. „Verdammt, Isabelle, du kannst nicht einfach uneingeladen hier auftauchen. Ich musste den Club ohne Angabe von

Gründen vorzeitig verlassen, damit ich nach Hause kommen konnte. Dein Bruder wird mir das Fell über die Ohren ziehen."

„Aber du hättest nicht nach Hause eilen müssen. Ich hätte gewartet. Ich wusste, dass du mit deiner Schicht noch nicht fertig bist."

„Das ist nicht der Punkt! Verstehst du es nicht, Isabelle?" Er fuhr sich mit zitternder Hand durchs Haar. So hatte sie ihn noch nie gesehen. „Hast du nicht zugehört, was ich letzte Nacht gesagt habe? Ich habe Feinde. Jemand hat mich gefunden. Er weiß, wo ich wohne. Und jetzt weiß er wahrscheinlich auch von dir. Das bedeutet, dass er dir wehtun kann, um an mich heranzukommen. Deshalb wollte ich nicht, dass du hierherkommst."

„Es tut mir leid." Sie streckte die Hand nach ihm aus, zog sie aber sofort wieder zurück. Sie hatte keine Angst vor ihm, aber sie wusste, dass er sich nicht durch eine bloße Berührung beschwichtigen lassen würde. Sie hatte seinen Worten vom Vorabend nicht so viel Gewicht beigemessen, wie sie es hätte tun sollen. Seine Aussage über Feinde hatte nicht wie eine unmittelbare

Bedrohung geklungen. Aber jetzt erkannte sie plötzlich, dass die Bedrohung, was auch immer sie war, sehr real war. Zumindest in seinen Augen. Er hatte Angst, dass etwas Schlimmes passieren könnte.

Sie wünschte, sie hätte das früher erkannt, doch jetzt konnte sie nichts mehr dagegen tun. Sie musste ihm erklären, warum sie überhaupt hier war. „Es tut mir wirklich leid, aber ich musste mit dir reden. Es ist wichtig."

Orlando seufzte. „Ich nehme an, es hat keinen Sinn, die Scheunentore zu schließen, nachdem die Pferde bereits entkommen sind."

Isabelle zuckte mit den Schultern. „Ich wünschte, wir würden nur über entlaufene Pferde reden. Aber das ist was Ernsteres. Es geht um den Mord an Wayne Hong."

Für einen Moment runzelte er die Stirn, dann schien es Klick zu machen. „Der Postbote, der getötet wurde? Was ist mit ihm?"

„Scanguards ermittelt in dem Mordfall. Ein Vampir tötete Hong am Dienstagabend in seinem Haus in Glen Park. Ich leite den Fall und war heute Abend am Tatort. Ich habe etwas gefunden."

Orlando zuckte mit den Schultern. „Wie es an einem Tatort zu erwarten ist, nehme ich an."

Sie griff nach ihrer Handtasche und holte den Brief heraus, den sie dort hineingesteckt hatte, als sie mit Nelson das Haus durchsucht hatte. Sie reichte ihn ihm. „Ich habe das gefunden."

Er nahm den Umschlag, betrachtete ihn, drehte ihn um und betrachtete ihn dann noch einmal. „Das ist die Rechnung für meine Autoversicherung." Er schüttelte den Kopf und starrte sie direkt an. „Diese Adresse liegt auf seiner Route." Er grunzte. „Aber das wäre keine Entschuldigung für ihn, meine Post zu haben. Hat er auch die Post anderer Leute gestohlen?"

„Dies war der einzige Brief, der nicht an ihn oder seine Frau gerichtet war. Aber das ist nicht alles, was ich gefunden habe."

„Was sonst noch?" Er deutete auf ihre Handtasche und erwartete offenbar, dass sie ein weiteres Beweisstück herausholte. Aber dieses hatte sie nicht bei sich. Nelson hatte es an sich genommen.

„Ein Autoschlüssel." Sie zögerte und beobachtete seine Reaktion. „Für einen Hummer. Nur fuhr Mr. Hong keinen Hummer."

Orlando kniff die Augen zusammen. „Sagst du, was ich denke, dass du sagst?"

„Der Schlüssel war zwischen die Sitzkissen des Sofas gerutscht, wo Mr. Hong brutal ermordet wurde."

Er atmete aus und fuhr sich mit der Hand durchs Haar. „Du sagst also wirklich, was ich denke, dass du sagst. Du denkst, ich hätte es getan."

Zu ihrer eigenen Überraschung schüttelte sie den Kopf. „Nein, ich glaube nicht, dass du ihn getötet hast. Aber es wäre hilfreich, wenn ich überprüfen könnte, dass du deinen Autoschlüssel hast."

Er griff in seine Tasche und holte einen Schlüsselring hervor. Daran baumelten zwei normale Schlüssel und der Schlüssel für den Hummer. „Zufrieden?"

„Hast du einen Ersatzschlüssel für den Hummer?"

„Ja. Ich nehme an, den willst du auch sehen?" Er wartete nicht auf die Antwort. Stattdessen ging er zu einer Kommode und öffnete die oberste Schublade. Er kramte darin herum, bevor er fluchte: „Was zum Teufel!" Er wirbelte zu ihr herum. „Er ist nicht hier. Und das ist der einzige Platz, an dem ich ihn jemals aufbewahrt habe."

„Bist du dir sicher?"

„Natürlich bin ich mir da sicher." Er trommelte mit den Fingern auf das Holz. „Das beweist nichts. Der Autoschlüssel könnte irgendjemandem gehören. Ich bin nicht der Einzige, der in San Francisco einen Hummer fährt. Gib mir den Schlüssel, den du gefunden hast, und fahre mich zum Mezzanine. Mein Auto steht dort. Wir probieren den Schlüssel aus und dann wirst du sehen, dass er nicht zu meinem Auto passt."

Sie schüttelte den Kopf. „Das kann ich nicht."

Er starrte sie erbost an. „Du gibst mir nicht einmal die Chance, meine Unschuld zu beweisen?"

„Das ist es nicht. Ich habe den Schlüssel nicht."

„Wo ist er dann?"

„Die Polizei hat ihn."

„Warum?"

„Weil ich mit dem SFPD-Verbindungsmann für Scanguards am Tatort war. Der Typ hat mir heute Abend Zutritt zum Haus gewährt. Er war bei mir, als ich den Schlüssel fand. Er hat ihn als Beweismittel genommen und untersucht ihn auf Fingerabdrücke. Und morgen wird er beim Hersteller nachfragen, ob er herausfinden kann, zu welchem Fahrzeug er gehört."

„Verdammt! Warum hast du ihn nicht gleich mitgebracht, um mich anzuklagen? Dann hätte er mich gleich abtransportieren können. Ich bin mir sicher, dass zwei Beweisstücke ausreichen, einen Haftbefehl zu erwirken."

Isabelle verstand seine Wut, aber sie musste ihn beruhigen. „Er hat keine zwei Beweise."

Er hob die Hand, in der er noch den Brief hielt. „Ich kann zählen."

„Die Polizei weiß nichts von dem Brief. Als ich deinen Namen darauf sah, habe ich ihn sofort versteckt. Und die Polizei hat keine Ahnung, dass du einen Hummer fährst oder wer du überhaupt bist."

Mit einem Anflug von Überraschung im Gesicht starrte Orlando sie an. „Du hast dem SFPD Beweise vorenthalten? Um mir zu helfen?"

Sie nickte stumm.

Ungläubigkeit breitete sich auf seinem Gesicht aus. „Warum? Ich könnte der Mörder sein. Ich könnte schuldig sein. Und du kommst einfach zu mir nach Hause und erzählst mir das alles. Hast du keine Angst davor, was ich dir antun könnte?"

Sie holte tief Luft, machte einen Schritt auf ihn zu und legte ihre Hand auf seinen Unterarm. „Ich hatte noch nie Angst vor dir, Orlando. Keine Sekunde seit dem Moment, als ich dich zum ersten Mal sah. Ich habe mich bei dir schon immer sicher gefühlt."

„Das ist verrückt."

„Vielleicht. Oder vielleicht ist es nur ein Bauchgefühl. Und mein Bauchgefühl verrät mich nie.“ Sie lächelte. „Und ich habe eine Idee.“

„Was für eine?“

„Wenn der Schlüssel zum Hummer wirklich dir gehört und jemand ihn in Hongs Haus versteckt hat, dann hätte diese Person ihn zuerst von dir stehlen müssen. Alles, was wir tun müssen, ist, die Sicherheitsaufnahmen durchzusehen. Ich meine, du hast doch gesehen, wie ich eingebrochen bin.“

„Gute Idee. Aber das wird nicht funktionieren. Ich habe das Sicherheitssystem erst heute Abend installiert, bevor ich zur Arbeit ging.“

„Warum?“

„Warum was?“

„Warum hast du aus heiterem Himmel ein Sicherheitssystem installiert? Ich meine, wie lange wohnst du schon in diesem Haus, etwa anderthalb Jahre?“

Orlando zögerte und ihr wurde klar, dass er nicht bereit war, diese Frage zu beantworten. Aber sie musste ihn drängen. Etwas hatte ihn zu der Entscheidung gebracht, dass ein Sicherheitssystem notwendig war. Und sie musste wissen, was es war.

„Orlando, was ist passiert? Bitte sag es mir. Ich glaube, ich verdiene es, es zu wissen. Du hast gesagt, wenn ich bei dir bin, könnten deine Feinde mich benutzen, um dir Schaden zuzufügen. Wenn du möchtest, dass ich dir helfe, musst du mir sagen, was wirklich los ist. Keine vagen Erklärungen mehr über Feinde aus der Vergangenheit. Ich brauche etwas, mit dem ich etwas anfangen kann."

Isabelle sah zu ihm auf. Hinter seinen Augen schien ein Sturm zu toben. Orlando kämpfte mit sich selbst. Würde er ihr jetzt die Wahrheit sagen? Vertraute er ihr genug, um zu erkennen, dass sie alles in ihrer Macht Stehende tun würde, um ihm zu helfen? Denn obwohl er so viel größer, so viel stärker und so viel älter war als sie, brauchte er ihre Hilfe. Und sie hoffte, dass er sie selbst auch brauchte. Weil sie ihn brauchte. In diesem Moment wurde ihr klar, dass sie ihn immer gebraucht hatte, schon bevor er vor der Haustür ihres Vaters aufgetaucht war und um einen Job gebeten hatte. Und sie hatte ihn schon immer geliebt, auch wenn sie nichts über ihn wusste.

Zum ersten Mal in ihrem Leben verstand sie, wie es sich anfühlte, seinen Lebensgefährten gefunden zu haben. Sie wusste es in ihrem Herzen. Orlando war der Mann, mit dem sie zusammen sein sollte.

18

Isabelles flehender Blick durchbohrte ihn wie eine Lanze, durchdrang seine Haut und verankerte sich in seinem Fleisch. Er konnte den Augen nicht entrinnen, die ihn gefangen hielten, als wäre er mit Silberketten gefesselt, einem Metall, das nicht einmal der stärkste Vampir zerbrechen konnte. Sie nahm ihn mit diesem Blick und dem Klang ihrer Stimme, die auf der Suche nach seiner Seele in seinen Körper eindrang, gefangen. Aber was, wenn ihr nicht gefiel, was sie dort finden würde? Was, wenn sie die unaussprechlichen Taten seiner Vergangenheit entdecken würde? Was, wenn sie ihn dafür verurteilen würde? Dann würde er alles verlieren. Alles wäre vorbei.

Er kämpfte mit sich selbst darüber, wie viel er ihr sagen und preisgeben sollte. Er wusste, dass er ihre Frage auf die eine oder andere Weise beantworten musste. Sie war bereit, ihm zu helfen. Verdammt, sie hatte ihm bereits geholfen. Wenn sie den Brief, den sie in Hongs Haus gefunden hatte, nicht versteckt hätte, hätten sie ihn bereits zur Verurteilung zum Vampirrat abgeschleppt, egal wie lange und wie inbrünstig er seine Unschuld beteuerte. Dann würde ihm niemand mehr zuhören. Und wenn er einmal im Gefängnis saß und auf die Vollstreckung des Todesurteils wartete, wer würde sich dann um Isabelle kümmern? Wer würde sie beschützen?

Das konnte er nicht zulassen.

Orlando holte tief Luft. „Ich war vor langer Zeit mit einer menschlichen Frau blutgebunden. Margarite."

Isabelles Augen weiteten sich. Damit hatte sie nicht gerechnet. Und warum auch?

Er hatte bei Scanguards niemandem von seiner Vergangenheit erzählt.

„In meiner Vergangenheit sind schlimme Dinge geschehen, Dinge, auf die ich nicht stolz bin, Dinge, für die ich verantwortlich bin. Margarite ist tot und es ist meine Schuld. Deshalb möchte jemand mit mir eine Rechnung begleichen. Ich bin seit über vier Jahrzehnten auf der Flucht. Ich habe mich lange versteckt, mich nie lange irgendwo aufgehalten und nie Aufmerksamkeit auf mich gelenkt. Und ich dachte, ich hätte es geschafft. Aber am Dienstagabend erhielt ich einen Brief. Darum weiß ich, dass er mich gefunden hat. Deshalb habe ich das Sicherheitssystem installiert. Und deshalb möchte ich nicht, dass jemand etwas über uns erfährt."

Er sah, dass sie nickte und ihre Augen jetzt vor Mitgefühl strahlten. „Es tut mir so leid, Orlando. Ich hätte nie –"

Er hob seine Hand und schüttelte sanft den Kopf. „Das ist jetzt egal. Er will mich zerstören. Ich kann es fühlen. Es ist kein Zufall, dass Hong in der Nacht, bevor ich den

Brief erhielt, getötet wurde. Er spielt mit mir. Er hat Beweise platziert, um mich langsam zu zerstören."

„Wer ist er?"

„Ich weiß es nicht."

„Aber du hast gesagt, er will sich an dir rächen. Weißt du nicht, wer er ist?"

Er schüttelte den Kopf. „Nein. Ich weiß nicht, wer mich zerstören will. Die meisten Menschen von damals sind inzwischen tot. Es ist über vier Jahrzehnte her. Die Person, die mich jagt, muss ein Vampir sein, da bin ich mir sicher. Aber ich weiß nicht, wer. Damals gab es keinen Vampir, der irgendeine Verbindung zu mir oder ihr hatte. Zumindest war mir davon nichts bekannt."

„Könntest du mir sagen, wo das alles passiert ist ... ich meine, von welchem Ort du geflohen bist?"

Er hatte es noch nie jemandem erzählt. „Das darfst du niemandem erzählen, versprich mir das."

„Das verspreche ich."

„Montreal."

„Und du glaubst, dass dich jemand den ganzen Weg von Kanada aus verfolgt hat?"

„Sieht so aus."

„Was stand in dem Brief?", fragte sie und ihm wurde klar, dass sie sich jetzt im Ermittlermodus befand.

„Es war weniger ein Brief als vielmehr eine anonyme Notiz. Da stand, dass er über Montreal Bescheid weiß."

„Gib mir den Brief und ich lasse ihn bei Scanguards auf Fingerabdrücke überprüfen. Ich kann es im Geheimen tun."

Er schüttelte den Kopf. „Ich habe schon jemanden, der das überprüft."

„Bei Scanguards? Wer?"

„Nicht bei Scanguards. Ich habe einen anderen Kontakt. Auf der Innenseite des Umschlags fand er Fingerabdrücke: einen teilweisen Daumenabdruck und einen Zeigefinger. Er lässt alles durch AFIS laufen. Irgendwann heute sollte er das Ergebnis bekommen."

„Das ist nicht gut genug. Wenn diese Person aus Montreal stammt, werden in Kalifornien höchstwahrscheinlich keine

Fingerabdrücke gespeichert sein. Wir müssen sie zumindest durch die Datenbank des FBI laufen lassen, und wenn das zu keinem Ergebnis führt, kann Thomas sich vielleicht in die kanadische Datenbank hacken oder sich an Interpol wenden.“

„Ich kann Thomas das nicht machen lassen. Niemand bei Scanguards darf es erfahren. Dein Vater hätte mir diesen Job nie gegeben, wenn er gewusst hätte, was in Montreal passiert ist. Seine Ethik –“

„Aber –“

„Du kennst deinen Vater“, unterbrach er sie. „Er ist ein guter Mann. Ich möchte nicht, dass er zwischen seiner Ethik und dem, was er mir versprochen hat, in Konflikt gerät.“

Neugier blitzte in Isabelles Augen auf. „Was ist zwischen meinem Vater und dir vorgefallen? Er hat nie ein Wort zu irgendjemandem verlauten lassen, woher er dich kennt oder warum er dir einen Job gegeben hat, ohne auch nur eine Hintergrundüberprüfung über dich durchzuführen.“

Orlando seufzte. Eigentlich wollte er es

Isabelle nicht sagen, aber er kannte sie inzwischen gut genug, um zu wissen, dass sie nicht ruhen würde, bis sie herausgefunden hatte, was sie wissen wollte.

„1989 traf ich in New York City auf einen Vampir, der von drei anderen Vampiren angegriffen wurde. Ich weiß nicht, warum sie ihn angegriffen haben. Ich weiß nur, dass dieser Vampir in der Unterzahl war. Und ich habe einen unfairen Kampf noch nie besonders gemocht. Also habe ich ihm geholfen. Ich habe seine Angreifer getötet. Und ich habe einen Menschen von der Straße geholt, damit er sich ernähren und heilen konnte. Dieser Vampir war dein Vater.“

„Oh.“ Isabelles Augen weiteten sich vor Ehrfurcht.

„Er versprach mir damals, dass ich alles bekommen könnte, was ich wollte, egal was es war. Und er würde nie irgendwelche Fragen stellen, denn er schuldete mir sein Leben. Deshalb bin ich vor achtzehn Monaten nach San Francisco gekommen. Ich habe sein Versprechen abkassiert.“

Isabelle schüttelte leicht den Kopf und

lächelte. „Abkassieren würde ich es nicht nennen. Er hat dir einen Job gegeben, und du arbeitest hart für das Geld, das du verdienst. Du hättest ihn um Geld bitten können, um Millionen, wenn du gewollt hättest. Er hätte bezahlt, denn ohne dich wäre keiner von uns heute hier. Nicht ich, nicht meine Brüder. Meine Mutter hätte ihn nie kennengelernt."

„Aber ich wollte kein Geld. Ich wollte dazugehören. Ich wollte nicht mehr davonlaufen." Er warf ihr ein trauriges Lächeln zu. „Aber ich glaube, das war zu viel verlangt."

Sie trat näher und legte ihre Hände auf seine Arme. „Nein, das ist nicht zu viel verlangt. Ich helfe dir, damit du mit dem Laufen aufhören kannst."

„Aber ich kann dich nicht mithineinziehen."

„Ich bin schon mitten drin. Siehst du das nicht?"

Er seufzte und schüttelte leicht den Kopf. „Werde ich jemals einen Streit mit dir gewinnen?"

Sie zuckte mit den Schultern. „Vielleicht

lasse ich dich eines Tages gewinnen. Wenn du nett bist."

Orlando zog eine Augenbraue hoch. „Wie nett?"

Sie kam näher und drückte ihre Hüften an seine. „Sehr nett."

Ihre Körperwärme drang in ihn ein und ließ das Blut nach Süden strömen. „Isabelle?" Er senkte seinen Kopf zu ihrem und schlang seinen Arm um ihre Taille.

„Hmm?"

„Wenn du mich dazu bringen willst, mit dir zu schlafen, muss ich dir etwas sagen." Er machte eine bedeutsame Pause. „Es funktioniert."

Sie grinste und ihre Augen leuchteten schelmisch auf. „Oh, ich weiß schon, dass es funktioniert. Ich kann es spüren."

„Das kannst du, wie?" Er drängte sie gegen die Wand und nagelte sie dort fest.

Orlando senkte seine Lippen auf ihre, nahm ihren Mund gefangen und küsste sie innig. Isabelle neigte ihren Kopf zur Seite, um ein tieferes Eindringen und eine gründlichere Erkundung zu ermöglichen.

Nicht, dass er nicht bereits in der vergangenen Nacht jeden Zentimeter ihres Mundes erkundet hatte. Ihr Geschmack machte ihn süchtig und er wünschte sich, er wäre ein besserer Küsser, obwohl es nicht so aussah, als wäre sie von seinen Fähigkeiten enttäuscht. Im Gegenteil: Sie stöhnte leise in seinen Mund und er spürte, wie sich ihr Herzschlag beschleunigte und das Blut durch ihre Adern rauschte.

Als er plötzlich spürte, wie ihre Zunge über seinen Fangzahn strich, fuhr er bei diesem Gefühl fast aus seiner eigenen Haut.

„Verdammt, Baby, mach langsam!"

Aber sie hörte nicht auf ihn. Stattdessen streichelte sie erneut seine Zähne und er konnte seine Reaktion nicht zurückhalten. Seine Reißzähne erreichten ihre volle Länge.

Sie unterbrach den Kuss für eine kurze Sekunde. „Endlich."

Er wusste genau, was sie wollte, und erlaubte ihr, mit ihrer Zunge über seine ausgefahrenen Fangzähne zu lecken, weil sie beide wussten, was es mit ihm anstellen würde. Die Reißzähne eines Vampirs waren die erogensten Teile seines Körpers. Es fühlte sich an, als würde sie seinen Schwanz lecken.

Er löste seinen Mund von ihrem. „Versuchst du mich dazu zu bringen, in meiner Hose zu kommen?"

„Vielleicht solltest du dich ausziehen." Sie schnurrte wie ein Kätzchen, während ihre Hände damit beschäftigt waren, den Knopf seiner Cargohose zu öffnen.

„Du zuerst", forderte er sie auf und stoppte ihre Hände. Wenn er ihr erlauben würde, ihn zuerst auszuziehen, würde er nicht lange durchhalten.

Zum Glück hatte Isabelle keine Einwände gegen seinen Befehl und stand kurz darauf in ihrem rosa Spitzenhöschen und BH vor ihm.

„Verdammt, du bist wunderschön."

Er senkte seinen Kopf zu ihren Brüsten und leckte über die dunklen Brustwarzen, die durch ihren BH lugten, bis der Stoff praktisch durchsichtig war. Dann ließ er sich auf die Knie fallen und zog ihr Höschen herunter, bis es sich zu ihren Füßen sammelte. Sie stieg heraus und ahnte höchstwahrscheinlich bereits, was er tun wollte.

Vom Duft ihrer Erregung angezogen, drückte Orlando sein Gesicht an ihre Muschi und atmete den reichhaltigen Duft ein, der sich mit dem Aroma von Vanille und Orangen vermischte. Er schloss die Augen und stöhnte, bevor er ihr rechtes Bein packte, es hochhob und über seine Schulter führte, damit sie es dort ablegen konnte. Jetzt war sie offen und er konnte die glitzernden rosa Falten ihrer Muschi sehen. Er tauchte tiefer und leckte über ihren einladenden Schlitz. Sie neigte ihre Hüften, um ihm einen besseren Zugang zu ermöglichen, und bestätigte somit, dass seine Liebkosungen mehr als willkommen waren.

„Ja, Orlando, bitte."

Ihre Stimme war nur ein Flüstern und das atemlose Geräusch jagte ihm einen Schauer über den Rücken bis ins Steißbein. Er war froh, dass er noch vollständig bekleidet war, sonst würde er bereits seinen Schwanz in sie stoßen und sie an die Wand drücken. Er zwang sich, geduldig zu sein, denn die Belohnung wäre es wert. Er wollte Isabelle zeigen, dass er ein rücksichtsvoller Liebhaber sein konnte, der dafür sorgte, dass seine Frau vollkommen befriedigt war. Außerdem liebte er es, sie zu lecken. Sie schmeckte wie ein Regenwald nach einem Regenguss, frisch, lebendig und wie eine Blume, die kurz davor stand, zum ersten Mal aufzublühen. Er wusste, dass er nicht ihr Erster war, aber er hoffte allen Widrigkeiten zum Trotz, dass er ihr Letzter sein würde. Dass sie niemals wollte, dass ein anderer Mann sie berührte. Und das konnte nur passieren, wenn er alle ihre Bedürfnisse erfüllte und sie dazu brachte, sich nach mehr davon zu sehnen. Genauso wie er sich nach mehr sehnte.

Er summte gegen ihr erhitztes Fleisch und öffnete sie mit seinen Fingern, damit er über ihre Klitoris lecken konnte. Das winzige Organ war angeschwollen. Er leckte es mit den Säften, die er auf seiner Zunge gesammelt hatte. Isabelle stieß ein ersticktes Keuchen aus und er wusste, dass er auf dem richtigen Weg war. Er fuhr fort, ihre Klitoris zu streicheln und steigerte dabei nach und nach sein Tempo und seinen Druck. Ihre Bewegungen, während sie sich an seiner

Zunge rieb, verrieten ihm, was sie von ihm brauchte, und er folgte ihren unausgesprochenen Anweisungen. Unter seinen Händen und Lippen konnte er spüren, wie sich ihr Körper anspannte, wie sie immer mehr keuchte, wie ihre Haut schwitzte und ihr Herz schneller schlug.

Als sie plötzlich unter seinem Mund erbebte, verlangsamte er seine Liebkosungen und erlaubte ihr, die Wellen zu genießen, die auf sie einschlugen, bevor er mit erhöhtem Tempo fortfuhr, um sie ein zweites Mal zum Höhepunkt zu bringen. Diesmal drang er mit seinem Mittelfinger in ihre Scheide und spürte, wie sich ihre Muskeln um seinen Finger verkrampften, als sie zum Orgasmus kam.

Isabelle atmete schwer. „Oh Gott."

Wortlos hob Orlando sie in seine Arme und trug sie zum Bett, wo er sie auf die Laken legte. Während er sich in Windeseile auszog, beobachtete Isabelle ihn mit halb geschlossenen Lidern, die Lippen zu einem sanften Lächeln verzogen, das nur eine zufriedene Frau hervorzaubern konnte.

Als er endlich nackt war, gesellte er sich zu ihr aufs Bett. Sein Schwanz schmerzte bereits vor Verlangen, in ihr zu sein. Isabelle zog ihn zu sich hinunter, ihre Hände an seinen Hüften, ihre Beine weit gespreizt. Ohne den Augenkontakt zu unterbrechen, trieb er seinen Schwanz bis zum Anschlag in sie hinein und schauderte angesichts der Enge und Feuchtigkeit ihrer Scheide.

Er seufzte, während er sich viel langsamer als in der vergangenen Nacht in ihr bewegte. Heute Abend wollte er alles intensiver spüren und nichts überstürzen. Und er wollte, dass Isabelle jeden steinharten Zentimeter seines Schwanzes spürte.

„Du fühlst dich anders an als letzte Nacht", sagte sie mit einem sinnlichen Lächeln.

„Anders gut oder anders schlecht?" Er zog sich langsam aus ihrer Muschi zurück und ließ nur die Spitze seiner Erektion in ihr zurück.

„Anders, noch besser." Sie zog ihn an den Hüften und er stieß seinen harten Schwanz in sie hinein. „Oh ja, anders, viel besser."

Er grinste. „Also hast du letzte Nacht gelogen, als du gesagt hast, dass du keine Zärtlichkeit wolltest."

Sie legte eine Hand auf seinen Nacken und zog sein Gesicht näher an ihres heran. „Du auch. Du hast gesagt, dass du kein zärtlicher Mann bist." Sie schüttelte sanft den Kopf. „Aber das bist du." Sie streichelte seinen Nacken.

„Du hast es also herausgefunden."

Orlando ließ seinen Mund über ihren gleiten und küsste sie, während er in langsamem Tempo weiter in sie hinein und aus ihr heraus glitt. Er hatte es schon immer geliebt, langsam Liebe zu machen. Aber in den Jahrzehnten seit Margarites Tod hatte er sich verändert. Er hatte diese Zärtlichkeit verloren. Wollte sie nicht mehr. Die Frauen, die er seitdem gefickt hatte, hatte er hart und schnell genommen, ohne zuzulassen, dass andere Gefühle außer Lust an die Oberfläche drangen.

Isabelle hatte es jedoch irgendwie geschafft, seine Abwehrkräfte zu überwinden und den Teil von ihm freizulegen, den er über vier Jahrzehnte lang verborgen gehalten hatte. Er wollte nicht analysieren, was das bedeutete. Alles, was er jetzt wollte, war, sich wieder lebendig zu fühlen. Und in Isabelles Armen fühlte er sich lebendig. Sie weckte in ihm den Wunsch nach so vielen Dingen, Dinge, die er schon vor langer Zeit aufgegeben hatte: das Bedürfnis, dass eine Frau von ihm trank, diese Verbindung wieder zu spüren, diese Nähe wieder zu spüren.

Er unterbrach den Kuss, schob seinen Schwanz aber weiterhin in ihre warme Muschi hinein und wieder heraus.

„Isabelle", murmelte er und blickte in ihre tiefgrünen Augen. „Kannst du etwas für mich tun?"

„Alles, was du willst."

„Würdest du mich bitte beißen?"

Ihre Augen weiteten sich überrascht. Er sah einen Moment des Zögerns in ihnen, und eine kalte Hand schien sich um sein Herz zu legen und zuzudrücken.

„Ich hätte nicht fragen sollen", sagte er schnell, doch dann spürte er, wie Isabelle ihm über eine Seite des Halses strich.

„Ich habe den Geschmack deines Blutes geliebt, als ich dich geheilt habe", sagte sie, während sich ihre Augen in geschmolzene Lava verwandelten und die Spitzen ihrer Fangzähne zwischen ihren geöffneten Lippen hervorschauten.

Der Anblick ließ seinen Schwanz in Erwartung des Vergnügens, das sie ihm bereiten würde, zucken. „Ich habe jede Sekunde genossen, in der du meine Wunden geleckt hast. Wenn wir allein gewesen wären, dann …"

Die Art, wie sie ihn jetzt ansah, machte ihm klar, dass sie es auch damals gespürt hatte: das Verlangen, das das Wohnzimmer ihres Elternhauses fast auflodern hatte lassen.

„Seitdem habe ich jede Nacht davon geträumt", gestand sie. „Aber du hast mich angesehen, als wolltest du mich dafür umbringen."

„Ich war frustriert, weil du mich so hart gemacht hast und ich nicht darauf reagieren konnte. Nicht vor allen Anwesenden." Er stieß jetzt fester und schneller in sie hinein, denn die bloße Erinnerung an jene Nacht stellte die Grenzen seiner Selbstbeherrschung auf die Probe.

Isabelle atmete aus und dabei fuhren sich ihre Reißzähne vollständig aus, ein klares Zeichen dafür, dass sie wollte, was er anbot.

„Isabelle, lass mich nicht länger warten", bettelte er und bemerkte, dass seine Worte wie das Knurren eines Tieres klangen, das seine Macht nicht länger zügeln konnte.

Sie zog sein Gesicht näher an sich heran und er neigte seinen Kopf zur Seite und bot ihr seinen Hals an. Sie leckte über seine Halsschlagader und die Wärme ihrer Zunge löste ein Kribbeln in seinem ganzen Körper aus. Er konnte bereits das Herannahen seines Orgasmus spüren und wusste, dass es jetzt keine Möglichkeit mehr gab, diesen aufzuhalten.

Die scharfen Spitzen ihrer Fangzähne durchbohrten schließlich seine Haut und drangen tief in ihn ein. Als sie an der Vene zog, um sein Blut zu trinken, verkrampfte sich sein Schwanz und er kam härter als je zuvor zum Höhepunkt.

„Ich l–" Er hielt sich gerade noch rechtzeitig davon ab, den Satz zu beenden.

Er hätte ihr fast gesagt, dass er sie liebte. Und obwohl es die Wahrheit war und das schon, seit er sie kennengelernt hatte, konnte er ihr seine Liebe nicht gestehen. Es war nicht richtig. Er wollte sie nicht damit belasten. Denn sobald sie wusste, dass er sie liebte, wäre sie nicht mehr in der Lage, objektiv zu denken. Alle ihre Handlungen würden dadurch beeinträchtigt und sie würde sich verpflichtet fühlen, vielleicht sogar gefangen fühlen. Denn Gefühle wie Liebe konnten eine Person gefangen nehmen und sie dazu bringen, Dinge zu tun, die nicht richtig waren, und das alles unter dem Deckmantel der Liebe.

Genauso wie er aus Liebe getötet hatte.

19

Orlandos Blut durchdrang jede Zelle von Isabelles Körper und schickte Wellen der Lust durch sie, die jeden vorherigen Orgasmus bedeutungslos machten. Wie Nachbeben eines Erdbebens vibrierte ihr ganzer Körper immer wieder, bis sie schließlich ihre Reißzähne aus dem Hals ihres Geliebten zog, über die Schnitte leckte und diese damit sofort heilte.

Als sie ihr Gesicht wieder ihm zuwandte, schaute Orlando sie mit golden schimmernden Augen an, Augen voller Zuneigung und Zufriedenheit. Sie hatte gespürt, wie er einen Moment, nachdem sie ihre Fangzähne in ihn versenkt hatte, seinen Höhepunkt erreichte, aber er hatte nicht aufgehört, sich in ihr zu bewegen. Selbst jetzt war sein Schwanz immer noch hart und er bewegte sich vor und zurück und verlängerte so ihr Vergnügen.

Isabelle hatte keine Worte dafür, wie sie sich fühlte. Sie hatte schon früher Menschen beim Sex gebissen, aber noch nie einen Vampir.

Als Orlando sich schließlich von ihr abrollte, zog er sie zu sich, sodass sie ihren Kopf auf seine Brust und ein Bein über seine Oberschenkel legen konnte. Er legte seinen Arm um ihren Rücken und zog sie näher an sich, während er sanft ihren Oberschenkel streichelte, eine Geste, die sich anfühlte, als wüsste er nicht einmal, was er tat.

Für einige Momente schwiegen sie beide. Es gab Isabelle Zeit, über Orlandos Geständnis nachzudenken. Er hatte eine blutgebundene Gefährtin gehabt und sie verloren. Sie verstand, was das bedeutete. Egal wie lange sie durch einen Blutbund verbunden gewesen waren, hatte Orlando nur das Blut seiner menschlichen Gefährtin trinken können. Jedes andere Blut hätte ihn krank gemacht. Erst nach ihrem Tod hatte sich sein Körper wieder verändert, sodass er sich von jeglichem Blut ernähren konnte. Hätte seine Gefährtin ihn einfach verlassen und wäre am Leben geblieben, wäre Orlando verhungert.

Da sie wusste, wie sehr ihre Eltern sich liebten und dass der eine an gebrochenem Herzen sterben würde, wenn der andere starb, konnte sie sich nur vorstellen, wie schwer die letzten Jahrzehnte für ihn gewesen waren. Er hatte behauptet, dass es seine Schuld war, dass Margarite tot war, und sie konnte nur annehmen, dass Orlando sich die Schuld gab, weil er Margarite nicht hatte beschützen können. Jeder blutgebundene Vampir würde sich die Schuld geben, wenn seiner Gefährtin etwas widerfuhr, weil er sie nicht hatte beschützen können.

War er deshalb nicht mit Frauen ausgegangen und hatte stattdessen den Trost wortloser, namenloser Prostituierter gesucht, um körperliches Vergnügen zu finden? Aber sie wollte ihn jetzt nicht zu diesem Gespräch mit ihr zwingen. Sie verstand, dass ein Mann wie Orlando, dem seine Privatsphäre sehr wichtig war, selbst entscheiden musste, wann es Zeit war, sich zu öffnen. Sie war überrascht, dass er überhaupt gestanden hatte, seine blutgebundene Gefährtin verloren zu haben.

So vieles ergab jetzt einen Sinn. Er war einmal ein anderer Mann gewesen. Einer, der tief geliebt hatte. Ein zärtlicher. Das spürte sie jetzt. Und obwohl sie seine wilde und raue Seite liebte, bestätigte die zärtliche Seite, die er ihr wenige Minuten zuvor gezeigt hatte, dass er alles war, was sie von einem Mann wollte. Von einem Liebhaber. Von einem Partner.

Sie seufzte zufrieden und kuschelte sich enger an Orlandos warmen Körper.

„Ich habe dich gestern Abend etwas gefragt, aber du hast mir keine Antwort gegeben."

Sie hob den Kopf. „Was hast du mich gefragt?"

„Warum du mit mir zusammen bist. Ich sollte nicht einmal auf deiner engeren Auswahl an Männern stehen, mit denen du schlafen willst."

Isabelle lächelte vor sich hin. „Es ist eine sehr kurze Liste. Es steht nur ein Name darauf. Deiner."

„Warum? Und ich angle nicht nach Komplimenten." Er hielt einen Moment inne, bevor er hinzufügte: „Obwohl ich sagen muss, dass ich ziemlich passabel im Bett bin."

Sie drehte ihren Kopf, damit sie ihn ansehen konnte, während sie ein Kichern unterdrückte. „Oh mein Gott, der schweigsame Orlando hat Sinn für Humor! Wer hätte das gedacht?" Und dafür mochte sie ihn noch mehr. „Und du bist nicht *passabel* im Bett."

Ein Knurren rollte über Orlandos Lippen.

„Du bist nicht von dieser Welt, du bist an das Kopfteil hämmernd und vom Kronleuchter schwingend gut", korrigierte sie ihn.

„Oh." Er packte ihren Oberschenkel fester

und drückte seinen halb erigierten Schwanz dagegen.

Offenbar machten Komplimente Orlando sprachlos. Das musste sie sich merken, wenn sie ihn zum Schweigen bringen musste.

„Zu deiner Frage ...“ Sie holte tief Luft. „Ich weiß nicht, ob du das weißt, aber ich wurde entführt, als ich zwanzig war. Es handelte sich um eine Verwechslung.“

„Ich habe andere bei Scanguards davon sprechen hören. Aber ich wollte nicht fragen ... Ich bin sicher, es war eine schreckliche Erfahrung.“

„Das war es. Als der Entführer bemerkte, dass er die falsche Frau hatte, benutzte er mich als Schachfigur. Ich wusste, dass mein Vater Himmel und Hölle in Bewegung setzen würde, um mich zu retten, und dass jeder bei Scanguards helfen würde, aber das konnte die Angst, die ich empfand, nicht mindern.“ Sie schluckte schwer. Selbst jetzt, fast vierzehn Jahre später, konnte sie sich noch an die Einzelheiten ihrer Zeit in Gefangenschaft erinnern.

Als sie spürte, wie Orlando sanft über ihr

Haar strich, fuhr sie fort: „Der Entführer hat mich nicht körperlich verletzt. Er war ein Vampir. Als ihm klar wurde, wer mein Vater war, wusste er, dass er für den Rest seines Lebens ein gejagter Mann wäre, wenn er Hand an mich legen würde. Dennoch folgt die Angst keinem rationalen Weg. Auch nach meiner Rettung hatte ich Angst. Aber ich habe es weder meinen Eltern noch sonst jemandem erzählt. Ich habe ihnen gesagt, dass es mir gut geht. Aber mir ging es nicht gut. Mir wurde klar, dass ich allein dadurch, wer mein Vater ist und was er tut, immer auf die eine oder andere Weise in Gefahr sein werde. Es spielt keine Rolle, dass ich die Ausbildung zum Bodyguard bei Scanguards absolviert habe oder dass ich immer wachsam bin. Es spielt keine Rolle, dass die Wahrscheinlichkeit, zweimal entführt zu werden, minimal ist. Die Angst wird immer ein Teil von mir sein."

Orlando drückte ihr einen Kuss auf den Kopf. „Isa, Baby, ich wünschte, ich wäre schon früher nach San Francisco gekommen."

„Du bist jetzt hier. In der Nacht, als du

meinen Vater um einen Job gebeten hast, fühlte ich mich zum ersten Mal seit der Entführung wirklich sicher. Ich spürte, wie ich mich entspannte, als du in der Nähe warst. Ich konnte endlich aufhören, über meine Schulter zu schauen, weil ich wusste, dass du mir den Rücken freihalten würdest. Und als du verletzt warst und ich deine Wunden leckte, dachte ich, ich hätte dich wütend gemacht. In jener Nacht wurde mir noch etwas anderes klar: Mir wurde klar, dass ich dich nicht nur zum Schutz wollte."

Sie hob ihren Kopf, um ihm ins Gesicht zu schauen. Seine Augen schimmerten wieder golden.

„Isabelle", murmelte er und näherte sich ihrem Gesicht, um sie zu küssen. „Ich verdiene dich nicht. Was, wenn du eines Tages herausfindest, dass ich nicht der Mann bin, für den du mich hältst?"

„Dann werde ich lernen, auch diesen Mann zu lieben."

Überraschung flackerte in seinen Augen auf und ihr wurde plötzlich klar, was sie gesagt hatte. Aber sie hatte nicht die Absicht, diese Worte zurückzunehmen. Sie waren die Wahrheit.

„Isa–"

Sie stoppte ihn, indem sie ihren Mund auf seinen drückte. Sofort öffneten sich seine Lippen und er küsste sie innig, während er sich auf dem Bett hin und her bewegte, bis sie wieder unter seinem Körper begraben war und Orlando seine steinharte Erektion in ihre noch feuchte Muschi stieß.

***

Es war später Vormittag, als Orlando sich regte und bemerkte, dass etwas anders war: Der warme Körper, den er während seines tiefen Schlafes an sich gekuschelt gefühlt hatte, war verschwunden. Er öffnete die Augen und ließ sie sofort durch das Halbdunkel seines Schlafzimmers schweifen. Er bemerkte, dass die Tür zum Badezimmer geschlossen war und hörte das Geräusch von Wasser. Ein Seufzer der Erleichterung löste sich in seiner Brust. Isabelle war immer noch hier.

Er wollte gerade aufstehen, als ein Handy klingelte. Er warf einen Blick auf das Telefon, das auf seinem Nachttisch lag, aber das Klingeln kam nicht von dort. Er stand auf, kramte in der Jacke, die er am Abend zuvor achtlos auf einen Stuhl geworfen hatte, und holte sein Wegwerfhandy heraus. Er schaute auf das Display und nahm den Anruf entgegen.

„Craig?"

„Hey, ich hoffe, ich erwische dich nicht zu einem schlechten Zeitpunkt."

Die Badezimmertür öffnete sich und Isabelle trat heraus, ihr langes Haar nass, ein Handtuch um sie gewickelt, das ihren Oberkörper kaum bedeckte. Für einen Moment lenkte ihn der schöne Anblick ab. Er könnte sich daran gewöhnen, sie jedes Mal so zu sehen, wenn er aufwachte.

„Ähm, nein, überhaupt nicht." Er klopfte auf das Bett, um Isabelle zu signalisieren, sich neben ihn zu setzen, damit sie beiden Seiten des Gesprächs zuhören konnte. Sie setzte sich dicht neben ihn, einen Arm um seinen Rücken gelegt, ihr Ohr neben dem Handy. „Hast du Neuigkeiten?"

„Ja. Leider fand ich keine Übereinstimmung in AFIS. Es tut mir leid."

Orlando war enttäuscht, aber nicht überrascht. „Danke für den Versuch."

Bevor er das Gespräch beenden konnte, hob Isabelle ihre Hand.

„Warte einen Moment, Craig." Orlando nahm das Handy auf die andere Seite, beugte sich dann zu Isabelle und flüsterte: „Was?"

„Lass dir von ihm die elektronische Datei mit den Fingerabdrücken schicken, die er gefunden hat. Ich kann sie durch IAFIS laufen lassen."

Orlando zögerte. „Aber Scanguards wird es herausfinden."

Sie schüttelte den Kopf. „Ich werde vorsichtig sein. Tu es."

Er zog das Handy zurück an sein Ohr. „Ähm, Craig, könntest du mir bitte die Datei mit den Fingerabdrücken schicken, die du gefunden hast? Hast du meine E-Mail?"

Craig seufzte. „Das kann ich, aber ich weiß nicht, was du damit machen kannst.

Wenn ich sie nicht durch die Datenbank des FBI laufen lassen kann, wie machst du das dann?"

„Ich lasse mir was einfallen."

„In Ordnung. Ich schicke sie dir sofort per E-Mail. Alles klar dann?"

„Alles klar. Danke, Craig."

„Sicher doch."

Orlando beendete den Anruf. „Hör zu, Isa." Er nahm ihre Hände in seine. „Das musst du nicht tun. Ich möchte nicht, dass du hinter dem Rücken deines Vaters herumschleichen musst."

„Vertrau mir, ich kenne mich in allen Disziplinen, die Scanguards anwendet, bestens aus. Ich habe High-Level-Zugriff. Ich schaffe das." Sie drückte seine Hände, um ihre Worte zu betonen.

„Versprich mir etwas: Sei vorsichtig. Wenn du auf etwas stößt, das nicht richtig aussieht oder sich nicht richtig anfühlt, hör mit dem auf, was du tust. Ich möchte nicht, dass dir etwas zustößt."

Isabelle beugte sich zu ihm und küsste ihn auf die Stelle, an der sie ihn zuvor gebissen hatte. Als sie über seine Haut leckte, zog er sie zu sich. „Verdammt, Isabelle, wie soll ich dich jemals dazu bringen, mir zuzuhören, wenn du das machst?"

Er war nahe dran, sie an sein Bett zu ketten und mit ihr zu schlafen, bis sie versprach, niemals etwas zu tun, was sie in Gefahr bringen würde.

„Aber ich höre dir doch zu", protestierte sie und strich mit ihren Fangzähnen über seine Haut. „Aber du musst mir auch zuhören. Ich werde dir helfen, und du kannst es mir nicht ausreden. Verschwende also keine Zeit. Wir müssen herausfinden, wer dir den Mord an Hong anhängen will. Und hoffentlich führt uns das zu der Person, die wegen dem, was in Montreal passiert ist, auf Rache aus ist."

Einen Moment lang überlegte er, ob er ihr die Wahrheit sagen sollte, die ganze Wahrheit über Montreal, damit sie verstand, womit sie es zu tun hatte. Aber es würde ihn in keinem guten Licht erscheinen lassen und sie vertreiben. Und das konnte er nicht zulassen, nicht solange sein Feind da draußen war. Erst wenn diese Bedrohung beseitigt war, konnte er ihr die volle Wahrheit über Montreal gestehen – und bis dahin hoffte er, dass er stark genug sein würde, sie gehen zu lassen.

„Also gut", räumte Orlando ein, teils froh darüber, dass Isabelle standhaft blieb, teils besorgt darüber, dass er sie noch tiefer in sein verkorkstes Leben hineinziehen würde. „Dann machen wir uns lieber auf den Weg. Kannst du mich zu meinem Automechaniker fahren?"

„In die Scanguards-Werkstatt? Sicher. Ich muss sowieso ins Büro."

„Nein, mein Auto steht nicht bei Scanguards. Ich hatte einen Mechaniker, den ich kenne, es abschleppen lassen. Ich wollte nicht, dass sich jemand bei Scanguards wundert, warum mein Hummer plötzlich vier platte Reifen hat. Die Leute würden Fragen stellen."

„Du hast recht. Scanguards ist wie ein kleines Dorf. Jeder weiß über die Angelegenheiten aller anderen Bescheid", sinnierte Isabelle.

„Aber sie dürfen nichts von meinen

Angelegenheiten erfahren", beharrte Orlando. „Und über dich und mich."

„Ich weiß."

„Gut."

„Warum gehst du nicht duschen und ziehst dich an? Ich werde mich auch anziehen und dann mein Auto holen. Ich habe nur einen Block entfernt geparkt. Ich fahre in deine Garage, damit du einsteigen kannst, wenn du fertig bist."

„In Ordnung." Er ging völlig nackt in Richtung Badezimmer. An der Tür blieb er stehen, schaute jedoch nicht über die Schulter. Er hörte keine Laute von Isabelle. „Glotzt du meinen Arsch an?"

„Das ist doch kein Verbrechen, oder? Und du hast einen sehr beißbaren Arsch. Es ist hart, sich von dieser Perfektion nicht verführen zu lassen."

„Weißt du, was sonst noch hart ist?" Er spürte, wie sein Schwanz sich der Herausforderung stellte.

„Ich habe eine ziemlich gute Idee. Aber ich werde mich benehmen, wenn du mir später mehr versprichst."

Isabelle wusste genau, wie sie ihn necken konnte.

„Das verspreche ich." Und er würde sein Versprechen einhalten.

Er ging ins Badezimmer und schloss die Tür hinter sich.

Vierzig Minuten später fuhr Isabelle mit ihrem babyblauen Thunderbird in die Autowerkstatt des Mechanikers, der schon oft an Orlandos Hummer gearbeitet hatte. Orlando wies sie an, ganz nach hinten in den großen Arbeitsbereich zu fahren, wo die Sonne nicht hineinschien.

Orlando griff in seine Tasche und holte ein Handy heraus. „Nimm das. Es ist ein Wegwerfhandy."

„Wozu?"

„Um mit mir zu kommunizieren. Ich habe meine Nummer einprogrammiert."

„Aber ich habe deine Nummer doch schon."

„Nicht die für mein Wegwerfhandy. Benutze dieses Telefon nur, wenn du mich kontaktieren musst."

„Glaubst du, dass das wirklich notwendig

ist?“

„Ich bin gerne vorbereitet.“

Isabelle nahm das Handy und ließ es in ihrer Handtasche verschwinden. „Also gut.“ Dann richtete sie ihren Blick auf die Mechaniker, die in der Garage arbeiteten. „Weiß dein Mechaniker, was du bist?“

Orlando schüttelte den Kopf. „Nein, aber das spielt keine Rolle. Er ist zuverlässig und hält den Mund. Ich vertraue ihm.“ Zumindest so sehr, wie man heutzutage irgendjemandem vertrauen konnte. „Du solltest gehen. Ich möchte nicht, dass jemand misstrauisch wird, wenn du nicht dort bist, wo du sein solltest.“

„Ich weiß.“ Sie beugte sich zu ihm hinüber, was in dem engen Innenraum ihres Autos nur einer geringfügigen Bewegung bedurfte.

Er neigte seinen Kopf zu ihrem. „Ich nehme an, du willst einen Kuss?“

„Du bist schlau.“ Sie lächelte. „Das habe ich schon immer gewusst.“

„Füchsin“, murmelte er und küsste sie. Er beendete den Kuss genauso schnell wieder, da er keinem der Arbeiter in der Autowerkstatt eine nicht jugendfreie Show bieten wollte. „Jetzt verschwinde von hier."

Er öffnete die Autotür und stieg aus, dann sah er zu, wie Isabelle den Rückwärtsgang einlegte und die Garage verließ.

„Deine Freundin?", fragte José ein paar Meter links von Orlando.

War Isabelle seine Freundin? Er hatte noch nicht darüber nachgedacht, wie er sie nennen sollte. Er zuckte mit den Schultern. „So ähnlich." Dann zeigte er auf seinen Hummer, der in einer Ecke der Garage geparkt war. „Ist alles fertig?"

„Fast." Er rieb sich den Hals. „Du musst wirklich jemanden richtig verärgert haben."

Orlando zog die Augenbrauen hoch.

„Jemand hat diese Reifen ganz schön aufgeschlitzt, praktisch in Streifen geschnitten."

„Dann ist es also kein seltsamer Zufall." Nicht, dass er einen Zufall nicht bereits ausgeschlossen hatte. Aber jetzt war es bestätigt. Jemand hatte gestern Abend nicht gewollt, dass er seinen Hummer fuhr. Aber warum?

„Lass uns in mein Büro gehen. Ich habe etwas für dich."

Orlando folgte ihm in das Büro, das nur ein Fenster zur Werkstatt, aber keins nach draußen hatte und daher sicher für ihn war. José griff nach etwas auf dem unordentlichen Schreibtisch und reichte es ihm.

„Einer meiner Leute hat das auf der Windschutzscheibe gefunden, als er dein Auto abgeschleppt hat."

Orlando blickte auf den Umschlag. Er hatte die gleiche Größe und Form wie der, den er zwei Nächte zuvor bekommen hatte. Auf der Außenseite stand nichts geschrieben. Er drehte den Brief um und öffnete ihn. Darin befand sich eine einzelne Notizkarte. Und genau wie beim vorherigen Brief standen nur wenige Wörter in sauberer Handschrift darauf.

Jetzt werde ich dir das nehmen, was für dich am wertvollsten ist, so wie du es mir genommen hast.

Die Karte war nicht unterschrieben.

Aber sie bestätigte mehrere Dinge. Der Typ hinter den anonymen Briefen war derjenige, der seine Reifen aufgeschlitzt hatte, er war auf Rache aus und Orlando musste davon ausgehen, dass er von Isabelle wusste. Denn das Wertvollste in seinem Leben war Isabelle.

Und er durfte sie nicht verlieren.

Es war an der Zeit, es mit der Vergangenheit aufzunehmen, um seine Zukunft zu sichern.

20

Samson blickte von seinem Schreibtisch in seinem Büro im obersten Stockwerk des Scanguards-Hauptquartiers auf.

„Du wolltest mich sehen?", fragte Thomas und steckte den Kopf ins Büro. Wie so oft trug er statt eines Geschäftsanzugs eine schwarze Lederhose und ein Freizeithemd. Er war durch und durch Biker.

„Komm herein und schließ die Tür."

Nachdem Thomas die Tür geschlossen hatte, winkte Samson ihn zu sich, damit er mit auf seinen Computermonitor schaute.

„Ich habe vor ein paar Minuten eine E-

Mail bekommen." Er zeigte auf den Bildschirm.

„Weswegen?"

„Lies selbst."

Während Thomas die kurze E-Mail las, las Samson sie zum zehnten Mal wieder.

Betreff: Mord an einem Postboten in Glen Park

Überprüfen Sie Orlando. Er hat das schon einmal gemacht. Montreal.

„Wahrscheinlich hat jemand das nur erfunden, weil Orlando ihn verärgert hat", sagte Thomas, obwohl sein Gesichtsausdruck seinen Kommentar nicht bestätigte. „Von wem ist die? Darf ich?"

Samson tauschte die Plätze mit Thomas, dessen Hände sofort über die Tastatur flogen und auf dem Monitor verschiedene Fenster öffneten.

„Sieht aus wie eine gefälschte E-Mail-Adresse", sagte Thomas nach ein paar Augenblicken. „Hast du schon eine Internetrecherche durchgeführt?"

Samson schüttelte den Kopf. „Orlando und ich hatten ein Abkommen, dass ich ihn nie nach seiner Vergangenheit fragen würde, aber ich habe kein gutes Gefühl dabei." Er wollte nicht hinter Orlandos Rücken herumschnüffeln, aber eine Anschuldigung wie diese musste überprüft werden.

„Okay, lass uns mal sehen." Thomas öffnete den Browser und begann, verschiedene Parameter in die Suchmaschine einzugeben.

Es dauerte nur wenige Sekunden, bis die Treffer zurückkamen. Die ersten beiden waren gesponserte Links, die Werbung für ein Hotel in Orlando, Florida, und ein Restaurant in derselben Stadt machten.

Das nächste Suchergebnis sah vielversprechender aus.

„Massaker in Montreal", las Samson. „26. Februar 1981."

Thomas klickte auf den Link. Das Fenster, das sich auf dem Monitor öffnete, zeigte die Titelseite von *Le Journal de Montréal*, einer französischsprachigen Zeitung.

„Mein Französisch ist etwas eingerostet", sagte Samson.

„Ich übersetze dir das Wesentliche", bot

Thomas an. „Die prominente Familie Arnaud wurde in der Nacht des 24. Februar 1981 ausgelöscht. Claudette und Jean-Pierre Arnaud, ihr fünfundzwanzigjähriger Sohn Jean-Phillipe, ihre vierzehnjährige Tochter Celine, ihre einunddreißigjährige Tochter Margarite und Mr. Arnauds einundachtzigjährige Mutter Louise wurden tot in ihrem Haus aufgefunden. Sie wurden brutal ermordet. Jean-Phillipe hat offenbar versucht, seinem Mörder zu entkommen, schaffte es jedoch nur in den Garten, wo seine Leiche in einer Blutlache gefunden wurde. Alle anderen Familienmitglieder wurden im Wohnzimmer gefunden, mit Ausnahme von Margarite Arnaud, die tot in einem Schlafzimmer im Obergeschoss aufgefunden wurde."

„Ich kann unmöglich glauben, dass Orlando damit irgendetwas zu tun hat", sagte Samson ungläubig.

„Da ist noch mehr", sagte Thomas. „Alle im Wohnzimmer und im Garten aufgefundenen Familienmitglieder starben an mehreren Stichwunden, die zu massivem

Blutverlust führten. Margarite Arnaud wurde mit herausgerissener Kehle gefunden, obwohl am Tatort nur sehr wenig Blut gefunden wurde, was die Polizei zu der Annahme veranlasst, dass sie woanders getötet wurde."

Samson sah Thomas in die Augen. Sie wussten beide, was das bedeutete. „Ein Vampir hat sie ermordet."

„Orlando Tremont, der Ehemann von Margarite Arnaud, ist verschwunden. Es wird angenommen, dass er seine Frau und ihre gesamte Familie getötet hat. Mr. Tremont war für seine Gewaltausbrüche bekannt und Nachbarn des Paares berichten von häufigen Auseinandersetzungen zwischen dem Ehepaar. Ein Freund der Familie, der anonym bleiben möchte, bezeichnet die Morde als grausam und schwört, er werde alles tun, um seinen Freunden Gerechtigkeit widerfahren zu lassen. Die Polizei bittet die Öffentlichkeit um Hilfe bezüglich des Verbleibs von Orlando Tremont. Eine Belohnung von –"

Thomas scrollte weiter nach unten und stoppte abrupt. Auf dem Bildschirm erschien ein körniges Schwarzweißbild von Orlando.

Darunter stand: *der Verdächtige, Orlando Tremont.* Aber Samson kannte ihn unter einem anderen Namen.

„Orlando Carlisle."

„Er ist es", stimmte Thomas zu. „Kein Zweifel."

„Verdammt!"

Samson fluchte und fuhr sich mit der Hand durchs Haar, während er über seine nächsten Schritte nachdachte. Der Schock, dass der Mann, der ihm das Leben gerettet hatte und dem er vertraute, ein eiskalter Mörder war, krallte sich in seinen Knochen fest. Er konnte ihn nicht abschütteln. Aber er war auch ein Mann, der nichts für bare Münze nahm, ohne seine eigenen Ermittlungen anzustellen.

„Thomas, überprüfe alle Details dieser Geschichte. Stell sicher, dass sie nicht erst kürzlich aufs Internet geladen wurde, um Verdacht auf Orlando zu werfen. Wenn es stimmt, gäbe es mehrere Quellen, mehr Bilder, Polizeiakten. Haben wir Kontakte in Kanada, die dies vor Ort überprüfen können?"

„Wenn die Geschichte wasserdicht ist,

werde ich herausfinden, mit wem ich in Montreal sprechen kann. Ich werde mich darum kümmern."

„Und versuche herauszufinden, woher diese E-Mail kam. Ich möchte wissen, wer uns diesen Brotkrumen gegeben hat. Und warum."

„Ich kümmere mich sofort darum." Thomas war bereits auf dem Weg zur Tür.

„Und Thomas."

Er blickte über seine Schulter.

„Niemand darf davon erfahren, bis wir hundertprozentig sicher sind, dass die Geschichte wahr ist. Halte Eddie da raus. Ich glaube nicht, dass Eddie es irgendjemandem erzählen würde, aber ich möchte, dass es nicht einmal die Möglichkeit gibt, dass irgendjemand mithört, wie du mit ihm darüber sprichst."

„Wie du möchtest."

Thomas verließ das Büro. Als sich die Tür hinter ihm schloss, schaute Samson zurück auf den Monitor, wo Orlandos Schwarzweißbild ihm entgegen starrte.

„Orlando, was hast du getan?"

Wenn Margarite Arnaud Orlandos Frau war, musste er davon ausgehen, dass sie seine blutgebundene Gefährtin gewesen war. Warum würde ein Vampir seine blutgebundene Gefährtin und deren gesamte Familie töten? Egal, was Orlando provoziert hatte, es gab keine Rechtfertigung für diese Art von brutalem Verbrechen.

21

Isabelle öffnete die Akte, die alles enthielt, was sie, Nelson und ihr Team im Mordfall Wayne Hong gesammelt hatten, und sah ihren Vater an. Sie und Samson saßen in seinem Büro.

„Wie weit bist du mit dem Fall?", fragte er.

„Also, wir haben Verdächtige, aber wir haben nichts Konkretes", sagte Isabelle mit Bedauern. „Hongs Frau ist definitiv eine Sterbliche. Cooper hat es bestätigt. Aber sie trauert nicht gerade um seinen Tod, und angesichts der Auseinandersetzungen um das Geld und die bevorstehende Scheidung kann ich nicht ausschließen, dass sie einen Vampir angeheuert hat, um ihren Mann zu töten, ohne sich bewusst zu sein, wen sie damit beauftragt hat. Laut Hongs Nachbarin war sie vermutlich die Letzte, die ihn lebend gesehen hat. Und sie hatten sich wieder mal gestritten."

„Hmm." Samson schaute an ihr vorbei, fast als hätte er sie nicht einmal gehört.

„Benjamin sieht sich Hongs Kollegen Brian Colby näher an, mit dem er etwa eine Woche vor seinem Tod eine körperliche Auseinandersetzung hatte. Auch der Kerl ist ein Mensch. Sein Alibi scheint vorerst zu halten, aber wir müssen noch ein paar Dinge überprüfen. Daran arbeitet Benjamin im Moment."

Sie erwähnte nicht den Schlüssel zum Hummer, den Nelson nach Fingerabdrücken untersuchte und versuchte, ihn einem bestimmten Hummer zuzuordnen. Sie hoffte, dass Nelson lange genug für diese Informationen brauchen würde und ihr und Orlando genügend Zeit blieb, den wahren Mörder zu finden, bevor irgendjemand

Orlando verdächtigen könnte. Denn sobald sie Orlando im Visier hatten, bekamen sie mit Sicherheit einen Tunnelblick und würden nicht weiter versuchen, anderen Hinweisen zu folgen.

Als Samson nichts sagte, sah Isabelle ihn besorgt an. „Bist du in Ordnung, Dad? Du wirkst mit den Gedanken woanders.“

Er richtete seinen Blick wieder auf sie und atmete hörbar ein. „Alles ist in Ordnung. Du hast bisher gute Arbeit geleistet. Was kannst du mir sonst noch über den Fall berichten?“

Sie zuckte mit den Schultern und schloss die Akte. „Wenig. Wer auch immer es war, hat nicht viele Beweisstücke hinterlassen. Vermutlich kennt er sich mit Forensik aus. Aber nachdem wir uns die Leiche angesehen haben, sind wir hundertprozentig sicher, dass es ein Vampir war, der ihn getötet hat. Maya fand Hautzellen unter Hongs Fingernägeln. Er versuchte, sich gegen seinen Angreifer zu wehren. Aber das ist alles, was wir haben.“ Sie stand auf, drückte die Akte an sich und griff nach ihrer Handtasche. „Ich werde weiterhin jedem Hinweis folgen, den wir bekommen. Wir werden ihn finden. Das verspreche ich dir."

Samson stand auf. „Ich weiß, dass wir das tun werden." Aber er schien darüber nicht glücklich zu sein. Als ob er nicht sicher wäre, ob ihm das Ergebnis der Ermittlungen gefallen würde.

Isabelle wollte ihn gerade umarmen, als die Tür aufgerissen wurde und Gabriel hereinstürmte. Gabriel, Samsons Stellvertreter, trug seine langen Haare zu einem Pferdeschwanz zusammengebunden, wodurch die große Narbe, die auf einer Seite seines Gesichts vom Auge bis zum Kinn reichte, prominent hervortrat. Für viele Leute, die ihn nicht kannten, sah er aus wie ein Verbrecher, der für die Mafia arbeitete, aber Isabelle wusste, dass hinter dieser harten Hülle ein äußerst loyaler Familienvater mit hoher Ethik steckte. Der auch noch ein paar Asse im Ärmel hatte.

„Es hat einen weiteren Mord gegeben", sagte Gabriel ohne Einleitung.

Isabelles Herz blieb für einen Moment stehen.

„Gleiches Vorgehen. Kehle herausgerissen. Sie wurde heute in ihrem Auto gefunden, das hinter einem Müllcontainer in Glen Park geparkt war. Die Leiche ist gerade bei Scanguards eingetroffen."

„Verdammt!", zischte Samson. „Wissen wir sonst noch etwas?"

Gabriel nickte. „Maya warf einen kurzen Blick auf die Leiche und dem Zeitpunkt nach, wann das Opfer entdeckt wurde und in welchem Zustand sich die Leiche befindet, geht sie davon aus, dass die Frau zwischen Mitternacht und 4 Uhr morgens angegriffen und getötet wurde. Wir dürften einen genaueren Zeitpunkt haben, sobald sie ihre Untersuchung abgeschlossen hat." Er hielt einen Moment inne. „Und wir wissen, wer das Opfer ist. Sie ist eine von uns: eine Vuber-Fahrerin namens Jessica Mayer."

„Eine Vuber-Fahrerin?", wiederholte Isabelle.

„Hast du schon in ihr Fahrtenbuch geschaut?", fragte Samson und marschierte zu seinem Computer.

„Nein. Mal sehen, wen sie zuletzt gefahren hat", sagte Gabriel und ging um den Schreibtisch herum, an dem Samson jetzt saß und bereits auf der Tastatur etwas eintippte.

Isabelle näherte sich und beobachtete, wie sich ihr Vater beim Vuber-System anmeldete. Da Vuber Scanguards gehörte, hatte er vollen Zugriff auf die Unternehmensunterlagen.

„Jessica Mayer", sagte Samson, während er ihren Namen eingab, um auf ihr Fahrtenprotokoll zuzugreifen.

Ein paar Sekunden später öffnete sich ein Fenster.

„Sie war letzte Nacht im Dienst", sagte Samson und zeigte auf eine Stelle auf dem Bildschirm.

Isabelle war mit dem Layout vertraut und suchte bereits nach dem Bereich, in dem ihr letzter Fahrgast erfasst worden war.

Unter Abholort stand Mezzanine. Ihr Herz sank. Die Uhrzeit zeigte 1:25 Uhr an. Und in der äußersten Spalte rechts stand für alle lesbar der Name ihres Passagiers: Orlando Carlisle.

Orlando war der letzte Gast, den Jessica Mayer gefahren hatte. Isabelle hatte gesehen, wie sie ihn bei seinem Haus abgesetzt hatte und weitergefahren war. Sie war noch am Leben gewesen, als Orlando sein Haus betreten hatte. Kurz darauf hatte jemand sie getötet. Es war nicht schwer zu erraten, warum: um den Finger auf Orlando zu deuten. Um ihm noch einen Mord anzuhängen. War es denn nicht genug, nur eines einzigen Mordes wegen angeklagt zu werden? Oder hatte der Mörder die Geduld verloren, weil bisher der Verdacht, Hong ermordet zu haben, noch nicht auf Orlando gefallen war?

Samson erhob sich von seinem Stuhl. „Finde Orlando und verhafte ihn."

Die Worte lösten bei Isabelle einen Schock aus. „Was?"

Aber Samson sah sie nicht einmal an. Er starrte Gabriel an.

„Samson?", fragte Gabriel mit deutlich ungläubiger Stimme. „Warum?"

„Weil wir Beweise dafür haben, dass er

Hong und jetzt die Vuber-Fahrerin getötet hat", sagte Samson. „Er ist gefährlich. Nimm Amaury und Haven mit. Und Luther, wenn er hier ist."

Gabriel wollte sich gerade zur Tür umdrehen, als Isabelle ihren Vater böse anstarrte. „Nein! Orlando ist unschuldig. Er hat weder Hong noch die Vuber-Fahrerin getötet. Du kannst doch nicht einfach annehmen, dass er schuldig ist, nur weil er ihr letzter Fahrgast war."

„Halte dich da raus, Isa. Es gibt Dinge, die du nicht über ihn weißt. Er hat es getan."

„Nein, das hat er nicht! Du kannst nicht einfach so voreilige Schlussfolgerungen ziehen. Das sieht dir nicht ähnlich! Du hast mir doch selbst beigebracht, die Sachen von allen Seiten zu betrachten, bevor du eine Entscheidung triffst, bevor du jemanden eines Mordes beschuldigst ..."

Die Tür öffnete sich und sie sah Thomas hereinstürmen. Doch sie gab ihm keine Gelegenheit, Samson anzusprechen, denn sie trat nun einen Schritt näher an ihren Vater heran.

„Orlando ist unschuldig. Das kann ich beweisen.“

„Ich sagte, du sollst dich da raushalten, Isa. Ich warne dich.“

Er schaute an ihr vorbei, und sie drehte ihren Kopf und bemerkte, dass Thomas einen Blick mit Samson wechselte.

„Thomas, ist es bestätigt?“, fragte Samson.

Thomas nickte. „Ich fürchte ja. Es ist alles wahr.“

„Gabriel, du hast deine Befehle. Verhafte Orlando!“, befahl Samson.

„Das kannst du nicht machen!“, schrie Isabelle. „Ich war letzte Nacht bei Orlando zu Hause. Ich wartete auf ihn, als die Vuber-Fahrerin ihn gegen 2 Uhr morgens absetzte. Und sie fuhr lebend davon. Ich war von zwei Uhr morgens bis elf Uhr bei ihm. Er hätte Jessica Mayer nicht töten können. Und er hat Hong nicht getötet. Jemand hängt ihm das an.“

Samson starrte sie mit offenem Munde an. Gabriel und Thomas standen wie erstarrt in der Nähe der Tür, schweigend, ihre Augen voller Unglauben auf sie gerichtet.

Samsons Augen wurden rot und seine Reißzähne fuhren sich aus. Er sah plötzlich aus wie ein wildes Tier, der Vampir in ihm auf alles vorbereitet. „Du hast mit ihm geschlafen? Du hast mit Orlando geschlafen?"

Isabelle hob den Kopf. „Mit wem ich schlafe, ist meine Sache. Aber ja, wenn du es wissen willst, ich habe mit ihm geschlafen, und nicht nur einmal. Und ich war bei ihm, als er angeblich die Vuber-Fahrerin getötet hat. Ich bin sein Alibi. Ich sage dir, er ist unschuldig."

„Hast du eine Ahnung, wer er ist? Wie gefährlich er ist?"

Sie hatte ihren Vater noch nie so wütend gesehen. Er hatte noch nie so mit ihr gesprochen.

„Orlando hat niemandem etwas angetan. Er hat das nicht getan!", sagte sie eindringlich.

„Er wird dir wehtun!"

„Er würde mir niemals ein Haar

krümmen." Denn die Art, wie Orlando sie angesehen hatte, hatte ihr bereits bewiesen, was in seinem Herzen lag. Die Gefühle, die er für sie hegte. Die Zuneigung, das Verlangen, vielleicht sogar die Liebe …

Samson packte sie am Bizeps. „Du hältst dich von ihm fern! Hörst du mich? Du wirst nie wieder in seine Nähe gehen."

Isabelle spürte, wie sich ihre Reißzähne vollständig ausfuhren und sah nun alles in einem roten Farbton, was bestätigte, dass ihre Augen leuchtend rot waren. Sie war jetzt ganz Vampir. Eine Vampirin, die für den Mann kämpfte, den sie liebte.

„Du bist mein Vater, aber nicht einmal du hast das Recht, mir vorzuschreiben, wen ich sehen, mit wem ich schlafen oder wen ich lieben darf. Also nimm deine Hände von mir." Ihre Stimme bebte, und ihr Herz hämmerte bis zum Hals, sodass ihr fast die Luftzufuhr abgeschnitten wurde, doch sie gab jetzt nicht nach. Nein, das war ein Kampf, den sie gewinnen musste. „Ich sagte –"

„Ich habe dich gehört", unterbrach Samson. „Der einzige Grund, warum ich deine unverschämten Worte toleriere, ist, weil du meine Tochter bist und ich dich liebe, also gebe ich dir etwas Zeit, dich zu beruhigen, aber später werden wir darüber reden. Und dann wirst du es verstehen. Ich tue das, um dich zu beschützen."

Er ließ ihre Arme los und sie atmete tief ein, presste aber ihre Lippen aufeinander, wohl wissend, dass er ihr jetzt nicht zuhören würde. Etwas hatte ihn für die Vernunft blind gemacht.

Sie wandte sich ab und ging so ruhig wie möglich zur Tür, die Handtasche über die Schulter geschlungen, die Akte immer noch an ihren Oberkörper gepresst.

„Tu nichts, was du später bereuen wirst", sagte Samson.

Sie wusste, dass es eine Warnung war.

Gabriel und Thomas traten beiseite. Sie ließen sie passieren und sie verließ den Raum und ging den Korridor entlang, bis sie den Aufzug erreichte. Im Aufzug drückte sie den Knopf für die Parketage. Als sich die Türen endlich schlossen, steckte sie die Akte in ihre Handtasche und holte das

Wegwerfhandy heraus, das Orlando ihr gegeben hatte. Mit zitternden Fingern tippte sie eine kurze Nachricht ein.

Tauch unter. Scanguards ist auf dem Weg, dich zu verhaften.

22

Orlando hatte versucht, jeden zu kontaktieren, an den er sich aus seiner Zeit in Montreal erinnerte, jeden, der in irgendeiner Verbindung zur Familie Arnaud stand. Die meisten menschlichen Angestellten der reichen Familie waren tot. Der Geschäftsführer war nach den Morden weggezogen, weil er nicht mit der Tragödie in Verbindung gebracht werden wollte. Er lebte jetzt in Frankreich und den Informationen zufolge, die Orlando im Internet gefunden hatte, war er im Ruhestand und lebte ein ruhiges Leben mit seiner Familie.

Eines der Dienstmädchen, eine junge Frau namens Odette, hatte sich das Leben genommen. Den Zeitungsartikeln zufolge war sie diejenige gewesen, die die Familie am Morgen nach dem Blutbad gefunden hatte. Orlando wusste jedoch, dass in jener Nacht noch eine andere Person das Haus betreten hatte und die Leichen ebenso wie er gesehen hatte: die Frau, die einst Margarites Kindermädchen gewesen war und später die Haushälterin der Familie, Ines Girard. Sie hatte das Haus verlassen, ohne die Behörden anzurufen.

Ines war in die USA ausgewandert und Orlando hatte sich an den Fachanwalt für Einwanderungsrecht gewandt, der ihren Fall bearbeitet hatte. Er hatte dem pensionierten Anwalt eine Nachricht hinterlassen, sich mit seiner Mandantin in Verbindung zu setzen – falls sie noch am Leben war. Er hatte ihm gesagt, dass er in einer dringenden Familienangelegenheit mit ihr sprechen müsse, und dabei den Namen der Familie Arnaud erwähnt. Er hatte ihm die Nummer seines

Wegwerfhandys gegeben, hatte aber keine große Hoffnung, dass Ines sich bei ihm melden würde, selbst wenn sie noch am Leben war.

Orlando war ratlos, was weitere Personen betraf, die mit Margarite in Verbindung gebracht werden konnten. Margarite hatte nicht viele Freunde gehabt. Damals war es ihm nicht sonderbar vorgekommen, dass eine schöne, prominente und reiche Frau wie Margarite nicht von allerlei Mitläufern umgeben war, auch wenn sie keine wahren Freunde waren. Aber abgesehen von ihrer Familie wurde sie selten in Gesellschaft anderer gesehen. Und Orlando hatte überhaupt nichts dagegen gehabt. Er hatte sie für sich alleine gewollt und brauchte niemanden anderen. Sie beide waren einander genug. Er hatte die Warnzeichen nie gesehen.

Orlando war bereits auf dem Weg zum Mezzanine für seine Schicht und hielt gerade an einer roten Ampel an, als sein Wegwerfhandy pingte. Er sah sich die Nachricht an. Sie war von Isabelle.

Tauch unter. Scanguards ist auf dem Weg, dich zu verhaften.

Verdammt! Anscheinend war es der Person, die ihm den Mord an Hong untergeschoben hatte, endlich gelungen, Scanguards davon zu überzeugen, dass er der Mörder war. Damit blieb ihm nur noch eine Option: dafür zu sorgen, dass Scanguards ihn nicht fand. Er schnappte sich sein von Scanguards gestelltes Handy und schaltete es aus.

Orlando machte mit seinem Hummer eine Kehrtwende und fuhr zur nächsten Autobahnauffahrt. Obwohl die abendliche Hauptverkehrszeit vorbei war, war der Verkehr ziemlich stark, da es Freitagabend war, wo viele Leute die Stadt verließen oder in die Stadt fuhren, um in die Restaurants und Clubs zu gehen.

Er fuhr nach Süden. Er war versucht, schneller zu fahren, aber er wusste, dass die Highway Patrol an einem Freitagabend besonders wachsam war und dass dieser Teil der Autobahn für überhöhte Geschwindigkeiten bekannt war, da die

Strecke bis zum Flughafen flach und praktisch ohne Kurven war. Er durfte nicht riskieren, in eine Geschwindigkeitsfalle zu geraten. Wenn Scanguards bereits nach ihm suchte, hatte ihr Polizeiverbindungsmann sein Nummernschild höchstwahrscheinlich bereits an das SFPD und die California Highway Patrol weitergegeben. Er wusste, wie das vor sich ging.

Orlando behielt seinen Tacho im Auge. Er fuhr fünfundsiebzig, zehn Meilen über dem Tempolimit, die Geschwindigkeit, mit der alle anderen fuhren, bis auf einen ungeduldigen Fahrer hinter ihm, der ihn jetzt rechts überholte. Orlando zügelte seine Ungeduld und zwang sich, ruhig zu bleiben.

Als die Schilder schließlich die Ausfahrt zum San Francisco International Airport anzeigten, bog er nach rechts ab und wurde beim Verlassen der Autobahn langsamer. Er peilte die Schilder an, die ihn zur Abflugebene führten. Dort verlangsamte sich der Verkehr auf ein Schneckentempo. Auf drei Spuren bewegten sich Autos von einem Terminal zum nächsten und setzten

Passagiere dort ab, wo sie konnten, während Uber- und Lyft-Fahrer, die ihre Passagiere ausgeladen hatten, wieder auf die äußeren Spuren zurückkehrten, um den Flughafen zu verlassen.

Als Nächstes kam endlich das internationale Terminal, und Orlando bog nach rechts ab, um in das für das internationale Terminal vorgesehene Parkhaus einzufahren. Eine Spur war gesperrt. Vor ihm, auf der zweiten Spur, war der Fahrer nicht nahe genug an die Schranke herangefahren, um den großen Knopf für den Parkzettel drücken zu können. Der Fahrer versuchte sich im angeschnallten Zustand durch das Fenster hinauszulehnen, schaffte es jedoch immer noch nicht, den Ticketautomaten zu erreichen.

„Verdammt!", fluchte Orlando. Er stellte den Wagen in die Parkstellung und sprang aus dem Hummer.

Mit vier großen Schritten war er an der Schranke, drückte den Knopf und reichte dem glücklosen Fahrer das Ticket, während sich die Schranke hob.

„Oh, danke, junger Mann. Das ist sehr nett von Ihnen. Wissen Sie –"

„Abend", unterbrach Orlando ihn, da er sich nicht auf ein langes Gespräch einlassen wollte, für das er keine Zeit hatte.

Als er wieder in seinem Hummer saß, hatte das Auto vor ihm die Schranke bereits passiert. Augenblicke später hatte Orlando sein Ticket in der Hand, und die Schranke hob sich für ihn und ermöglichte ihm, in das Parkhaus zu fahren.

Es gab nicht viele freie Parkplätze, also nahm Orlando den ersten, den er finden konnte, da er nicht das Risiko eingehen wollte, ewig herumzufahren. Er stellte den Motor ab und zog dann sein von Scanguards gestelltes Handy aus der Tasche. Er schaltete es ein und wartete darauf, dass es ein Signal bekam. Dann wählte er die Hauptnummer des Mezzanines und wartete darauf, dass es zweimal klingelte, bevor er das Gespräch beendete und das Handy wieder ausschaltete. Er warf es unter den Beifahrersitz. Dann vergewisserte er sich, dass sein Wegwerfhandy und seine Brieftasche sicher in den Innentaschen seiner Jacke verstaut waren, bevor er den Autoschlüssel unter den Fahrersitz warf und ausstieg. Er schloss die Tür und öffnete dann den Kofferraum. Von dort holte er einen kleinen Rucksack hervor, der das Nötigste für eine Nacht enthielt. Er warf ihn sich über die Schulter und ging zum Gehweg, der das Parkhaus mit dem internationalen Terminal verband.

Er rannte nicht, obwohl bestimmt niemand mit der Wimper gezuckt hätte. Schließlich könnte er für seinen Flug spät dran sein. Allerdings wollte er von niemandem bemerkt werden. Von nun an musste er ein Gespenst sein. Das war seine einzige Chance, am Leben zu bleiben. Und Isabelle vor seinem Feind zu beschützen.

Orlando betrat die Abflughalle und ging zum Ticketschalter von Canadian Airlines.

23

„Er ist nicht im Mezzanine aufgetaucht", berichtete Cooper, als er seinen Kopf in Samsons Büro steckte.

Samson ging vor seinem Schreibtisch auf und ab. „Verdammt! Wo zum Teufel ist er?"

Cooper zuckte mit den Schultern. „Da sein Handy ausgeschaltet ist, haben wir keine Ahnung."

„Zuhause ist er auch nicht", sagte Benjamin hinter Cooper und stieß die Tür weiter auf. „Gabriel hat sich gerade gemeldet. Er ist auf dem Weg zurück."

„Jemand muss ihn vor unserem Kommen

gewarnt haben", überlegte Samson, während die Wut in ihm hochkochte. Er marschierte, an den beiden Hybriden vorbei, zum Büro zwei Türen weiter. „Thomas?"

Die Tür stand offen und Samson stürmte hinein. „Kannst du auf dem Handy meiner Tochter nachsehen, ob sie Anrufe getätigt hat?" Er spürte, wie seine Reißzähne bereit waren, sich wieder auszufahren.

„Eddie?", gab Thomas weiter, während er fieberhaft auf seiner Tastatur herumtippte.

„Ich arbeite dran." Eddie warf ihm einen aufmunternden Blick zu. „Nur eine Sekunde."

Samson atmete schwer aus und ließ die Luft mit einem hörbaren Rauschen durch seine Nasenlöcher strömen. Er wusste nicht, was er tun würde, wenn sich herausstellte, dass Isabelle Orlando gewarnt hatte. Würde sie ihre Familie für einen Mörder hintergehen? Für einen brutalen Killer wie Orlando? Er spürte, wie sein Puls an seinen Schläfen pochte und seine Sicht sich rot färbte. Er war kurz davor, vollkommen auszuflippen.

„Keine Anrufe, keine SMS, seit sie dein Büro verlassen hat", bestätigte Eddie.

Ein erleichterter Seufzer stieg in seiner Brust hoch und er nickte Eddie dankbar zu.

„Wo zum Teufel versteckt sich Orlando?"

Thomas rutschte plötzlich auf seinem Stuhl herum und blickte auf. „Ich habe gerade ein Signal von Orlandos Handy empfangen."

„Wo ist er?"

„Am Flughafen." Dann schaute Thomas wieder auf den Bildschirm. „Das Signal war nur etwa eine Minute lang da und ist seitdem wieder weg."

„Cooper, Benjamin, ihr kommt mit mir", rief Samson in den Flur hinaus. „Wir fahren zum Flughafen. Eddie, leite Gabriel und die anderen zum SFO um." Samson war froh, etwas Umsetzbares tun zu können. „Sie sind näher als wir. Und Thomas, überprüfe Orlandos Kreditkarten. Schau, ob er ein Flugticket gekauft hat und wohin."

„Mache ich."

„Und behalte Isabelle im Auge. Ich

möchte wissen, wohin sie geht. Verfolge ihr Handy und halte mich auf dem Laufenden."

Er ärgerte sich über sich selbst. Er hätte sie niemals so gehen lassen sollen. Er hätte darauf bestehen sollen, dass sie im Hauptquartier blieb, weit genug entfernt von Orlando. Aber er wusste genauso gut, dass Isabelle ihn dafür gehasst hätte, sie wie eine Gefangene zu behandeln, selbst wenn es ihm nur darum ging, sie zu beschützen und nicht noch einen weiteren Fehler begehen zu lassen, zusätzlich zu dem, den sie bereits begangen hatte: mit Orlando zu schlafen. Wie hatte er das nicht kommen sehen?

Wie lange ging das schon? Wie hatte er das nicht bemerkt? Orlando hatte nie Interesse an Isabelle oder irgendeiner anderen Frau gezeigt. Anscheinend war seine desinteressierte Art eine Fassade gewesen, hinter der er sein wahres Wesen verborgen hatte. Und Isabelle war darauf hereingefallen. Seine einzige Tochter war von einem eiskalten Mörder in die Falle gelockt worden.

„Ich fahre", meldete sich Cooper freiwillig, als sie die Tiefgarage erreichten. Er sprang in einen der verdunkelten Vans und Samson und Benjamin folgten.

Als sie aus der Garage in den Verkehr schossen, konnte Samson seine Wut kaum noch unter Kontrolle halten. Er war froh, dass Cooper fuhr, denn seine Gedanken waren woanders. Er hatte Isabelle zu einer ausgeglichenen, intelligenten jungen Frau mit einem scharfen Gespür für das Gute und das Böse erzogen. Und Scanguards hatte ihr alles beigebracht, was ein guter Leibwächter, Ermittler und Chef wissen sollte. Sie hatte ihn noch nie in ihrem Leben enttäuscht. War immer sein kostbares Baby gewesen. In seinen Augen hatte sie nie etwas falsch gemacht. Sie war besonnen und mutig, und er war stolz auf sie. Aber was er heute Abend gesehen hatte, war anders: Sie war stur und wütend gewesen, wie eine Löwin, die ihr Junges beschützt. Oder eine Vampirin, die ihren Gefährten beschützt. Der bloße Gedanke, dass sie heimlich mit Orlando den Blutbund eingegangen sein könnte, löste in seinem Körper eine Schockwelle aus.

Nein, nein, das würde sie nie tun. Isabelle

war nicht impulsiv, nicht wie ihr Bruder Grayson. Von ihm hätte Samson so etwas Leichtsinniges erwartet, aber Isabelle war anders. Isabelle hatte den Verstand ihrer Mutter geerbt: Sie analysierte alles und war unparteiisch, wenn es um die Schlussfolgerungen ging, die sie daraus zog.

Oh Gott, Delilah. Er hatte ihr noch nicht einmal mitgeteilt, worauf Isabelle sich eingelassen hatte. Und jetzt war nicht der richtige Zeitpunkt, ihr davon zu erzählen. Er musste sie in seinen Armen halten, bevor er es ihr sagen konnte, am besten nachdem Orlando in einer von Scanguards' unterirdischen Zellen eingesperrt war, damit Delilah sich nicht so Sorgen um ihre Tochter machen musste wie er jetzt. Dann könnte Delilah einfach in ihre Rolle als Mutter schlüpfen und ihre Tochter trösten, nachdem Isabelle klar geworden war, dass sie sich in den falschen Mann verliebt hatte, und ihr helfen, darüber hinwegzukommen.

Samson blinzelte und blickte auf das Schild, das die nächste Ausfahrt anzeigte. Sie waren fast am Flughafen, als Samsons Handy klingelte. „Thomas? Du bist auf Lautsprecher."

„Orlando hat bei Canadian Airlines ein Ticket nach Montreal gekauft. Der Flug soll in zehn Minuten starten. Wahrscheinlich haben sie die Flugzeugtür bereits geschlossen."

Samson schlug mit der Faust auf das Armaturenbrett. „Scheiße!" Sein Gehirn arbeitete fieberhaft. Es musste etwas geben, was er tun konnte. „Wir müssen das Flugzeug vom Abheben abhalten."

„Eine Bombendrohung melden?", fragte Benjamin hinter ihm.

„Nein", sagte Thomas schnell. „Wir erwischen ihn immer noch, wenn er landet. Unser Jet kann schneller dort sein."

„Wenn er überhaupt im Flieger ist", sinnierte Cooper vom Fahrersitz aus.

Samson warf ihm einen Blick zu. „Was meinst du damit?"

„Findet ihr es nicht seltsam, dass Thomas sein Handysignal am Flughafen empfangen hat, obwohl das Handy vorher höchstwahrscheinlich ausgeschaltet war? Warum also schaltete er es ein, als er am Flughafen ankam? Warum hat er uns einen Hinweis darauf gegeben, wohin er verschwunden ist?"

„Hast du das gehört, Thomas?", fragte Samson. „Kannst du überprüfen, ob Orlando das Flugzeug bestiegen hat?"

„Ich arbeite daran. Ich ruf dich zurück."

„Fahren wir trotzdem noch zum Flughafen?", fragte Benjamin.

„Es ist immer noch unsere beste Spur." Samson scrollte durch seine Kontaktliste und tippte auf Gabriels Nummer.

Nach dem ersten Klingeln wurde die Verbindung hergestellt. „Samson? Wie nah bist du?"

„Wir verlassen gerade die Autobahn. Thomas hat angerufen. Orlando kaufte bei Canadian Airlines ein Ticket nach Montreal. Geh zum internationalen Terminal. Erkundige dich beim Personal am Ticketschalter, ob er die Sicherheitskontrolle passiert hat. Möglicherweise ist er gar nicht in das Flugzeug eingestiegen. Thomas versucht es herauszufinden. Nutze deine Gabe, wenn es sein muss."

Gabriels Gabe war einzigartig: Er konnte in die Erinnerungen der Menschen blicken, um zu sehen, was sie gesehen hatten.

„In Ordnung", sagte Gabriel.

„Der Rest von uns wird sich trennen. Amaury, schau dich auf der Ankunftsebene um, Haven, geh zu dem Tunnel, der zur BART-Station führt. Wenn wir am Terminal sind, werden Cooper und Benjamin die Garagen nach seinem Auto durchsuchen und ich treffe euch im Abflugterminal. Weiß jeder, was zu tun ist?"

Alle antworteten mit *Ja* und Samson beendete den Anruf.

Cooper setzte Samson direkt vor dem Haupteingang des internationalen Terminals ab und Benjamin sprang auf den Beifahrersitz, bevor sie in die erste der beiden Garagen des internationalen Terminals fuhren.

„Kannst du das glauben?" Cooper

schüttelte den Kopf. „Dass Orlando Hong und Jessica getötet hat?"

„Es fällt mir schwer", antwortete Benjamin. „Aber Samson würde keine Fahndung einleiten, wenn er keine Beweise hätte."

Cooper zuckte mit den Schultern, während er auf der Suche nach Orlandos Hummer langsam an den Reihen geparkter Autos vorbeifuhr. „Glaubst du, er überreagiert vielleicht etwas, weil Isabelle mit Orlando schläft?"

Benjamins Kopf schnellte herum. „Wo hast du das gehört?"

„Ich war vorhin auf der Chefetage, um Quinn etwas zu bringen, als Isabelle und Samson sich gerade lautstark stritten, also bin ich in ein anderes Büro verschwunden, um aus der Schusslinie zu gehen. Aber ich hörte Isabelle sagen, dass Orlando Jessica nicht hätte töten können. Anscheinend ist sie sein Alibi."

„Wow! Ganz unrecht hatte Damian also doch nicht. Das muss ich ihm sagen."

„Wie bitte?"

„Mein lieber Bruder hat bemerkt, wie

Orlando Isa ansieht. Anscheinend wie ein verliebter Narr. Also, ich wollte ihm nicht glauben. Ich meine, kannst du dir Orlando ganz verliebt vorstellen?"

„Nicht in einer Million Jahren", sagte Cooper. „Und was sieht sie überhaupt in ihm? Ich meine, der Typ redet doch kaum. Ich kann nicht mehr als etwas Grunzen aus ihm herausbekommen, wenn ich ihn sehe."

„Ja, er ist kein gesprächiger Typ, oder? Aber ein Mörder?" Benjamin rieb sich den Nacken. „Ich weiß nicht. Isabelle ist zu schlau, um sich in einen kaltblütigen Killer zu verlieben."

„Genau. Und weißt du, was sonst nicht stimmt?"

„Was?"

„In der Nacht, in der Hong getötet wurde, war Orlando im Mezzanine im Dienst. Ich war dort", sagte Cooper.

„Du hast ihn die ganze Zeit gesehen?", fragte Benjamin.

„Nein, aber ganz ehrlich, jemand hätte es bemerkt, wenn er eine Stunde weg gewesen wäre. Patrick wäre ausgeflippt, wenn der

Eingang nicht besetzt gewesen wäre. Hat überhaupt jemand sein Alibi überprüft?"

Benjamin zuckte mit den Schultern. „Keiner hat mir das aufgetragen, weil mir niemand gesagt hat, dass er ein Verdächtiger ist. Wenn du mich fragst, ist das alles etwas seltsam. Wir sollten mit Isabelle reden."

„Ja, das sollten wir." Cooper trat auf die Bremse. „Da ist er, Orlandos Hummer."

Er stellte den Motor ab und stieg aus. Benjamin hatte bereits die Fahrertür des Hummers erreicht, als Cooper um den Van herumtrat.

Benjamin öffnete die Autotür. „Nicht verschlossen." Er steckte seinen Kopf hinein.

Cooper ging auf die andere Seite und öffnete die Beifahrertür. Gemeinsam durchsuchten sie schnell das Auto. Cooper fand ein Mobiltelefon unter dem Beifahrersitz und Benjamin zog den Autoschlüssel unter dem Fahrersitz hervor.

„Er hat das Auto hier gelassen", schloss Cooper. „weil er wollte, dass wir es finden."

„Ja. Lass uns Samson anrufen."

Während Benjamin mit Samson sprach,

sprang Cooper in den Hummer. Das Auto war beeindruckend. Groß und robust wie ein Panzer. Und perfekt für einen großen Kerl wie Orlando.

Benjamin steckte sein Handy wieder in die Tasche. „Samson möchte, dass wir zum Hauptquartier zurückkehren. Er wird mit Gabriel und den anderen zurückfahren. Wir sollen Thomas helfen, alle CCTV-Aufnahmen von BART und alle Verkehrskameras von hier in die Stadt durchzusehen, um herauszufinden, wohin Orlando verschwunden ist. Laut Thomas ist er in das Flugzeug, für das er ein Ticket gekauft hat, nicht eingestiegen."

„In Ordnung", sagte Cooper und reichte Benjamin den Schlüssel für den Van. „Wir lassen den Hummer aber nicht hier. Ich fahre ihn zurück zum Hauptquartier."

„Warum du?"

„Weil ich's zuerst gesagt habe."

Widerwillig reichte Benjamin ihm den Schlüssel für den Hummer, bevor er in den Van stieg und losfuhr.

Cooper startete den Hummer und fuhr

rückwärts aus der Parklücke. Das Auto verhielt sich definitiv anders als ein normaler SUV. Er fuhr zur Ausfahrt und suchte nach dem Parkticket, das Orlando auf dem Weg hinein gelöst haben musste. Es befand sich nicht im Getränkehalter, wo Cooper es gelassen hätte. Vielleicht hatte Orlando es ins Handschuhfach gelegt?

Cooper beugte sich vor, öffnete das Handschuhfach und kramte darin herum, als ein Umschlag und eine weiße Karte herausfielen. Er griff danach, um beides zurückzulegen, als er die Schrift darauf sah. Er schaute genauer hin.

Jetzt werde ich dir das nehmen, was für dich am wertvollsten ist, so wie du es mir genommen hast.

War das eine Nachricht, die Orlando erhalten hatte, oder eine, die er jemandem schicken wollte? Cooper schaute auf den Umschlag und bemerkte, dass dieser aufgerissen worden war, Orlando hatte die Nachricht also von jemandem erhalten. Sie war nicht unterschrieben.

„Wenn mir das nicht wie Rache vorkommt“, murmelte Cooper vor sich hin.

Was er mit dieser Information anfangen würde und ob sie irgendwohin führte, wusste er noch nicht. Im Moment schien Samson nicht sehr empfänglich für Argumente zu sein, die nicht mit seiner Meinung übereinstimmten. Aber er musste Samson nicht sofort darauf aufmerksam machen. Vielleicht könnte ihm jemand anderer dabei helfen herauszufinden, was diese Notiz bedeutete.

24

Isabelle fuhr in das oberirdische öffentliche Parkhaus gleich neben dem Embarcadero und machte sich auf die Suche nach einem Parkplatz in einer der oberen Etagen. Als sie einen freien Platz fand, parkte sie das Auto. Sie nahm ihre Handtasche und ihren Schlüssel und stieg aus. Sie wusste, dass ihr Auto über ein eingebautes GPS verfügte, das den Standort direkt an Scanguards übermittelte. Sie konnte es deaktivieren, musste es aber nicht. Es spielte keine Rolle, ob Scanguards den Wagen fand, denn bis dahin wäre sie schon lange weg.

Nachdem sie ihren Thunderbird abgeschlossen hatte, fuhr sie mit dem Aufzug in das Erdgeschoss, verließ das Parkhaus und ging in Richtung Market Street, einer der Hauptverkehrsadern in der Innenstadt von San Francisco. Von hier aus stand ihr nicht nur ein umfangreiches Bussystem zur Verfügung, sondern auch das MUNI, das U-Bahn- und Straßenbahnsystem von San Francisco, sowie BART, das Zugsystem, das San Francisco mit Städten an der East Bay und der Halbinsel verband. Dieses reichte bis zum Flughafen von San Francisco im Süden.

Isabelle ging die Treppe hinunter in die U-Bahn. Dort war viel los, und das war genau das, was sie sich erhofft hatte. Sie schaute auf die Anzeige, um zu sehen, welche Züge als Nächstes in die Station ein- und ausfahren würden. Sie zog ihren Dauerpass durch den Kartenleser und fuhr mit der Rolltreppe hinunter zu den Bahnsteigen. Auf dem Bahnsteig standen Menschen Seite an Seite, einige in Businesskleidung, die von einem frühen Abendessen oder einer späten Nacht im Büro zurückkehrten, andere mit

Einkaufstüten auf dem Weg nach Hause nach einem langen Tag.

Isabelle suchte nach einem geeigneten Opfer und fand eine Asiatin, die beide Hände voll hatte. Ihre Handtasche hing quer über ihrem Oberkörper und sie trug zwei Einkaufstüten, die schwer aussahen. Isabelle trat näher an sie heran, während sie der Stimme aus den Lautsprechern lauschte, die ankündigte, dass ein N-Judah-Zug sich dem Bahnhof näherte.

Erwartungsvoll rückte die Menge näher an den Rand des Bahnsteigs und Isabelle blieb so nah wie möglich bei ihrem Opfer. Ein Luftstoß kündigte die Ankunft des Zuges an, gerade als dessen Lichter im Tunnel sichtbar wurden. Der Zug wurde langsamer und Isabelle sah, dass er bereits halb voll war. Das passte für ihren Plan sogar noch besser. Je mehr Leute im Zug waren, desto besser für sie.

Die Türen öffneten sich und nur eine Handvoll Leute verließen den Wagon. Die Wartenden auf dem Bahnsteig machten kaum Platz für die aussteigenden Fahrgäste und drängten sich bereits in den Zug, um zu den wenigen freien Sitzplätzen zu gelangen. Der Rest musste sich mit Stehplätzen begnügen und hielt sich an den Geländern fest. Isabelle quetschte sich direkt hinter die Frau mit den beiden Einkaufstüten und war froh, dass diese in der Nähe der Türen geblieben war. Augenblicke später schlossen sich die Türen und der Zug begann sich zu bewegen.

Die asiatische Frau hatte noch keine Gelegenheit gehabt, ihre Einkaufstüten abzustellen, und der Ruck des Zuges, der den Bahnsteig verließ, ließ sie rückwärts taumeln und sie mit Isabelle zusammenstoßen. Isabelle streckte sofort ihre Hand aus und verhinderte damit, dass die Frau stürzte, während sie mit der anderen ihr Handy in die Manteltasche der Frau gleiten ließ.

„Oh!" Die Frau schnappte nach Luft und blickte über ihre Schulter. „Entschuldigung."

Isabelle lächelte. „Kein Problem."

Die Frau drehte sich um, und dieses Mal stellte sie eine Einkaufstasche ab, klemmte sie zwischen ihre Beine und griff nach einer Stange, um sich daran festzuhalten.

Isabelles Arbeit war erledigt. Der Zug näherte sich bereits der nächsten Station. Sie wandte sich zur Tür, nahm eine Baseballkappe aus ihrer Jackentasche und setzte sie auf. Als der Zug in die nächste Station einfuhr, schlüpfte sie schnell aus ihrer Jacke und faltete sie so klein wie möglich zusammen. Endlich kam der Zug zum Stehen und Isabelle achtete darauf, dass ihr die Baseballkappe tief ins Gesicht gezogen war. Dann zog sie die Kapuze ihres Pullis, den sie unter ihrer Jacke trug, über die Baseballkappe und achtete darauf, dass ihre Haare nicht sichtbar waren. Sie hatte zuvor sowohl den Kapuzenpullover als auch die Baseballkappe in einem der Touristengeschäfte in der Innenstadt gekauft.

Als sich die Türen des Zuges öffneten, erlaubte Isabelle ein paar Leuten, sich an ihr vorbei zu drängen, um auszusteigen, bevor sie ihnen folgte. Sie wusste, dass es in jeder MUNI-Station mehrere Kameras gab, und sie wollte nicht, dass eine davon sie aus der Nähe erfasste. Die beiden Männer, denen sie folgte, waren etwas größer als sie und boten ihr genügend Tarnung, sodass sie ihre zusammengerollte Jacke loswerden konnte, bevor sie die Rolltreppe erreichte.

Sie hielt den Blick immer noch auf den Boden gerichtet und fuhr zur Hauptebene der U-Bahn-Station hoch. An der Sansome Station war es ruhiger, weshalb es umso wichtiger war, in der Nähe der beiden Männer vor ihr zu bleiben. Als Isabelle auf Straßenebene war, schaute sie sich schnell um. Niemand folgte ihr. Die Luft war rein.

Mit offenen Augen und Ohren ging Isabelle tiefer in das Finanzviertel hinein und achtete darauf, einen Weg einzuschlagen, der sie nicht an der Black Velvet Bar vorbeiführte, einem beliebten Treffpunkt von Scanguards-Mitarbeitern. Als sie endlich das Gebäude sah, in dem sich Graysons Loft befand, atmete sie erleichtert auf. Sie hob den Blick und schaute zu den Fenstern im obersten Stockwerk hinauf. Dahinter war es dunkel.

Als sie das Gebäude erreichte, holte sie den Schlüssel aus ihrer großen Handtasche und bemerkte, dass sie immer noch die Wayne-Hong-Akte darin hatte. Isabelle schloss den Haupteingang auf und ging dann die Treppe hinauf. Im ersten Stock wäre sie beinahe über ein kleines Paket gestolpert, das vor der einzigen Wohnung, die sich auf dieser Etage befand, lag. Es schien, dass Graysons Nachbar nicht zu Hause war. Soweit sie wusste, blieb er nie über das Wochenende in San Francisco. Grayson hatte es ihr Monate zuvor erzählt, als Isabelle bei ihm gewesen war und ihn dafür gerügt hatte, dass er die Musik weit nach Mitternacht auf die höchste Lautstärke eingestellt hatte. Sie hatte damit gerechnet, dass sich der Nachbar beschweren würde. Dieser war jedoch nicht da gewesen. Genau wie heute Nacht. Sie ging weiter in den zweiten Stock. Auch hier war es ruhig.

Isabelle steckte den Schlüssel ins Schloss und öffnete die Tür nach innen. Ohne das Licht anzuschalten, trat sie ein und schloss die Tür hinter sich, bevor sie ihre Tasche und den Schlüssel auf das kleine Sideboard neben der Tür fallen ließ und die Baseballkappe abnahm.

Das Atmen einer anderen Person kam von

links. Mit rasendem Herzen wirbelte sie herum.

„Ist dir jemand gefolgt?"

Als Orlando sie im Dunkeln der Wohnung in seine Arme zog, atmete Isabelle erleichtert auf und drückte sich an ihn.

„Nein. Alles lief gut. Ich habe die Kameras gemieden und bin mein Handy losgeworden. Niemand weiß, wo ich bin."

„Bist du sicher, dass sie hier nicht nach uns suchen werden?"

„Vertrau mir, sie glauben nicht, dass ich dumm genug wäre, dich in der Wohnung meines Bruders zu verstecken."

„Gut."

Plötzlich sah sie, wie sich Orlandos Augenfarbe in einen goldenen Farbton veränderte. Er neigte seinen Kopf und brachte sein Gesicht näher an ihres heran. „Ich weiß nicht, wie ich dir danken soll."

„Ich schon", murmelte sie und presste ihre Lippen auf seine.

25

Orlando spürte Isabelles Lippen auf seinen und zog sie näher an sich. Er hatte sich Sorgen um sie gemacht. Seit er den zweiten anonymen Brief erhalten hatte, von dem er ihr noch nicht einmal erzählt hatte, konnte er nicht ertragen, von ihr getrennt zu sein. Als er sie jetzt in seinen Armen spürte, ihre Lippen kostete und ihren süßen Duft einatmete, fühlte er sich sofort besser. Aber es löste in ihm auch noch etwas anderes aus: Schuldgefühle. Weil er ihr immer noch nicht erzählt hatte, was wirklich in Montreal passiert war. Er wusste nicht, wie er eine solche Offenbarung überhaupt beginnen sollte. Es war nicht der richtige Zeitpunkt dafür.

Widerwillig brach er den Kuss ab und schaute in Isabelles erhitztes Gesicht. Er entließ sie aus seinen Armen und nahm ihre Hand, um sie zu der großen Sitzgarnitur im offenen Wohnzimmer zu führen.

Als er sich auf das Sofa fallen ließ und Isabelle mit sich zog, trat er versehentlich mit dem Fuß gegen den Wohnzimmertisch und eine mit dekorativen Metallkugeln gefüllte Schüssel fiel zu Boden und machte ein Geräusch, als würde eine Horde Elefanten über den glänzenden Holzboden trampeln.

„Scheiße, die Nachbarn", fluchte Orlando.

„Sie sind nicht zu Hause."

„Woher weißt du das?"

„Der Typ, dem die andere Wohnung gehört, verlässt die Stadt immer am Freitagabend und kommt erst Sonntagabend wieder zurück."

„Ausgezeichnet." Dann zog er Isabelle näher, sodass sie rittlings auf ihm saß. „Also, erzähl mir, was passiert ist. Warum hat

Samson befohlen, mich verhaften zu lassen? Führte der Autoschlüssel zurück zu meinem Auto?"

Isabelle schüttelte den Kopf. „Ich habe noch nicht einmal etwas von Nelson wegen des Schlüssels gehört. Ich glaube nicht, dass er die Ergebnisse schon hat."

„Aber dann –"

„Es gab einen weiteren Mord."

Die Nachricht erschütterte ihn. „Wer?"

„Die Vuber-Fahrerin, die dich gestern Nacht nach Hause gefahren hat, Jessica Mayer."

Ein zweiter Schock durchzuckte seinen Körper. „Aber ich habe nicht ... ich hätte nicht ..." Er suchte ihren Blick. „Du warst da, als sie wegfuhr. Und du warst den Rest der Nacht bei mir."

Isabelle legte einen Finger auf seine Lippen. „Das weiß ich doch. Und ich habe es meinem Vater auch gesagt."

„Du hast was getan? Er weiß von dir und mir?"

„Ja, und trotzdem hat es nichts geholfen." Isabelle schnaubte. „Er hat nicht einmal zugehört. Ich habe ihm gesagt, dass du ein todsicheres Alibi hast."

„Ich gehe davon aus, dass er es nicht gut aufgenommen hat, dass wir zusammen sind?" Er rieb sich den Nacken und verzog das Gesicht.

„Er behauptet, du wärst ein gefährlicher Mann. Und dass ich mich von dir fernhalten sollte."

Bedeutete das, dass Samson seine Vergangenheit überprüft hatte? Hatte er etwas gefunden? Oder warum sonst sollte er Isabelle plötzlich sagen, dass er ihn für gefährlich hielt? Samson hatte ihm bisher die Sicherheit seiner Familie anvertraut und nie behauptet, dass er gefährlich sei. Etwas oder jemand hatte seine Meinung geändert.

Wenn Orlando ein ehrenhafter Mann wäre, würde er Isabelle jetzt beichten, was er in Montreal getan hatte, aber wenn er es täte, würde sie gehen, und dann könnte er sie nicht vor dem Vampir beschützen, der versuchte, ihn zu zerstören, indem er ihm alles wegnahm: Scanguards, seine neue Familie, seine Freiheit und Isabelle, die Frau, die er liebte. Es spielte keine Rolle, dass Isabelle ihn nicht mehr mit Zuneigung in den Augen ansehen würde, sobald sie die Wahrheit erfuhr – sein Feind würde sie trotzdem leiden lassen, nur weil Orlando leiden würde, wenn jemand Isabelle etwas antat.

Er musste zuerst seinen Widersacher finden und ihn vernichten, damit Isabelle in Sicherheit war. Und erst dann durfte er ihr die Wahrheit sagen.

„Orlando?"

Isabelles Stimme riss ihn aus seinen Gedanken.

„Tut mir leid, ich überlege gerade, was ich als Nächstes tun soll."

„Hast du irgendwelche Hinweise bekommen, nachdem ich dich in der Autowerkstatt abgesetzt habe?"

„Ich habe einige Nachforschungen angestellt. Viele der Leute, die ich aus Montreal kenne, sind jetzt tot. Es ist über vierzig Jahre her, das ist keine Überraschung. Aber es gibt noch jemanden, der vielleicht etwas weiß. Ich arbeite daran herauszufinden, wo sie jetzt lebt."

„Wer ist sie?"

„Eine Haushälterin. Sie arbeitete für Margarites Familie. Sie kannte immer alle Gerüchte, die in Montreal kursierten."

Es war nur teilweise die Wahrheit. Ines war zwar die Haushälterin der Familie Arnaud gewesen, aber sie war keine Klatschbase. Im Gegenteil, Orlando vermutete, dass sie alle Geheimnisse von Margarite für sich behalten hatte. Vielleicht war Ines jetzt, mehr als vier Jahrzehnte nach Margarites Tod, bereit, die Geheimnisse preiszugeben, die sie aus Loyalität zu der Frau, die so viel Leid verursacht hatte, so treu gehütet hatte.

„Hoffen wir, dass du bald etwas von ihr hörst."

Orlando nickte. „Und du? Hast du Hinweise auf die Fingerabdrücke erhalten, die ich dir geschickt habe?"

„Ich habe einen Kontakt in Ottawa. Er ist bei der Royal Canadian Mounted Police und hat es so eingerichtet, dass ich die Fingerabdrücke durch ihr System laufen lassen kann. Ich dachte, wir hätten eine bessere Chance, den Mann, der hinter dir her ist, in den kanadischen Datenbanken zu finden als in denen des FBI, oder? Ich meine, wenn es etwas mit Montreal zu tun hat, ist es viel wahrscheinlicher, dass wir die Fingerabdrücke dieser Person in den kanadischen Datenbanken finden. Aber als ich das Hauptquartier verließ, hatte es noch keine Ergebnisse ausgespuckt. Und ich kann das System nur von einem Computer aus überprüfen, der mit dem internen Netzwerk von Scanguards verbunden ist. Thomas legt immer mehr Sicherheitsmaßnahmen an.“

Orlando hob seinen Arm und zeigte auf eine Computerecke. „Hat Grayson hier keinen vernetzten Computer?“

„Nicht mehr. Als er und Monique nach New Orleans zogen, bestand Thomas darauf, den Computer wegzunehmen, da die Wohnung die meiste Zeit leer steht.“

„Verdammt. Wie sonst kommen wir in das System? Ich habe buchstäblich null Hacker-Fähigkeiten.“

„Vielleicht kann ich mich später noch

einmal ins Hauptquartier zurückschleichen und einen der Computer auf der Ebene des medizinischen Zentrums nutzen. Dort wird mich niemand sehen."

„Das kommt nicht in Frage", fauchte Orlando und bemerkte, dass sein Puls raste, als er daran dachte, dass Isabelle ohne seinen Schutz weggehen würde. „Es muss einen anderen Weg geben."

„Ich könnte Patrick bitten, sich für mich in das System einzuloggen und mir die Daten zu senden, aber ich kann nicht sicher sein, dass er es meinem Vater nicht sagt. Und mein Computer ist zu Hause. Mom wird mit Dad kommunizieren, sobald ich das Haus betrete. Ich glaube nicht, dass das klug ist –"

„Das ist es!" Er umfasste Isabelles Schultern. „Hat Damian zu Hause einen Scanguards-Computer?"

„Ja, warum?"

„Weil wir seinen benutzen können. Du kannst dich doch von seinem aus einloggen, oder?"

Sie nickte. „Aber Naomi wird zu Hause sein. Sie wird uns nicht erlauben, ihn zu benutzen, ohne vorher mit Damian zu sprechen."

„Sie wird nach Mitternacht nicht mehr zu Hause sein. Damian hat für sie eine Überraschungsgeburtstagsparty im Mezzanine organisiert. Sie soll dort um Mitternacht auftauchen." Er warf einen Blick auf die Uhr. „Das ist in etwas mehr als zwei Stunden."

Isabelle grinste. „Wie gut kannst du Schlösser knacken?"

Orlando grinste. „Ich bin ohne Schlüssel in Graysons Loft gekommen, oder etwa nicht?" Dann zog er sie näher.

„Gut. Denn ich liebe einen Mann, der gut mit seinen Händen ist."

„Ist das der Fall?" Er zog an ihrem Oberteil und schob es hoch.

„Wie viel Zeit haben wir?"

„Genug, damit du zweimal kommen kannst."

„Das ist eine große Aufgabe."

„Ich liebe Herausforderungen."

Isabelle half ihm, als er ihr das Oberteil

über den Kopf zog. Sie warf es auf die Couch, während Orlando bereits seinen Kopf zu ihren mit einem BH bedeckten Brüsten senkte und ihre Brustwarzen durch den dünnen Stoff leckte. Isabelles Kopf fiel zurück und sie streckte ihm ihre Brüste wie eine Opfergabe entgegen. Er drückte ihre Brüste und begrüßte das Stöhnen, das über ihre Lippen rollte.

„Zieh deine Hose aus", befahl er und hob sie von seinem Schoß.

Während sie sich aus ihrer Jeans schälte, zog Orlando sein Hemd über seinen Kopf, öffnete seine Cargohose und schob sie und seine Boxershorts zu seinen Füßen hinab. Er wollte seine Stiefel ausziehen, um sich ganz von seiner Hose zu befreien, aber es gelang ihm nicht. Isabelle, jetzt nur noch mit einem schwarzen BH und einem gleichfarbigen Höschen bekleidet, kniete vor ihm nieder und drückte seine Schenkel auseinander.

„Fuck, Baby", fluchte er, weil ihm klar wurde, was sie wollte.

Isabelle packte seine Oberschenkel und hob ihre Lider, um ihm in die Augen zu sehen. „Letztes Mal hast du mich unterbrochen."

Er grinste. „Weil ich dachte, du wärst eines von Evas Mädchen."

Ohne eine Antwort senkte Isabelle ihren Kopf über seinen vollständig erigierten Schwanz. Ein kühler Atemzug wehte gegen dessen Spitze und jagte ihm einen Schauer über den Rücken. Er hatte davon geträumt, dass Isabelle vor ihm kniete und ihn lutschte. Die Realität war noch aufregender als der Traum.

Isabelle leckte über die Spitze seiner Erektion, bevor sie ihn in ihren Mund nahm. Wärme und Nässe umhüllten ihn und es fühlte sich an, als wäre er gestorben und in den Himmel gekommen. Und vielleicht war er das auch, denn die wahre Liebe zu finden war ein Geschenk, und es war nahezu unmöglich, so etwas zweimal zu bekommen.

Orlando schob seine Hände in Isabelles Haar und hielt es zurück, damit er ihr Gesicht sehen konnte, während sie an ihm saugte. Ihre Wangen wurden hohl und ihre Zunge glitt bei jeder Bewegung an der Unterseite seines Schwanzes entlang. In ihrem Mund gefangen bewegte er seine Hüften langsam vor und zurück, um ihr kein Unbehagen zu bereiten, auch wenn der Vampir in ihm ihn drängte, ihren Mund zu ficken, als würde er ihre Muschi ficken. Aber er hielt sich zurück, weil er die Zärtlichkeit spüren wollte, die sie ihm entgegenbrachte, das sanfte Lecken, die liebevolle Berührung ihrer Hände, als sie diese hinzufügte. Eine Hand legte sie um seine Wurzel, packte ihn fest und ließ ihn laut stöhnen, während sie mit der anderen seine Eier streichelte und dabei elektrische Ströme durch seinen Körper schickte.

Er lehnte sich zurück ins Sofa, ließ seine Hände von ihrem Gesicht fallen und genoss es, wie Isabelle sich um ihn kümmerte. Sie hatte jetzt das Sagen. Sie war diejenige, die entschied, wie sie ihn beglücken würde, denn sie hielt sein Herz in ihrer Hand, auch wenn sie es noch nicht wusste. Er hatte sein Herz erst einmal zuvor einer Frau geschenkt, und es hatte in einer Tragödie geendet. Konnte er hoffen, dass dieses Mal alles gut ausgehen würde? Er fühlte sich jetzt verletzlich, aber so sehr er dieses Gefühl, das Gefühl der Hilflosigkeit in Isabelles Armen, verdrängen wollte, gelang es ihm nicht. Denn sich verletzlich zu fühlen gehörte zum Lieben, dazu, sein Herz zu öffnen, um eine andere Person hineinzulassen.

„Isabelle, Baby", murmelte er, als sie das Tempo erhöhte und begann, ihn fester und schneller zu lutschen. So würde er nicht lange durchhalten. Und so sehr er auch in ihrem Mund kommen und seinen Samen in sie schießen wollte, wusste er, dass er Isabelles selbstloses Geschenk nicht verdiente. Noch nicht. Nicht, solange er noch etwas vor ihr verheimlichte.

Mit seinem letzten Funken Selbstbeherrschung packte er Isabelle an den Schultern und drückte sie zurück, sodass sein Schwanz aus ihrem Mund glitt. „Genug!"

Sie warf ihm einen sündigen Blick zu. „Du warst so nah dran."

„Zu nah." Er bückte sich, um sich aus seinen Stiefeln und seiner verhedderten Hose zu befreien.

Isabelle erhob sich. Sie griff hinter sich,

um ihren BH zu öffnen, und warf ihn auf den Boden. Ihre Augen schimmerten golden. Als sie ihre Daumen in ihr Höschen steckte, um es nach unten zu schieben, schaute sie auf seinen Schwanz hinunter.

„Soll ich dich reiten?" Sie stieg aus ihrem Höschen.

Orlando stand auf und packte sie an den Hüften. „Und dir noch mehr Kontrolle über mich geben? Du hattest deinen Spaß."

Sie lachte leise, schlang ihre Arme um seinen Rücken und drückte sich an ihn. „Wir sind mit dem Spaß noch nicht fertig."

„Nein, sind wir nicht", stimmte er zu und zog sie mit sich, bis sie hinter der Rückenlehne der großen Sitzgruppe standen. Er drehte sie von sich weg, sodass sie sich dem Sofa zuwandte, und er stellte sich hinter sie. „Stütze dich ab."

In dem Moment, als sie ihre Hände auf die Lederlehne legte, packte er sie an den Hüften und zog sie zurück. Automatisch spreizte Isabelle ihre Beine, drückte ihren Rücken durch und schob ihren wunderschönen Po in seine Richtung. Orlando nahm ihre Einladung an und stieß seinen Schwanz mit solcher Kraft in ihre Muschi, dass ihre Hände abrutschten und sie nach vorne fiel, wobei ihr Oberkörper nun über die Rückenlehne hing.

Aber er gab ihr keine Chance, sich aufzurichten, sondern begann, tief und hart in sie einzutauchen. Rein und raus ohne Unterbrechung. Sie von hinten zu nehmen gab ihm die Kontrolle über seinen eigenen Körper zurück und drängte die Verletzlichkeit in den Hintergrund.

Isabelles Muschi war weich und eng, und er konnte fühlen, wie ihr Puls raste, ihre Atemzüge unregelmäßig wurden und ein Stöhnen über ihre Lippen rollte, während er einen Stoß nach dem anderen ausführte. Aber es war nicht genug. Er brauchte mehr von ihr, musste sie besitzen.

Für einen Moment verlangsamte er seine Bewegungen und gab ihr die Möglichkeit, ihren Oberkörper anzuheben. Als er sich näher zu ihr beugte und sie an seine Brust zog, ließ er eine Hüfte los, schlang einen Arm um sie und ergriff eine ihrer Brüste.

„Nimm deine Haare vom Hals weg", befahl er und bemerkte, wie schroff seine Stimme klang, als er auf seine nächste Handlung hinfieberte.

Mit anmutigen Bewegungen strich sie ihr Haar zur Seite und drehte den Kopf gerade so weit, dass sie ihn ansehen konnte. „Du bist hungrig." Ihre Stimme war sinnlich, der Klang purer Verführung.

„Ich habe immer Hunger, wenn ich mit dir zusammen bin."

Er legte sein Gesicht an ihren Hals und leckte über die Vene, die unter ihrer perfekten Haut pulsierte. Isabelle atmete kaum hörbar aus und er sah es als Zeichen ihrer Einwilligung. Seine Reißzähne wurden länger und ohne Eile durchbohrte er ihre Haut und stieß sie in sie hinein. In dem Moment, als er ihr Blut schmeckte und anfing, von ihr zu trinken, begann er wieder schneller zu stoßen und nahm seinen Rhythmus von zuvor auf.

Während er sie mit einer Hand immer noch an sich gedrückt hielt und ihre Brust knetete, ließ er seine andere Hand nach vorne gleiten und auf ihre Muschi sinken. Er kämmte durch das getrimmte Haardreieck und tauchte tiefer, bis er ihren Kitzler fand und seine Finger darüber reiben konnte.

Isabelle stöhnte. „Ja, bitte." Ihre Forderung bestand mehr aus Atem als aus Worten, und ihre Muschi drückte ihn noch fester.

Ihr Blut schmeckte nach allem, was er sich jemals gewünscht hatte. Der Wunsch, sie für immer zu Seiner zu machen, kam in ihm auf, und er wusste, dass dieses Verlangen jedes Mal, wenn sie sich liebten, größer werden würde, bis es ihn überwältigen würde. Aber im Moment konnte er es noch zurückhalten, auch wenn er nicht sicher war, wie lange noch.

Da er wusste, dass sein Orgasmus bereits in den Startlöchern stand, streichelte er ihre Klitoris noch leidenschaftlicher, passte sich dem von Isabelle vorgegebenen Rhythmus an und spürte schließlich, wie ihre Muschi ihn unkontrolliert drückte und ihre Krämpfe seinen eigenen Höhepunkt auslösten. Als er sie mit seinem heißen Samen füllte, zog er seine Reißzähne aus ihrem Hals und leckte über die kleinen Einschnitte, um sie zu schließen.

Schweratmend schlang er beide Arme um Isabelle. Gerade noch rechtzeitig, denn ihre Beine gaben plötzlich nach und sein Schwanz glitt aus ihr heraus. Besorgt hob Orlando sie hoch und trug sie in das Schlafzimmer, in dem er zuvor gewesen war, als er die Wohnung besichtigt und alle Jalousien geschlossen hatte. Er legte sie auf das frische Laken und betrachtete ihr Gesicht. Ihre Augen waren geschlossen. Sorge machte sich in seiner Brust breit.

„Isabelle? Geht es dir gut? Habe ich zu viel Blut genommen? Oh Gott, bitte sag etwas."

26

Isabelle spürte, wie Weichheit sie umgab, und atmete tief ein. Verschiedene Aromen vermischten sich und vertraute Düfte stiegen ihr in die Nase. Sie analysierte sie automatisch: menschliches Blut und der Geruch eines Vampirs. Der anhaltende Duft von Sex verschmolz mit dem Geruch eines virilen Mannes.

„Isabelle.“

Die tiefe, besorgte Männerstimme veranlasste sie, die Augen zu öffnen. Sie lag auf dem Bett, neben ihr saß Orlando.

„Gott sei Dank.“ Er stieß einen

erleichterten Seufzer aus. „Es tut mir so leid, Isabelle. Ich habe zu viel Blut genommen." Er hielt ihr eine Flasche Blut hin. „Hier, du musst etwas trinken."

Isabelle setzte sich auf, nahm ihm die Flasche ab, setzte sie an ihre Lippen und erkannte erst jetzt, wie hungrig sie war. Innerhalb von Sekunden war die Flasche leer. Orlando nahm sie ihr aus der Hand und stellte sie auf den Nachttisch.

„Ich hole dir noch eine", sagte er und stand bereits auf, aber sie nahm seinen Arm und hielt ihn auf.

„Es ist genug."

Er setzte sich wieder hin und sie ließ ihren Blick über ihn schweifen. Er war immer noch nackt und der Anblick erinnerte sie daran, wie sehr sie ihr Liebesspiel genossen hatte.

Orlando strich ihr eine Haarsträhne aus dem Gesicht. „Es tut mir leid. Ich hätte nie so viel nehmen sollen. Und ich war so grob zu dir."

„Es ist nicht deine Schuld. Du hast nicht zu viel genommen." Sie legte ihre Hand auf seine Wange und streichelte sie. „Baby, ich habe heute vergessen zu essen. Es war einfach so viel los."

Isabelle beugte sich vor und drückte ihm einen sanften Kuss auf die Lippen. Zögernd erwiderte Orlando den Kuss, aber nur für ein paar Sekunden. Dann wich er zurück und warf ihr einen besorgten Blick zu.

„Ich hätte dich fragen sollen, ob ich dich beißen darf. Ich habe mich einfach mitreißen lassen." Er schüttelte den Kopf und sah verstört aus. „Isa, du machst mich so heiß, dass ich nicht weiß, was ich mache, wenn ich mit dir zusammen bin."

Isabelle lächelte sanft und umfasste sein Gesicht mit beiden Händen. „Also hat es dich heiß gemacht, dass ich dich gelutscht habe?"

„Was glaubst du?" Er begegnete ihrem Blick. „Alles, was du tust, macht mich heiß. Und deine Lippen um meinen Schwanz zu spüren, verdammt, davon habe ich schon zu lange geträumt. Ich habe noch nie etwas so Erstaunliches gespürt."

Sein Geständnis löste Wärme in ihr aus. Orlando begann, sich ihr zu öffnen. Er war nicht mehr so schweigsam wie früher, und das gefiel ihr.

„Ich habe es geliebt, das zu tun. Ich habe es geliebt, dich zu kosten." Sie berührte seine Lippen federleicht mit ihren. „Und wie du mich genommen hast, hat mir gefallen. Ich liebe es, wie stark du bist, wie fordernd." Wie besitzergreifend wollte sie hinzufügen, tat es aber nicht. „Du solltest mich öfter so nehmen. Ich mag es, deiner Gnade ausgeliefert zu sein."

„Das solltest du mir nicht gestehen."

„Warum nicht?"

„Weil es mich ermutigen könnte. Ich könnte mehr nehmen, als du mir geben willst."

Mit der Spitze ihres Zeigefingers rieb sie über seine Unterlippe. „Ich möchte dir noch so viel mehr geben."

„Das ist verrückt", sagte er, wich aber nicht zurück. „Wenn ich noch einen Funken Selbstbeherrschung hätte, würde ich mich von dir fernhalten."

Sie grinste und legte eine Hand auf seine Leistengegend. „Dann muss ich dafür sorgen, dass du nie wieder deine Selbstbeherrschung zurückgewinnst." Isabelle streichelte mit ihrer Hand über seinen Schwanz und bemerkte erfreut, dass er immer noch halb hart war.

Mit einem scharfen Einatmen öffneten sich Orlandos Lippen und sie sah nun die Spitzen seiner Fangzähne. Langsam erreichten sie ihre volle Länge. „Ich bin wie Kitt in deinen Händen, Baby."

Isabelle legte ihre Hand um seinen Schwanz, der sich nun mit mehr Blut füllte und innerhalb von Sekunden steinhart wurde. „Fühlt sich für mich nicht wie Kitt an. Es fühlt sich viel härter an." Sie leckte sich die Unterlippe und begegnete seinem Blick, dann zog sie an seinem Ständer und entlockte ihm ein unterdrücktes Stöhnen.

„Kitt muss nicht weich sein. Er wird hart, wenn er eingesetzt wird. Und dann wird er nie wieder weich."

Sie musste lachen. „Ich lerne jeden Tag etwas Neues." Dann lehnte sie sich im Bett zurück und fühlte sich selbstbewusster als je zuvor. Die Art, wie Orlando sie ansah, gab ihr das Gefühl, begehrt zu werden. „Also, was muss ein Mädchen hier tun, damit ein Kerl mit ihr schläft?"

Orlando beugte sich über sie und sein Mund verzog sich zu einem Grinsen. „Ein Mädchen wie du muss gar nichts tun."

Er legte seine Hand auf ihren Oberkörper und strich nach oben, bis er eine Brust erreichte. Sanft liebkoste er den empfindlichen Hügel und verwandelte ihre Brustwarze zu einer harten Knospe. Dann atmete er tief ein.

„Fuck, Baby, ist das alles, was du brauchst, um feucht zu werden?"

„Nur du im selben Raum wie ich macht mich schon feucht." Sie zog ihn an sich und drückte ihm einen Kuss auf die Lippen.

„Dann sollte ich wohl mein Versprechen einhalten und dich ein zweites Mal kommen lassen."

„Hmm."

Orlando gesellte sich zu ihr aufs Bett, aber er rollte sich nicht über sie, wie sie erwartet hatte. Stattdessen legte er sich hinter sie und zog ihren Po an seine Leiste, bevor er ihren Oberschenkel gerade so weit anhob, dass er seine Erektion zwischen ihre Schenkel schieben konnte. Einen Moment später drang er mit einer solchen Sanftheit in sie ein, dass sie das Gefühl hatte, auf einer Wolke zu schweben.

„Oh", murmelte sie.

„Siehst du?", flüsterte er ihr ins Ohr. „Es muss nicht wild und schnell sein, um sich gut anzufühlen."

„Hast du mir nicht gesagt, dass du kein zärtlicher Liebhaber bist?"

„Ich glaube, ich habe mich verändert."

Er zog sich aus ihrer Scheide und glitt dann wieder in sie hinein. Seine Bewegung war sanft, doch nicht weniger verlockend. Sein Schwanz schien noch härter und größer als zuvor zu sein, und sie spürte, wie sich ihre Muskeln um den steinharten Schaft anspannten und ihn dort einsperren wollten. Orlando legte einen Arm um sie und begann, ihre Brüste zu streicheln und sie langsam und gründlich zu massieren. Im Halbdunkel des Schlafzimmers fühlte es sich an, als wäre dies einer ihrer Träume, aber es war besser als ein Traum, denn es war die Realität. Orlando liebte sie zärtlich und berührte sie, als wäre sie das Kostbarste in seinem Leben. Als würde er sie anbeten.

Sie hatte es nicht für möglich gehalten, dass der Mann, den jeder als schroff und zurückhaltend beschrieben hätte, zu solch zärtlichen Liebkosungen und so liebevollen Umarmungen fähig war. Sie selbst konnte es kaum glauben. Aber es bestand kein Zweifel daran, dass Orlando so viel mehr zu bieten hatte, als er irgendjemandem zu erkennen gab. Dennoch offenbarte er sich ihr. Und sie war froh darüber, denn es konnte nur eines bedeuten: Er vertraute ihr. Genauso wie sie ihm vertraute.

Sein großer Körper fühlte sich wie ein Kokon an, der sie beschützte und umhüllte. Seine Hüften bewegten sich, wobei er langsame und sanfte Stöße ausführte, während er sanfte Küsse auf ihren Nacken und ihre Schultern drückte und weiterhin ihre Brüste knetete und ihre Brustwarzen neckte. Er ließ sich Zeit, zog das Vergnügen hinaus und überstürzte nichts. Und sie antwortete ihm genauso gemächlich. Es fühlte sich an, als wäre dies ein Sonntagnachmittag, an dem sie nirgendwo sein mussten und nichts zu tun hatten, außer Zeit in den Armen des anderen zu verbringen.

„Ich liebe es, wie du mich drückst, wenn ich in dir bin", flüsterte er und unterstrich seine Worte mit einem langen Gleiten in ihre Muschi.

Isabelle stöhnte leise. Orlandos Worte und Taten sandten winzige heiße Speere des Verlangens durch ihren Körper. Sie hätte nie gedacht, dass Liebe so zärtlich, so langsam und so sanft sein konnte.

„Orlando", sagte sie seufzend und folgte seiner Bewegung, sodass er sich fast vollständig zurückziehen konnte, bevor sie ihren Po wieder gegen seine Leistengegend drückte und seine Erektion tief in sich aufnahm.

Sie griff nach hinten und grub ihre Finger in seinen Oberschenkel, um ihn noch tiefer sinken zu lassen.

„Ganz ruhig, Baby", warnte er. „Wir haben noch Zeit. Es gibt keine Eile."

Trotz seiner Aussage nahm er seine Hand

von ihren Brüsten und ließ sie über ihren Oberkörper zu ihrer Muschi gleiten.

„Ich liebe es, wenn du mich dort berührst", sagte sie aufmunternd.

Er strich mit seinen Fingern durch ihre Schamhaare, während er sie an der Stelle küsste, an der er sie zuvor gebissen hatte. Sie konnte dort immer noch den Geist seiner Reißzähne spüren.

„Hier?" Orlando rieb seinen Finger über ihre Klitoris und ließ sie bei der Intensität seiner Berührung nach Luft schnappen. „Sieht so aus, als hätte ich die richtige Stelle gefunden."

„Du findest immer die richtige Stelle", schaffte sie zu antworten, bevor die Art und Weise, wie er ihr Lustzentrum streichelte, ihr die Fähigkeit zu sprechen raubte.

„Dann kannst du vielleicht etwas für mich tun", murmelte er ihr ins Ohr.

„Ja?"

„Da ich alle Hände voll zu tun habe, lass mich sehen, wie du deine Brüste berührst." Seine Stimme klang plötzlich heiser.

Ohne zu zögern massierte Isabelle mit

den Händen ihre Brüste und rollte ihre Brustwarzen zwischen Zeigefinger und Daumen.

Ein Stöhnen kam aus Orlandos Kehle. „Das ist es", lobte er. „So schön."

Das Tempo seiner Stöße nahm zu und er rieb in schnellen Kreisen über ihre Klitoris und übte so mehr Druck auf das winzige Organ aus. Isabelle bewegte sich im Rhythmus mit ihm, ihre vereinten Klänge der Lust erfüllten nun den Raum, die Zeit für Worte war vorbei.

Ihre Körper bewegten sich als eine Einheit, und es hätten genauso gut Orlandos Hände sein können, die ihre Brüste streichelten und ihre Brustwarzen hart machten und nach Befreiung verlangten. Sie hörte nur einen Herzschlag, weil ihre Herzen jetzt synchron schlugen. Sie spürte, wie Orlandos Fangzähne über die empfindliche Haut ihres Halses rieben, aber sie wusste, dass er sie nicht noch einmal beißen würde, nicht heute Nacht. Doch das Wissen, dass er es wollte, erfüllte sie mit Erregung. Sie wollte ihn genauso gerne beißen. Allein der

Gedanke ließ ihren Kitzler vibrieren, um sie auf ihren bevorstehenden Orgasmus vorzubereiten. Sie nahm noch einen weiteren Atemzug, bevor sich ihre Muschi verkrampfte und ihr Höhepunkt sie unter einer Welle begrub und gegen den Wellenbrecher schlug, nur um wenige Augenblicke später mit der gleichen Kraft zurückzukommen.

Orlandos Schwanz zuckte in ihr und ein Stöhnen rollte über seine Lippen, während sie spürte, wie der warme Strahl seines Spermas sie füllte und seine Bewegungen noch geschmeidiger machte.

„Baby", flüsterte er seufzend und zog sie näher an seine Brust. „Das war ... wow ..."

„Besser als wow", murmelte Isabelle und drehte ihr Gesicht zu ihm.

Seine Augen schimmerten golden und ein zufriedenes Lächeln lag auf seinen Lippen. Er brachte sein Gesicht zu ihrem und küsste sie. Seine Lippen waren weich, sein Mund warm und seine Zunge sanft und liebevoll. Sie erwiderte den Kuss mit der gleichen Zärtlichkeit und wünschte sich, dass er niemals enden würde.

27

Cooper betrat Samsons Büro, wo sein Chef vor dem Fenster auf und ab ging.

„Samson, wir haben ihr Auto gefunden. Sie hat es in einem öffentlichen Parkhaus in der Nähe des Embarcaderos geparkt."

Samson drehte sich ungeduldig zu ihm um. „Und Isabelle? Irgendeine Spur von ihr?"

Cooper schüttelte den Kopf. Hinter ihm erschien Thomas und Cooper ließ ihn passieren.

„Thomas?"

„Wir haben Isabelles Handy im Outer Sunset geortet", berichtete Thomas. „Das

Signal ist stationär. Wir müssen davon ausgehen, dass sie sich irgendwo da draußen aufhält."

Cooper schüttelte den Kopf. „Sie wäre nicht so dumm, ihr Telefon eingeschaltet zu lassen, während sie versucht, sich vor uns zu verstecken."

Samson warf ihm einen Blick zu. „Aber was, wenn sie sich nicht vor uns versteckt? Was, wenn sie sich mit Orlando getroffen hat, nachdem sie ihn gewarnt hat, dass wir ihm auf der Spur sind? Und dann wurde ihr vielleicht klar, dass er doch schuldig ist, und er hält sie jetzt irgendwo gefangen? Sie hätte es schaffen können, ihr Handy einzuschalten, wohl wissend, dass wir es orten können."

Cooper war klar, dass Samson nach jedem Strohhalm griff. Er wechselte einen Blick mit Thomas. „Ich dachte, ihr habt überprüft, ob sie mit Orlando kommuniziert hat, nachdem sie das Büro verlassen hat, und habt nichts gefunden."

„Das haben wir, aber sie hätte das Telefon einer anderen Person benutzen können, um ihn zu warnen", erklärte Thomas.

„Ich hätte sie nie aus den Augen lassen sollen." Samson nickte. „Thomas hat recht. Meine Tochter ist vieles, aber dumm ist sie nicht. Sie weiß, wie sie uns ausweichen kann, wenn sie nicht gefunden werden will. Und offensichtlich hat Orlando es irgendwie geschafft, dass sie ihm so sehr vertraut, dass sie ihm sogar ein Alibi gibt."

„Es steht mir vielleicht nicht zu, das zu fragen", begann Cooper und versuchte, seinen Chef nicht zu verärgern. „Aber hat jemand Orlandos anderes Alibi überprüft? Das für den Mord an Hong? Er war im Mezzanine im Dienst, als Hong getötet wurde."

Samsons Kiefer spannten sich an. Offenbar war er noch nicht bereit, andere Meinungen zu berücksichtigen. Vielleicht hätte Cooper den Mund halten und dieser Spur selbst nachgehen sollen.

„Er hätte das Mezzanine problemlos für eine Stunde verlassen und zurückkommen können, ohne dass jemandem aufgefallen wäre, dass er weg war", behauptete Samson.

Cooper widersprach ihm nicht. „Na gut,

was machen wir dann mit dem Signal im Outer Sunset? Willst du, dass ich und Benjamin das überprüfen?"

„Wenn sie mit Orlando zusammen ist, brauchen wir mehr Leute als nur dich und Benjamin. Ich komme mit dir mit. Benjamin kann mit Amaury und Haven fahren. Lass uns gehen."

Minuten später schossen zwei SUVs aus Scanguards' Tiefgarage. Cooper fuhr mit Samson auf dem Beifahrersitz. Der GPS-Standort von Isabelles Telefon blinkte auf dem Navi.

Samson war immer noch aufgewühlt. Vielleicht war dies der richtige Zeitpunkt für Cooper, endlich herauszufinden, warum Samson so überzeugt davon war, dass Orlando zwei Menschen getötet hatte.

„Ähm, Samson, darf ich dich etwas fragen?"

„Sicher."

„Ich arbeite am Hong-Fall und habe alle Beweise gesehen, die wir gesammelt haben, und von all den Dingen, die wir gefunden haben, deutete nichts auf Orlando hin. Und nach allem, was ich über die Vuber-Fahrerin gehört habe, war Orlando ihr letzter Fahrgast, aber, bei allem Respekt, das macht ihn nicht automatisch zu einem Verdächtigen. Warum also –"

„Orlando ist ein eiskalter Killer." Ein leises Knurren begleitete Samsons Worte. „Er hat schon einmal getötet."

Überrascht wandte Cooper für einen Moment den Blick von der Straße ab und starrte Samson an. „Wie bitte?"

Samsons Brust hob und senkte sich, als würde ihm das Atmen Schmerzen bereiten. „Er hat seine blutgebundene Gefährtin und deren ganze Familie vor über vierzig Jahren in Montreal abgeschlachtet. Vertraue mir, wenn ich dir sage, dass er das getan hat."

„Scheiße!", fluchte Cooper.

Kein Wunder, dass Samson sich Sorgen um seine Tochter machte und irrational handelte. Aber bedeutete Orlandos Vergangenheit automatisch, dass er auch Hong und Jessica getötet hatte? Obwohl Cooper seine Zweifel Samson gegenüber bekräftigen wollte, wagte er es nicht.

Samson würde ihm vermutlich den Kopf abreißen.

„Wir werden in ein paar Minuten da sein", sagte Cooper stattdessen und folgte den Anweisungen, die ihm das Navi gab.

Kurze Zeit später blieb er vor einem zweistöckigen Haus aus den 1950er Jahren in einer Reihe ähnlicher Häuser stehen. Der zweite SUV hielt auf der gegenüberliegenden Straßenseite und Benjamin, Amaury und Haven stiegen bereits aus dem Auto. Samson stieg ebenfalls aus und Cooper stellte den Motor ab, bevor er ihm folgte.

Trotz der späten Stunde war es noch hell im Haus. Als eingespieltes Team gingen Benjamin und Amaury zur Rückseite des Hauses, während Cooper das Schloss der Vordertür knackte. Samson sah ihm dabei zu. Haven blieb in der Nähe der Garage, um jeden zu erwischen, der an ihnen vorbeischlüpfen wollte.

Als das Schloss geknackt war, warf Cooper einen Blick über seine Schulter und nickte Samson zu, um zu signalisieren, dass er bereit war. Auf Samsons Befehl hin öffnete

Cooper die Tür und sie stürmten hinein. Er konnte schwache Geräusche vom hinteren Teil des Hauses hören, was darauf hindeutete, dass es seinen Kollegen gelungen war, die Tür vom Garten ins Haus zu öffnen.

Cooper stapfte nach oben, während Samson den ersten Raum auf der linken Seite überprüfte und die anderen vom Garten hereinstürmten. Cooper durchsuchte schnell die Räume im Obergeschoss, drei kleine Schlafzimmer und ein Badezimmer, doch alle waren leer. Von unten ertönte ein Schrei und Cooper eilte dorthin zurück, wo der Aufruhr stattfand.

Als er das Wohnzimmer betrat, fand er alle seine Kollegen dort versammelt vor, wo eine verängstigte Frau Ende Vierzig in einer Ecke des Sofas kauerte.

Samson warf ihm einen Blick zu, musste aber nicht sagen, was er wissen wollte.

„Oben ist niemand", sagte Cooper schnell. Er warf einen Blick auf die anderen, doch ihre Mimik verriet ihm bereits die Antwort. Weder Isabelle noch Orlando waren hier.

Samson trat einen weiteren Schritt näher

an die verängstigte Bewohnerin heran. „Hat sie dir ihr Handy gegeben, damit du uns in die falsche Richtung führen kannst?"

„Handy?", jammerte die Frau. „Bitte, ich habe nichts getan. Ich habe kein Geld."

„Wir wollen kein Geld", sagte Samson.

„Samson", sagte Amaury mit ruhiger Stimme und legte eine Hand auf den Unterarm seines Freundes. „Du machst ihr Angst." Er nickte der Frau zu. „Ich versichere Ihnen, wir sind nur hier, weil wir die Tochter meines Freundes suchen."

„Sucht nach ihrem Handy. Es muss hier sein", bellte Samson.

Cooper hatte eine bessere Idee und holte sein eigenes Handy heraus. Er tippte auf Isabelles Nummer. Einen Moment später vernahm er dank seines Vampirgehörs ein leises Summen. Er folgte dem Geräusch und ging in den Flur, wo er einen Schrank öffnete, in dem eine Reihe Jacken und Mäntel hingen. Es dauerte nur ein paar Sekunden, bis er Isabelles Telefon in einer der Manteltaschen fand.

Er beendete den Anruf und ging zurück

ins Wohnzimmer. Er reichte Samson das Telefon. „Sie muss es dieser Frau in den Mantel gesteckt haben, um uns in die falsche Gegend zu führen."

„Verdammt!", fluchte Samson.

„Wir haben sie zu gut ausgebildet", sagte Amaury. Dann wandte er sich an seinen Sohn Benjamin und senkte die Stimme. „Lösche ihr Gedächtnis und triff uns draußen."

Er führte Samson hinaus und Cooper folgte ihnen. Draußen warteten sie auf Benjamin, als Samsons Telefon klingelte und er den Anruf entgegennahm.

„Thomas?" Samson stellte den Anruf auf die Freisprecheinrichtung.

„Isabelle hat sich gerade in unserem System angemeldet. Sie benutzt Damians vernetzten Computer."

Benjamin gesellte sich zu ihnen und hörte wie die anderen Thomas' Aussage.

„Bei ihm zuhause?"

„Ja."

„Wir sind auf dem Weg." Samson beendete das Gespräch und starrte Amaury an. „Warum zum Teufel würde Damian sie das tun lassen, ohne uns Bescheid zu geben?"

„Das tut er nicht", unterbrach ihn Benjamin. „Damian ist nicht zu Hause. Er und Naomi sind bei einer Geburtstagsparty im Mezzanine. Ich wollte auch hin, aber bei all dem, was hier los ist ..."

„Fuck!" Samson eilte zum SUV. „Das bedeutet, dass sie eingebrochen ist. Wir müssen sie dort erwischen, bevor sie wieder verschwindet. Cooper!"

„Komme schon", bestätigte Cooper, rannte zum Auto und stieg ein. Augenblicke später rasten sie zurück in Richtung Innenstadt.

Cooper war gerade in den Lincoln Boulevard eingebogen, eine der Hauptverkehrsstraßen des Sunset-Viertels, als ein Handy summte.

Samson blickte auf das Display von Isabelles Handy. „Es ist Nelson." Er drückte auf *Akzeptieren*.

„Nelson? Hier ist Samson." Es entstand eine kurze Pause, dann fuhr Samson fort: „Nein, sie ist nicht hier. Was gibt es?" Einen

Moment später stellte Samson den Anruf auf die Freisprecheinrichtung.

„... ein Update zum Hong Fall“, sagte Nelson.

„Was ist das Update? Cooper hört mit. Du kannst frei sprechen.“

28

„Ich bin drinnen", sagte Isabelle und deutete auf den Computermonitor.

„Ausgezeichnet!"

Orlando stand hinter ihr und sah zu, wie ihre Finger über die Tastatur flogen. Sie hatten keine Probleme gehabt, in Damians Haus in Pacific Heights einzubrechen. Das viktorianische Gebäude war viel zu groß für Orlandos Geschmack, aber er ging davon aus, dass Damian und Naomi vorausplanten: Sie würden dieses Haus mit einer ganzen Horde kleiner Vampirhybriden füllen. Bei dem Gedanken verspürte er einen stechenden

Schmerz in seiner Brust. Er und Margarite waren nicht mit Kindern gesegnet gewesen, und im Nachhinein war es besser so. Aber jetzt, als er Isabelle ansah und spürte, was er für sie empfand, wollte er genau das: eine Familie. Doch diesen Gedanken musste er jetzt in den Hintergrund drängen.

„Hier ist es." Isabelle zeigte auf eine Stelle auf dem Bildschirm. „Das System hat eine Übereinstimmung gefunden."

Orlando beugte sich vor, seine Hand auf der Rückenlehne von Isabelles Stuhl.

„Dennis LaRuson. Kennst du diesen Namen?" Isabelle schaute über ihre Schulter.

Er suchte in seinem Geist nach einem Zeichen des Erkennens. „Bin mir nicht sicher. Ich kann mich nicht erinnern, jemals jemanden mit diesem Namen getroffen zu haben. Zeig mir sein Foto, vielleicht erkenne ich ihn dann."

Orlando zeigte auf den Monitor und Isabelle klickte auf den Namen. Ein weiteres Fenster öffnete sich und füllte den Bildschirm. Es zeigte Informationen über den Mann wie Geburtsdatum, Haarfarbe,

Augenfarbe und Größe sowie ein armlanges Vorstrafenregister an – jedoch kein Foto.

„Warum gibt es kein Foto?", fragte er.

„Bin mir nicht sicher." Isabelle navigierte über den Bildschirm und klickte auf jeden Link auf der Seite, aber nichts führte sie zu einem Foto von Dennis LaRuson. „Vielleicht war die Datei beschädigt?" Sie zeigte auf ein Datum auf dem Bildschirm. „Sein Strafregister reicht von 1959 bis 1976. Damals gab es in Kanada keine elektronische Datenbank wie heute. Das bedeutet, dass sie die Datei von woanders importieren mussten. Vielleicht wurde das Foto nicht richtig hochgeladen?"

Orlando nickte. „Das ist eine Möglichkeit. Oder LaRuson hat jemanden dazu bewegt, es zu löschen."

Isabelle zuckte mit den Schultern. „Das ist auch möglich."

„Sein Strafregister enthält seit 1976 keine Einträge mehr. Warum würde er so abrupt mit der Begehung von Straftaten aufhören?"

„Hier. In diesem Jahr landete er zum letzten Mal im Gefängnis. Er wurde 1980 freigelassen und verschwand danach. Vielleicht hat er Kanada verlassen?"

Orlando schaute genauer hin. „Nicht so früh. Wenn er über Montreal Bescheid weiß, wäre er 1981 noch dort gewesen."

„Hmm." Isabelle scrollte im Dokument noch einmal weiter nach oben. „Hier steht, dass er 1942 geboren wurde. Das würde bedeuten, dass er jetzt etwa achtzig ist."

„Wenn er ein Mensch wäre, ja, aber wir wissen, dass er ein Vampir sein muss, denn ein Vampir hat Hong und die Vuber-Fahrerin getötet. Wir haben keine Ahnung, wie alt er wirklich aussieht."

„Wenigstens haben wir ein paar Informationen", sagte sie mit einem ermutigenden Blick auf ihn. „Er ist blond und hat graue Augen, 1,80 Meter groß. Durchschnittsgewicht."

„Das könnte jeder sein. Wir müssen ein Foto von ihm finden. Jetzt, da wir seinen Namen haben, machen wir eine Internetsuche", schlug Orlando vor.

Isabelle tippte den Namen bereits in die Suchmaschine ein. Als die Ergebnisse auf dem Bildschirm erschienen, wusste Orlando sofort, dass sie kein Glück hatten. Es gab niemanden mit diesem Namen.

„Weißt du, ich kann meinen Kontakt bei den Mounties später anrufen, wenn es in Ottawa Tag ist", schlug Isabelle vor. „Vielleicht hat er eine Möglichkeit, ein Foto von Dennis LaRuson zu finden."

„Kannst du ihm vertrauen? Woher kennst du diesen Mountie?"

„Vor zwei Jahren war er auf der Suche nach jemandem in San Francisco, konnte aber nicht über offizielle Kanäle agieren, also engagierte er Scanguards."

„Bedeutet das, dass er über Vampire Bescheid weiß?"

„Nein. Er hat keine Ahnung. Für uns war es ein einfacher Fall, und es war nicht nötig, preiszugeben, wer wir sind. Aber er war sehr dankbar, dass wir ihm geholfen haben. Und er sagte, dass, wenn wir jemals Hilfe bräuchten und nicht über die offiziellen Kanäle gehen könnten, er uns helfen würde. Also habe ich ihn um einen Gefallen gebeten."

„Okay, dann ruf ihn nach Sonnenaufgang

an." Orlando zeigte auf den Monitor. „Kannst du das alles ausdrucken? Vielleicht finde ich irgendetwas darin, das uns helfen wird, ihn zu finden."

„Ja."

Einen Moment später surrte ein Drucker hinter ihm und er drehte sich um, um die beiden Blätter Papier, die er ausspuckte, entgegen zu nehmen.

„Gibt es sonst noch etwas, nach dem ich suchen sollte, wenn ich schon im System von Scanguards bin?", fragte Isabelle mit einem Blick über die Schulter.

„Du hast gesagt, du hättest diesem Mountie geholfen, jemanden zu finden."

„Ja, warum?"

„Könntest du die Systeme von Scanguards nutzen, um jemanden für mich zu finden?"

Ihre Augen leuchteten auf und zeigten ihm, dass sie seinem Gedankengang folgte. „Ines, die Haushälterin? Du sagtest, du hättest ihren Einwanderungsanwalt gefunden."

„Ja, aber er ist jetzt im Ruhestand. Ich habe eine Nachricht hinterlassen, weiß aber nicht, ob und wann er mit Ines sprechen wird."

„Weißt du, in welchem Bundesstaat er zugelassen war?"

„Er hatte ein Büro in Kalifornien und ein weiteres in Arizona."

„Gut, das grenzt die Sache ein."

„Was hast du vor?", fragte Orlando neugierig.

„Ich werde das DMV überprüfen. Wenn sie einen in Kalifornien tätigen Einwanderungsanwalt beauftragt hat, ist es sehr wahrscheinlich, dass sie sich hier in Kalifornien niedergelassen hat."

„Guter Punkt."

„Wie heißt sie mit Nachnamen?"

„Sie hieß Girard. Aber sie war damals Single. Vielleicht hat sie seitdem geheiratet."

„Okay, lass uns nachsehen."

Isabelle öffnete ein Software-Programm. Die Homepage des kalifornischen DMV erschien und sie loggte sich ein.

„Wie kommt es, dass du ein Login für die DMV hast? Ich dachte, du müsstest dich da reinhacken."

„Nicht mehr. Thomas und Eddie haben das früher immer gemacht. Aber da der ehemalige Bürgermeister von San Francisco jetzt Gouverneur ist, hat er uns direkten Zugang gewährt."

„Er weiß, was wir sind?"

Sie nickte. „Er ist selbst ein Vampirhybride."

„Das ist nützlich."

Isabelle tippte den Namen Ines Girard ein und drückte die Eingabetaste. *Keine Suchergebnisse*, blinkte auf dem Monitor.

„Nun, das war zu erwarten", sagte sie, bevor sie ihre Suche erweiterte. „Mal sehen, wie viele Frauen namens Ines in Kalifornien einen Führerschein haben."

„So viele können es nicht sein", überlegte er. „Es ist kein sehr beliebter Name in den USA."

„Da hast du recht." Sie zeigte auf den Bildschirm. „Vierundfünfzig Ergebnisse."

„Okay, dann sehen wir uns die mal an. Ich dürfte sie anhand ihres Fotos erkennen." Obwohl über vierzig Jahre vergangen waren, seit er Ines das letzte Mal gesehen hatte, und sie mittlerweile Ende siebzig sein musste, wusste er, dass er sie erkennen würde. Selbst der Alterungsprozess konnte bestimmte Merkmale nicht auslöschen. Wenn sie noch lebte.

Isabelle erhob sich von ihrem Platz. „Warum setzt du dich nicht hin und gehst die Fotos so langsam durch, wie du willst."

„Danke." Er setzte sich und Isabelle stand hinter ihm. Sie legte ihre Hände auf seine Schultern und rieb sie sanft. Er legte eine Hand auf ihre und drückte sie, dankbar, dass sie ihm beistand.

Er scrollte ein Foto nach dem anderen durch und schaute sich jedes Bild lange an, um seinem Gehirn genügend Zeit zu geben, die Frauen auf den Fotos mit seiner Erinnerung an Ines zu vergleichen. Es schien ewig zu dauern.

Hinter ihm atmete Isabelle gleichmäßig, aber er spürte, wie sich ihre Hände auf seinen Schultern anspannten.

„Bist du in Ordnung?", fragte er, ohne den Blick vom Bildschirm abzuwenden. Er musste noch zehn weitere Führerscheine durchgehen.

„Ja."

Er scrollte zum nächsten Bild und beugte sich näher heran. Er kannte diese Frau, obwohl sie jetzt älter war und ihr Haar grau. Doch hinter der faltigen Haut war sie immer noch dieselbe Frau wie damals: Ines.

„Das ist sie."

„Großartig. Lass es mich ausdrucken." Sie beugte sich über ihn und drückte auf eine Taste, dann begann der Drucker hinter ihnen erneut zu summen. „Nimm den Ausdruck, während ich mich abmelde und den Computer herunterfahre, ja?"

Er stand auf und schnappte sich das Papier aus dem Drucker. Als er sich umdrehte, war Isabelle bereits dabei, den Computer herunterzufahren.

„Wir müssen verschwinden. Jetzt sofort."

„Was stimmt nicht?", fragte er und blickte instinktiv zur Tür.

„Ich bin mir sicher, dass Thomas angewiesen wurde, sich zu melden, wenn ich von irgendwo auf die Scanguards-Server zugreife. Mein Vater ist höchstwahrscheinlich bereits auf dem Weg hierher."

Schock und Verärgerung durchströmten ihn gleichermaßen. „Du wusstest, dass sie deine Online-Aktivitäten verfolgen würden, und hast mir das nicht gesagt?"

Isabelle zuckte mit den Schultern, schnappte sich ihre Handtasche, nahm ihm die Papiere aus der Hand und stopfte sie hinein. „Ich wollte dich nicht beunruhigen. Außerdem hättest du mich sonst nicht herkommen lassen."

„Ja, absolut nicht!"

Isabelle ging bereits zur Tür und Orlando war nur einen Schritt hinter ihr. Er betätigte den Lichtschalter in Damians Büro und schloss die Tür hinter sich.

„Ich sollte dir den Hintern versohlen, weil du dich in Gefahr begibst", stieß er hervor, als sie das Haus durch die Vordertür verließen und die fünf Stufen zum Bürgersteig hinuntereilten.

Isabelle warf ihm einen Seitenblick zu. „Vorsicht, das könnte mir Spaß machen."

„Du ... du ..." Er hatte keine Worte, um

ihrer frechen Bemerkung zu kontern. „Wir reden später darüber.“

Aber zuerst mussten sie es zurück zum Loft schaffen. Isabelle hatte ihm keine Gelegenheit gegeben, einen Blick auf Ines' aktuelle Adresse zu werfen.

Sie bogen gerade um die nächste Ecke, als Orlando das Quietschen von Bremsen und das Geräusch von Automotoren hörte. Sie waren gerade noch rechtzeitig weggekommen. Scanguards war ihnen dicht auf den Fersen.

29

„Sie werden uns finden", sagte Orlando, als sie in die Straße einbogen, wo sich Graysons Loft befand. „Jetzt wissen sie mit Sicherheit, dass wir noch in der Stadt sind. Irgendwann kommen sie zu Graysons Wohnung. Wir können dort nicht mehr bleiben."

Isabelle schaute über ihre Schulter und prüfte, ob sie verfolgt wurden. Das wurden sie nicht. Orlando hatte sich dessen bereits versichert. Aber das bedeutete nicht, dass sie lange in Sicherheit sein würden.

„Ich stimme zu, aber wir müssen zurück in die Wohnung. Wir brauchen Blutversorgung."

Sie warf ihm einen Seitenblick zu. „Wenn nicht für dich, dann für mich."

Er verstand sofort, was sie meinte. „Es tut mir leid. Es ist meine Schuld. Ich hätte nicht so viel von dir nehmen sollen."

„Es ist niemandes Schuld. Es ist eben so."

Er widersprach ihr nicht. Isabelle war in vielerlei Hinsicht großartig. Er war immer davon ausgegangen, dass sie aufgrund der Tatsache, dass sie die Tochter eines sehr reichen und mächtigen Mannes war, verwöhnt sein würde. Aber sie war nicht nur praktisch veranlagt und reagierte schnell, wenn es nötig war, sie war auch nachsichtig und versöhnlich. Würde sie es auch verstehen, wenn er ihr die Wahrheit über Montreal erzählte, oder würde sie ihn dafür verurteilen?

Als sie den Eingang des Gebäudes erreichten, schloss Isabelle auf, während Orlando über seine Schulter schaute, um zu sehen, ob sie jemand beobachtete. Sie waren allein. Im Finanzviertel gab es nur wenige Wohngebäude und einige Hotels, aber diese waren ein paar Blocks von Graysons Loft entfernt. In dieser verlassenen Gegend liefen nachts keine Menschen umher, und es gab keinen Verkehr, obwohl sein empfindliches Gehör das Geräusch von Autos ein paar Straßen weiter wahrnahm.

Sie waren von Pacific Heights zu Fuß über wenig befahrene Seitenstraßen zurückgekehrt, anstatt das Risiko einzugehen, ein Taxi zu nehmen – wenn sie überhaupt eines hätten rufen können. Ein Uber oder Lyft war nicht möglich, nicht nur, weil Scanguards sie dadurch verfolgen konnte, sondern auch, weil weder Isabelle noch Orlando ihre Mobiltelefone bei sich hatten. Sie hatten nur ihre Wegwerfhandys.

Im Inneren des Gebäudes war es ruhig und dunkel. Isabelle schaltete das Licht im Flur nicht ein. Orlando nahm ihre Hand und gemeinsam gingen sie wortlos die Treppe hinauf. Er atmete tief ein, um festzustellen, ob jemand das Gebäude betreten hatte, seit sie es gegen Mitternacht verlassen hatten, nahm aber keine fremden Gerüche wahr.

An der Tür zu Graysons Loft standen beide still und lauschten auf Geräusche. Es gab keine. Orlando nickte und Isabelle schloss auf. Drinnen war es genauso, wie sie die Wohnung verlassen hatten.

„Okay", sagte er. „Lass uns einpacken, was wir brauchen. Höchstens zehn Minuten."

Sie packten eine von Graysons alten Reisetaschen. Isabelle warf ein paar T-Shirts und Unterwäsche hinein, schnappte sich dann mehrere Flaschen Blut aus dem Kühlschrank und steckte sie in die Tasche.

Orlando nahm seinen kleinen Rucksack und schlang ihn sich über die Schulter. Dann ließ er seinen Blick schweifen und sah eine Akte auf dem Esstisch. „Ist das deine?"

Isabelle nickte. „Die Hong-Mordakte." Sie nahm sie und steckte sie in die Tasche.

„Noch etwas?", fragte er.

„Nein."

„Gut. Lass uns verschwinden." Er griff nach der Reisetasche und ging zur Tür.

„Hast du darüber nachgedacht, wohin wir gehen könnten?", fragte Isabelle.

„Vertrau mir, ich kenne den perfekten Ort."

Isabelle legte ihre Hand in seine, verließ mit ihm die Wohnung und zog die Tür hinter sich zu. Eine Etage tiefer blieb Orlando vor der Eingangstür der einzigen anderen Eigentumswohnung im Gebäude stehen. Er stellte die Reisetasche ab und zog seine Dietriche hervor.

„Wir bleiben im Gebäude?", flüsterte Isabelle, während er bereits das Schloss bearbeitete.

„Das ist der beste Ort. Du hast mir selbst gesagt, dass der Besitzer erst am Sonntagabend zurück sein wird, und ..." Er zeigte auf das Paket neben der Tür. „... es sieht so aus, als hättest du recht."

Als das Schloss klickte, fügte er hinzu: „Nimm das Päckchen mit hinein. Wir möchten niemanden darauf aufmerksam machen, dass die Wohnung derzeit leer ist." Er zwinkerte ihr zu, als er die Tür weit öffnete. „Könnte denjenigen, der uns sucht, auf Ideen bringen."

Drinnen schloss Isabelle die Tür hinter sich und legte das Paket auf die Anrichte. „Du hast nicht nur ein hübsches Gesicht."

Er grinste. „Ich glaube nicht, dass mich jemals jemand hübsch genannt hat." Er stellte die Reisetasche und seinen Rucksack ab. „Lass uns die Jalousien schließen. Die Sonne wird bald aufgehen, und ich gehe davon aus, dass die einzige Wohnung mit UV-undurchlässigen Fenstern die von Grayson ist."

„Leider ja."

Während Isabelle im Hauptschlafzimmer die Jalousien schloss, tat Orlando dasselbe im Gästezimmer und im Wohnzimmer. Der Grundriss dieser Wohnung war identisch mit dem von Grayson, abgesehen von der Tatsache, dass diese über Teppichböden statt Holzböden verfügte.

Als sie sich vergewissert hatten, dass die Wohnung bei Sonnenaufgang sicher sein würde, zog Orlando seine Jacke aus. Isabelle holte die Papiere, die sie bei Damian zu Hause ausgedruckt hatten, aus ihrer Handtasche.

„Mal sehen, was wir haben", schlug sie vor, als sie sich auf die Couch setzte und er sich zu ihr gesellte.

Das erste Blatt Papier, das er entfaltete, war eine Kopie von Ines' Führerschein. Ihr

Name war jetzt Ines Taylor. Es schien, als hätte sie in den USA geheiratet. Isabelle beugte sich vor und beide lasen gleichzeitig die Adresse.

„Oakland", sagte er mit einem Atemzug. „Das ist die erste gute Nachricht, die ich seit langem bekommen habe." Er konnte sein Glück kaum fassen, dass Ines nur wenige Minuten von San Francisco entfernt lebte. Sie mussten lediglich die Bay Bridge überqueren und schon waren sie in Oakland.

„Das ist wunderbar", sagte Isabelle, legte ihren Arm um seinen Rücken und drückte ihn.

Orlando legte das Blatt Papier auf den Wohnzimmertisch und faltete dann die anderen Blätter auseinander, auf denen das Strafregister von Dennis LaRuson aufgelistet war. Er hatte es zuvor in Damians Haus nur flüchtig betrachtet, aber jetzt schaute er genauer hin. Seine Verbrechen begannen mit kleinen Diebstählen, als er siebzehn war, und wurden im Laufe der Jahre immer schwerwiegender und gewalttätiger.

„Wie sollen wir diesen Kerl finden?", fragte Orlando, als würde er mit sich selbst sprechen. „Ohne Foto wird es nahezu unmöglich sein."

„Wenigstens haben wir einen Namen. Es ist ein Anfang."

„Ein Name lässt sich leicht ändern, ein Gesicht eher nicht."

Isabelle legte ihre Hand unter sein Kinn und zwang ihn, sie anzusehen. „Konzentriere dich nicht auf das Negative. Ich weiß, wir werden ihn finden."

Er seufzte und ließ die Blätter Papier auf den Wohnzimmertisch fallen, dann schlang er seinen Arm um Isabelles Taille und zog sie näher an sich. „Du bist eine tolle Frau, Isabelle." Er strich mit seinen Lippen über ihre und spürte, wie sie sich unter seiner Berührung öffneten. Er wollte sie gerade zurück in die Sofakissen drücken, als er ein Geräusch hörte.

Sofort wachsam, ließ er Isabelle los und sprang auf. „Ein Auto hat gerade vor dem Gebäude angehalten."

Froh, dass der dicke Teppich in der Wohnung seine Schritte verschluckte, eilte Orlando ins Gästezimmer, Isabelle auf seinen

Fersen. Neben dem Fenster drückte er sich an die Wand und ergriff eine Seite der Jalousien, um sie nur wenige Zentimeter von der Glasscheibe wegzuheben, sodass er genügend Platz hatte, um einen Blick nach draußen zu werfen.

Er brauchte nur eine Sekunde, um zu sehen, was vor sich ging. Vorsichtig schob er die Jalousien wieder an ihren Platz.

„Wer ist es?", flüsterte Isabelle.

„Scanguards. Es ist einer ihrer Blackout-Vans. Ich sah, wie Samson ausstieg. Aber er ist nicht allein."

„Scheiße!"

Er konnte ihren Fluch nur wiederholen. Er ging vom Fenster weg und zog sie in seine Arme. „Wir müssen ruhig bleiben, auch wenn die Wahrscheinlichkeit gering ist, dass sie uns sprechen hören, wenn sie in Graysons Wohnung sind. Aber lass uns das Schicksal nicht herausfordern."

Sie nickte schweigend. Ihre Blicke trafen sich und es war, als ob sie beide dasselbe dachten. Was, wenn Scanguards sie finden und ihn mitnehmen würde und er Isabelle nie wieder sehen würde?

„Ich liebe dich", murmelte Orlando und küsste sie, bevor sie antworten konnte. Er hatte es unterlassen, seine Gefühle für sie zu äußern, aber jetzt, da er befürchtete, dass dies die letzten paar Minuten waren, die sie zusammen hatten, wollte er sie nicht damit verschwenden, seine Gefühle für sie zu verbergen.

Isabelle drückte sich an ihn und küsste ihn mit der gleichen Leidenschaft, die er für sie empfand. Ihre Kurven passten sich seinen Muskeln an und schmiegten sich perfekt an ihn, als wäre sie maßgeschneidert für ihn. Vielleicht war das der Grund, warum er Samson vor all den Jahren das Leben gerettet hatte: weil er wusste, dass Samson eines Tages eine Tochter zeugen würde, die bestimmt war, seine Gefährtin zu sein. Es war natürlich töricht zu glauben, er hätte eine Ahnung von der Zukunft haben können, aber irgendetwas hatte ihn dazu gebracht, Samson in seiner Stunde der Not zu helfen.

Während er Isabelle küsste und sie mit

ungeduldigen Händen berührte und sich die Erinnerung an ihre Berührung, ihren Geruch und ihren Geschmack für immer in sein Gedächtnis einbrennen wollte, hörte er Schritte von oben. Samson und seine Männer hatten das Loft betreten und suchten nach ihnen. Inzwischen würden sie erkannt haben, dass er und Isabelle sich tatsächlich dort versteckt hatten. Sie mussten nur die zerwühlten Laken sehen und den anhaltenden Duft ihres Liebesspiels riechen, um zu wissen, dass sie dort gewesen waren. Orlando war sich nicht sicher, weshalb Samson die Wohnung seines ältesten Sohnes durchsuchte, obwohl es ihn nicht überraschte. Samson war ein kluger Mann.

Als er hörte, wie sich die Schritte entfernten, brach er den Kuss ab. Isabelle sah ihn an und er legte einen Finger auf ihre Lippen, während sie beide zuhörten, wie die Männer von Scanguards die Treppe herunterkamen. Würden sie versuchen, auch diese Wohnung zu durchsuchen? Oder würde ihnen der Gedanke, dass Orlando und

Isabelle sich praktisch vor aller Augen versteckten, nicht in den Sinn kommen?

Erst als er hörte, wie der Motor des Scanguards-SUV ansprang, nahm Orlando seinen Zeigefinger von Isabelles Lippen. Sein Herzschlag verlangsamte sich erneut, die Gefahr war vorerst vorbei. Als das Auto wegfuhr und das Motorgeräusch verstummte, legte Isabelle ihre Hand auf seinen Nacken und sah ihm in die Augen.

„Ich liebe dich auch, Orlando", murmelte sie.

Sein Herz sprang vor Freude. „Oh, Baby." Er küsste sie erneut, unfähig, genug von ihr zu bekommen. Er spürte, wie ihre Arme ihn gefangen hielten, und er hielt sie genauso fest, bis ihnen beiden der Atem ausging.

Langsam ließ er ihre Lippen los. „Babe, wir müssen handeln. Wir müssen ein Bild von Dennis LaRuson finden."

Isabelle nickte. Ihre Lippen wirkten von seinem Kuss aufgerieben und verlockender als je zuvor. „Es ist fast sechs Uhr. Ottawa liegt drei Stunden vor uns. Ich kann versuchen, meinen Ansprechpartner bei den Mounties zu erreichen."

„Okay."

„Ähm, meine Handtasche. Ich habe seine Nummer in meinem Notizbuch notiert." Sie ging zurück ins Wohnzimmer.

Orlando folgte ihr und sah zu, wie sie in ihrer Handtasche kramte.

„Hier." Sie holte das Handy heraus, das er ihr gegeben hatte, und tippte die Nummer ein. Als sie die Anruftaste drückte, fügte sie hinzu: „Ich stelle es auf Lautsprecher."

Es klingelte zweimal, bevor ein Mann den Anruf entgegennahm. „Inspektor Hopkins."

„Billy? Hier ist Isabelle Woodford."

„Hey, Isabelle, ist alles gut gelaufen? Hast du die benötigten Informationen erhalten?"

„Ja und nein. Ich bekam einen Treffer. Der Typ ist in eurem System, aber es gab kein Foto."

„Kein Verhaftungsfoto? Lass mich einen Blick darauf werfen. Wie heißt er?"

„Dennis LaRuson, das ist Dennis mit zwei Ns."

Orlando hörte das Klappern einer Tastatur

über den Lautsprecher, dann sprach Hopkins erneut.

„Verdammt, ja, dafür gibt es einen guten Grund. Kurz nachdem die Aufzeichnungen aus jener Zeit digitalisiert wurden, kam es zu einem Computerfehler, der einige der Aufzeichnungen zerstörte. Wir konnten die meisten Daten zurückbekommen, aber da die Papierunterlagen bereits geschreddert waren, konnten wir nicht alle Informationen wiederherstellen. In unserem System müssen einige hundert Datensätze gespeichert sein, zu denen keine entsprechenden Fotos vorhanden sind. Tut mir leid. Ich wünschte, ich könnte dir helfen."

Orlando bemerkte Isabelles Enttäuschung, und ihm ging es genauso, aber sie behielt dennoch ihren freundlichen Ton bei, als sie antwortete: „Du hast mir bereits enorm geholfen. Ich bin mir sicher, dass ich sein Foto anders finden kann. Ich weiß nicht, wie ich dir danken soll."

„Gern geschehen. Wenn du das nächste Mal in Ottawa bist oder ich in San Francisco, gehen wir vielleicht etwas trinken?"

„Abgemacht. Danke, Billy." Sie beendete den Anruf. „Verdammt! Das ist Pech."

Orlando deutete auf das Handy. „Also, dieser Typ, Billy, ist er an dir interessiert?"

Isabelle kicherte unerwartet. „Bist du eifersüchtig?"

„Nein, natürlich nicht. Ich frage nur." Aber verdammt, wenn er sich nicht ein wenig darüber ärgerte, dass dieser Mountie mit Isabelle etwas trinken gehen wollte.

Isabelle schüttelte den Kopf und verdrehte die Augen. „Billy ist viel zu alt für mich. Er ist Ende vierzig."

„Ähm, Isa, darf ich darauf hinweisen, dass ich 1754 in einen Vampir verwandelt wurde? Das macht mich viel älter als Billy."

Sie lächelte und zog ihn zu sich. „Ja, aber er sieht seinem Alter entsprechend aus, während du den gesunden, jungen Körper eines dreißigjährigen Mannes mit endloser Ausdauer hast."

Er packte sie und legte seine Hände auf ihren Hintern. „Dafür sollte ich dich versohlen. Ich bin mehr als nur ein Stück Fleisch, um deine körperlichen Gelüste zu befriedigen." Er warf ihr einen gespielt empörten Blick zu.

Und verdammt noch mal, wenn sie sich nicht die Lippen leckte, als ob dieser Gedanke sie erregen würde!

„Ich wünschte, wir hätten jetzt Zeit dafür, aber da die Kanadier kein Foto von LaRuson haben, müssen wir mit Ines reden. Je früher, desto besser."

„Aber sie ist drüben in Oakland." Er zeigte auf die Fenster. „Und die Sonne ist schon aufgegangen."

Isabelle nickte. „Deshalb werde ich uns ein vampirsicheres Auto organisieren."

Ihre Worte erschreckten ihn. „Du kannst nicht einfach bei Scanguards auftauchen. Die werden dich schnappen."

„Mach dir keine Sorgen. Ich habe eine Idee. Ich werde nicht einmal in die Nähe von Scanguards kommen."

30

Es war neblig und kühl, und obwohl die Sonne schon über eine Stunde zuvor aufgegangen war, blieb sie hinter dichten Wolken verborgen. Isabelle stellte den Kragen ihrer Jacke auf und zog die Baseballkappe tiefer in ihr Gesicht. Es waren noch nicht viele Menschen auf den Straßen der Innenstadt von San Francisco, aber die Busse fuhren bereits, was es ihr erleichterte, an ihr Ziel zu gelangen.

Orlando hatte zunächst protestiert, als sie beschlossen hatte, die Wohnung ohne ihn zu verlassen. Aber sie hatte ihn davon überzeugt, dass sie nicht einen ganzen Tag warten konnten, bevor sie mit Ines sprachen, der Haushälterin, die möglicherweise Informationen über Dennis LaRuson hatte. Das Scanguards-Team war ihnen auf den Fersen und irgendwann würden sie ihr Versteck finden.

Isabelle stieg im North-Waterfront-Viertel von San Francisco aus dem Bus, einem Viertel, das an den Coit Tower angrenzte und unter anderem für Fisherman's Wharf und die Ghirardelli-Schokoladenfabrik bekannt war. Mit Blick auf das Viertel säumten teure Häuser, Mehrfamilienhäuser und Eigentumswohnungen den Hang, an dem sich einige der steilsten und engsten Straßen der Stadt befanden. An einem klaren Tag genossen die Bewohner dieses Viertels einen ungehinderten Blick auf die Insel Alcatraz, die Golden Gate Bridge und den Rest der Bucht von San Francisco. Aber Isabelle war nicht hier, um die Aussicht zu genießen, selbst wenn sie durch den Nebel sichtbar gewesen wäre.

Isabelle ging die Straße hinauf, an der der Bus angehalten hatte, bog in die nächste Querstraße ein und bog dann noch ein paar Mal ab, bis sie ein dreistöckiges Gebäude erreichte. Sie drückte auf die Türklingel zur untersten Wohnung und wartete. Nichts passierte. Sie ließ noch dreißig Sekunden verstreichen und drückte dann erneut auf die Türklingel. Dieses Mal folgte ein Knistern auf der Gegensprechanlage.

„Wer zum Teufel?"

„Lydia, ich bin's, Isa. Bist du allein?"

„Ja."

„Lass mich rein."

Der Summer ertönte und Isabelle betrat das Foyer des Gebäudes mit den drei Wohnungen. Dies war die oberste Ebene des Gebäudes. Die anderen beiden Wohnungen lagen weiter unten. Sie ging zum Treppenhaus, das nach unten führte. Lydias Wohnung befand sich auf der untersten Etage des Gebäudes, und als Isabelle die Tür zu ihrer Wohnung erreichte, wartete Lydia bereits in einem roten Kimono-Morgenrock auf sie.

„Tut mir leid, dich zu wecken", sagte Isabelle und Lydia trat beiseite und ließ sie hinein.

„Was ist los?" Lydia schloss die Tür. „Alle suchen dich."

„Das dachte ich mir schon. Aber du darfst niemandem sagen, dass du mich gesehen hast. Versprich es mir." Sie warf ihrer besten Freundin einen flehenden Blick zu.

Lydia seufzte. „Bitte erzähl mir, was passiert ist. Es gibt Gerüchte, dass du Orlando hilfst und dass er zwei Menschen getötet hat." Sie legte ihre Hand auf Isabelles Arm. „Geht es dir gut? Hat er dich gezwungen, ihm zu helfen?"

Isabelle schüttelte schnell den Kopf. „Nein, Orlando würde mich niemals zu irgendetwas zwingen. Ich habe mich entschieden, ihm zu helfen."

„Dann ist es also wahr. Du bist mit Orlando zusammen? Warum hast du mir das nicht schon früher gesagt?"

„Es tut mir leid, Lydia, es ging alles so schnell."

„Du magst ihn also wirklich? Das hätte ich

in einer Million Jahren nie gedacht. Ich meine, er ist nicht gerade Mr. Charming oder Mr. Chatty."

Isabelle musste lächeln. „Das muss er auch nicht sein. Solange er Mr. Sexy und Mr. Unersättlich ist. Und er redet." Tatsächlich hatte er in den letzten drei Tagen mehr mit ihr gesprochen, als er in den achtzehn Monaten zuvor je von sich gegeben hatte.

„Willst du damit sagen, dass du tatsächlich in ihn verliebt bist? Und er in dich?"

„Ja." Sie spürte, wie ihre Wangen heiß wurden. Als Orlando ihr erst kurz zuvor seine Liebe gestanden hatte, hatte sie sich gefühlt, als wäre sie auf eine Wolke der Glückseligkeit gehoben worden. „Er ist der Eine. Ich weiß es. Deshalb muss ich ihm helfen. Orlando werden diese beiden Morde in die Schuhe geschoben."

„Woher willst du das wissen? Bei Scanguards müssen die doch Beweise gegen ihn haben, sonst würden sie nicht alle mobilisieren, um ihn zu finden und zu verhaften."

„Ich weiß es, weil ich bei ihm war, als die Vuber-Fahrerin getötet wurde. Er hätte es nicht tun können. Ich sah die Vuber-Fahrerin wegfahren. Sie war noch am Leben, als Orlando aus ihrem Auto stieg. Und ich war die nächsten zehn Stunden bei ihm. Aber Dad hat mir nicht einmal zugehört."

„Samson weiß von dir und Orlando?"

„Ich hatte keine andere Wahl, als es ihm zu sagen, weil ich sein Alibi bin. Aber um ihn zu überzeugen, brauchen wir konkretere Beweise dafür, dass Orlando es nicht getan hat. Jemand hat Beweise platziert, die Orlando belasten, und wir glauben zu wissen, wer."

„Wer?"

„Irgendein Typ aus Montreal."

„Na, dann gib die Informationen an Scanguards weiter, damit sie sie überprüfen können. Ich bin sicher, du kannst mit Cooper sprechen und er überprüft das im Heimlichen, und wenn es bestätigt ist, kann er Samson die Beweise vorlegen."

„Das Problem ist, dass wir nur einen Namen haben. Aber es gibt jemanden, der vielleicht ein Foto von ihm hat. Darum bin ich hier. Ich brauche ein vampirsicheres Auto, damit Orlando und ich mit dieser Person reden können.“

„Wohin willst du fahren?“

„Das kann ich dir nicht sagen. Es ist besser, wenn du es nicht weißt, dann musst du nicht lügen. Alles, was ich brauche, ist dein Auto. Bitte, Lydia.“

Lydia sah besorgt drein. „Bist du sicher, dass du das so machen willst? Bist du dir bei Orlando sicher?“

Isabelle umfasste Lydias Schultern. „Ich vertraue ihm. Und ich muss seinen Namen reinwaschen. Er ist unschuldig. Aber jemand aus seiner Vergangenheit will ihn zerstören.“

„Hast du ihn gefragt, warum?“

Die Frage löste Unbehagen in ihr aus. „Orlando ist sich nicht sicher, warum diese Person ihm wehtun will, weil er nicht weiß, wer sie ist. Wir haben nur einen Namen gefunden, und selbst dieser Name ist möglicherweise nicht sein richtiger. Deshalb müssen wir ein Foto von ihm finden. Dann kann ich Scanguards die Gesichtserkennung durchführen lassen.“

Langsam nickte Lydia. „In Ordnung. Aber sei vorsichtig. Du bist meine beste Freundin. Ich will dich nicht verlieren.“ Dann grinste sie. „Aber wenn du und Orlando so verliebt seid, werden wir vermutlich nicht mehr so viel Zeit miteinander verbringen wie vorher.“

Isabelle umarmte sie. „Du bist immer noch meine beste Freundin, auch wenn Orlando und ich ein echtes Paar werden.“

Lydia schniefte und befreite sich aus der Umarmung. „Alles klar. Übrigens, warum hast du mein Auto nicht einfach gestohlen?“

„Weil ich sicherstellen muss, dass du es Scanguards nicht als gestohlen meldest, sonst würden sie das GPS des Autos verfolgen und Orlando finden. Das kann ich nicht riskieren.“

„Schlau.“

Lydia wandte sich einem schmalen Sideboard mit mehreren Haken zu. Alle waren beschriftet: *Haus, Auto, Garage, Mom & Dad, Cooper.* An jedem Haken hing ein anderer Schlüssel an einer Kette. Lydia griff nach dem

Schlüssel, der an dem Haken mit der Aufschrift *Auto* baumelte, und reichte ihn ihr.

„Viel Glück! Und wenn du in Schwierigkeiten gerätst, ruf mich bitte an. Ich werde niemandem etwas verraten."

31

„Bist du dir sicher, dass Lydia niemandem erzählt, dass du ihr Auto hast?“, fragte Orlando, als er in der Dunkelheit von Graysons Garage in den BMW stieg.

„Sie kann ein Geheimnis für sich behalten.“

Isabelle fuhr rückwärts aus der Garage und steuerte auf die nächste Autobahnauffahrt zu.

„Hast du Lydia von uns erzählt?“

„Das musste ich. Sie ist meine beste Freundin, und jetzt, da sie weiß, dass wir uns lieben, steht sie auf unserer Seite.“

Orlando legte seine Hand auf Isabelles Oberschenkel. „Ich wollte dir nicht sagen, dass ich dich liebe, aber als das Scanguards-Team Graysons Wohnung durchsuchte, hatte ich Angst, dass sie uns finden würden und ich keine weitere Chance bekommen würde.“

Sie legte ihre Hand auf seine und drückte sie. Für einen Moment wandte sie den Blick von der Straße ab und sah ihn an. Ihre Augen schimmerten golden und er sah darin ihre Liebe zu ihm. Wie konnte er so blind gewesen sein, es nicht schon früher gesehen zu haben?

„Ich wünschte, wir wären in jener Nacht, als du meine Wunden geleckt hast, allein im Haus deiner Eltern gewesen“, murmelte er. „Ich hätte dich gleich dort genommen.“

Isabelle kicherte unerwartet. „Und ich hätte dich davon abgehalten, weil du zu schwer verletzt warst, um überhaupt an Sex zu denken, geschweige denn Sex zu haben.“

Orlando grunzte. „Glaubst du, ich hätte es nicht schaffen können? Ich war hart. Ich hätte –“

„Baby, niemand zweifelt an deinen

sexuellen Fähigkeiten, am allerwenigsten ich." Sie warf ihm ein verführerisches Lächeln zu. „Aber ich bin auf etwas Dauerhaftes aus. Ich hätte gewartet, bis du geheilt bist."

„Du bist mehr, als ich verdiene." Er nahm ihre Hand und führte sie zu seinen Lippen, um einen Kuss auf ihre Knöchel zu drücken.

„Wie sollen wir Ines erklären, dass du nicht gealtert bist, seit sie dich das letzte Mal gesehen hat?"

„Das müssen wir nicht. Sie weiß, was ich bin."

Isabelle warf ihm einen Seitenblick zu. „Du hast es ihr offenbart?"

„Margarite sagte, Ines sei über die Wahrheit gestolpert, obwohl ich das Gefühl habe, dass Margarite sich ihr anvertraut hat. Ines war ihr Kindermädchen gewesen, bevor sie die Haushälterin der Familie Arnaud ersetzte. Margarite vertraute ihr."

„Du und Margarite", begann Isabelle, zögerte jedoch.

Er ertappte sie dabei, wie sie ihn ansah, als wollte sie prüfen, ob sie sagen konnte, was sie sagen wollte.

„Wie lange wart ihr zusammen?"

Orlando schaute aus dem Seitenfenster. „Drei Jahre." Drei turbulente, chaotische und schwierige Jahre. Aber das konnte er nicht sagen. Es war nicht notwendig, Isabelle zu sagen, dass seine blutgebundene Gefährtin viele Charakterfehler hatte und dass er ihnen gegenüber blind gewesen war. Er war zu sehr in sie verliebt gewesen, als er sie kennengelernt hatte, sodass er ihr wahres Ich nicht gesehen hatte.

Isabelle sagte nichts weiter und das Einzige, was im Auto zu hören war, war das Navigationssystem, das sie zum Haus von Ines Taylor führte. Als sie in der Einfahrt des zweistöckigen Hauses anhielten, sah Isabelle ihn an.

„Ich klingele an der Tür und sage ihr, dass du mit ihr sprechen möchtest. Bis dahin musst du im Auto bleiben."

Er nickte. „Sag ihr einfach, es ist Orlando. Den Namen Carlisle habe ich damals nicht verwendet." Und vielleicht hätte er nicht einmal seinen Vornamen behalten sollen, weil dieser nicht häufig vorkam. Vielleicht hatte ihn sein Widersacher deshalb gefunden.

Isabelle verließ das Auto und schloss schnell die Tür. Er beobachtete sie, als sie zur Haustür ging und klingelte. Es dauerte einige Augenblicke, bis die Tür geöffnet wurde. Orlando versuchte, an Isabelle vorbeizuschauen, konnte aber nur den Scheitel einer Person erkennen. Es vergingen weniger als dreißig Sekunden, bis Isabelle auf dem Absatz kehrt machte und die Person, mit der sie gesprochen hatte, zurück ins Haus ging.

Isabelle stieg wieder ins Auto.

„Und?"

Sie zwinkerte ihm zu und zeigte auf die Garage. In diesem Moment begann sich das Garagentor zu öffnen.

„Wir parken drinnen, damit du aussteigen kannst, ohne dass die Sonne dich erwischt."

Orlando war erleichtert, dass Ines zugestimmt hatte, mit ihm zu reden, aber er konnte sich noch nicht ganz entspannen. Ines hatte ihn in jener Nacht mit blutiger Kleidung im Haus gesehen, aber er hatte nie die Gelegenheit gehabt, ihr zu erklären, was damals wirklich passiert war. Er war noch in derselben Nacht geflohen.

In der Garage angekommen, neben einem Subaru-SUV geparkt, stellte Isabelle den Motor ab. Bevor sie aussteigen konnte, legte Orlando seine Hand auf ihren Arm.

Sie warf ihm einen fragenden Blick zu.

„Lass mich da drinnen die Führung übernehmen, okay?", bat er.

„Natürlich. Du kennst sie."

Er nickte lächelnd und sie stiegen aus dem Auto. Eine Tür führte direkt in das Foyer des Hauses. Dort wartete Ines auf sie.

Jetzt Mitte Achtzig, sah sie fast genauso aus wie damals. Ihr Gesicht hatte sich nicht allzu sehr verändert. Ja, ihr Haar war grau geworden und sie hatte Falten im Gesicht, am Hals und an den Händen, aber er erkannte die freundlichen braunen Augen und das wohlwollende Lächeln, das ihre Lippen nach oben bog. Er war überrascht und erfreut, dieses Lächeln zu sehen.

„Orlando", sagte sie kaum atmend, während sie ihn von oben bis unten musterte, als wollte sie sicherstellen, dass sie ihren Augen trauen konnte.

„Ines."

„Du bist hier."

Es sah fast so aus, als wollte sie einen Schritt auf ihn zukommen, um ihn zu umarmen, aber sie zögerte, dann trat sie beiseite und ließ sie ins Haus. „Kommt rein."

Ines führte sie in ein gemütliches Wohnzimmer, wo die Vorhänge zugezogen waren, damit keine Sonne ins Zimmer scheinen konnte. Orlando schätzte die Geste. Er blickte sich um und sah viele Fotos auf dem Kaminsims, Fotos von ihr und einem Mann, umgeben von Kindern. Ines hatte sich hier ein Leben aufgebaut. Und darüber freute er sich.

„Nehmt bitte Platz, ihr beide", forderte sie sie auf und zeigte auf das Sofa, während sie sich in einen bequemen Sessel setzte. „Du bist tagsüber gekommen; das muss bedeuten, dass es sehr wichtig ist."

Ihm hatte Ines' sachliche

Herangehensweise schon immer gefallen. Sie verschwendete keine Zeit mit Geplauder.

„Das ist es", sagte Orlando, als er und Isabelle sich setzten. „Ich suche einen Mann von damals in Montreal. Sein Name ist Dennis LaRuson."

Ein sichtbarer Schock durchlief Ines und alles Blut schien aus ihrem Gesicht zu weichen. „LaRuson."

Das Wort klang wie ein Fluch.

Orlando rutschte auf dem Sofa nach vorne. „Du kennst ihn?"

Sie nickte langsam. „Ich wünschte, das würde ich nicht. Ich wünschte, er wäre nie in unser Leben getreten."

Orlando wechselte einen kurzen Blick mit Isabelle, die genauso neugierig aussah wie er. „Wer ist er? War er ein Freund der Familie Arnaud?"

Ines lachte bitter. „Nein, er war nie ein Freund. Er war ein Verbrecher."

„Das haben wir uns schon gedacht. Wir haben sein Vorstrafenregister gefunden. Wer ist er im Verhältnis zu den Arnauds?"

„Margarite war in ihn verliebt."

Diese Nachricht erschütterte ihn bis ins Mark und er spürte, wie sich seine Brust schnell hob und senkte.

„Das war, bevor du sie kennengelernt hast, bevor du sie geheiratet hast", stellte Ines klar. „Er war ein nichtsnutziger Opportunist, der versuchte, alle mit in den Abgrund zu ziehen. Monsieur Arnaud erkannte das sofort. Er verbot Margarite, ihn zu sehen. Aber Margarite war so beeinflussbar. Sie setzte hinter dem Rücken ihrer Familie ihre Affäre fort. Zuerst dachte ich, er wollte Margarite nur wegen ihres Geldes, aber das war nicht der Fall. LaRuson war von ihr besessen."

Orlando schüttelte den Kopf, nicht weil er Ines nicht glaubte, sondern weil Margarite LaRuson nie erwähnt hatte, ebenso wenig wie ihre Eltern oder Geschwister.

„Was ist passiert?"

„Sie wollten gemeinsam weglaufen. Ich wusste es, weil Margarite mir nie etwas vorenthalten konnte." Ines blickte in die Ferne, ihre Augen waren voller Tränen. „Ich habe ihr gesagt, sie soll es nicht tun. Dass sie nicht mit ihm weglaufen sollte, aber sie bestand darauf." Ines zog ein Taschentuch aus ihrer Tasche und tupfte sich die Augen ab. „Aber dann verschwand LaRuson plötzlich ohne Margarite. Zuerst dachte ich, dass Margarites Vater ihm Geld gegeben hätte, damit er sie in Ruhe lassen würde, aber später fand ich heraus, dass er ins Gefängnis geschickt worden war. Ich war froh darüber."

„Das muss 1976 gewesen sein", sagte Orlando und erinnerte sich an die Informationen aus LaRusons Vorstrafenregister. „Er war bis 1980 inhaftiert."

Ines nickte. „Ja. Margarite war lange Zeit unglücklich, aber dann lernte sie dich kennen." Ein Lächeln schlich sich auf ihre Lippen. „Und ich dachte, alles würde sich zum Guten wenden und sie würde LaRuson vergessen."

Ines begegnete seinem Blick und Orlando wusste instinktiv, was sie sagen wollte.

„Er kam zurück, nicht wahr?", fragte er.

„Ja. Aber er war anders."

„Wie anders?“

„Er kam als Vampir zurück. Aber jetzt warst du mit Margarite verheiratet, blutgebunden und –“

„Weißt du, wohin er nach Margarites Tod verschwunden ist?“, unterbrach er sie, weil er nicht wollte, dass Ines vor Isabelle näher auf Margarite einging. Sie musste es aus seinem eigenen Mund hören, nicht aus dem einer Fremden.

„Nein. Er ist einfach verschwunden.“

„Du bist LaRuson persönlich begegnet?“, fragte Orlando.

„Oh ja.“

Er verdrängte seinen Schmerz und kam zu dem Grund, warum er gekommen war, um mit Ines zu sprechen. „Hast du Fotos von ihm, vielleicht ein Foto, das Margarite von ihm aufbewahrt hat?“

Ines seufzte. „Ich habe alles von damals eingepackt. Es gibt jede Menge Kisten mit Dingen, Erinnerungsstücken, Fotos. Ich habe sie seit Jahrzehnten nicht mehr angeschaut, aber ich konnte mich nicht dazu durchringen, sie zu zerstören. Ich weiß nicht, ob Fotos von LaRuson darunter sind, aber es könnte durchaus sein, dass es welche gibt."

„Hast du diese Kisten hier?", fragte Orlando, als er endlich ein Licht am Ende eines sehr dunklen Tunnels sah.

„Ich bewahre alles in einer Lagereinheit auf."

„Wo?"

„In Alameda."

Orlando wechselte einen Blick mit Isabelle.

„Wir könnten sie hierher bringen, damit Ines sie durchsehen kann", schlug Isabelle vor.

„Wäre das okay?", fragte Orlando.

„Natürlich. Lass mich die Adresse nachschauen." Sie stand auf und kramte in einer Schublade herum, dann kam sie zurück und reichte ihm die Rechnung eines Lagerhauses sowie einen Schlüssel. „Aber du kannst nicht selbst dorthin gehen. Du musst deine Freundin schicken."

„Warum?"

„Es gibt dort keinen Unterschlupf. Es

handelt sich um eine Außenlagereinheit. Du wirst der Sonne ausgesetzt sein."

„Ich kann einfach –"

„Nein", unterbrach Isabelle und legte eine Hand auf seinen Arm. „Ines hat recht. Ich werde gehen. Und du bleibst hier bei Ines, während ich die Kartons hole. Können Sie mir sagen, woran ich erkennen kann, was ich mitbringen sollte?"

„Auf allen Kartons steht *Montreal*. Bringen Sie sie hierher. Aber ich werde ein paar Stunden brauchen, um sie durchzugehen. Es ist nicht nötig, dass ihr beide hier bleibt, wenn ich die Kisten habe. Ich habe ein Handy. Ich kann dir das Foto per SMS schicken – falls es überhaupt ein Foto gibt."

„In Ordnung", sagte Isabelle und stand auf.

„Sei vorsichtig", forderte Orlando sie auf, als sie zum Foyer ging.

„Ich sollte in etwa anderthalb bis zwei Stunden zurück sein, je nach Verkehr."

„In Ordnung." Er küsste sie, bevor sie in die Garage ging, um wieder ins Auto zu steigen.

Orlando drehte sich um und bemerkte, dass Ines ihn beobachtete.

„Du liebst sie", sagte sie.

„Ja." Er ging zurück ins Wohnzimmer.

„Weiß sie alles, was damals passiert ist?"

Er schüttelte den Kopf. „Weißt du es?"

32

Obwohl Cooper müde war, nachdem er auf Samsons Befehl hin die ganze Nacht auf der Suche nach Isabelle und Orlando verbracht hatte, konnte er nicht schlafen. Er wälzte sich hin und her, wobei der anonyme Brief, den er in Orlandos Auto gefunden hatte, in seinen Träumen eine prominente Rolle spielte. Er hatte diese Handschrift schon einmal gesehen, konnte sich aber nicht erinnern, wo.

Da er wusste, dass er sowieso nicht schlafen konnte, stand er am frühen Nachmittag auf und duschte. Er lebte allein. Tatsächlich lebte er schon seit mehreren

Jahren allein, doch nicht weit entfernt vom Haus seiner Eltern in der Nähe des Coit Towers, das für vier Erwachsene viel zu klein war. Lydia war nicht lange nach ihm in ihre eigene Wohnung gezogen. Auch sie lebte in der Nähe ihres Elternhauses, wo sie zusammen aufgewachsen waren.

Er wurde zwar nicht vor 20 Uhr bei Scanguards erwartet, aber er musste etwas unternehmen. Er musste mit Isabelle sprechen. Nach dem, was Samson ihm am Abend zuvor offenbart hatte, hatte er seine eigenen Nachforschungen angestellt. Er hatte zahlreiche Zeitungsartikel gefunden, die sich auf ein Massaker bezogen, das im Februar 1981 in Montreal, Kanada, stattgefunden hatte und für das Orlando der Hauptverdächtige war. Eine ganze Familie – sechs Personen – war brutal ermordet worden.

Er konnte sich nicht vorstellen, dass Isabelle von diesen Morden wusste, sonst wäre sie nicht mit Orlando zusammen. Isabelle war mit den gleichen Werten aufgewachsen wie die anderen Hybriden-Nachkömmlinge der Scanguards-Mitarbeiter.

Sie lebte nach diesen Werten und ging keine Kompromisse ein. Daher war die einzige Erklärung, dass Orlando ihr nichts von seiner Vergangenheit erzählt hatte. Es war Coopers Aufgabe, sie zu finden und zu warnen. Sie würde dasselbe für ihn tun, wenn die Umstände umgekehrt wären.

Und er wusste genau, wo er anfangen musste: bei Isabelles bester Freundin Lydia, seiner Schwester.

Cooper machte sich nicht die Mühe, sein Auto aus der Garage zu holen, da es rund um Lydias Haus nie Parkplätze auf der Straße gab. Es war schneller, dorthin zu laufen, als nach einem Parkplatz zu suchen. Er nahm eine Abkürzung, indem er eine der vielen Treppen in der Nachbarschaft benutzte, hielt unterwegs an einem Café an, um etwas Gebäck zu holen, und erreichte fünfundzwanzig Minuten später das Gebäude mit den drei Wohneinheiten, in dem Lydia wohnte.

Er schaute auf seine Uhr. Angesichts der Tatsache, dass Lydia am Abend zuvor im Mezzanine aufgetreten war, wäre sie nicht allzu erfreut, um diese Zeit geweckt zu werden, deshalb hatte er Gebäck mitgebracht. Seine Schwester liebte Süßes und normalerweise konnte er sie beschwichtigen, wenn er sie mit Süßigkeiten überhäufte.

Cooper zog seinen Ersatzschlüssel für Lydias Wohnung aus der Tasche und schloss die Haustür auf. Im Inneren des Gebäudes war es ruhig. Er nahm die Treppe zur untersten Etage, wo sich Lydias Drei-Zimmer-Wohnung befand. Ihre Terrasse war tatsächlich die größte mit Blick auf das gesamte Viertel, das Wasser und viele der Touristenattraktionen, die Leute von nah und fern in diese neblige Stadt lockten.

Er lauschte auf Geräusche aus dem Inneren von Lydias Wohnung, bevor er den Schlüssel ins Schloss steckte und eintrat.

„Lydia? Ich bin's. Bist du auf?", rief er. „Ich habe dir Gebäck und einen Karamell-Latte besorgt."

Er hörte ein Geräusch aus Lydias Schlafzimmer, dann das Geräusch nackter Füße auf dem Holzboden, bevor sich die Tür öffnete und Lydia in einem kurzen roten Gewand heraustrat, ihre langen blonden Locken durcheinander, ihr Mund zu einer dünnen Linie verzogen. Sie warf ihm einen genervten Blick zu.

„Hast du eine Ahnung, wie spät es ist?"

„Ja, sicher." Er schaute auf seine Uhr. „Es ist –"

„Das war keine Frage. Das war ein Fluch."

„Wenn das ein Fluch sein sollte, dann machst du es nicht richtig, Schwesterchen." Er grinste. „Ich kann's dir beibringen."

Sie stieß einen verärgerten Seufzer aus und ging auf ihn zu. „Ich habe wirklich keine Ahnung, warum Mom und Dad ein zweites Kind wollten."

Er grinste und drückte ihr den Karamell-Latte in die Hand. „Du hättest dich gelangweilt, wenn du mich nicht hättest herumkommandieren können." Schließlich war Lydia vier Jahre älter als er und er war ihrer Gnade ausgeliefert gewesen.

Lydia nippte an ihrem Latte Macchiato und setzte sich auf das Sofa im Wohnzimmer, ein Bein unter sich geschlagen, während sie nach der Tüte griff, die Cooper mitgebracht hatte, und ein Gebäckstück herausfischte.

„Was machst du hier zu so einer gottlosen Stunde?"

„Ich suche Isabelle."

Sie biss in ihr Gebäck, und er erkannte es als das, was es war: eine Möglichkeit, sich etwas Zeit zu erkaufen, bevor sie antworten musste.

„Alle suchen nach ihr", sagte sie schließlich.

Er kannte seine Schwester nur zu gut. Sie hasste es, direkt zu lügen, aber sie war sehr geschickt darin, ihre Antworten so zu formulieren, dass sie nicht log, sondern nur sorgfältig Dinge auslieẞ.

„Hast du sie gesehen?"

Noch ein Bissen in das Gebäck, dann etwas langsames Kauen, gefolgt von einem Schluck Kaffee. „Ich weiß nicht, wo sie ist."

„Das habe ich dich auch nicht gefragt."

„Du klingst, als wärst du von der Polizei und würdest einen Mordverdächtigen verhören." Sie hob trotzig den Kopf.

„Verdammt, Lydia, das ist kein Spiel. Isabelle ist in Gefahr. Wir müssen sie finden.“

„Sie kann auf sich selbst aufpassen.“

„Das kann sie nicht, wenn sie nicht weiß, womit sie es zu tun hat.“

„Oh, redest du von ihr und Orlando? Müssen sich jetzt alle gegen sie verbünden? Der Typ hat ein verdammtes Alibi.“

Cooper sah sie mit zusammengekniffenen Augen an. „Du hast also mit ihr gesprochen.“

„Ich erzähle dir nichts weiter. Du verdrehst immer meine Worte. Es ist einfach nicht fair.“ Sie schmollte, und wenn sie jemand anderes gewesen wäre, hätte er ihr vielleicht die Geste, die Unschuld ausdrücken sollte, abgekauft. Aber er kannte Lydia besser. Sie war kein schüchternes Mauerblümchen. Sie konnte sich gegen die Besten verteidigen, ohne in die Rolle der Jungfrau in Not schlüpfen zu müssen.

„Isabelle braucht unsere Hilfe. Sonst tut Orlando ihr etwas an.“

„Oh bitte! Orlando würde keiner Fliege etwas zuleide tun, geschweige denn Isabelle. Sie lieben sich. Und sie tut, was sie tun muss." Lydia stand auf und ließ ihr halb aufgegessenes Gebäckstück auf den Wohnzimmertisch fallen. „Orlando wurden diese Morde in die Schuhe geschoben. Und da Scanguards nichts unternimmt, um den wahren Mörder zu finden, müssen Isabelle und Orlando es selbst tun."

„Verdammt, Lydia. Ich versuche nur zu helfen. Ich glaube auch, dass Orlando diese Morde angelastet wurden, denn ich fand in seinem Hummer einen anonymen Drohbrief. Ich habe sogar sein Alibi im Mezzanine überprüft. Er war dort, als der Postbote ermordet wurde, und wenn es wahr ist, dass in der Nacht, in der die Vuber-Fahrerin getötet wurde, Isabelle bei ihm war, dann ja, dann wird ihm etwas angehängt. Aber das ändert nichts an dem, was er in seiner Vergangenheit getan hat."

Lydia warf ihm einen fragenden Blick zu. „Was meinst du damit?"

„Er tötete 1981 in Montreal sechs Menschen, eine ganze Familie, darunter auch seine blutgebundene Gefährtin. Die Zeitungen nannten es ein Massaker."

Sie starrte ihn an und ihr Mund klappte auf. „Das kann nicht sein. Isabelle würde niemals mit einem Mörder zusammen sein. Sie hat einen besseren Verstand. Das kann nicht wahr sein."

„Ich habe mehrere Quellen gefunden, genau wie Samson. Es ist wahr."

Er konnte praktisch sehen, wie sich die Räder im Kopf seiner Schwester drehten. Sie wusste etwas über Isabelles Aufenthaltsort, war aber hin- und hergerissen.

„Sie hat mir ein Versprechen abgenommen." Lydia schüttelte den Kopf. „Wir müssen ihr vertrauen, dass sie das Richtige tut."

„Bitte, Lydia, sie ist deine beste Freundin. Sie ist auch meine Freundin. Wir können sie nicht einfach blind in ihren Untergang laufen lassen. Was, wenn er ihr antut, was er seiner blutgebundenen Gefährtin angetan hat? Was dann?"

Ein paar Sekunden lang sagte Lydia nichts. Dann ging sie in den Flur und blieb ein paar Meter von der Eingangstür entfernt stehen.

„Ich glaube, du solltest jetzt gehen. Ich habe etwas zu erledigen und dann muss ich einen Uber anrufen."

Cooper kam näher und wollte sie noch einmal anflehen, ihm zu sagen, wo Isabelle sich versteckte, als der Groschen fiel. Lydia hatte ein absolut gutes Auto. Warum sollte sie einen Uber nehmen?

Sein Blick wanderte zur Seite der Wand, wo mehrere Haken angebracht waren. Dort hingen Lydias Hausschlüssel sowie die Zweitschlüssel für seine Wohnung und das Haus ihrer Eltern. Aber ein Haken war leer. Dort hing normalerweise Lydias Autoschlüssel.

Langsam nickte er und verstand, was sie ihm sagen wollte. „Also gut. Ich gehe."

„Du bist ein guter Bruder, Coop", sagte sie und umarmte ihn für eine Sekunde. „Sei vorsichtig da draußen."

„Immer."

„Und, Coop", fügte sie hinzu, „kannst du dafür sorgen, dass sie nicht wieder verschwindet, wenn du sie findest?"

Er nickte und klopfte auf seine

Jackentasche. „Darauf bin ich schon vorbereitet.“

Cooper verließ die Wohnung. Auf der Treppe zog er bereits sein Handy aus der Tasche und navigierte zu Benjamins Nummer.

Es dauerte ein paar Sekunden, bis sein Hybriden-Kollege ans Telefon ging. „Ja, was ist los?“

„Bist du in der Nähe deines Scanguards-Computers?“

„Ja, warum?“

„Melde dich an und gib mir den Standort von Lydias BMW.“

„Geht es ihr gut? Ist ihr etwas passiert?“ Echte Besorgnis klang in Benjamins Stimme.

„Lydia geht es gut.“

„Warum –“

„Isabelle hat ihr Auto.“

„Bin schon dabei.“

Cooper hörte ihn auf einer Tastatur tippen. „Bist du gerade bei Scanguards?“

„Nein, ich bin noch zu Hause.“ Einen Moment später fügte er hinzu: „Hier ist es. Der BMW deiner Schwester steht bei Graysons Loft.“

„Okay. Wir treffen uns dort. Warte auf mich. Gehe nicht alleine hinein, aber wenn du vor mir dort bist, sorge dafür, dass niemand das Gebäude verlässt. Blockiere die Garage mit deinem Auto."

„Bin schon auf dem Weg."

33

Isabelle war plötzlich wach und fand sich allein im Bett wieder. Ein Blick auf die Uhr neben dem Bett verriet ihr, dass sie fast drei Stunden geschlafen hatte, seit sie und Orlando in die Wohnung unter Graysons zurückgekehrt waren. Nachdem sie von Ines Taylors Haus in Oakland zurückgekehrt waren, wo sie die etwa ein Dutzend Kisten, die Isabelle aus dem Lager mitgebracht hatte, zurückgelassen hatten, hatten sie beschlossen, sich eine Weile auszuruhen, damit sie frisch waren, sobald Ines ihnen ein Foto von Dennis LaRuson schickte.

Aber es war nicht einfach, sich mit einem Mann wie Orlando neben sich einfach auszuruhen und zu schlafen. Sie hatten sich geliebt, bevor sie beide schließlich eingeschlafen waren.

Isabelle lauschte den Geräuschen in dem Loft und hörte das Wasser in der Dusche fließen. Sie lächelte. Jetzt mit Orlando unter die Dusche zu gehen, war genau das, was sie brauchte. Sie schwang ihre Beine aus dem Bett und wollte gerade das Schlafzimmer verlassen, als sie ein leises Geräusch von draußen hörte.

Sie eilte zum Fenster und spähte durch die Jalousien. Draußen vor der Garage blockierten zwei Autos den Eingang, zwei Autos, die sie nur zu gut kannte. Scheiße! Was machten die hier? Immer noch nackt kramte sie in ihrer Reisetasche und zog eine frische Hose und ein Shirt an, dann verließ sie das Schlafzimmer und ging barfuß in den Flur. Die Tür zum Badezimmer war geschlossen und die Dusche lief noch, was bedeutete, dass Orlando die Autos vor dem

Gebäude nicht hätte anhalten hören können, da es im Badezimmer kein Fenster gab.

Ohne einen Laut von sich zu geben, eilte sie zur Eingangstür und spähte durch das Guckloch – gerade rechtzeitig, um zu sehen, wie Cooper in ihr Blickfeld trat. Sie hielt den Atem an und erwartete, dass er an der Tür vorbei nach oben zu Graysons Wohnung gehen würde. Stattdessen blieb er direkt vor der Tür dieser Wohnung stehen.

Er hob seinen Blick zum Guckloch und beugte sich dann vor. „Ich weiß, dass du da bist, Isa", sagte er in normaler Lautstärke, als ob es keine Tür dazwischen gäbe.

Ihr Herz blieb stehen. Sie rührte sich nicht. Wie zum Teufel hatte Cooper herausgefunden, wo sie sich versteckte?

„Verdammt, Isa, mach die Tür auf. Es ist wichtig. Wenn nicht, öffne ich die Tür selbst."

Sie wusste, dass er nicht bluffte. Zur Schulung jedes Scanguards-Leibwächters gehörte das Schlösserknacken. Egal was für ein Schloss es war. Widerwillig öffnete sie die Tür. Sie drückte auf das Schloss, damit sie sich nicht aussperren konnte, und trat in den Flur hinaus.

Cooper ließ seinen Blick über sie schweifen. „Gott sei Dank geht es dir gut. Ich habe mir Sorgen gemacht."

„Wie hast du mich gefunden?"

„Das Auto."

Verdammt! „Sie hat mir versprochen –"

Cooper hob die Hand. „Lydia hat ihr Wort gehalten, aber mir ist aufgefallen, dass ihr Autoschlüssel nicht dort war, wo er normalerweise ist. Also dachte ich mir, dass du es genommen hast."

Erleichtert, dass ihre beste Freundin sie nicht verpfiffen hatte, nickte Isabelle. „Manchmal wünschte ich, du wärst nicht so schlau. Was willst du?"

„Es gibt etwas, das du über Orlando wissen musst. Wir fanden –"

„Stopp sofort! Orlando wird das alles angehängt. Er hat Hong nicht getötet und er hat Jessica nicht getötet. Ich war bei ihm, als Jessica ermordet wurde. Und –"

„Das weiß ich schon. Und ich habe sein

Alibi für die Nacht von Hongs Mord überprüft. Es ist solide. Er hat es nicht getan."

Überrascht atmete sie aus. „Heißt das, du hast Dennis LaRuson gefunden?"

„Wen?"

„Den Vampir, der versucht, ihm die Morde anzuhängen."

„Ist das die Person, die ihm die anonyme Nachricht geschickt hat?", fragte Cooper.

„Woher weißt du von der Nachricht?"

„Ich habe sie gefunden, als ich Orlandos Hummer vom Flughafen zurückfuhr. Sie war im Handschuhfach."

„Oh."

„Aber das ist nicht der Grund, warum ich hier bin. Es geht um Orlandos Vergangenheit. Isa, du bist bei ihm nicht sicher. Er ist ein Mörder."

Sie schüttelte den Kopf. „Du hast doch gerade selbst gesagt, dass Orlando Alibis für die beiden Morde hat."

„Ja, aber ich spreche nicht von diesen beiden Morden. Ich spreche von den Morden in Montreal im Jahr 1981."

„Was?" Unglaube durchströmte sie in

gewaltigen Wellen und versuchte, ihre Luftzufuhr zu unterbrechen.

Cooper streckte seine Hand aus und legte sie auf ihre Schulter, um sie zu zwingen, ihn anzusehen. „Isa, er hat seine blutgebundene Gefährtin und ihre gesamte Familie getötet. Er hat sechs Menschen kaltblütig massakriert."

„Nein! Orlando würde so etwas niemals tun. Warum erfindest du so etwas? Hat dir mein Vater das aufgetragen? Hat er das?"

„Nein, Samson hat mich nicht dazu angestiftet, aber er hat mir erzählt, was er und Thomas herausgefunden haben, als sie Orlandos Vergangenheit überprüft haben." Er griff in seine Jackentasche, holte zwei Blätter Papier heraus und entfaltete sie. „Hier. Lies es selbst."

Die Seiten waren auf Französisch, was Isabelle fließend beherrschte. Sie las automatisch die Überschrift des Zeitungsartikels, dann die ersten paar Absätze, und ihr Herz raste unkontrollierbar. Als Verdächtiger wurde in dem Artikel ein Mann namens Orlando Tremont erwähnt. Aber es konnte nicht ihr Orlando sein, denn der Mann, den sie kannte, der Mann, dem sie in den letzten drei Tagen und Nächten näher gekommen war, hätte niemals so etwas Grausames getan. Er war zu einer solchen Tat nicht fähig.

Sie wollte Cooper den Artikel gerade wieder in die Hände drücken, als sie das Schwarzweißbild auf der zweiten Seite sah. Sämtliche Luft strömte aus ihrer Lunge und ihr Herz blieb stehen. Alles verschwamm vor ihren Augen, aber trotz ihrer eingeschränkten Sehkraft erkannte sie den Mann auf dem Bild: Orlando Carlisle, der Mann, den sie liebte.

„Nein, nein, nein ...“ Ein Schluchzen entrang sich ihrer Kehle. „Das muss gestellt worden sein. Das kann nicht wahr sein. Jeder kann eine Geschichte im Internet veröffentlichen ...“

„Es tut mir leid, Isa“, sagte Cooper leise und sein beruhigender Tonfall machte alles noch schlimmer. „Ich habe Dutzende von Quellen gefunden, und wenn ich die Programme zur Verfügung hätte, die Thomas hat, hätte ich noch mehr gefunden. Die

Geschichte ist wahr. Ich wünschte, das wäre nicht so. Aber Orlando ist ein Killer. Und du bist meine Freundin. Ich werde nicht einfach daneben stehen und zulassen, dass er dir wehtut."

Sie begegnete Coopers Blick. In seinen Augen sah sie nur Freundlichkeit und Sorge. Und sie wusste es zu schätzen, dass er nicht eine ganze Truppe von Scanguards-Männern mitgebracht hatte, um sie zurückzuholen und Orlando zu verhaften.

„Er kann es nicht sein", murmelte sie. „Es ist nicht möglich." Sie griff jetzt nach Strohhalmen. „Vielleicht hat Dennis LaRuson ihm das damals auch schon angehängt. Vielleicht war er es. Wir müssen ihn finden. Wenn wir ihn finden, wird sich alles von selbst regeln. Orlando muss unschuldig sein."

„Es tut mir leid, Isa. Bitte komm mit mir zurück. Benjamin wartet unten."

Isabelle holte tief Luft und hob ihr Kinn. „Ich muss mit ihm reden. Ich muss es aus seinem eigenen Mund hören."

„Er wird dir wehtun, wenn du ihn zur Rede

stellst", warnte Cooper. „Er wird gewalttätig werden."

Sie schüttelte den Kopf. Sie hatte keine Angst vor Orlando. Und sie musste die Wahrheit hören. Sie wandte sich zur Tür um und öffnete sie.

„Lass die Tür unverschlossen."

Sie zögerte.

„Nur für den Fall", fügte Cooper hinzu. „Bitte."

Sie nickte, ging hinein, den Zeitungsartikel immer noch in der Hand, und zog die Tür hinter sich zu. Im Flur ging sie auf die Badezimmertür zu, als diese sich plötzlich öffnete.

Orlando, dessen Haut noch feucht von der Dusche war, trat mit nur einem Handtuch um seine untere Körperhälfte gewickelt heraus.

„Baby?"

34

Orlando verließ das Badezimmer und fand Isabelle vollständig bekleidet, aber barfuß mitten im Flur stehend vor. Sie hielt ein paar Blätter Papier in der Hand.

„Baby?"

Isabelle starrte ihn einfach an und jetzt bemerkte er, dass ihre Augen einen feuchten Glanz zu haben schienen. Er war sofort in Alarmbereitschaft.

„Was ist passiert?" Er überwand die Distanz zwischen ihnen mit drei großen Schritten und bemerkte, dass sie vor ihm zurückwich, als wollte sie nicht, dass er zu nahe kam. „Isabelle, was ist los?"

Warum starrte sie ihn so an, als würde sie ihn nicht kennen? Und warum sagte sie nichts? Keine Frau sah ihren Geliebten so an, nicht mit diesem Ausdruck von Enttäuschung in den Augen.

„Isabelle, bitte sprich mit mir."

Sie hob ihr Kinn, als hätte er sie endlich aus einem Traum geweckt. Er bemerkte, wie sie heftig schluckte, bevor sie die Papiere in seine Richtung schob. „Erklär mir das."

Er warf ihr einen fragenden Blick zu, bevor er die Papiere nahm und sie sich ansah. Das Erste, was ihm auffiel, war, dass das Gedruckte auf Französisch war, das Zweite, dass es sich um einen Zeitungsartikel aus Montreal handelte.

Er musste den Artikel nicht lesen, da er bereits wusste, was darin stand: dass er verdächtigt wurde, die gesamte Familie Arnaud einschließlich seiner Frau Margarite getötet zu haben. Voller Grauen sah er hoch, um sich Isabelles Blick zu stellen. Er hatte gewusst, dass dieser Moment kommen würde.

Was er nicht gewusst hatte, war, dass er so früh kommen würde. LaRuson war immer noch auf freiem Fuß und stellte eine Gefahr für Isabelle dar, und wenn sie ihn jetzt verließ, wäre er nicht mehr in der Lage, sie zu beschützen.

„Wo hast du das gefunden?"

„Cooper. Er kam, um mich vor dir zu warnen."

Orlando richtete seinen Blick auf die Tür. „Ist er noch hier?"

Isabelle nickte.

Orlando ließ die Neuigkeit einsinken. Ihm blieben nur noch wenige Augenblicke, bis sie ihn verlassen würde und die Männer von Scanguards ihn verhaften würden.

„Hast du sie getötet? Deine Frau und ihre Familie?"

Isabelles Stimme klang jetzt fast distanziert, als wäre sie nicht sie selbst, als hätte jemand anderes ihren Körper übernommen und spräche für sie. Er erkannte es als das, was es war: Sie baute eine Mauer um ihr Herz, damit sie keinen Schmerz verspürte. Er sollte sie anlügen und ihr sagen, dass er so etwas nicht getan hatte, aber er konnte nicht länger lügen. Er konnte die Frau, die er liebte, nicht anlügen, selbst wenn das bedeuten würde, dass sie ihn hasste.

„Ich habe Margarite getötet, ja. Und ich kann dir nichts sagen, was diese Tatsache wegwischen könnte." Er senkte seinen Blick auf den Boden, wo sich um seine Füße herum eine Wasserpfütze sammelte. Sein Herz krampfte sich vor Schmerz zusammen.

„Sag mir, warum."

„Das Warum spielt keine Rolle. Ich bin ein Mörder, und keine Ausrede, keine Entschuldigung kann das beschönigen. Ich werde immer ihr Blut an meinen Händen haben."

Selbst jetzt wusste er, dass er keine Wahl gehabt hatte. Aber er war immer noch schuldig, und ein schuldiger Mann hatte die Liebe einer Frau wie Isabelle nicht verdient. Es war ein wunderschöner Traum gewesen. Allerdings konnte er seinem Schicksal nicht für immer entgehen. Es war Zeit, für seine Sünden zu bezahlen. Und vielleicht wäre das die einfachste Lösung: sich von Samson vor den Vampirrat schleppen zu lassen, damit er zum Tode verurteilt werden konnte. Und wenn er weg wäre, würde auch LaRusons Grund, Isabelle zu verletzen, nichtig sein. Sie würde wieder in Sicherheit sein. Alles, was er tun musste, war, aufzuhören wegzulaufen.

„Es tut mir leid, Isabelle. Ich liebe dich, aber ich wusste immer, dass ich dich nicht verdiene." Er warf einen Blick auf ihr Gesicht und sah Tränen in ihren Augen. Er wollte sie wegwischen, um den Schmerz zu lindern, den er verursacht hatte, aber er wagte es nicht, sie zu berühren. Sie gehörte nicht ihm, und sie würde niemals ihm gehören.

„Ich wollte dir niemals wehtun. Ich wünschte, ich hätte dich nie getroffen. Dann wärst du jetzt glücklich und sicher, denn alles, was ich mit mir bringe, ist Schmerz und Gefahr. Und das hast du nicht verdient." Er schaute zur Tür. „Es ist schon in Ordnung. Du kannst sie jetzt hereinlassen. Ich bin bereit. Versprich mir nur eines: Sorge dafür, dass du immer von einem Leibwächter beschützt wirst, oder besser noch von zwei. Denn

LaRuson wird versuchen, dich zu verletzen, weil du mir etwas bedeutest."

Sie bedeutete ihm nicht nur *etwas*, sie bedeutete ihm *alles*.

Isabelle starrte ihn an, als suchte sie etwas in seinen Augen. Er wünschte, er könnte es ihr leichter machen, aber er konnte nichts sagen, was den Schmerz, den er ihr verursacht hatte, lindern würde. Als sie sich schließlich umdrehte, war er fast froh darüber. Hätte sie ihn noch länger angeschaut, wäre er auf die Knie gefallen und hätte versucht, ihr verständlich zu machen, warum er Margarite hatte töten müssen. Und das hätte es noch schlimmer gemacht. Er wollte nicht, dass Isabelle in Konflikt geriet. Am besten sah sie ihn als das, was er war: ein Mörder.

An der Tür schnappte sich Isabelle ihre Handtasche und ihre Schuhe, dann schlüpfte sie nach draußen und ließ die Tür hinter sich zufallen. Plötzlich war es totenstill in der Wohnung. Er konnte eine Uhr im Wohnzimmer ticken hören. Im Treppenhaus vor der Wohnung hörte er Schritte, die sich nicht näherten, sondern sich entfernten. Dann nichts, nur sein eigenes Herz schlug.

Wann würde das Scanguards-Team hereinstürmen und ihn in Gewahrsam nehmen? Erwiesen sie ihm die Höflichkeit, ihm ein paar Minuten Zeit zum Anziehen zu geben? Er sollte das nutzen. Er ging ins Schlafzimmer und fand seine Kleidung. Als er sie anzog, bemerkte er, dass Isabelle sich nicht die Mühe gemacht hatte, ihre Sachen mitzunehmen, weil sie so schnell wie möglich verschwinden wollte, damit sie keinen weiteren Moment in seiner Gegenwart verbringen musste. Er konnte es ihr nicht einmal verübeln. Er hatte ihr etwas Wichtiges vorenthalten. Jeder an ihrer Stelle würde sich betrogen fühlen.

35

Betäubt von der schockierenden Offenbarung ließ sich Isabelle von Cooper die Treppe hinunterführen. Sie hatte das Gefühl, als hätte ihr jemand mit einem Hammer auf den Kopf geschlagen, sodass sie nicht mehr klar denken konnte. Wie konnte sie sich in Orlando so geirrt haben? Wie konnte sie nicht den Mörder in ihm gesehen haben? Kein Wunder, dass Dennis LaRuson hinter ihm her war. Orlando hatte Margarite getötet, die Frau, die LaRuson geliebt hatte. Sie verstand jetzt nur allzu gut, warum Orlando von Anfang an behauptet hatte, dass sie in Gefahr sei und dass LaRuson versuchen würde, ihm weh zu tun, indem er ihr weh tat. Orlando hatte Margarite getötet. Und jetzt wollte LaRuson das Gleiche mit ihr machen.

Tränen stiegen ihr in die Augen und liefen in heißen Bächen über ihre Wangen. So fühlte es sich also an, wenn einem das Herz gebrochen wurde. Sie hätte nie gedacht, dass so viel Schmerz möglich war, aber jetzt erlebte sie es selbst. Orlando war der Mann, den sie sich als blutgebundenen Gefährten gewünscht hatte, und jetzt? Was würde sie jetzt ohne ihn tun? Sie konnte nicht einfach so weitermachen und vergessen, dass sie ihn liebte. Ihre Liebe zu ihm hörte nicht einfach auf, nur weil sie herausgefunden hatte, dass er ein Mörder war. Sie wünschte, es wäre so, aber so viel Glück hatte sie nicht.

Sie hatte nie verstanden, warum manche Frauen bei Männern blieben, die schreckliche Dinge getan hatten, und nie geglaubt, dass sie einen Mann, der grausame Verbrechen begangen hatte, immer noch lieben könnte.

Aber jetzt fühlte sie sich genau wie eine dieser Frauen.

Ich habe Margarite getötet, ja. Und ich kann dir nichts sagen, was diese Tatsache wegwischen könnte.

Die Worte spielten sich in einer Endlosschleife in ihrem Kopf ab. Orlando hatte nicht einmal versucht, die Anschuldigungen zu dementieren. Als hätte er sich damit abgefunden, dass es vorbei war, nicht nur zwischen ihnen, sondern auch für ihn: Scanguards würde ihn dem Vampirrat übergeben. Es spielte keine Rolle, dass die Morde vor vierzig Jahren begangen worden waren.

Warum hatte er es getan? Warum hatte er Margarite und ihre ganze Familie getötet? Sie buchstäblich abgeschlachtet, wenn sie dem Artikel Glauben schenken durfte. Irgendetwas daran stimmte nicht. Eifersucht konnte es nicht gewesen sein, denn Orlando hatte erst vor wenigen Stunden herausgefunden, dass Dennis LaRuson der Liebhaber seiner Frau gewesen war. Er hatte nicht wissen können, dass sie ihn betrogen hatte. Oder hatte er es erraten und gelogen? Hatte er vermutet, dass Margarite eine Affäre hatte, obwohl er nicht wusste, wer der andere Mann war?

„Hier, setz dich", sagte Cooper und zeigte auf die letzte Stufe im Erdgeschoss. „Ich helfe dir, deine Schuhe anzuziehen."

Wie eine Puppe folgte sie seinem Vorschlag und spürte seine Hände an ihren Füßen, als er ihr half, in ihre Stiefeletten zu schlüpfen. Aber ihre Gedanken waren weit weg. Sie erinnerte sich an alles, was Ines ihr und Orlando erzählt hatte, und erkannte plötzlich, dass es einen eklatanten Widerspruch gab: Wenn Ines die Haushälterin der Familie Arnaud gewesen war und zu jener Zeit in Montreal gelebt hatte, hätte sie sicherlich ebenso die Zeitungsartikel gelesen, in denen Orlando als Mörder beschuldigt wurde. Warum hatte sie Orlando also so freundlich behandelt? Warum war sie nicht wütend auf ihn, wenn sie doch genau wusste, dass er der Mordverdächtige war und er die ganze Familie, wie er selbst zugab, getötet hatte?

„Komm, lass uns zurück zu Scanguards fahren", sagte Cooper und half ihr auf.

Isabelle stand auf und stellte fest, dass ihre Handtasche immer noch auf der letzten Stufe stand.

„Ich nehme sie", bot Cooper an und schnappte sich ihre Handtasche, bevor er sie nach draußen führte.

Dort, vor der Garage, blockierte Benjamin mit seinem Porsche die Einfahrt. Als sie seinen mitleidigen Blick bemerkte, wischte sie sich die Tränen mit dem Ärmel ihres Shirts ab, wo diese rote Streifen hinterließen.

Benjamin näherte sich. „Hat er es bestritten?"

Isabelle schüttelte den Kopf. „Nein, er hat zugegeben, dass er Margarite getötet hat."

„Und ihre Familie", fügte Cooper hinzu.

Sie wandte ihren Kopf, um Cooper anzusehen, und plötzlich drehte sich alles. „Was?"

„Die gesamte Arnaud-Familie."

Isabelle spürte, wie sich ihre Stirn runzelte. Orlando hatte keine Ausreden vorgebracht und sofort zugegeben, dass er

Margarite tatsächlich getötet hatte. „Er hat die Familie nicht erwähnt. Nur Margarite."

„Willst du damit sagen, dass er bestritten hat, die Familie seiner Gefährtin getötet zu haben?", fragte Benjamin.

„Nein", sagte Isabelle und dachte noch einmal über Orlandos Worte nach. „Er hat es nicht geleugnet. Aber er hat es auch nicht gestanden."

Benjamin zuckte mit den Schultern. „Na ja, nicht, dass es wichtig ist. Seine blutgebundene Gefährtin getötet zu haben, bringt automatisch die Todesstrafe mit sich."

„Benjamin, stopp!", zischte Cooper. „Kannst du nicht sehen, dass sie leidet?"

„Entschuldigung", sagte Benjamin und warf ihr ein sanftes Lächeln zu. „Isa, so habe ich das nicht gemeint. Aber es ist genau das, was ihm bevorsteht." Dann gab er Cooper ein Zeichen. „Ich kann hier bleiben und dafür sorgen, dass er nicht verschwindet."

Es war noch ein paar Stunden lang Tag, genug Zeit für Scanguards, zur Wohnung zu kommen und Orlando zu verhaften. Da Benjamin die Garage blockierte, konnte er nicht mit Lydias Auto wegfahren, und solange die Sonne noch schien, konnte er das Gebäude nicht zu Fuß verlassen. Orlando saß fest.

„In Ordnung", sagte Cooper, „du bleibst hier, bis –"

„Habt ihr bereits meinem Vater oder sonst jemandem bei Scanguards Bescheid gegeben, dass ihr uns gefunden habt?", unterbrach Isabelle, bevor sie wusste, was sie sagen wollte.

„Nein, das wollte ich gerade tun", antwortete Cooper.

„Dann tu es nicht."

„Warum nicht?"

Beide Hybriden sahen sie an, als hätte sie den Verstand verloren. Und vielleicht hatte sie das auch.

„Coop, du hast selbst gesagt, dass Orlando ein Alibi für den Mord an Hong hatte. Und ich bin sein Alibi für den Mord an Jessica. Das bedeutet, dass die Person, die die beiden getötet hat, immer noch auf freiem Fuß ist. Und wir haben jetzt einen Namen: Dennis LaRuson."

„Ja, aber wir müssen Orlando einsperren", protestierte Cooper.

„Da stimme ich mit Coop überein", fügte Benjamin hinzu.

„LaRuson muss gestoppt werden. Er hat bereits zwei Menschen getötet und jetzt wird er hinter mir her sein. Er weiß, dass Orlando mich liebt, und er wird versuchen, mir wehzutun, um es ihm heimzuzahlen."

Das hatte Orlando erst wenige Minuten zuvor deutlich gemacht. Deshalb wollte er, dass sie jederzeit beschützt war. Aber sie konnte nicht in einem goldenen Käfig leben. Sie musste LaRuson finden und ihn für seine Taten büßen lassen, denn wenn Orlando für seine Verbrechen büßen musste, galt für LaRuson die gleiche Regel.

„Bitte." Sie warf ihren beiden Kollegen einen flehenden Blick zu. „Tut es für mich."

Die Fortsetzung der Ermittlungen zu den Morden an Hong und Jessica würde ihr helfen, den Kummer zu verdrängen, den sie empfand. Wenn sie sich auf etwas anderes konzentrieren könnte als das, was Orlando getan hatte, könnte sie vielleicht etwas

Abstand gewinnen, um ihre Gefühle für ihn objektiver einzuschätzen. Aber Gefühle waren nie objektiv. Deshalb waren es Gefühle. Sie folgten keiner Logik.

„Hilf mir, seinen Namen zumindest für diese beiden Morde reinzuwaschen und den wahren Mörder zu fangen", bettelte Isabelle.

Benjamin und Cooper wechselten einen langen Blick, bevor Benjamin mit den Schultern zuckte. Cooper seufzte. „Na gut. Aber Benjamin bleibt hier, um sicherzustellen, dass er nicht abhaut."

Isabelle blickte zu den Fenstern hinauf, deren Jalousien noch geschlossen waren. „Orlando wird nicht abhauen. Er hat sich mit seinem Schicksal abgefunden."

„Vorsicht ist besser als Nachsicht", sagte Benjamin und lehnte sich an sein Auto. „Fahrt zurück zu Scanguards. Ich warte hier."

Als ihr klar wurde, dass sie Benjamin nicht davon überzeugen konnte, dass Orlando keinen Aufpasser brauchte, nickte sie. „Na gut. Lass uns gehen, Coop."

Sie und Cooper stiegen in den SUV und fuhren los.

„Sind während meiner Abwesenheit weitere Beweise für die beiden Morde eingegangen?", fragte Isabelle.

„Ja, Nelson hat im AFIS einen Fingerabdruck gefunden. Der Fingerabdruck auf dem Autoschlüssel für den Hummer wurde als der von Orlando identifiziert. Und der Hersteller bestätigte, dass der Schlüssel zum Hummer von Orlando gehört."

Sie nickte. „Das war zu erwarten. Orlandos Ersatzschlüssel fehlte. Jemand muss ihn aus seinem Haus gestohlen und ihn dann in Hongs Wohnung versteckt haben, damit wir ihn finden konnten."

„Okay, gehen wir davon aus, dass das wahr ist. Wie sollen wir dann herausfinden, wer dieser Dennis LaRuson ist? Du hast selbst gesagt, dass du nur einen Namen hast."

„Wir werden Hilfe brauchen." Sie dachte einen Moment darüber nach. „Ich wünschte, wir könnten mit Thomas oder Eddie reden, aber sie werden meinem Vater sofort sagen, was ich mache."

„Da hast du recht. Samson wird mir den

Kopf abreißen, wenn er herausfindet, dass ich dir helfe, anstatt Scanguards über Orlandos Aufenthaltsort zu informieren."

„Ich werde das ins Reine bringen, wenn es darauf ankommt. Im Moment brauchen wir jemanden, der die Polizeidatenbanken im Rest der USA durchsuchen kann. Ein Typ wie LaRuson, dessen Vorstrafen so lang sind wie mein Arm, hat nicht plötzlich aufgehört, Verbrechen zu begehen. Vielleicht hat er Kanada kurz nach den Morden in Montreal verlassen, um nach Orlando zu suchen, vielleicht hat er aber auch woanders in den USA Verbrechen begangen."

„Nelson könnte dabei helfen", schlug Cooper vor. „Wie hast du überhaupt den Namen des Kerls gefunden?"

„Auf dem anonymen Brief, den Orlando bekam, befanden sich Fingerabdrücke. Orlando beauftragte jemanden, die Fingerabdrücke durch das kalifornische AFIS laufen zu lassen, bekam aber keine Treffer, also kontaktierte ich Bill Hopkins in Ottawa. Er ist bei den Mounties. Wir haben eine

Übereinstimmung gefunden, aber die Datei war beschädigt und es gab kein Foto."

„Hast du die elektronische Fingerabdruckdatei noch?", fragte Cooper.

„Ja. Lass uns mit Nelson reden."

36

Eine halbe Stunde später saßen Isabelle und Cooper in einem der Büros im Untergeschoss des Scanguards-Hauptquartiers und starrten auf einen Computermonitor. Nelson Sarduni war über Video mit ihnen verbunden. Er war angezogen und saß offensichtlich in seinem Wohnzimmer.

„Tut mir leid, dass wir dich zu Hause stören müssen", begann Isabelle.

„Kein Problem. Schön dich zu sehen, Isabelle. Ich habe gestern Abend mit deinem Vater gesprochen. Er hat dein Handy abgehoben. Ist alles in Ordnung?"

„Ja. Aber was wir dir jetzt erzählen, muss zumindest vorerst zwischen uns dreien bleiben."

Nelson zog die Augenbrauen hoch. „Okay?"

„Es geht um die beiden Morde, für die Orlando beschuldigt wird. Ihm wird das angehängt", sagte Isabelle.

„Was?" Nelson schüttelte den Kopf. „Aber alle Beweise deuten auf ihn hin: der Autoschlüssel, die Fingerabdrücke."

„Aber er hat Alibis für beide Morde", warf Cooper ein.

„Wir wissen, wer versucht, ihm das unterzuschieben", fügte Isabelle hinzu.

Nelson schien zurückzuschrecken. „Woher –"

„Orlando hat eine anonyme Nachricht von jemandem erhalten, der über Orlandos Vergangenheit in Montreal Bescheid weiß. Im Inneren des Umschlags befanden sich Fingerabdrücke, die nur von der Person stammen können, die den Brief geschrieben hatte. Sein Name ist Dennis LaRuson."

Nelson saß da und es wirkte fast, als wäre das Video für einige Momente eingefroren.

„Nelson? Kannst du uns noch hören?", fragte Isabelle.

„Ja, ja, mach weiter."

„Anscheinend ist Dennis LaRuson ein Krimineller aus Montreal, der irgendwann in den 1980er Jahren in einen Vampir verwandelt wurde. Er war von Orlandos Frau besessen und wir glauben, dass er auf Rache aus ist."

Isabelle spürte Coopers ungläubigen Blick und warf ihm einen Seitenblick zu. „Ich habe mit Ines gesprochen, der alten Haushälterin der Familie Arnaud. Die Familie wurde in Montreal ermordet und sie erzählte mir, wer LaRuson ist." Sie wandte sich wieder dem Monitor zu. „Er ist ein gewalttätiger Krimineller, und er will sich rächen. Ich glaube, er wird vor nichts zurückschrecken, um es Orlando heimzuzahlen."

„Nun, das ist bisher nicht viel. Hat diese Frau, diese Ines, ein Foto von diesem Kerl?", fragte Nelson und beugte sich vor.

„Ich weiß es nicht. Sie sucht gerade

danach", sagte Isabelle. „Sie hat ein Dutzend Kartons, die sie durchwühlen muss."

„Hmm." Nelson rieb sich den Nacken. „Okay, ich glaube, ich habe ein paar Ideen, wie wir vorgehen können. Ich benötige die Fingerabdruckdatei, falls du sie hast. Ich kann sie durch AFIS laufen lassen. Vielleicht bekommen wir einen Treffer. Gib mir eine Stunde, um mir ein paar Dinge auszudenken."

„Ja sicher. Sag uns einfach, was du von uns brauchst", sagte Isabelle.

„Oh", sagte Cooper und hob die Hand. „Da ist noch etwas anderes bezüglich der anonymen Nachricht. Ich hätte es fast vergessen."

„Was?", fragte Isabelle.

„Die Handschrift."

„Was ist mit der Handschrift?", fragte Nelson.

„Ich habe sie schon einmal gesehen. Ich kann mich nur nicht erinnern, wo. Aber ich bin mir sicher, dass es mir wieder einfallen wird."

„Hmm." Nelson runzelte die Stirn. „Ich bin mir nicht sicher, ob uns das helfen wird, wenn du dich nicht erinnern kannst, wo du sie schon einmal gesehen hast. Und vielleicht ähnelt sie einfach nur einer anderen Handschrift, ist aber nicht identisch." Er zuckte mit den Schultern.

„Seltsam", fügte Isabelle mit einem Blick auf Cooper hinzu. „Ich habe den Brief auch gesehen. Und jetzt, wo du es erwähnst, kam mir die Handschrift auch bekannt vor."

„Okay, Leute", unterbrach Nelson. „Ich hasse es, der Partykiller zu sein, aber das wird uns im Moment nicht helfen. Lasst uns mit dem arbeiten, was wir haben. Ich rufe in Kürze an, sobald ich geklärt habe, was wir tun können. Kann ich dich auf deinem Handy erreichen?"

Isabelle warf Cooper einen fragenden Blick zu.

„Wir haben es zurückgebracht. Es ist in deinem Büro."

„Okay, Nelson. Du kannst mich auf meinem Handy erreichen."

„Gut. Und ich gehe davon aus, dass wir uns alle einig sind, dass weder Samson noch der Polizeichef herausfinden darf, was wir hinter deren Rücken tun, oder?"

„Genau.“

„Gut, denn ich möchte deswegen nicht gefeuert werden“, sagte Nelson mit einem Nicken, bevor er sich verabschiedete.

Als der Bildschirm dunkel wurde, wandte sich Isabelle wieder an Cooper. „Lass uns mein Handy holen.“

„In Ordnung.“ Cooper ging zur Tür und öffnete sie langsam, dann spähte er hinaus. „Die Luft ist rein.“

„Lass uns die Treppe anstatt des Aufzugs nehmen.“

„Ich kann es für dich holen“, schlug Cooper vor.

„Es ist okay, ich komme mit. Ich brauche sowieso noch ein paar andere Sachen aus meinem Büro.“

„Wie du möchtest.“

Gemeinsam gingen sie die sieben Etagen hinauf zum obersten Stockwerk, wo sich die Büros der Geschäftsleitung befanden. Isabelles Büro war auf dieser Etage, weil ihr Vater sie darauf vorbereitete, eines Tages Scanguards zu übernehmen. Ob sich das ändern würde, da ihr Vater inzwischen wissen musste, dass sie Scanguards für den Mann, den sie liebte, hintergangen hatte, wusste sie nicht. Und es spielte keine Rolle mehr. Von Orlando getäuscht worden zu sein, machte sie nicht gerade zu einer guten Führungskraft. Es ließ sie dumm aussehen.

Dennoch gefiel ihr irgendetwas an Orlandos Geständnis nicht. Tatsächlich waren es zwei Dinge, die nicht stimmten: Erstens hatte Orlando nicht gestanden, Margarites Familie getötet zu haben, und zweitens war Ines, die Haushälterin, die angeblich die Familie Arnaud geliebt hatte, nicht böse auf Orlando. Warum? Orlando verheimlichte ihr etwas. Und sie musste herausfinden, was. Vielleicht könnte Ines mehr Licht auf Orlandos Verhalten werfen.

Aber das Wichtigste zuerst. Sie brauchte ihr Handy, damit Nelson sie erreichen konnte, sobald er herausgefunden hatte, wie er Dennis LaRuson finden konnte.

Im obersten Stockwerk angekommen überprüfte Cooper zunächst, ob sich jemand im Flur befand, bevor er die Tür weiter öffnete. Sie machten sich schnell auf den

Weg zu Isabelles Büro, doch bevor sie hineinhuschen konnten, hörte sie, wie eine andere Tür geöffnet wurde. Sie schaute über ihre Schulter und sah, wie Thomas den Flur betrat. Ihre Blicke trafen sich.

„Isabelle!" Er rannte auf sie zu. „Gott sei Dank geht es dir gut."

„Mir geht es gut, Thomas." Sie seufzte. Jetzt, da Thomas wusste, dass sie hier war, gab es kein Entkommen mehr. „Ich nehme an, ich muss mich jetzt meinem Vater stellen."

„Samson ist vor fünfzehn Minuten mit Gabriel und ein paar anderen losgefahren, um Orlando abzuholen. Wir haben herausgefunden, wo er sich versteckt. Ich rufe ihn lieber an, um ihm zu sagen, dass es dir gut geht."

„Verdammt!", fluchte Isabelle.

37

Als Orlando angezogen war und das Scanguards-Team die Wohnung immer noch nicht betreten hatte, sammelte er Isabelles Habseligkeiten ein und packte sie in die Reisetasche. Er konnte den Duft ihres Körpers an dem Oberteil riechen, das sie am Abend zuvor getragen hatte, und hielt das Teil an seine Nase und drückte sein Gesicht hinein, um ein letztes Mal ihren Duft aufzusaugen. Alles in ihm sehnte sich danach, ihr nachzulaufen und ihr klarzumachen, warum er Margarite hatte töten müssen. Aber die Angst, dass sie ihn ablehnen würde, selbst wenn sie über die Umstände Bescheid wüsste, die zu seinem Handeln geführt hatten, hielt ihn davon ab. Er war schlicht und einfach ein Feigling.

Orlando warf einen letzten Blick auf das Schlafzimmer, bevor er Isabelles Tasche und seinen eigenen Rucksack nahm und beide in das offene Wohnzimmer trug. Er ließ seinen Blick auch dort schweifen, als dieser auf eine braune Akte auf dem Tisch fiel. Es handelte sich um die Mordakte Hong, die Isabelle mitgebracht hatte, um weiter in dem Fall zu ermitteln.

Er ging zum Tisch und bückte sich, um nach der Akte zu greifen, bemerkte jedoch, dass seine Sicht verschwamm, und bekam nur eine Ecke davon zu fassen. Beim Hochheben klappte die Akte auf und zahlreiche Blätter Papier fielen auf den Wohnzimmertisch und den Teppich. Er ließ sich auf die Couch fallen und vergrub das Gesicht in seinen Händen. Tränen liefen ihm über die Wangen. Sie waren der Grund dafür, dass seine Sicht verschwommen war. Er versuchte, sie zurückzudrängen, wollte nicht, dass die Männer von Scanguards ihn so sahen, aber es gelang ihm nicht.

Also blieb er eine Weile so sitzen, bis die Tränen schließlich trockneten und seine Sicht wieder klar wurde. Mit roboterhaften Bewegungen begann er, die Zettel einzusammeln, und versuchte, sie in der richtigen Reihenfolge wieder in die Akte zu legen. Dabei warf er einen Blick auf jedes Blatt und las kurz, welche Beweise Isabelle und ihre Kollegen gesammelt hatten. Während Isabelle ihn über Scanguards' Ermittlungen zum Tod von Wayne Hong auf dem Laufenden gehalten hatte, enthielt die Akte noch weitere Notizen, die Orlando zuvor noch nicht gesehen hatte.

Aber jetzt sah er alles mit seinen eigenen Augen und schließlich starrte ihm die Wahrheit ins Gesicht.

Jemand hatte auf einigen Ausdrucken, die Hong betrafen, handschriftliche Notizen gemacht. Es waren nicht die Notizen selbst, die ihm nun verrieten, wonach er gesucht hatte, sondern die Handschrift. Sie war identisch mit der Handschrift auf den beiden anonymen Briefen, die er erhalten hatte: Briefe von Dennis LaRuson.

Wer auch immer die handschriftlichen Anmerkungen in Hongs Akte gemacht hatte, war Dennis LaRuson, der Mann, der nicht nur Margarite gegen Orlando aufgehetzt hatte, sondern auch zwei Menschen in San Francisco getötet hatte, nur um es Orlando in die Schuhe zu schieben. Und wenn diese Person Notizen in Isabelles Akte gemacht hatte, dann kannte Isabelle ihn. Er musste deshalb annehmen, dass Dennis LaRuson Scanguards infiltriert hatte und jederzeit an Isabelle heran konnte.

Fuck!

Panisch blätterte er noch einmal die Akte durch und suchte nach etwas, was verraten könnte, wer die Notizen geschrieben hatte, als eine Visitenkarte aus dem Stapel fiel. Sie hatte sich in einer Büroklammer verfangen. Er drehte die Karte um und las sie.

Nelson Sarduni, San Francisco Police Department, hieß es. Unter dem Namen standen die Adresse des Polizeireviers und eine Telefonnummer.

Isabelle hatte einen Verbindungsmann der Polizei erwähnt, mit dem sie im Hong-Fall zusammengearbeitet hatte, aber er konnte sich nicht erinnern, ob sie einen Namen genannt hatte. War das der Beamte, der ihr Zugang zu Hongs Haus verschafft hatte? Angesichts der Tatsache, dass es sich bei den handschriftlichen Anmerkungen auf den Papieren eindeutig um Ausdrucke aus den Datenbanken der Polizei handelte, war es sehr wahrscheinlich, dass Nelson Sarduni diese Notizen gemacht hatte.

Er las die Visitenkarte noch einmal und die Buchstaben schienen vor seinen Augen zu verschwimmen. Um seinen Blick neu zu fokussieren, wandte er ihn für einen Moment von der Karte ab und er schaute auf den Ausdruck des kanadischen Fingerabdrucksystems: Dennis LaRusons Vorstrafenregister.

Plötzlich wirbelten die Buchstaben vor seinem inneren Auge umher und endlich sah er es. Die gleichen Buchstaben nur in unterschiedlicher Anordnung in beiden Namen.

Verdammt! Das konnte nicht wahr sein.

Dennis LaRuson hatte die Polizei von San Francisco infiltriert, um die Beweise für die beiden Verbrechen zu manipulieren und Orlando die Morde anzulasten, die er selbst begangen hatte. Und was noch schlimmer war: Scanguards vertraute ihm wahrscheinlich. Und Isabelle hatte keinen Grund zu der Annahme, dass der Mörder der Mann war, der sie bei den Mordermittlungen unterstützte. LaRuson konnte sie sich schnappen, wann immer er wollte.

Er musste Isabelle warnen.

Orlando zog sein Handy aus der Tasche und tippte auf die Nummer von Isabelles Wegwerfhandy. Es ging direkt zur Voicemail, ohne dass es überhaupt klingelte, was darauf hindeutete, dass sie es ausgeschaltet hatte.

„Isabelle, hör mir zu. Du bist in Gefahr. Nelson Sarduni vom SFPD ist Dennis LaRuson. Ich erkenne die Handschrift aus den Notizen in der Hong-Mordakte. Sie ist identisch mit der Handschrift auf den anonymen Briefen, die ich erhalten habe. Bitte, Isabelle, halte dich von ihm fern. Geh zu deinem Vater. Lass dich von ihm beschützen. Bitte!"

Er zitterte fast vor Sorgen um sie und tippte die Nummer von Isabelles regulärem, von Scanguards gestellten Telefon ein. Es klingelte einmal, bevor auch diese Voicemail aktiviert wurde. Offensichtlich wollte Isabelle nicht mit ihm reden. Sie ignorierte ihn. Er hinterließ dort die gleiche Nachricht wie auf ihrem Wegwerfhandy.

Wie lange würde es dauern, bis sie die Voicemails abhörte? Würde sie seine Nachrichten ignorieren, weil sie es nicht einmal ertragen konnte, seine Stimme zu hören? Er musste etwas anderes tun, sicherstellen, dass sie die Nachricht bekam, egal wie.

Isabelle würde den Anruf eines anderen Scanguards-Mitarbeiters entgegennehmen. Das war es! Als er zuvor nach draußen geschaut hatte, um zu sehen, ob Samson und seine Männer ihn holen würden, hatte er gesehen, wie Benjamin mit seinem Porsche das Garagentor blockierte. Er war jetzt immer noch da draußen. Und zum Glück war die

Sonne gerade untergegangen. Er könnte nach draußen laufen und Benjamin bitten, Isabelle anzurufen, um sie vor Nelson Sarduni zu warnen. Sie würde auf Benjamin hören.

Ja, das war die Lösung.

Er stapfte bereits auf die Tür zu, als auf seinem Handy eine SMS klingelte. Hatte Isabelle die Sprachnachricht abgehört und ihn wissen lassen, dass sie Vorsichtsmaßnahmen gegen Sarduni treffen würde?

Er tippte auf den Bildschirm, doch statt auf eine SMS von Isabelle starrte er auf das Foto eines blonden Mannes. Darunter befand sich eine kurze Textzeile.

Das ist Dennis LaRuson. Sei vorsichtig, Ines.

Erleichtert darüber, dass Ines ein Foto von LaRuson gefunden hatte, das es leicht machen würde, zu bestätigen, dass seine Vermutung richtig war, tippte er ein kurzes Dankeschön an Ines, als die Tür aufgerissen wurde.

38

„Das ist Nelson", sagte Isabelle mit einer Geste zum Display ihres Handys. Sie klickte auf *Annehmen* und stellte den Anruf auf Lautsprecher, damit Cooper mithören konnte.

Sie waren in Isabelles Büro und warteten darauf, dass Samson und die Männer, die er mitgenommen hatte, mit Orlando zum Hauptquartier zurückkehrten.

„Hey, Nelson, ich bin hier mit Cooper. Hast du etwas für uns?", fragte Isabelle begierig, da sie wusste, dass ihnen die Zeit durch die Finger rieselte, Beweise zu finden, um Orlando von den Morden an Hong und Jessica zu entlasten und den wahren Mörder zu finden. Sobald sie Orlando hierher zurückbrachten und ihn einsperrten, würde Scanguards die Suche nach dem wahren Mörder aufgeben.

„Das tue ich", sagte Nelson.

Durch die Leitung war das Geräusch eines Automotors zu hören.

„Was hast du gefunden?", fragte sie, während sie Cooper ansah, der interessiert zuhörte.

„Ich muss es dir zeigen, dann wird dir alles klar. Das wirst du sonst gar nicht glauben."

Nelson klang aufgeregt und Isabelles Herz begann schneller zu schlagen.

„Du hattest recht", fuhr Nelson fort, „Orlando wurde das in die Schuhe geschoben. Und ich hätte es fast nicht gesehen. Wenn du mir nicht die Informationen zu diesem Dennis LaRuson gegeben hättest, hätte ich nie gewusst, wo ich zu suchen anfangen sollte. Kannst du mich in zwei Minuten vor der Tiefgarage von

Scanguards treffen? Wir müssen uns beeilen.“

„Ja, Cooper und ich treffen dich dort unten.“

„Nein“, sagte Nelson schnell. „Nur du. Wir brauchen jemanden im Hauptquartier, dem wir vertrauen können. Sobald ich dir gezeigt habe, was ich gefunden habe, brauchen wir Cooper, der uns von dort aus unterstützt.“

„Aber –“, protestierte Cooper.

„Bitte, Cooper“, unterbrach Nelson. „Wir brauchen dich bei Scanguards. Ich weiß nicht, wem ich sonst noch vertrauen kann. Jemand im Hauptquartier lässt Informationen durchsickern, die es LaRuson ermöglichen, uns immer einen Schritt voraus zu sein. Und ich weiß noch nicht, wer diese Informationen weitergibt. Diese Person weiß möglicherweise nicht einmal, dass sie Informationen an die falsche Person weitergibt. Das muss unter uns dreien bleiben. Nur so können wir sicherstellen, dass wir diesen Kerl fassen, bevor er Zeit hat, die Beweise zu vernichten, die Orlando freisprechen und stattdessen LaRuson belasten werden.“

Isabelle wechselte einen Blick mit Cooper. „Ich treffe mich mit Nelson. Du bleibst hier und wartest auf unseren Anruf.“

Cooper nickte widerstrebend. „In Ordnung, aber sobald ihr Hilfe braucht, ruft mich an. Und Nelson, du beschützt Isabelle lieber.“

„Das verspreche ich.“

Isabelle schnappte sich ihre Handtasche und steckte ihr Handy hinein. „Ich werde dich auf dem Laufenden halten.“

Cooper nickte und sie verließ das Büro. Endlich kamen sie weiter. Vielleicht würde Hongs und Jessicas Mörder am Ende der Nacht in einer der unterirdischen Zellen von Scanguards eingesperrt sein. Für Orlando änderte sich dadurch jedoch nichts. Zu beweisen, dass er diese beiden Morde nicht begangen hatte, änderte nichts an der Tatsache, dass er seine blutgebundene Gefährtin und deren Familie getötet hatte.

Als sie mit dem Aufzug in die Garagenebene fuhr, erinnerte sich Isabelle noch einmal an Orlandos Worte. Er hatte den Eindruck gemacht, als hätte er sich mit seinem Schicksal abgefunden und den Mord an Margarite gestanden, ohne zu versuchen, eine Ausrede zu finden, aber sie war sich sicher, dass er die Morde an Margarites Familie nicht gestanden hatte. Das ließ ihr keine Ruhe. Um ihren Seelenfrieden zu gewährleisten, musste sie die ganze Wahrheit erfahren. Sie musste verstehen, warum sie sich in einen Mann verliebt hatte, der seine Frau getötet hatte. Und sie hatte sich tief und schnell in ihn verliebt. Und selbst die Enthüllung, dass er ein Frauenmörder war, hatte ihre Gefühle für ihn nicht ausgelöscht. Sie liebte ihn immer noch. Sie wünschte, das würde sie nicht. Vielleicht könnte sie, sobald sie die ganze Wahrheit über Orlandos Vergangenheit herausfand, einen Abschluss finden und aufhören, ihn zu lieben.

Nachdem LaRuson festgenommen worden wäre, könnte sie Ines alleine besuchen. Wenn Orlando nicht näher auf seine Taten in der Vergangenheit eingehen wollte, dann war

Ines die einzige andere Quelle, die mehr Licht auf die Morde werfen konnte.

Isabelle verließ den Aufzug und ging zum Fußgängerausgang, der auf die Straße führte. Das Sicherheitstor fiel hinter ihr zu und sie ließ ihren Blick schweifen, als sie sah, wie Nelson ihr zuwinkte. Er stand am offenen Kofferraum hinter seinem Auto, befestigte eine Waffe an seinem Gürtel und zog Handschuhe an.

„Hey, Isabelle, danke, dass du so schnell gekommen bist."

Sie blieb neben ihm stehen. „Wir gehen bewaffnet rein?" Sie schaute in den Kofferraum, aber dort sah sie keine anderen Waffen.

„Nein, du nicht. Nur ich."

Im nächsten Augenblick traf etwas Hartes ihren Hinterkopf und sie taumelte sofort. Ein zweiter Schlag ließ sie mit dem Kopf zuerst in den Kofferraum fallen und den Halt an ihrer Handtasche verlieren. Sie versuchte, sich wieder aufzurichten, aber Nelson hatte bereits ihre Hände gepackt und sie hinter ihren Rücken gezogen. Eine Sekunde später spürte sie, wie eine Silberkette um ihre Handgelenke gelegt wurde. Das Metall brannte wie Säure in ihre Haut und ließ sie den Geruch verbrannter Haut und Haare einatmen.

Sie stieß mit ihren Beinen zurück, hatte aber in ihrer jetzigen Position keine Hebelwirkung. „Lass mich los!"

„Schlampe", fluchte er. „Ich nehme an, es reicht nicht aus, nur deine Hände zu fesseln." Seine Stimme klang unheimlich und ließ sie vor Ekel erbeben.

„Fick dich!"

Nelson lachte kalt, dann berührte Silber ihren Hals und sie schrie vor Schmerz auf.

„Ich kann dich doch nicht die ganze Zeit schreien lassen", sagte er und riss ihr den Kopf zur Seite, schob ihr ein Stück Stoff in den Mund und nahm die zweite Silberkette, um den Knebel an Ort und Stelle zu halten und die Kette hinter ihrem Kopf zu binden.

Das Silber verursachte einen brennenden Schmerz in ihrem Gesicht, aber sie musste gegen ihn ankämpfen.

„Wenn du dich wehrst, tut es nur noch

mehr weh." Er zwang ihre Beine hinein und nahm ihre Handtasche. „Aber keine Sorge. Du bist nicht die Einzige, die Schmerzen haben wird. Orlando wird Qualen erleben, wenn er sieht, was ich mit dir machen werde."

Er knallte den Kofferraum zu. Dunkelheit umgab sie. Einen Moment später begann sich das Auto zu bewegen.

Dass Nelson sie entführte, konnte nur eines bedeuten, aber sie war nicht bereit, das zuzugeben. Sie konnte nur an ihre erste Entführung denken, als sie zwanzig war. Die Angst, die sie damals verspürt hatte, kam mit aller Macht zurück. Diesmal noch stärker. Denn dieses Mal handelte es sich nicht um eine Verwechslung. Dieses Mal wusste sie, warum sie entführt wurde.

Jetzt war alles so eindeutig. Plötzlich wusste sie, warum ihr die Handschrift der anonymen Nachricht, die Orlando erhalten hatte, so bekannt vorgekommen war: Sie hatte sie in der Hong-Mordakte gesehen, die Nelson Sarduni für sie zusammengestellt hatte. Und Nelsons Name? Wenn sie nur Scrabble gespielt und die dreizehn

Buchstaben neu aneinandergereiht hätte, hätte sie es früher gesehen.

Nelson Sarduni – oder sollte sie ihn Dennis LaRuson nennen? – hatte sie entführt, weil er sich an Orlando rächen wollte.

Und sie würde eine Schachfigur in seinem bösen Spiel sein.

Wie hatte sie das nicht kommen sehen?

39

Die Tür schwang vollständig auf und schlug ihm fast ins Gesicht. Orlando wich instinktiv zurück. Samson stürmte herein und griff ihn mit solcher Wucht an, dass Orlando in einem Augenblick von den Füßen gerissen und im nächsten auf den Boden geschleudert wurde. Wäre er ein Mensch gewesen, wären durch den heftigen Aufprall seine Rippen gebrochen.

Samson sprang mit blitzenden Reißzähnen und leuchtend roten Augen auf ihn und schlug Orlando mit der Faust ins

Gesicht. „Das ist dafür, dass du meine Tochter berührt hast!"

Orlando stieß Samson trotz seiner benachteiligten Position von sich. Er sprang schnell auf, während er die Situation einschätzte. Samson war nicht allein gekommen. Hinter ihm stürmten Gabriel, Haven und Amaury in die Wohnung.

„Ich habe Isabelle nichts angetan!", rief Orlando aus.

„Du verdammtes Arschloch!", fluchte Samson und stürmte noch einmal auf ihn zu.

Er wollte Samson nicht schlagen, hatte aber keine andere Wahl, als sich zu verteidigen. Er blockte Samsons nächsten Hieb mit seinen erhobenen Armen ab, schlug aber nicht zurück. Doch Samson teilte immer mehr Schläge und Tritte aus.

„Verdammt! Samson! Stopp!"

Aber Samson hörte nicht auf ihn. Samson schlug weiterhin zu und schleuderte ihn gegen die Wand. Der nächste Schlag, den Samson ausführte, brach Orlandos Nase und er roch Blut. Aber er hatte keine Zeit, sich um seine blutende Nase zu sorgen, denn jetzt fuhr sein Gegner mit seinen Krallen über Orlandos Oberkörper, schnitt durch sein Hemd und hinterließ blutende Schnittwunden.

Es schien, dass sein Chef seine Wut an ihm auslassen musste, und dieser Prozess würde genau so lange dauern, wie er eben dauerte. Doch Orlando hatte dafür keine Zeit.

Als Samson erneut auf ihn einschlug, packte Orlando dessen Faust und blockte ihn, bevor er Samson mit einem Tritt zur gegenüberliegenden Wand katapultierte. Er stürzte sich auf Samson und drückte ihn dank seiner überlegenen Kraft und seinem Körpergewicht an die Wand.

„Ich habe nicht die Absicht, dir oder irgendjemandem anderen wehzutun", betonte Orlando, „aber ich habe im Moment keine Zeit für eine Prügelei. Isabelle ist in Gefahr." Er bemerkte, dass sich die anderen drei Vampire von der Seite näherten und warf ihnen einen Seitenblick zu. „Keinen Schritt näher."

„Nimm deine verdammten Hände von mir", befahl Samson.

„Zuerst hörst du mir zu", konterte Orlando.

„Ich weiß, wer mir die Morde angehängt hat. Es ist –"

Samson starrte ihn wütend an und versuchte, sich aus seinem Griff zu befreien. „Angehängt? Blödsinn. Hast du das Isabelle vorgelogen?"

„Isabelle weiß, dass es die Wahrheit ist. Ich bin unschuldig." Er hörte die drei anderen bei diesem Kommentar schnauben und drehte seinen Kopf zu ihnen. „Steht nicht einfach da! Ruft Isabelle an und warnt sie vor Nelson Sarduni. Er ist der Mörder."

„Von all den schlimmen Dingen ...", sagte Samson. „Isabelle ist im Hauptquartier. Thomas hat mich vor knapp fünf Minuten angerufen und bestätigt, dass es ihr gut geht. Cooper hat sie zurückgebracht."

Orlando richtete seinen Blick wieder auf Samson, den er immer noch an die Wand drückte. „Ruft sie trotzdem an. Ihr müsst sie warnen. Nelson Sarduni hat mir die Morde in die Schuhe geschoben. Sein richtiger Name ist Dennis LaRuson." Er schaute zurück zu den drei anderen. „Ruft sie an oder ich mache Hackfleisch aus eurem Chef."

Gabriel griff in seine Tasche. „Na gut. Ich rufe sie an."

Es vergingen angespannte Sekunden, in denen niemand sprach.

„Sie antwortet nicht."

„Dann versuch's auf ihrem Wegwerfhandy. Die Nummer ist 415-555-8834."

„Isabelle hat ein Wegwerfhandy?", fragte Samson mit zusammengebissenen Zähnen.

„Ich habe es ihr gegeben." Er gab Gabriel ein Zeichen. „Und?"

„Es ist ausgeschaltet."

„Scheiße!", fluchte Orlando. „Wir müssen sie finden. Jetzt sofort!"

Er ließ Samson los und trat zurück.

„Fesselt ihn", befahl Samson.

„Verdammt, Samson! Verstehst du es nicht? Deine Tochter ist in Gefahr! LaRuson wird sie töten, nur um mir wehzutun!"

Amaury und Haven packten seine Arme und bogen sie nach hinten, und trotz seiner Kraft konnte er sie nicht daran hindern, ihm die Handgelenke mit silbernen Handschellen hinter dem Rücken zu fesseln.

„Du hilfst deinem Fall nicht", behauptete

Samson. „Hör auf, uns anzulügen. Es ist vorbei. Wir wissen, was du in Montreal getan hast, und wir haben Beweise dafür, dass du Hong und die Vuber-Fahrerin getötet hast. Dein Autoschlüssel befand sich in Hongs Haus und deine Fingerabdrücke befanden sich darauf. Es gab eine Übereinstimmung im AFIS.“

„AFIS? Das ist unmöglich“, protestierte Orlando, während Haven und Amaury versuchten, ihn zur Tür zu zerren. Er wehrte sich gegen sie. „Meine Fingerabdrücke sind nicht im AFIS. Nicht in den USA. Meine Fingerabdrücke sind nur in den kanadischen Datenbanken eingespeichert. Wer dir also gesagt hat, dass es eine Übereinstimmung meiner Fingerabdrücke im AFIS gibt, lügt.“

„Warte“, befahl Samson mit einem Blick auf Amaury und Haven. „Angenommen, du hast recht und Nelson ist nicht der, für den er sich ausgibt, woher willst du das wissen? Bist du ihm schon jemals begegnet?“

Orlando schüttelte den Kopf. „Nein. Aber ich habe seine Handschrift erkannt.“ Er deutete mit dem Kinn auf den Wohnzimmertisch, wo er die Akte zurückgelassen hatte. „Das ist die Hong-Mordakte. Jemand hat darin handschriftliche Notizen gemacht. Es ist die gleiche Handschrift wie auf den anonymen Briefen, die ich bekommen habe."

Samson hob skeptisch eine Augenbraue. „Anonyme Briefe? Die hast du nicht zufällig zur Hand?"

„Einen musste ich jemandem geben, um ihn auf Fingerabdrücke zu überprüfen, und der andere ist immer noch in meinem Auto."

„Das ist praktisch", sagte Samson mit vor Sarkasmus triefender Stimme.

„Verdammt, Samson, wir verlieren hier wertvolle Zeit. Denk an Isabelle!"

Samson sah Gabriel an. „Ruf Thomas an. Sag ihm, er soll dafür sorgen, dass Isabelle das Hauptquartier nicht verlässt."

Orlando atmete erleichtert auf. „Danke." Dann deutete er mit dem Kinn auf sein Handy, das während des Kampfes auf den Boden gefallen war. „Die Handschrift ist nicht alles, was ich gefunden habe. Mein Kontakt fand Fingerabdrücke auf dem anonymen Brief, den ich erhielt, und Isabelle konnte sie mit Hilfe eines Kontakts, den sie in Ottawa hat, einem Namen in der kanadischen Fingerabdruckdatenbank zuordnen. Als ich mir die Hong-Akte ansah, sah ich zum ersten Mal den Namen von Nelson Sarduni und erkannte, dass es sich um ein Anagramm für Dennis LaRuson handelte. Und vor fünf Minuten schickte mir eine Frau, die ich aus Montreal kenne, ein Foto von Dennis LaRuson. Ich bin keinem der beiden Männer jemals begegnet, aber du kennst Nelson Sarduni. Und ich wette mein Leben darauf, dass das Foto, das ich gerade erhalten habe, Sardunis ist. Auf meinem Handy ist eine SMS.“

Samson ging zögernd zu der Stelle, wo Orlandos Handy zu Boden gefallen war, als die vier Vampire in die Wohnung gestürmt waren. Er hob es auf.

„Es ist gesperrt.“

„4-6-3-4-8-8.“

Einen Moment später tippte Samson auf

den Bildschirm und scrollte zur Textnachricht. Er hob den Kopf und starrte Orlando an. „Das ist Sardunis Bild. Scheiße!" Er holte tief Luft. „Wer ist Ines?"

„Sie war die Haushälterin meiner Schwiegereltern in Montreal. Sie kannte LaRuson. Er war der Liebhaber meiner Frau."

„Die Frau, die du ermordet hast?"

Orlando nickte. „Ja. Aber damals wusste ich nicht, dass sie einen Liebhaber hatte. Ich habe es heute herausgefunden. Aber das ist im Moment nicht wichtig."

Samson nickte mit ernster Miene, dann blickte er Gabriel an. „Was sagt Thomas?"

Gabriel hielt immer noch sein Handy in der Hand und starrte Samson an, während ihm das Blut aus dem Gesicht lief. „Cooper hat Thomas mitgeteilt, dass Isabelle das Hauptquartier vor etwa zehn Minuten verlassen hat, um sich mit Nelson Sarduni zu treffen, weil er behauptete, er hätte etwas gefunden, das Orlando von den beiden Morden entlasten würde."

Orlandos Herz hörte auf zu schlagen und es fühlte sich an, als würden ein Dutzend scharfer Dolche in sein Herz getrieben, um es in Stücke zu zerhacken. „Oh Gott nein! Er hat sie. Es ist alles meine Schuld." Er hatte das Gefühl, als würde ihn jemand würgen und ihm den letzten Atemzug aus der Lunge pressen.

40

Isabelle funkelte Nelson böse an. Mit silbernen Ketten hatte er ihre Hände und Beine an Metallringe gefesselt, die an einer Steinmauer verankert waren. Sie befanden sich in einem alten Gebäude irgendwo in der Nähe des Wassers, obwohl sie nicht wusste, wo genau, weil er ihr eine Kapuze über den Kopf geworfen hatte, bevor er sie aus dem Kofferraum seines Autos gehoben hatte.

„Du bist also Dennis LaRuson.“

„Ja“, gab er zu und so etwas wie Stolz schwang in seiner Stimme mit. „Vielen Dank, dass du mich darüber informiert hast, dass

Ines im Begriff war, meine Identität preiszugeben. Diese nervige Tussi steckte ihre Nase schon immer in Dinge, die sie nichts angingen. Ich hätte sie damals schon loswerden sollen. Aber es ist noch nicht zu spät: Sobald ich mit dir und Orlando fertig bin, werde ich mich um sie kümmern. Diesmal hinterlasse ich nichts Unerledigtes."

Es schien, dass Nelson in der Stimmung war, sich zu unterhalten. Sie musste ihn reden lassen und ihn hinhalten, bis jemand bemerkte, dass sie in Gefahr war. Sie konnte nur hoffen, dass Cooper es verdächtig finden würde, wenn sie ihn nicht anrief, um ihn über das Geschehen auf dem Laufenden zu halten. Mit etwas Glück würde er anfangen, nach ihr zu suchen. Aber wie lange würde das dauern? Eine Stunde? Zwei? Länger? Wie lange konnte sie Nelson hinhalten?

„Warum Hong und Jessica? Warum hast du sie ausgewählt? Wenn das deine Rache an Orlando ist, dann machst du es nicht richtig. Er kannte sie nicht einmal."

„Ich konnte nicht riskieren, dass Orlando sofort dahinterkam, was ich tat. Nein, es musste jemand sein, zu dem er scheinbar keine Verbindung hatte. Sonst wären all die kleinen Brotkrümel, die ich ausgelegt habe, zu offensichtlich gewesen und jeder hätte sofort erraten, was los war." Er trat ein wenig näher und sein Mund verzog sich zu einem Knurren. „Aber du musstest die Beweise stehlen! Der an Orlando gerichtete Brief war aus einem bestimmten Grund in Hongs Haus. Du hast Beweise unterschlagen!"

„Ja, Beweise, die du ihm untergejubelt hast!"

Mit dem Handrücken schlug Nelson ihr ins Gesicht, aber sie spürte den Schmerz kaum, da sie bereits taub war von den anhaltenden Schmerzen, die die Silberketten an ihren Handgelenken und Knöcheln verursachten. Zumindest hatte er die Silberkette abgenommen, mit der der Knebel befestigt gewesen war.

„Hast du eine Ahnung, was deine Tat nach sich zog?", fragte er. „Da ich den Brief mit Orlandos Namen nicht hatte, konnte ich ihn nicht sofort als Verdächtigen hinstellen. Und weißt du, was ich deinetwegen tun musste?

Ich musste Jessica töten, damit es eine direkte Verbindung zwischen Orlando und den Morden gab. Daran bist du schuld!"

Isabelle war nicht überrascht, dass er ihr die Schuld zuschob. Das taten Feiglinge immer. Und Nelson war ein Feigling, der ständig andere für sein Versagen verantwortlich machte. „Oh nein, versuch nicht, mir die Schuld zuzuschieben! Du bist der Mörder. Und trotz aller Gelegenheiten, die du hattest, Beweise zu platzieren und zu versuchen, Orlando zum Sündenbock zu machen, bist du gescheitert."

Er schlug sie erneut, diesmal härter.

Isabelle schmeckte das Blut, das aus ihrer Nase lief. „Wenn ich bedenke, wie wenig du über Polizeiarbeit weißt, kann ich mir schon vorstellen, wie du es geschafft hast, den Job bei Donnelly zu bekommen: Gedankenkontrolle?"

Nelson spottete. „Und Donnelly hat es voll geschluckt. Er glaubt wirklich, dass er derjenige war, der mich vom Seattle Police Department weggelockt hat. Er hat nicht einmal eine Hintergrundüberprüfung durchgeführt! Der Idiot dachte, ich hätte schon eine hinter mir, nur weil ich es behauptet habe. Er nahm mir nicht einmal die Fingerabdrücke ab. Und er hielt es sogar für seine Idee, mich als Verbindungsmann zwischen der Polizei und Scanguards vorzuschlagen. Es hätte nicht einfacher sein können, wenn ich mich noch mehr bemüht hätte."

„Hast du Margarite so dazu gebracht, Orlando zu betrügen? Denn das war definitiv ein Abstieg für sie. Es gibt keine Frau auf der Welt, die dich nehmen würde, wenn sie erst einmal Orlando bekommen hat. Als ob du –"

Der nächste Schlag schleuderte ihren Kopf so schnell zur Seite, dass sie hörte, wie ihr Rückgrat knackte. Aber sie drehte ihren Kopf wieder zu ihm und sah ihn an. Er würde es nie schaffen, sie zu brechen, egal wie viel Angst sie hatte.

„Margarite hat mich geliebt!" Er knurrte und ließ seine Reißzähne aufblitzen. Seine Augen leuchteten jetzt rot vor Wut. „Sie hat mich schon immer geliebt. Und dann tauchte dieser verdammte Idiot in ihrem Leben auf.

Wenn jemand Gedankenkontrolle bei Margarite anwendete, dann Orlando. Weil sie ihn nicht liebte! Er hat sie ausgetrickst! Machte sie schwach. Aber als ich endlich zurück war, erinnerte sie sich wieder daran, was wir zusammen hatten. Und sie kam zu mir zurück!" Er lachte. „Und dann war ich endlich genauso stark wie er. Ich konnte gegen ihn kämpfen, und das hätte ich auch getan, aber Margarite wusste, dass es einen anderen Weg gab, ihn zu Fall zu bringen."

Isabelle unterbrach seine Tirade nicht. Je länger er redete, desto besser für sie. Sie musste sich so viel Zeit wie möglich erkaufen.

„Wir waren so nah dran, von ihnen allen befreit zu sein. Und dann hat Orlando sie getötet! Sie ausgesaugt und wie ein Spielzeug, auf das er keine Lust mehr hatte, weggeworfen. Er ist ein verdammtes Monster! Er hat seine blutgebundene Gefährtin ermordet! Welcher Vampir macht so etwas? Orlando ist durch und durch böse. Er hat nichts Gutes in sich."

Es war etwas in Nelsons Worten, das sie innehalten ließ. Er beschuldigte Orlando des

Mordes an Margarite, einen Mord, den Orlando selbst gestanden hatte. Ihre fünf Familienmitglieder hatte er jedoch nicht erwähnt. Was hatte Nelson gesagt? Dass er und Margarite so kurz davor gewesen waren, frei zu sein? Frei von wem? Nur Orlando? Oder auch frei von ihrer Familie?

Isabelle hatte eine Vermutung. „Margarite wollte nicht einfach nur von Orlando loskommen, oder? Sie wollte auch von ihrer Familie frei sein, nicht wahr?" Sie suchte in Nelsons Augen nach einem Zeichen dafür, dass sie auf der richtigen Spur war. „Du hast Margarites Familie getötet. Und du hast damals Orlando die Morde in die Schuhe geschoben."

Ein finsteres Lachen rollte über Nelsons Lippen. „Oh nein, das kann ich nicht für mich in Anspruch nehmen."

Isabelles Herz sank. Orlando hatte also doch die ganze Familie getötet.

„Nein, Margarite hat alles alleine gemacht. Ich war so stolz auf sie."

Margarite hatte ihr eigenes Fleisch und Blut getötet? Ihre Eltern? Ihre Geschwister?

Ihre Großmutter? Was für ein Mensch war zu so viel Bösem fähig?

„So wollte sie es", fuhr Nelson unbeirrt fort. „Wir waren perfekt füreinander."

Genau wie Bonnie und Clyde, dachte Isabelle, sagte es aber nicht. Sie wollte nicht noch einmal einen seiner heftigen Schläge erleiden müssen, denn sie musste ihre Kräfte bewahren. Was auch immer er mit ihr vorhatte, es würde zweifellos bald beginnen. Und sie war sich sicher, dass es schmerzhaft sein würde – selbst für eine Vampirhybridin, die genauso viel Schmerz ertragen konnte wie ein vollblütiger Vampir.

„Und Orlando hat alles zerstört! Er hat sie mir weggenommen! Jetzt muss er dafür büßen", donnerte Nelson.

„Du willst Rache. Das verstehe ich. Mir würde es auch so gehen. Aber warum hast du über vierzig Jahre gewartet? Das verstehe ich nicht. Wenn du wusstest, dass er es war, warum hast du ihn dir dann nicht schon damals geschnappt?"

„Das hätte ich getan, aber der Bastard ist spurlos verschwunden. Ich habe nach ihm gesucht. Aber er ist nie aufgetaucht. Ich weiß nicht, wie er sich so lange verstecken konnte. Es hat mich verrückt gemacht. Doch dann tauchte er plötzlich hier in San Francisco auf. Ich war bereit, ihn zu vernichten. Aber dann wurde mir etwas klar. Orlando hatte nichts zu verlieren. Keine Familie. Keine Freunde. Keine Frau. Nicht einmal einen Job. Ich konnte keinen Mann töten, der nichts zu verlieren hatte. Es würde nichts bedeuten." Er sah sie an, als suchte er nach Bestätigung. „Also habe ich gewartet, und ich habe noch länger gewartet. Bis er schließlich wieder anfing, ein richtiger Mann zu werden, ein Mann, der an Dingen und Menschen hing. Ein Mann, der sich etwas aufgebaut hatte, egal wie klein oder unbedeutend es war. Ich sah, wie er sich an Scanguards festhielt, als wäre es eine Rettungsleine. Da erkannte ich es. Scanguards war seine neue Familie. Endlich hatte er etwas zu verlieren."

Nelson kicherte vor sich hin und schüttelte den Kopf. „Und als du dann den Brief aus Hongs Küche mitgenommen hast, um Orlando zu beschützen, wusste ich plötzlich, dass Scanguards nicht das Einzige war, was er zu verlieren hatte. Mir wurde klar, dass ihr ein Liebespaar seid. Ich habe keine Ahnung, warum ich das nicht schon früher gesehen habe. Ich schätze, ihr beide habt es gut verborgen.“

Isabelle vermied es, ihm zu sagen, dass sie erst in der Nacht, in der sie mit den Ermittlungen zum Mord an Hong begonnen hatte, ein Liebespaar geworden waren. Aus irgendeinem Grund hatte sie das Bedürfnis, die Erinnerungen an ihre Beziehung mit Orlando zu beschützen. Es war etwas, wovon nur sie wissen durfte. Niemand konnte ihr das nehmen, egal was seitdem passiert war und was jetzt passieren würde.

„Aber genug mit dem Gerede“, sagte Nelson. „Wir müssen einiges vorbereiten.“

Er wandte sich von ihr ab und sie bemerkte, dass er zu einer großen Tasche in einer Ecke ging. Er nahm mehrere Gegenstände heraus und legte sie auf den Boden. Dann drehte er sich um, damit sie sehen konnte, was er tat. Er begann, ein

Stativ zusammenzubauen. Isabelle wusste sofort, was er vorhatte.

„Du wirst mich filmen?"

Er blickte grinsend über seine Schulter. „Natürlich! Welchen Sinn hätte es, dir Schmerzen zuzufügen, ohne Orlando wissen zu lassen, was ich seiner Geliebten antue?"

„Wenn du mir weh tust, wird er dich niemals am Leben lassen. Er wird dich bis ans Ende der Welt jagen."

Nelson drehte sich vollständig um und warf ihr einen bösen Blick zu. „Glaubst du, ich habe Angst zu sterben? Verstehst du es nicht? Ich habe nichts mehr, wofür es sich zu leben lohnt. Als er mir Margarite wegnahm, nahm er mir alles. Ich lebe nur, um Margarite zu rächen. Ich möchte, dass er die gleichen Schmerzen empfindet, die ich jeden Tag durchmache. Und dann werde ich ihn töten."

Isabelle spürte, wie ihr ein eisiger Schauer über den Rücken lief. Nelson war geisteskrank.

41

Orlando hatte Schmerzen, sowohl körperlich als auch emotional. Sie hatten ihn in einen verdunkelten Scanguards-Van geworfen, und die gesamte Scanguards-Truppe war zum Hauptquartier zurückgekehrt. In der Garage hielt der Van vor den Aufzügen an. Die Hintertüren des verdunkelten Lieferwagens öffneten sich, und Samson, der im zweiten Lieferwagen mitgefahren war, zerrte ihn heraus, sodass er fast über seine eigenen Füße stolperte. Orlandos Hände waren immer noch mit silbernen Handschellen hinter seinem Rücken gefesselt, und das Metall brannte sich in sein Fleisch. Aber das interessierte ihn im Moment nicht. Ihm ging es nur darum, Isabelle aus den Klauen von LaRuson zu retten.

An den Aufzügen warteten mehrere Vampire und Hybriden.

„Werft ihn in eine der Zellen", befahl Samson Patrick und Ethan und schob Orlando in deren Richtung.

„Nein!", protestierte Orlando. „Du kannst mich nicht einfach einsperren, wenn wir Isabelle retten müssen!"

Samson wirbelte zu ihm herum und stieß seinen Finger in Orlandos Brust. „Sie ist wegen dir in Gefahr!" Seine Worte klangen wie das Knurren eines gefährlichen Tieres. „Du hast Glück, dass ich dich noch nicht gepfählt habe."

„Es ist mir egal, ob du mich pfählst, solange du es tust, nachdem wir Isabelle gerettet haben!" Orlando starrte seinen Chef grimmig an.

„Du machst dabei nicht mit!" Samson blickte an ihm vorbei zu Ethan und Patrick. „Bringt ihn zu den verdammten Zellen."

Bevor die beiden Vampirhybriden ihn packen konnten, machte Orlando einen Satz nach vorne und versetzte Samson einen Kopfstoß, wobei der Überraschungsangriff ihn nach hinten stolpern ließ. Sofort kamen Amaury und Gabriel ihrem Chef zu Hilfe und packten Orlandos Arme. Obwohl Orlando mit Handschellen gefesselt war, wehrte er sich gegen sie.

„Du kannst mich nicht aufhalten! Verdammt! Ich muss helfen, Isabelle zu finden. Verstehst du das nicht? Ich kann den Gedanken nicht ertragen, dass dieser Bastard ihr wehtut." Er warf Samson einen flehenden Blick zu. „Nimm mir die Handschellen ab. Ich verspreche, dass ich nicht versuchen werde zu fliehen. Ich möchte nur Isabelle retten. Was du mit mir machst, wenn sie in Sicherheit ist, ist mir egal. Ich werde mich nicht einmal wehren, wenn du mich dann höchstpersönlich pfählen willst. Verdammt, Samson. Ich liebe deine Tochter. Und das bin ich ihr schuldig. Ich habe versprochen, für ihre Sicherheit zu sorgen. LaRuson will mich."

Plötzlich hallte das Klingeln eines

Mobiltelefons durch die Garage. Er warf einen Blick dorthin, woher das Geräusch kam, und sah, wie Haven auf ein Telefon schaute.

„Es ist Orlandos Wegwerfhandy."

„Isabelle?" Orlandos Herz setzte einen Schlag aus.

Haven sah ihn an. „Das glaube ich nicht. Sieht aus wie ein Link."

„Es gibt nur eine Handvoll Leute, die diese Nummer haben", sagte Orlando. „Entsperre es. 4-6-3-4-8-8."

Haven gab den Code ein. Einen Moment später hob er den Kopf und sah zuerst Orlando und dann Samson an. „Es sieht aus wie ein Live-Feed." Er drehte das Display um und trat näher, damit jeder das Video auf dem kleinen Bildschirm sehen konnte.

Isabelle war an eine Stein- oder Ziegelmauer gefesselt. Sie schaute direkt in die Kamera. Ihr Gesicht war blutig und sie hatte blaue Flecken. Der Bastard hatte bereits angefangen, ihr wehzutun.

„Fuck!", fluchte Orlando. „Verdammt, Samson, wir dürfen hier keine Zeit mit

Streiten verlieren. Wir müssen sie finden, bevor er ihr noch mehr wehtut."

Samson wechselte einen Blick mit ihm. „Ich erteile jedem hier die Erlaubnis, dich zu pfählen, wenn du versuchst zu fliehen. Ist das klar?"

Orlando nickte, ohne darüber nachzudenken. „Du hast mein Wort."

Samson deutete mit dem Kinn in Amaurys Richtung. „Nimm ihm die Handschellen ab."

Sowohl Amaury als auch Gabriel ließen ihn los und Amaury nahm ihm die silbernen Handschellen ab. Orlando rieb sich die Handgelenke, aber er bat nicht um Blut, um seine Verletzungen zu heilen. Er wollte keine Zeit mehr verschwenden.

„Lass uns zu Thomas gehen", befahl Samson. „Er kann herausfinden, woher dieser Livestream kommt."

„Haven, gib mir das Telefon", verlangte Orlando.

Haven warf einen Blick auf Samson, der zustimmend nickte, und Haven reichte ihm das Handy. Orlando schaute sich den Videostream an. Jetzt kam LaRuson in Sicht.

Er blieb vor Isabelle stehen und drehte sich unerwartet der Kamera zu.

Währenddessen drückte Samson den Aufzugsknopf, bevor er wieder auf das Telefon in Orlandos Hand blickte.

„Orlando, ich hoffe, du siehst dir das an", sagte LaRuson. „Es wird eine großartige Show. Du hast dir ja eine wirklich lebhafte Schlampe gesucht." Er lachte kalt. „Also, so wird diese Show ablaufen. Zuerst machen wir ein bisschen körperliche Folter, weißt du, Dinge wie das Abschneiden von Fingern oder ein oder zwei Ohren, und wenn sie dann große Schmerzen hat, schwächer wird und etwas Ruhe braucht, ficke ich sie."

Orlando knurrte frustriert. Er schlug mit der Hand gegen die Wand neben dem Aufzug. „Verdammter Bastard! Ich werde ihn umbringen!"

Endlich öffneten sich die Aufzugstüren. Bevor Orlando hineinstürmen konnte, traten Cooper und Thomas heraus.

„Wir wissen, wo Isabelle ist", verkündete Thomas.

„Wie?", fragte Samson.

„Ich habe sie mit Trackern versehen", sagte Cooper, „als ich sie von Graysons Gebäude abgeholt habe. Sie hat zwei Wanzen bei sich, eine in ihrer Handtasche, eine an ihrem Schuh." Er warf Orlando einen bösen Blick zu. „Sie war so verstört, dass ich ihr beim Anziehen ihrer Schuhe helfen musste."

Trotz der tadelnden Anschuldigung empfand Orlando nur Erleichterung bei der Erkenntnis, dass sie Isabelle aufspüren konnten.

Er bemerkte, dass Samson Cooper mit einem dankbaren Gesichtsausdruck ansah. „Danke für deine Weitsicht."

Thomas zeigte auf das Tablet in seiner Hand. „Eines der Signale kommt von hier draußen. Wir wollten es gerade überprüfen. Nelson hat ihre Handtasche höchstwahrscheinlich irgendwo auf der Straße weggeworfen, als er sie abgeholt hat."

Samson zeigte auf Patrick. „Finde sie."

Patrick stürmte nach draußen, ohne den Befehl seines Vaters in Frage zu stellen.

„Und das andere Signal?", fragte Orlando eifrig, während sein Herz außer Kontrolle raste. Er musste zu Isabelle gelangen und sie den Klauen dieses Verrückten entreißen.

„Es ist in Hunter's Point. In der Nähe des Wassers", antwortete Thomas.

„Wo genau?", fragte Samson und näherte sich Thomas, damit er auf das Display des Tablets schauen konnte. Orlando blickte Thomas über die Schulter.

„Dieses Gebäude hier. Sieht aus wie ein altes Lagerhaus." Er warf Samson einen Blick zu. „Vielleicht können wir Virginia um Hilfe bitten. Sie könnte unsichtbar hineingehen und uns sagen, wo genau Isabelle ist, und LaRuson ausschalten, bevor er ihr etwas antun kann."

Virginia, Wesleys Frau, war keine Vampirin. Sie war eine Hüterin der Nacht. Ihre Rasse hatte die Fähigkeit, sich selbst und andere unsichtbar zu machen und durch Wände zu gehen.

„Dafür haben wir keine Zeit." Orlando zeigte auf das Handy in seiner Hand, auf dem der Livestream zu sehen war. Jeden Moment würde LaRuson anfangen, Isabelle zu foltern. Wie es aussah, hatte er ihr bereits mehrmals ins Gesicht geschlagen, und der Gedanke, dass er ihr wehtat, verkrampfte ihm den Magen.

„Oh, verdammt!", stieß Thomas hervor.

„Er hat recht", unterbrach Haven. „Wesley und Virginia sind an einem Strand in Mexiko. Es würde zu lange dauern, hierher zurückzukehren, selbst wenn sie sich in der Nähe eines Portals befinden. Auf den Vorteil der Unsichtbarkeit müssen wir verzichten."

„Wir müssen jetzt los!", drängte Orlando die anderen. „LaRuson tut ihr bereits weh."

Samson nickte, während er zum ersten Van eilte. „Thomas, du fährst mit mir. Orlando, steig ein."

Als Orlando an der Beifahrertür des Lieferwagens ankam, sah er Patrick zurückkommen. Er hatte Isabelles Handtasche in der Hand. „Genau, wie wir dachten. Er hat sie draußen in einen Mülleimer geworfen."

„Patrick, steig hinten ein", befahl Samson. „Der Rest von euch nimmt den anderen Van und folgt uns."

Als Samson sich auf den Fahrersitz setzen wollte, hielt Patrick ihn auf. „Dad, ich fahre."

Es sah so aus, als ob Samson protestieren wollte, aber dann gab er nach und sprang stattdessen mit Orlando auf den Rücksitz, während Thomas am Beifahrersitz Platz nahm, um zu navigieren.

Augenblicke später waren sie auf der Straße und fuhren nach Süden in Richtung Hunter's Point. Vom Beifahrersitz aus tippte Thomas auf eine App auf dem Tablet. Es klingelte einmal, bevor der Anruf angenommen wurde.

„Hey, Baby, was brauchst du?" Es war Eddies Stimme.

„Sende eine wärmesuchende Drohne in die Luft. Ich schicke dir die Koordinaten. Wir müssen wissen, wo im Gebäude Nelson Isabelle festhält."

„Ich arbeite daran."

Hinten saß Orlando Samson gegenüber. Sie sahen sich an. Er konnte in Samsons Gesicht sehen, dass er vor Angst um seine Tochter außer sich war. Höchstwahrscheinlich war das der Grund, warum er Patrick fahren ließ.

Orlando ignorierte Patrick und Thomas und konzentrierte sich auf den Livestream auf seinem Handy. Samson gab ihm ein Zeichen, dass er sehen wollte, was los war, also verließ Orlando seinen Platz und setzte sich neben Samson auf die Bank.

LaRuson stand jetzt neben Isabelle. Bewusst langsam ließ er seine Krallen hervortreten. Seine Fingerspitzen waren jetzt mit scharfen Widerhaken versehen. Er zog seine Krallen in einer langsamen Bewegung über Isabelles Brust und schnitt in ihr Oberteil, als würde er den Moment genießen. Aus den Wunden begann Blut zu sickern und Orlando zuckte zusammen. Seine Kiefer spannten sich an.

„Ich werde diesen Bastard in Stücke reißen", schwor Orlando. Dann schaute er nach vorne. „Fahr nicht wie eine alte Dame, Patrick. Gib Gas!"

Neben ihm starrte Samson mit zitternden Händen auf den Bildschirm des Handys. Er wollte seinen Chef trösten, aber

Samson würde das nicht zu schätzen wissen.

„Samson", sagte er mit leiserer Stimme. „LaRuson will mich. Ich gehe alleine rein. Ich werde mich im Austausch für Isabelle anbieten."

„Du weißt, dass das Selbstmord ist." Samson zeigte auf den Video-Feed. „Er hat eine Waffe. Mit Silberkugeln. Er wird dich erschießen, sobald er dich sieht."

„Ich werde ihn weit genug von Isabelle weglocken, damit ihr sie losbinden und da rausholen könnt. Ich werde die Ablenkung sein."

„Das wirst du nicht überleben."

„Es ist egal, was mit mir passiert. Solange Isabelle in Sicherheit ist."

„Du würdest dein Leben für ihres geben?"

„Egal, was du von mir denkst, Samson, ich liebe Isabelle. Und wenn sie das nicht überlebt, bin ich sowieso tot, denn ohne sie kann ich nicht weitermachen." Er spürte, wie Tränen aufstiegen, drückte sie jedoch zurück. „Weißt du, warum ich vor achtzehn Monaten zu dir gekommen bin? Weil ich das Laufen satt hatte. Ich hatte die Einsamkeit satt. Ich liebte meine Frau. Das habe ich wirklich getan. Aber meine Liebe zu Isabelle stellt diese Liebe in den Schatten. Eine Welt ohne Isabelle ist nicht richtig. Sie muss leben, egal was mit mir geschieht."

Ein paar Sekunden lang sagte Samson nichts. Dann nickte er.

42

Als die beiden Scanguards-Vans das Gebäude in Hunter's Point erreichten, wohin die Wanze, die Cooper an Isabelles Kleidung angebracht hatte, sie geführt hatte, wollte Orlando bereits aus der Haut fahren. Seine Ungeduld wurde mit jeder Sekunde größer, in der er sich das Live-Video ansah, in dem LaRuson nun Isabelle einen schmerzhaften Schnitt nach dem anderen an Armen und Brust zufügte. Obwohl Isabelle versuchte, tapfer zu sein, stöhnte sie vor Schmerz, und das Geräusch ließ sein Herz schmerzen und seine Fangzähne sich nach Rache sehnen.

„Ist die Drohne in der Luft?", fragte Samson nun Thomas.

Thomas schüttelte den Kopf. „Noch fünf Minuten. Eddie musste zuerst die Wärmesuchkamera montieren."

„Wir können nicht länger warten", entschied Orlando. „Er tut ihr weh. Ich muss jetzt rein."

Er öffnete die Seitentür des Lieferwagens und sprang in die Dunkelheit hinaus. Er schaute noch einmal auf das Handy, diesmal nicht um Isabelle anzusehen, sondern um auf die Stelle zu schauen, an der sie angekettet war. Vielleicht konnte er etwas sehen, das ihm einen Hinweis darauf geben würde, wo in dem großen Gebäude LaRuson sie gefangen hielt.

Er vergrößerte einen Bereich am Bildschirm links und kniff die Augen zusammen. „Ich glaube, das ist ein alter Schornstein." Er schaute über die Schulter und sah, dass auch Samson und Thomas aus dem Van ausgestiegen waren. „Thomas, hast du die Blaupausen?"

Thomas nickte und tippte auf sein Tablet. „Habe ich."

„Wie viele Schornsteine?"

„Mehrere."

„Verdammt." Orlando schaute sich noch einmal den Live-Feed an. „Da ist etwas roter Backstein. Sieht älter aus als der Rest des Gebäudes."

„Okay", sagte Thomas und schaute auf sein Tablet. „Ich denke, ich habe es."

Orlando näherte sich ihm.

„Dieser Teil hier ist der ältere Teil des Gebäudes. Und es gibt einen Schornstein." Thomas schaute auf Orlandos Handy. „Das könnte es sein."

„Okay. Ich gehe rein. Wer ist am schnellsten mit dem Dietrich?"

„Das bin ich", sagte Patrick aus dem Van, als er heraussprang. „Und hier sind eure Ohrstöpsel." Er reichte Orlando ein kleines Kommunikationsgerät und gab die anderen Thomas und Samson.

Orlando steckte das Gerät in sein Ohr und testete es. „Eins, zwei."

„Wir können dich hören", sagte Samson.

„Ich brauche eine Waffe", sagte Orlando.

Einen Moment zögernd starrte Samson ihn an. „Wie gut bist du als Schütze?"

„Gut. Und glaube mir, wenn auch nur die geringste Chance besteht, dass ich Isabelle treffen könnte, werde ich nicht schießen."

Samson nickte, dann wandte er sich dem Van zu und holte eine Halbautomatik heraus. „Mit Silberkugeln geladen."

Orlando nahm die Schusswaffe und gab Samson im Gegenzug sein Handy. „Hier. Lass mich über die Kommunikation wissen, wenn sich etwas ändert." Zum Beispiel wenn LaRuson einen Versuch unternahm, Isabelle zu töten. Aber das musste er nicht sagen. Samson verstand das.

Mit einem weiteren Blick auf die Blaupausen auf Thomas' Tablet orientierte sich Orlando.

„Patrick, los geht's."

Orlando ging nur ein paar Schritte in Richtung Gebäude, als ihm bewusst wurde, dass ihnen jemand folgte: nicht nur Samson und Thomas, sondern auch alle anderen, die im zweiten Van gekommen waren. Haven trug einen Bolzenschneider, während Amaury und Gabriel schwer bewaffnet waren. Cooper trug eine Umhängetasche über seinem Oberkörper. Nur Ethan blieb bei den Vans zurück.

„Ihr könnt nicht mitkommen. Wenn LaRuson uns alle kommen sieht, könnte er Isabelle töten. Das kann ich nicht riskieren."

„Wir werden nicht reingehen, jedenfalls nicht sofort", versicherte ihm Samson.

Patrick stand bereits an einer der Türen, die in das verlassene Lagerhaus führten, und beugte sich über das Schloss, um es zu öffnen. Es dauerte weniger als eine Minute, bis er sich umdrehte und nickte und damit zu verstehen gab, dass das Schloss geknackt war. Niemand sprach.

Mit klopfendem Herzen holte Orlando Luft, öffnete die Tür und warf einen Blick ins Innere, um sich damit vertraut zu machen. Als er niemanden sah, schlüpfte er mit gezogener Waffe hinein, setzte einen Fuß vor den anderen und achtete darauf, kein Geräusch zu machen. Das Gebäude war nicht leer. Es gab alte Trennwände, die den Raum in einzelne Bereiche unterteilten. In einigen Bereichen befanden sich alte Möbel, in anderen Paletten und Müll. Mehrere Flure mündeten in der Nähe des Eingangs und führten zu einzelnen Räumen, höchstwahrscheinlich Büros oder Lagerräumen. Er bemerkte auch Industriemaschinen und fragte sich, ob das Gebäude wirklich komplett leer stand. Es gab Hinweise darauf, dass vor nicht allzu langer Zeit ein Feuer im Inneren des Gebäudes gebrannt hatte. Höchstwahrscheinlich hielten sich hier Obdachlose auf, obwohl er im Moment keine Menschen im Gebäude riechen konnte.

„Nelson hat Isabelle Klebeband über den Mund geklebt", sagte Samson über den Ohrhörer.

Scheiße! Das bedeutete, dass er Isabelle nicht hören konnte, wenn sie versuchte, nach ihm zu rufen. Er musste sich auf seine anderen Sinne verlassen.

„Ich bin mir nicht sicher, was Nelson jetzt macht. Er ist nicht mehr im Blickfeld", fügte Samson hinzu.

Mit leichten Schritten bewegte sich Orlando in die Richtung, in der der Plan auf einen alten Schornstein hingewiesen hatte. Es roch muffig und erinnerte ihn an einen alten Wurzelkeller, bevor die Menschen elektrische Kühlung erfunden hatten. Vorsichtig pirschte er sich näher an den Teil des Gebäudes heran, in dem er vermutete, dass LaRuson Isabelle gefangen hielt.

Der Raum, durch den er jetzt ging, fühlte sich wie ein Labyrinth an. Hindernisse säumten den Weg: alte Maschinen, Glasscherben, Holzpaletten. Türen führten in verschiedene Bereiche des Gebäudes. Es gab praktisch nirgendwo Lichtquellen. Weiter oben gab es Fenster, die alle bis auf ein paar schwarz gestrichen oder mit Brettern vernagelt waren. Das Licht von Straßenlaternen schien kaum in den Innenraum. Der Mond war hinter Wolken verborgen. Es war ein idealer Ort, um einen Gefangenen festzuhalten, ohne dass es jemand bemerkte.

Und wäre er ein Mensch und kein Vampir, hätte er den schwachen Geruch von Blut nicht wahrnehmen können. Isabelles Blut. Jetzt drang dieser zu ihm, auch wenn er keine Schreie hörte. Er wollte von Samson erfahren, was er sah, aber er wagte nicht zu sprechen. LaRuson könnte ihn hören.

„Fuck!" Der Fluch kam von Thomas über das Kommunikationsgerät in Orlandos Ohr. „Orlando, hör mir gut zu: Die Drohne hat gerade drei Wärmesignaturen erfasst. Zwei Personen bewegen sich: du und Nelson. Er ist nicht mehr im selben Raum wie Isabelle. Er ist in deiner Nähe."

Scheiße!

Er hatte den Gedanken kaum beendet, als etwas Reflektierendes so schnell auf ihn zu wirbelte, dass er nicht mehr ausweichen konnte. Ein Wurfstern bohrte sich in seinen linken Bizeps. Der Schmerz war so heftig, dass Orlando sofort wusste, dass dieser aus Silber bestand. Er sprang zur Seite, um anderen Flugobjekten aus dem Weg zu gehen, und zog mit der bloßen Hand den Wurfstern aus seinem Oberarm, was zu Verbrennungen an seinen Fingern führte. Er unterdrückte den Schmerz und ignorierte seine Verletzung, während er seine Waffe in die Richtung richtete, aus der der Wurfstern gekommen war. Es schien, dass LaRuson nicht vorhatte, ihn schnell zu töten. Ein Tod durch tausend Verletzungen war wahrscheinlicher, denn ein schneller Tod würde LaRuson sicherlich nicht die Rache verschaffen, die er suchte.

Links von ihm erklang nun ein Geräusch, und Orlando wirbelte sofort in diese Richtung herum und feuerte. Er hörte das Schlurfen von Füßen, aber keinen Schmerzensschrei.

„Wir kommen rein", verkündete Samson über den Ohrstöpsel.

Orlando hatte damit gerechnet. Die Männer von Scanguards hatten den Schuss gehört. Es war zwecklos, Samson jetzt davon abzuhalten, das Gebäude zu betreten.

„Wo ist LaRuson jetzt?", flüsterte Orlando ins Mikrofon.

„Ich habe ihn verloren", sagte Thomas. „Wir sind blind."

Was zum Teufel? Wie konnten sie seine Wärmesignatur verlieren?

„Die Drohne ist ausgefallen."

Entweder hatte LaRuson die Drohne irgendwie abgeschossen, was unrealistisch war, oder er hatte ihr Funksignal gestört, was viel wahrscheinlicher war. In jedem Fall war es schlecht.

„Auch die Videoverbindung ist ausgefallen", berichtete Samson. „Wir müssen Isabelle erreichen."

Orlando rannte bereits. Es war ihm egal, ob LaRuson ihn mit mehr seiner silbernen Wurfsterne erwischte, er musste Isabelle erreichen. In Panik eilte er einen kurzen Korridor entlang und bog dann wieder ab, bis er ein schwaches Licht sah, das von einem Raum in den Gang strömte. Er näherte sich, die Waffe immer noch gezogen, und drückte sich gegen die Wand, dann drehte er den Kopf, um in den Raum zu schauen.

In dem etwa fünf mal sieben Meter großen fensterlosen Raum war Isabelle mit Klebeband über dem Mund an die Wand gekettet. Sie blutete aus mehreren Wunden im Gesicht, an den Armen und am Rumpf. Sie war alleine. Mit großen Augen starrte Isabelle ihn an, schüttelte verzweifelt den Kopf und murmelte etwas gegen das Klebeband.

Orlando rannte in den Raum und stürmte auf Isabelle zu, als er ein leises Piepen hörte.

„Ich habe sie gefunden", sagte er ins Mikrofon. „Haven, ich brauche den Bolzenschneider."

Er blieb vor Isabelle stehen und schob die Waffe hinten in seinen Hosenbund. „Alles wird gut."

Sie schüttelte den Kopf, Tränen in den Augen. Er riss ihr das Klebeband vom Mund.

„Nein, das wird es nicht. Du hast eine Bombe ausgelöst."

Isabelle neigte ihr Kinn an ihm vorbei und er verstand, was sie meinte. In einer Ecke des Raumes, die sich bei seinem Eintreten in seinem toten Winkel befunden hatte, lag eine grob gebaute Bombe. Der schwache Piepton, den er beim Betreten des Raums gehört hatte, war das Zeichen dafür, dass die Bombe ausgelöst worden war – offenbar wurde sie durch einen Bewegungssensor aktiviert, der unten am Türrahmen angebracht war.

„Scheiße!"

„Wie lang?", fragte sie.

Er konzentrierte seinen Blick darauf, aber es gab keine Uhr, kein Display, das einen Countdown anzeigte. Die Bombe könnte in einer Sekunde oder einer Stunde explodieren. Es gab keine Möglichkeit, es herauszufinden. „Verdammter Bastard!"

Orlando wandte sich wieder Isabelle zu und deckte sie, so gut er konnte, mit seinem breiten Körper ab. „Es gibt keine Uhr."

Isabelle holte tief Luft.

„Samson", sagte Orlando ins Mikrofon. „LaRuson hat die Bude mit Sprengfallen versehen. In dem Raum, in dem Isabelle angekettet ist, befindet sich eine Bombe. Sie wurde ausgelöst, aber ich weiß nicht, wie lange wir noch haben."

Und das war eindeutig beabsichtigt. LaRuson führte einen psychologischen Krieg gegen sie.

„Fuck!" Mehrere Flüche drangen durch die Hörmuschel.

„Ich kann sie nicht entschärfen", sagte Orlando mit Bedauern. „Ich muss Isabelle abschirmen. Mein Körper wird den größten

Teil der Explosion absorbieren. Sie hat eine Chance zu überleben."

„Nein, Orlando", bettelte Isabelle. „Rette dich selbst. Es ist Selbstmord."

„Es ist mir egal, ob ich sterbe. Aber du verdienst es zu leben." Er sah ihr in die Augen und wusste, dass dies das letzte Mal sein würde, dass er sie sah. Er drückte sich enger an sie und achtete darauf, sie so weit wie möglich mit seinem Körper abzuschirmen.

„Ich komme mit dem Bolzenschneider rein", verkündete Samson.

„Nein!", protestierte Orlando. „Samson, tu das nicht! Wir müssen nicht beide sterben. Denk an Delilah. Ich verspreche dir, Isabelle wird überleben, solange ich sie beschütze. Pass nur auf, dass LaRuson mich nicht tötet, während ich Isabelle abschirme." Oder er würde zu Staub zerfallen und Isabelle hätte keinen Schutz vor der Explosion.

„Orlando, ich –"

„Was ist es für eine Bombe?", unterbrach Thomas Samson mit angespannter Stimme.

„Gibt es Stromkreise? Stromkabel? Ein daran angeschlossenes Mobiltelefon?"

Orlando schaute über seine Schulter und achtete darauf, Isabelle durch seinen Körper abzuschirmen. „Stromkabel. Ich sehe auch eine Platine. Warum?"

Thomas antwortete nicht. Stattdessen wandte er sich über das Kommunikationsgerät an seinen Gefährten Eddie: „Eddie, kannst du einen elektromagnetischen Impuls erzeugen, der auf den Teil des Gebäudes gerichtet ist, in dem du zuletzt Isabelles Wärmesignatur aufgenommen hast?"

„Ich brauche mindestens drei Minuten, wahrscheinlich mehr, um eine neue Drohne neu zu programmieren. Aber so etwas haben wir noch nie versucht. Ich bin mir nicht sicher, ob es funktionieren wird", sagte Eddie mit besorgter Stimme.

„Mach es einfach. Wir haben nichts zu verlieren."

Jetzt drangen weitere Geräusche zu Orlandos Ohren, nicht nur über seinen Ohrstöpsel, sondern auch von irgendwo im

Flur außerhalb des Zimmers. Doch Orlando ignorierte die Geräusche und sah stattdessen Isabelle an. Er wusste, dass das EMP ein weithergeholter Versuch war. Nicht alle elektronischen Geräte waren anfällig für ein EMP. Oftmals funktionierten kleinere elektronische Geräte trotz EMP weiter. Und diese Bombe könnte explodieren, bevor Eddie überhaupt in der Lage war, einen solchen Versuch zu starten.

Als er Isabelle in die Augen sah, wurde ihm klar, dass ihr das auch bewusst war. Tränen schimmerten in ihren grünen Iris.

„Wir haben nicht viel Zeit", sagte Orlando zu Isabelle, ohne sich darum zu kümmern, dass der Rest des Scanguards-Teams ihn hören konnte. „Ich möchte, dass du weißt, dass ich dich von ganzem Herzen liebe. Und dass ich dir niemals wehgetan hätte, egal was ich in der Vergangenheit getan habe. Ich habe jetzt keine Zeit zu erklären, warum ich Margarite töten musste. Ich kann nur sagen, dass es mir das Herz gebrochen hat."

„Orlando, bitte, du hast noch Zeit zu entkommen."

Er schüttelte den Kopf. „Nein, Baby, das habe ich nicht. Ohne dich zu leben wäre kein Leben. Lieber sterbe ich. Und ich bete, dass du überlebst."

Das stetige Piepen der Bombe hallte durch den Raum wie eine ständige Erinnerung daran, dass seine Zeit abgelaufen war.

„Ich liebe dich", murmelte sie. „Es ist mir egal, was du in deiner Vergangenheit getan hast. Nur das Heute zählt."

Orlando lächelte sie einen Moment lang an. „Ich wünschte, das wäre wahr. Aber ich habe mein Leben wegen dem, was ich getan habe, verwirkt. Aber du hast noch ein langes Leben vor dir. Ich möchte, dass du glücklich bist. Ich bitte nur noch um eine letzte Sache."

Sie sah ihm in die Augen und eine rote Träne lief ihr über die Wange. „Sag es."

„Trink ein letztes Mal mein Blut", bat Orlando. „Lass mich in den Tod gehen, während ich deine Liebe spüre."

Sie nickte und streckte sich zu seinem Hals, aber er schüttelte den Kopf. „Wenn du das tust, wird dein Kopf nicht abgeschirmt sein. Beiß mich stattdessen in meine Brust."

Mit einer Hand riss er sein Hemd auf, damit sie an seine Brustmuskeln gelangen konnte.

Durch das Mikrofon hörte er nun Patricks Stimme. „Haven, wo bist du? Gib mir den Bolzenschneider."

Isabelle senkte den Kopf und bohrte ihre Fangzähne tief in Orlandos Fleisch. Für ein paar Sekunden überwältigte ihn das Gefühl, wie sie sich von ihm ernährte, und übertönte alles um ihn herum. Vergnügen durchströmte ihn, aber das war nicht der einzige Grund, warum er sie gebeten hatte, von ihm zu trinken. Sein Blut würde ihren verletzten Körper stärken. Sowohl Vampir- als auch Menschenblut konnten eine Hybridin heilen. Und je stärker sie war, wenn die Bombe explodierte, desto besser waren ihre Überlebenschancen.

„Patrick, nein!"

Es war Amaury, der durch das Mikrofon brüllte und Orlando beinahe das Trommelfell durchbohrte und ihn aus seiner Glückseligkeit riss.

„Orlando", sagte Patrick über den Ohrhörer, „ich bin fast da. Ich werde den Bolzenschneider in den Raum werfen."

„Verdammt, Patrick!", fluchte Orlando. „Das bringt dich um!"

„Ja, und dich auch!", konterte Patrick trocken.

Isabelle trank immer noch von ihm, als an der offenen Tür etwas zu hören war.

„Hier!" Das Geräusch eines schweren Gegenstandes, der über den Boden schlitterte, begleitete Patricks Ankündigung.

„Raus, Patrick! Lauf!", schrie Orlando.

Isabelle zog plötzlich ihre Reißzähne zurück und Orlando drehte sich auf dem Absatz um und beschützte Isabelle nun hinter seinem Rücken. Der Bolzenschneider war direkt vor Orlandos Füßen gelandet. So schnell er konnte, griff er danach und wirbelte zu Isabelle zurück.

Mit hämmerndem Herzen schnitt Orlando die Silberkette um ihr linkes und dann um ihr rechtes Handgelenk durch.

„Isa, geh in die Hocke", befahl er.

Als sie es tat, bückte er sich, während er sie immer noch mit seinem Körper abschirmte, während er dann mit dem Bolzenschneider die Ketten um ihre Knöchel durchtrennte. Sie war frei. Sie standen gemeinsam auf, Isabelle mit dem Rücken zur Wand, während Orlando sie immer noch mit seinem breiten Körper beschützte.

„Ich schicke jetzt das EMP!", kündigte Eddie über das Kommunikationssystem an. „Drei, zwei, eins."

Einen kurzen Augenblick lang knisterte ein statisches Geräusch in seinem Ohr, dann gab es nur Stille – bis auf eines: Das Piepen der Bombe ging unaufhaltsam weiter. Der elektromagnetische Puls hatte bei der Bombe keine Wirkung gehabt, obwohl er das Kommunikationssystem und die Lichter ausgeschaltet hatte.

Verdammt!

„Wir müssen hier raus", flehte Isabelle ihn an.

Er nickte und hob sie hoch, dann rannte er seitwärts zur Tür, sodass die Bombe immer hinter seinem Rücken war und Isabelle immer noch von ihm abgeschirmt wurde. Sie hatten gerade den Korridor erreicht, als die Bombe explodierte und einen Teil der Mauer zerstörte. Die Schockwelle hob Orlando von den Füßen und mit Isabelle in seinen Armen landete er auf dem Boden. Trümmer regneten auf ihn herab, während sie unter ihm begraben lag.

Das ohrenbetäubende Geräusch der Explosion verursachte ein Klingeln in seinen Ohren.

„Isa?" Er konnte seine eigene Stimme kaum hören. „Isa? Bist du okay?"

43

Samson hörte die Explosion, gerade als er um eine Ecke bog, wo er eine Bewegung gesehen hatte. Das Geräusch der Explosion lenkte ihn für den Bruchteil einer Sekunde ab. Während dieser Zeit wurde ihm klar, dass das EMP die Bombe nicht zerstört hatte und die Kraft der Vibrationen, die er unter seinen Füßen spüren konnte, bedeutete, dass es so gut wie keine Chance gab, dass Isabelle überlebt hatte.

Wut und Schmerz durchströmten ihn gleichermaßen. Wie könnte er Delilah sagen, dass ihr Baby weg war? Es würde ihr das Herz brechen, genauso wie es ihm das Herz brach.

Ihr Leben würde nie wieder das gleiche sein. Er wünschte, er befände sich nur in einem Alptraum und er würde schweißgebadet aufwachen, aber mit dem Wissen, dass Isabelle am Leben war. Aber er steckte in keinem Alptraum, dies war Realität. Eine Realität, in der sie dem falschen Mann vertraut hatten. Einem Mann, der jetzt für seine Verbrechen bezahlen würde.

Samson konzentrierte sich auf den Korridor vor ihm, fokussierte die Person, die durch eine Tür zu seiner Linken verschwinden wollte, und stürzte sich auf ihn. Er riss Nelson Sarduni hoch und schleuderte ihn gegen die Wand.

„Dafür wirst du bezahlen", schwor Samson.

Nelson stieß sich höhnisch von der Wand ab. „Du hättest einem Mörder keinen Unterschlupf gewähren sollen!"

Er zog seine Waffe aus dem Halfter, aber Samson war schneller und trat sie ihm aus der Hand, sodass sie zu Boden fiel und ein paar Meter weiter von ihnen wegrutschte. Samson schlug seinem Gegner in den Hals, aber Nelson war nicht bereit, ihm als Boxsack zu dienen. Er erwiderte jeden Tritt und jeden Schlag mit der gleichen Wildheit wie Samson. Das war ihm recht. Der körperliche Schmerz machte ihm jetzt nichts mehr aus. Das Einzige, was zählte, war, Nelson für das, was er getan hatte, leiden zu lassen. Er hatte keinen schnellen Tod verdient.

Samson spürte, wie seine Hände zu Krallen wurden und sein Körper sich verhärtete. Jetzt übernahm seine vampirische Seite die Oberhand. Ohne Pause schlitzte er Nelsons Brust auf und hinterließ tiefe Schnittwunden, aus denen Blut sickerte. Es tränkte die Luft um sie herum. Samson trat mit den Füßen zu, schlug und stach mit seinen Krallen und katapultierte Nelson immer wieder gegen die Wand. Er hörte das Geräusch brechender Rippen, aber sein Gegner ging nicht zu Boden. Er kämpfte verbissen weiter. Nelsons Krallen schnitten durch Samsons Oberarm. Blut strömte aus der Wunde, doch Samson spürte es kaum, denn er war zu entschlossen, Nelson in Brei zu verwandeln. Aber Nelson war stark und es gelang ihm, ein paar gut platzierte Tritte und Schläge zu landen, die Samson ins Wanken brachten.

Vielleicht war es der Schmerz, Isabelle zu verlieren, der Samson dazu brachte, immer wieder auf Nelson zuzustürmen, vielleicht half ihm das Adrenalin dabei, seinen Gegner zu schwächen, denn schließlich taumelte Nelson nach hinten, verlor das Gleichgewicht und landete auf dem Rücken. Samson verlor keine Sekunde und sprang auf ihn. Mit seinen Knien drückte er Nelsons Arme auf den Boden, dann begann er, auf sein Gesicht einzuschlagen, als wäre es ein Boxsack. Nelson versuchte, seine Arme unter Samsons Knien hervorzuziehen, um sein Gesicht zu schützen und sich zu wehren, aber Samson hielt den Druck aufrecht und Nelson konnte sich nicht bewegen.

Nelson war nun seiner Gnade ausgeliefert. Sein Gesicht war blutig, seine Gesichtszüge verzerrt, die Nase gebrochen, die Vorderzähne eingeschlagen. Aber es reichte noch nicht. Trotz des schmerzerfüllten Stöhnens, das von Nelson kam, konnte

Samson nicht aufhören. Dieser Vampir musste für das, was er getan hatte, leiden, denn er hatte ihm seine Tochter geraubt. Samson spürte, wie seine Sicht verschwamm, und wusste, dass ihm jetzt Tränen über das Gesicht liefen.

„Dad." Isabelles sanfte Stimme drang zu ihm. Sie klang so nah, so echt, aber er wusste, dass er halluzinierte. Isabelle war tot.

„Dad." Diesmal wurde die Stimme von einer Hand auf seiner Schulter begleitet.

Er drehte seinen Kopf herum. Er blinzelte einmal, zweimal. Aber das Bild vor ihm änderte sich nicht. Isabelle stand nur einen Meter von ihm entfernt, Orlando neben ihr.

„Isa", murmelte er und stand auf.

Eine Sekunde später spürte er Isabelle in seinen Armen, als er sie fest an sich drückte. „Schatz, als ich die Explosion hörte ..."

„Mir geht es gut. Orlando hat mich rechtzeitig befreit."

Samson spürte, wie ein Schluchzen über seine Lippen kam. „Oh, Schatz, ich dachte, wir hätten dich verloren." Es war eine Erleichterung, ihren Atem zu spüren und ihren

Herzschlag zu hören. Jetzt würde sich alles wieder zum Guten wenden.

Er drückte Isabelle an seine Brust und schaute zu Orlando, der immer noch da stand, und wollte ihm dafür danken, dass er sein Leben für Isabelle riskiert hatte. Aber Orlando erwiderte seinen Blick nicht. Stattdessen zog er plötzlich seine Waffe und zielte.

Isabelle schluckte die aufsteigenden Tränen hinunter und drückte ihren Vater fester an sich, als eine Bewegung hinter dessen Schulter ihre Aufmerksamkeit auf die Stelle richtete, an der LaRuson blutüberströmt und geschlagen gelegen hatte. Mit Entsetzen sah sie, dass LaRuson es geschafft hatte, sich halb aufzusetzen. Er hatte eine Waffe in der Hand, die auf Samson gerichtet war.

Da sie ihren Vater nicht warnen konnte, nutzte Isabelle ihr gesamtes Körpergewicht, um ihren Vater von den Füßen zu heben und mit ihm zur Seite zu springen. Ein Schuss ertönte, als sie zu Boden stürzten. Dann drang ein weiteres Geräusch an ihre Ohren, als würde ein metallischer Gegenstand auf den Betonboden fallen

„Dad! Dad! Wurdest du getroffen?"

Samson drehte seinen Kopf in LaRusons Richtung, bevor er sich schwer atmend zur Seite rollte.

Isabelle richtete ihren Blick auf dieselbe Stelle. Sie sah nur die Waffe, die auf dem Boden lag und auf der sich nun grauer Staub ablagerte. Sie schaute in die andere Richtung und sah, wie Orlando auf sie zustürmte, eine Waffe in der einen Hand, die andere ihr entgegengestreckt, um ihr seine Hilfe anzubieten.

Sie nahm seine Hand und stand auf, dann drehte sie sich wieder zu ihrem Vater um, der ebenfalls aufgesprungen war. „Dad, LaRuson wollte dich erschießen."

Samson nickte; sein Gesicht war ein Bild des Schocks. Er machte ein paar Schritte auf Orlando zu. „Das ist nun schon das zweite Mal, dass ich dir mein Leben verdanke." Mit einem Blick auf Isabelle fügte er hinzu: „Und das meiner Tochter.“

Orlando nickte. „Du schuldest mir nichts.“

Isabelle bemerkte, dass Orlando sie ansah, bevor er hinzufügte: „Er hatte keinen schnellen Tod verdient. Ich wünschte, er hätte länger für das gelitten, was er getan hat. Aber es gab keinen anderen Weg ...“ Er zuckte mit den Schultern. „Ich bin jetzt bereit für die Zelle.“

Isabelle starrte erst Orlando an, dann Samson. „Du kannst doch nicht immer noch Orlando dem Vampirrat übergeben wollen!“

„Das ist der Deal, den ich mit deinem Vater gemacht habe“, sagte Orlando. „Er erlaubte mir, an deiner Rettung teilzunehmen, wenn ich keinen Fluchtversuch unternehme.“

„Aber das ist nicht richtig!“ Isabelle hob ihre Stimme und konnte nun hören, wie sich einige der anderen Mitarbeiter von Scanguards näherten. Sie wandte sich an ihren Vater. „Dad, Orlando hat das nicht verdient. Er hat die Familie seiner Gefährtin nicht getötet. Margarite hat sie alle getötet.“

Orlando keuchte. „Woher –“

„Ist das wahr?", fragte Samson.

„LaRuson hat damit geprahlt. Er sagte, er sei so stolz auf Margarite gewesen, dass sie ihre Familie getötet hat, damit sie frei sein konnten." Isabelle schüttelte den Kopf und sah Orlando direkt an. „Warum hast du mir das nicht gesagt? Warum hast du mich glauben lassen, dass du sie alle getötet hast?"

Orlando seufzte. „Und damit Margarites Namen durch den Dreck ziehen?" Er machte eine kurze Pause. „Ich habe versprochen, sie immer zu beschützen. Ihr Tod hat daran nichts geändert."

„Willst du damit sagen, dass du deine Gefährtin nicht getötet hast?", fragte Samson und trat näher.

„Nein. Ich habe sie getötet. Daran ändert sich nichts." Orlando bot Samson seine Waffe an. „Es ist das schlimmste Verbrechen, das ein Vampir begehen kann. Und ich bin bereit für meine Strafe."

Isabelle starrte ihn schockiert an. „Du willst dich nicht einmal verteidigen? Du hast gesagt, du musstest sie töten. Jeder konnte das über die Ohrhörer mithören. Die Umstände –"

„Es gibt keine Rechtfertigung für das, was ich getan habe", sagte Orlando und vermied Augenkontakt.

„Wenn du es so willst", sagte Samson und nickte langsam. „Lass uns zurück zum Hauptquartier fahren."

Sprachlos starrte Isabelle Orlando an, aber er sah sie nicht an. Stattdessen wandte er sich ab. Er verheimlichte ihr immer noch etwas. Nur wenige Minuten zuvor hatte er ihr das Leben gerettet, ohne Rücksicht auf sein eigenes zu nehmen. Er hatte ihr seine Liebe gestanden, doch nun verlangte er praktisch von Samson, ihn dem Rat auszuliefern, damit er verurteilt werden konnte.

Isabelle sah zu, wie ihr Vater Amaury und Haven ein Zeichen gab, Orlando wegzuführen, während die anderen damit beschäftigt waren, alle Beweise und Waffen, die verraten würden, was hier passiert war, aufzusammeln.

„Aber, Dad", sagte sie, als Orlando außer Hörweite war. „Du kannst ihn nicht einfach einsperren. Nicht nach dem, was er gerade getan hat."

Samson sah sie traurig an. „Du hast Orlando gehört. Er will das so. Ich wünschte, er würde mir einen Grund geben, ihn nicht dem Rat auszuliefern."

Thomas näherte sich Samson und zog ihn weg, als Isabelle Patrick kommen sah und auf ihn zuging.

Er lächelte sie an und sie legte ihre Arme um ihren Bruder. „Du warst so mutig, kleiner Bruder. Wenn du nicht den Bolzenschneider gebracht hättest, wäre Orlando jetzt tot." Bei diesen Worten brach ihre Stimme und ein Schluchzen entrang sich ihrer Kehle. Der Gedanke daran, was fast hätte passieren können, versetzte sie noch immer ins Wanken.

Patrick drückte sie fester. „Du liebst ihn immer noch, nicht wahr?", flüsterte er so leise, dass nur sie es hören konnte.

Es hatte keinen Sinn, es zu leugnen. „Ja."

„Dann musst du für ihn kämpfen. Wir haben es alle gehört: Er sagte, er musste seine Frau töten. Ich wette, da steckt eine

Geschichte dahinter. Such danach." Er zeigte auf die Stelle, an der LaRuson gestorben war. „Schade, dass wir ihn nicht befragen konnten, bevor er starb. Ich vermute, er hat seine Geheimnisse mit ins Grab genommen. Abgesehen von Orlando war er wahrscheinlich der Einzige, der wusste, was damals wirklich passierte."

Abrupt löste sich Isabelle aus der Umarmung ihres Bruders. „Das ist es."

„Was?"

„Das erkläre ich später." Sie schaute sich suchend um. „Wo ist Cooper?"

Patrick zeigte über seine Schulter. „Er ist gerade da rausgegangen."

„Danke, Patrick."

Sie holte Cooper ein.

„Hey, Isa, willst du Blut?", fragte Cooper und verwies auf ihre vielen Verletzungen. „Wir haben Flaschen im Van."

Isabelle schüttelte den Kopf. „Ich nehme mir später was. Aber du musst etwas für mich tun."

„Sicher, was ist es?"

„Gib mir dein Handy."

44

Auf der Rückfahrt zum Hauptquartier rief Samson Maya an und informierte sie darüber, dass sie Isabelle erwarten sollte. Er wollte, dass sie Isabelles Verletzungen untersuchte, obwohl sie wusste, dass ihre Schnitte und Verbrennungen, die durch das Silber verursacht worden waren, schnell heilen würden, wenn sie genug Blut trank. Aber sie protestierte nicht. Wie sie gesehen hatte, wie ihr Vater voller Wut und emotionalem Schmerz gewesen war, weil er geglaubt hatte, sie hätte die Explosion nicht überlebt, war in ihr der Wunsch erwacht, seine Sorgen zu lindern, indem sie seinen Wünschen ohne Widerrede nachkam.

Als Isabelle in der Scanguards-Garage aus dem Van stieg, eilte Delilah bereits auf sie zu. Ihre Augen sahen verweint aus und Isabelle erkannte sofort, dass ihre Mutter vor Angst krank gewesen war.

Isabelle umarmte ihre Mutter und hielt sie fest. „Mom, jetzt ist alles wieder gut. Nelson ist tot. Er kann uns nicht mehr wehtun." Allerdings hätte es auch anders ausgehen können, wenn Orlando nicht so schnell gehandelt hätte.

Delilah schniefte und umarmte sie fest. „Ich hatte solche Angst um dich. Du bist verletzt, Schatz."

Isabelle zog ihren Kopf ein wenig zurück. „Ich werde in kürzester Zeit heilen. Das verspreche ich dir. Ich lasse mich von Maya untersuchen." Sie lächelte ihre Mutter an und zeigte dann über ihre Schulter. „Dad braucht vielleicht etwas Blut. Er hat einige Schnittwunden und Prellungen."

„Ich weiß."

Isabelle ging davon aus, dass ihre Eltern

bereits über ihre telepathische Bindung miteinander kommuniziert hatten, eine Bindung, die nur blutgebundene Paare hatten.

„Er hat Nelson zu Brei geschlagen."

„Aber Orlando hat ihn getötet", sagte Delilah. „Er hat euch beiden das Leben gerettet."

„Dad hat es dir gesagt."

Delilah nickte. „Er konnte mir noch nie etwas verschweigen."

Isabelle wusste das. Die Beziehung ihrer Eltern war von Liebe, Vertrauen und Respekt geprägt. Und Isabelle sehnte sich nach einer solchen Beziehung.

„Hast du Orlando gesehen?"

„Amaury und Haven haben ihn vor zwei Minuten zu den Zellen gebracht." Sie sah Isabelle in die Augen. „Ich glaube, Orlando ist ein ehrenhafter, loyaler Mann. Leider kann das sowohl ein Segen als auch ein Fluch sein."

Langsam nickte Isabelle. Ihre Mutter hatte recht. „Das habe ich erkannt." Sie zwang sich zu einem Lächeln. „Ich liebe dich, Mom."

„Ich liebe dich auch, Schatz." Sie strich mit ihrer Hand über Isabelles Haar, bevor sie sich aus der Umarmung löste.

Isabelle schaute über ihre Schulter und sah, dass Cooper bereits mit seinem eigenen Auto die Tiefgarage verließ, um auszuführen, was sie ihm aufgetragen hatte.

Mit einem Blick auf ihren Vater, der Delilah in seine Arme zog, sagte Isabelle: „Ich gehe jetzt zu Maya."

Samson nickte. „In Ordnung, Schatz."

Isabelle betrat den Aufzug und schaute auf die Knöpfe für die verschiedenen Stockwerke. Sie war versucht, den Knopf für die Ebene zu drücken, in der sich die Zellen befanden, entschied sich aber anders. Orlando würde warten müssen, bis sie etwas geklärt hatte.

Maya erwartete sie bereits in dem kleinen medizinischen Zentrum auf einer der unteren Etagen des Gebäudes. Es dauerte nicht lange, bis Maya sie untersucht, ihre Wunden gesäubert und ihr menschliches Blut gegeben hatte, um die Heilung ihres Hybridenkörpers zu unterstützen.

„Hast du Orlando auch zusammengeflickt?", fragte Isabelle, als sie fast fertig waren.

Maya hob den Kopf, um ihrem Blick zu begegnen. „Er wollte meine Hilfe nicht."

„Das klingt nach ihm." Isabelle zwang sich zu einem Lächeln. „Danke, Maya, ich glaube, es geht mir gut."

„Es wird ein paar Stunden dauern, bis du so gut wie neu bist. Ich bin froh, dass sie dich so schnell finden konnten."

Isabelle runzelte die Stirn. „Ja, ich war irgendwie überrascht, denn Nelson hatte meine Handtasche mit dem Handy weggeworfen."

„Cooper hat einen Tracker in deine Handtasche und an deine Stiefel gesteckt."

Isabelle hob ihren Fuß und inspizierte ihren rechten, dann ihren linken Stiefel, bevor sie fand, wonach sie suchte: An der Seite eines Stiefels klebte ein dünner, transparenter Aufkleber, ähnlich eines Transponders, der Garagentore öffnete.

„Gewieft", murmelte sie und schüttelte

lächelnd den Kopf. „Ich glaube, ich schulde Cooper etwas."

Es war ein paar Stunden vor Sonnenaufgang, als Cooper endlich zurückkam. Isabelle wartete ungeduldig in der H-Lounge, der Lounge, die für menschliche Angestellte reserviert war. Diese war zu dieser Nachtzeit leer.

Ines Taylor betrat die Lounge und Isabelle dankte Cooper und begrüßte Ines.

„Es tut mir so leid, dass Cooper Sie geweckt hat, aber es ist dringend und ich habe das Gefühl, dass Sie die einzige Person sind, die ein paar Dinge für mich klären kann", sagte Isabelle, als sie Ines zu einem bequemen Sitzbereich führte.

„Cooper sagte, dass LaRuson tot ist. Ist das wahr?"

Isabelle nickte. „Ja, er ist endlich tot. Er kann niemandem mehr wehtun."

„Ich bin erleichtert. Und Orlando, geht es ihm gut?"

„Im Moment ja, aber in ein paar Stunden wird er dem Vampirrat übergeben, um sich wegen des Mordes an seiner Frau Margarite vor Gericht zu verantworten. Sie werden ihn hinrichten."

Ines atmete scharf ein. „*Mon dieu*! Das darf nicht geschehen."

„Dann helfen Sie mir bitte, ihn vor seinem Schicksal zu retten. Erzählen Sie mir, was damals wirklich passiert ist, denn ich habe versucht, es aus Orlando herauszubekommen, aber er hat sich geweigert, mir mehr zu erzählen."

„Er war schon immer ein sturer Mann. Ich bezweifle, dass er sich in den letzten vier Jahrzehnten stark verändert hat", sagte Ines mit einem wehmütigen Gesichtsausdruck.

„Als LaRuson mich gefangen nahm, erzählte er mir, dass Margarite diejenige war, die ihre gesamte Familie getötet hatte, nicht Orlando. Dennoch war Orlando der Verdächtige."

Ines seufzte. „Um zu verstehen, warum, müssen Sie zuerst Margarite verstehen. Sie war eine schöne Frau, kultiviert, geistreich, gebildet. Sie verdrehte vielen Männern den Kopf, wohin sie auch ging. Aber das war nur das Äußere. Innerlich ging es ihr nicht gut. Als ich ihr Kindermädchen war, dachte ich zuerst, sie sei nur ein verwöhntes Kind. Und bis zu einem gewissen Grad war sie es auch. Schließlich war ihre Familie reich und sie war die Älteste von dreien. Ihr Vater war in sie vernarrt. Doch bald entfremdeten ihre Stimmungsschwankungen ihre Familie, insbesondere ihren Vater, bis ihnen schließlich klar wurde, was mit ihr los war. Sie war schizophren."

Isabelle schnappte nach Luft.

„Ja, aber anstatt dass ihre Familie ihr half und ihr die richtigen Ärzte und Medikamente besorgte, verheimlichten sie ihre Krankheit. Die Arnauds waren eine der prominentesten Familien in Montreal und sie konnten nicht zugeben, dass ihre Tochter psychisch krank war." Ines schniefte. „Alles, was sie taten, war, Margarite von anderen fernzuhalten, insbesondere von Männern. Sie erkannten, dass ihr Familiengeheimnis ans Licht kommen würde, wenn Margarite eine ernsthafte Beziehung eingehen und heiraten würde. Sie konnten sich einem solchen Skandal nicht stellen."

„Skandal? Warum sollte das ein Skandal sein? Es ist eine Krankheit."

„Sie müssen berücksichtigen, dass es eine andere Zeit war. Als in den 70er-Jahren Margarites Geisteskrankheit entdeckt wurde, war alles ganz anders. Heutzutage erkennen die Menschen, dass eine psychische Erkrankung wie jede andere Krankheit ist: Sie muss behandelt werden. Aber damals war es ein Stigma, ein Makel für die Familie. Und die Arnauds wussten nicht, wie sie damit umgehen sollten. Im Nachhinein betrachtet haben sie so viele Fehler gemacht."

„Ja, es scheint so. Und Orlando, wusste er, dass Margarite schizophren war?", fragte Isabelle.

„Nein. Er hatte keine Ahnung. Ich glaube, er war so unsterblich in sie verliebt, dass er für alles blind war. Und obwohl die Arnauds versuchten, ihn zu warnen, hörte er nicht auf sie. Sie müssen wissen, dass Margarite Orlandos Beziehung zu ihrer Familie bereits vergiftet hatte, bevor sie überhaupt heirateten. Sie erzählte ihm, dass ihre Familie sie kontrollierte und dass sie alles erfinden würden, um sie von Männern fernzuhalten, damit sie nicht heiratete. Sie dachte sich sogar eine Geschichte über einen Treuhandfond aus, den sie nach ihrer Heirat erhalten sollte, und dass ihre Eltern den Großteil des Geldes bereits aufgebraucht hätten und dass es herauskäme, wenn sie heiraten würde."

„So viele Lügen", murmelte Isabelle vor sich hin.

„Ja. Doch Orlando stand ihr bei. Aber ihre Beziehung war nicht glücklich. Sie war turbulent. Margarite hatte gewalttätige Tendenzen. Ihre Eltern wussten das und gingen ihr so gut sie konnten aus dem Weg. Doch eine Krankheit, die so lange unbehandelt blieb, konnte sich nur verschlimmern. Und das tat sie auch."

„Was ist passiert?", fragte Isabelle wissbegierig und beugte sich auf dem Sofa nach vorne.

„LaRuson ist wieder aufgetaucht. Ich

glaube, ich habe es erwähnt, als Sie mich zuhause besuchten: LaRuson kam als Vampir zurück."

„Ja, das haben Sie. Er war also ein Mensch, als er Margarite zum ersten Mal begegnete, bevor er ins Gefängnis ging?"

„Ja. Er muss nach seiner Freilassung verwandelt worden sein. Ich kenne die Umstände nicht, aber es ist möglich, dass ihm irgendwie klar wurde, dass Orlando ein Vampir war und dass er mit ihm konkurrieren musste." Sie zuckte mit den Schultern. „Auf jeden Fall ist es ihm gelungen, Margarite noch einmal den Kopf zu verdrehen. Als ich herausfand, dass sie ihre Affäre wieder aufgenommen hatten, flehte ich Margarite an, ihn wegzuschicken. Da bedrohte sie mich. Sie sagte, wenn ich auch nur ein einziges Wort zu irgendjemandem sagen würde, würde LaRuson mich töten. Deshalb habe ich es Orlando nicht erzählt. Er hatte keine Ahnung, dass sich seine Frau einen Liebhaber genommen hatte. Und dass Margarite ihn wegen LaRuson verlassen würde."

„Und Orlando hätte sie verhungern

lassen?" Denn ein mit einem Menschen blutgebundener Vampir konnte nur das Blut seines Partners trinken, solange dieser am Leben war.

Ein trauriges Lächeln breitete sich auf Ines' Gesicht aus. „Ich habe gehört, dass sie Orlando töten wollten, um frei zu sein. Ich hatte Angst, dass LaRuson es herausfinden und mich töten würde, wenn ich Orlando etwas sagen würde. Also rang ich ein paar Tage lang mit mir selbst. Als ich schließlich beschlossen hatte, Orlando zu warnen, um ihn nicht einfach in sein Unglück laufen zu lassen, war es bereits zu spät. Damals gab es noch keine Mobiltelefone. Und ich konnte keine Nachricht auf dem Anrufbeantworter hinterlassen. Die hätte Margarite hören können." Sie seufzte. „Der Tag, an dem ich endlich den Mut aufbrachte, Orlando zu warnen, war der Tag des Massakers." Eine Träne rollte über ihre Wange.

Isabelle streckte ihre Hand aus und drückte sie. „Ich weiß, dass es schwierig ist. Aber bitte machen Sie weiter. Erzählen Sie mir, was Orlando getan hat."

„Ich war mit der Arbeit fertig und wollte gerade gehen. Ich wusste, dass Margarite erst kurz zuvor gekommen war, um ihre Eltern zu besuchen, also wusste ich, dass ich zu Orlandos Haus gehen und ihm alles sagen könnte, während er allein war. Doch gerade als ich durch die Küchentür gehen wollte, hörte ich Mr. Arnaud schreien. Margarite griff ihn an. Sie erstach zuerst ihren Vater. Ich konnte das Telefon nicht erreichen – es befand sich im Wohnzimmer, wo Margarite ihren Vater ermordete. Sie hätte mich gesehen. Also rannte ich los und versuchte, Orlando zu alarmieren. Das Haus, in dem er und Margarite lebten, war nicht weit entfernt. Aber ich rannte nur ein paar Blocks, bevor ich Orlando sah. Er raste mit seinem Auto an mir vorbei. Er hat mich nicht einmal gesehen. Ich glaube, Margarite hatte ihm eine telepathische Nachricht geschickt.“

Isabelle spürte, wie sich ihr Herz vor Schmerz zusammenzog. Was war in Orlando vorgegangen, als er zum Haus seiner Schwiegereltern gerast war?

„Ich folgte ihm zurück zum Haus. Als ich

dort ankam, war Orlandos Auto vor der Tür geparkt. Ich ging hinein. Sie waren alle tot. Die ganze Familie."

Isabelle unterdrückte ein Schluchzen.

„In jener Nacht fand ich heraus, dass die Tränen eines Vampirs rot sind." Ines sah ihr in die Augen. „Ich fand Orlando, als er die Leiche seiner Frau in den Armen hielt und unkontrolliert schluchzte. Ein Holzpflock lag neben ihr auf dem Boden. Da wurde mir klar, dass er keine Wahl gehabt hatte. Margarite hatte ihn ins Haus gelockt, damit sie ihn ebenfalls töten konnte. Dann wäre sie frei gewesen und hätte mit LaRuson zusammensein können." Sie seufzte. „Was Orlando tat, war ein Akt der Barmherzigkeit. Es brach ihm das Herz. Aber Margarite musste gestoppt werden. Und das Gefängnis oder eine Irrenanstalt wären für jemanden wie Margarite viel schlimmer gewesen."

„Aber warum ließ Orlando alle in dem Glauben, dass er ihre Familie getötet hat? Warum nahm er diese Schuld auf sich?"

„Weil er sie liebte und es nicht ertragen konnte, ihren Namen zu beschmutzen."

So etwas Ähnliches hatte Orlando zuvor auch gesagt.

„Er blieb ihr über ihren Tod hinaus treu. Vielleicht ist er in den Augen des Gesetzes ein Frauenmörder, aber nicht alles ist nur schwarz oder weiß. Niemand ist ohne Schuld. Die Arnauds gaben Margarite nicht die Hilfe, die sie brauchte, um mit ihrer Krankheit fertig zu werden, und LaRuson hatte einen schlechten Einfluss auf sie. Er verstärkte jede böse Neigung in ihr und bereitete sie auf ein Leben voller Gewalt vor. So viele hatten daran Schuld.“

„Und Orlando? Woran war er schuld?“

Ines legte ihre Hand auf Isabelles und sah sie mit einem melancholischen Gesichtsausdruck an. „Seine Schuld ist, sie zu sehr geliebt zu haben.“

„Der Vampirrat –“

Ines schüttelte den Kopf und unterbrach sie. „Ich werde bezeugen, was Margarites und LaRusons Plan war. Orlando handelte lediglich aus Selbstverteidigung. Ich weiß, dass es vielleicht nicht danach ausgesehen hätte, da Orlando so groß und stark ist, aber

Margarite hätte LaRuson nie aufgegeben und eines Tages hätte sie Orlando im Schlaf gepfählt. Sie musste gestoppt werden.“

„Ich glaube, wir müssen mit meinem Vater sprechen.“ Isabelle erhob sich. „Kommen Sie mit mir.“

Isabelle hatte jetzt Hoffnung. Orlando war kein eiskalter Killer, sondern ein mitfühlender, liebevoller Mann. Ihr Vater musste das sehen und der Rat auch.

Sie führte Ines aus der H-Lounge und gemeinsam fuhren sie mit dem Aufzug in die Chefetage. Am Ende des langen Flurs klopfte Isabelle an die Tür zum Büro ihres Vaters. Ohne auf eine Einladung zu warten, öffnete sie diese und trat mit Ines im Schlepptau ein.

Samson und Delilah standen in einer Umarmung am Fenster. Sie wusste, dass Samson sich nach ihrer Rückkehr ins Hauptquartier von Delilah ernährt hatte, da Samsons Verletzungen bereits zu heilen begonnen hatten.

„Isabelle“, begrüßte Samson sie und entließ Delilah aus seinen Armen. „Ist alles in Ordnung?“

Isabelle nickte schnell. „Dad, ich möchte dir jemanden vorstellen." Sie nickte zu Ines. „Das ist Ines Taylor. Sie war die Haushälterin von Orlandos Schwiegereltern. Sie weiß, was in jener Nacht im Jahr 1981 passiert ist."

Samson hob die Augenbrauen.

„Ines, ich möchte, dass Sie meinem Vater alles erzählen, was Sie mir gerade erzählt haben. Können Sie das tun?"

„Natürlich", sagte Ines lächelnd. „Ich würde alles tun, um Orlando zu helfen."

„Danke." Sie umarmte die Frau, bevor sie sich zur Tür umdrehte.

„Wohin gehst du?", fragte Samson.

Isabelle blickte über ihre Schulter. „Zu den Zellen."

„Du solltest nicht –"

„Lass sie gehen", unterbrach Delilah. „Er hat ihr das Leben gerettet. Er wird ihr jetzt nichts antun."

Als Samson nichts mehr sagte, öffnete Isabelle die Tür und verließ den Raum.

<h1 style="text-align:center">45</h1>

Orlando lag auf der Betonbank in einer der unterirdischen Zellen im Scanguards-Hauptquartier. Sie hatten ihm menschliches Blut in Flaschen zum Trinken gebracht, damit er heilen konnte. Aber er hatte es nicht angerührt. Die Wunde, die LaRuson ihm mit dem silbernen Wurfstern zugefügt hatte, war kaum mehr als ein Kratzer, und die Prügel, die Samson ihm zugefügt hatte, bevor sie losgefahren waren, um Isabelle zu retten, hatten nur leichte Wunden hinterlassen. Er hatte seine gebrochene Nase neu ausgerichtet, wohl wissend, dass sie sonst schief verheilen würde, obwohl ihm das wenig ausmachte. Er wusste, dass der Vampirrat bald Agenten seines Strafverfolgungsarms schicken würde, um ihn abzuholen.

Sein empfindliches Gehör vernahm das Geräusch von Schritten außerhalb seiner Zelle. In Erwartung der Ankunft seiner neuen Gefängniswärter setzte er sich auf und holte tief Luft. Das war's. Vielleicht war es das Beste. Er hatte ein langes Leben geführt, war dem Tod viele Male entgangen und hatte zwei sehr unterschiedliche Frauen von ganzem Herzen geliebt.

Orlando hörte den Piepton, der anzeigte, dass draußen jemand den Scanner benutzte, um die Tür mit einer Zugangskarte aufzuschließen. Er stand auf. Die Tür öffnete sich und im selben Moment wehte ein vertrauter Duft in den Raum. Er richtete seinen Blick schnell auf die Person, die die Zelle betrat und die Tür hinter sich zufallen ließ.

„Isabelle." Er fühlte sich plötzlich genauso sprachlos wie vor ihrem ersten Kuss.

Er ließ seinen Blick über sie schweifen.

Isabelle trug saubere Kleidung und einige ihrer Verletzungen waren bereits verheilt, obwohl die tieferen Wunden, die LaRuson ihr mit seinen Krallen und Silberketten zugefügt hatte, noch sichtbar waren. Die Haut sah rot aus, aber sie würde bald heilen und keine Narben hinterlassen.

Mit einem entschlossenen Gesichtsausdruck funkelte Isabelle ihn an, bevor sie ihre flache Hand auf seine Brust schlug und ihn an die Wand drückte.

„Was zum Teufel hast du dir dabei gedacht, das wichtigste Detail über das, was in Montreal passiert ist, wegzulassen?", fragte sie mit lauter und wütender Stimme.

Ihr Ton ließ ihn automatisch in die Defensive gehen. „Wovon sprichst du?"

„Ich spreche von Margarite. Sie und LaRuson hatten vor, dich zu töten. Für mich gilt das als Selbstverteidigung."

Sein Mund klappte auf. „Woher –"

Sie trat einen Schritt näher, ihr Gesicht nur Zentimeter von seinem entfernt. „Woher ich das weiß? Weil Ines es mir erzählt hat."

„Das war nicht ihre Geschichte. Sie hätte sie dir nicht erzählen sollen." Aber irgendetwas in ihm war erleichtert, dass Ines Isabelle über die Vergangenheit aufgeklärt hatte.

„Nein, du hättest es mir erzählen sollen, aber da du ein zu sturer, idiotischer Trottel bist, bin ich froh, dass sie es getan hat. Du hast Margarite aus Selbstverteidigung getötet! Das ändert alles. Du bist ein loyaler und ehrenhafter Mann. Du bist kein Mörder."

„Aber ich habe sie getötet. Sie war meine blutgebundene Gefährtin. Ich habe versprochen, sie zu beschützen, und ich habe versagt."

„Du hast alles getan, was du konntest. Sie hatte dich nicht verdient. Sie wollte dich töten. Soll sich eine blutgebundene Gefährtin so verhalten?" Isabelle schüttelte den Kopf. Dann hatte sie die Kühnheit, mit der Faust gegen seine Stirn zu klopfen. „Warum geht dir das nicht in den Schädel, du dummer Trottel?"

Orlando hob eine Augenbraue. Sie hatte

mit allem recht. Er wusste das, aber es war schwer, die Schuld loszulassen, die er jahrzehntelang mit sich herumgetragen hatte. Ohne sie fühlte er sich fast nackt. „Hast du mich gerade wieder einen Trottel genannt? Und noch dazu dumm?"

„Ja, und ich werde dich so lange einen Trottel nennen, bis du aufhörst, dich wie einer zu benehmen! Ich werde es nicht zulassen, dass der Mann, den ich liebe, sich dem Vampirrat als Opferlamm anbietet, um die Schuld für etwas auf sich zu nehmen, was nicht seine Schuld war!"

Sie stemmte die Hände in die Hüften und sah aus wie eine wahre Furie.

„Habe ich dir jemals gesagt, dass du unwiderstehlich aussiehst, wenn du wütend bist?", fragte Orlando mit einem Grinsen.

„Wechselst du das Thema?"

Er schlang seinen Arm um sie und zog sie an seinen Körper. Ein leises Keuchen rollte über Isabelles Lippen.

„Bist du mit deiner Tirade fertig?"

„Das war keine Tirade!", protestierte sie.

„Dann habe ich mich wohl geirrt. Aber was weiß ich denn schon? Ich bin ja nur ein dummer Trottel.“

Sie stellte sich auf die Zehenspitzen und brachte ihren Mund zu seinem. „Ja, aber du bist mein Trottel.“

„Was, wenn der Rat es nicht als Selbstverteidigung ansieht?“, fragte Orlando, wohl wissend, dass nur Ines' Worte ihn entlasten konnten. Es gab keine physischen Beweise, nichts, das bestätigen könnte, dass Margarite und LaRuson geplant hatten, ihn zu töten. „Was, wenn sie mich trotzdem bestrafen?“

„Dann werde ich an deiner Seite sein. Orlando, du wirst mich nicht los. Das kannst du gleich jetzt vergessen.“

„Hmm.“

Er strich mit seinen Lippen über ihre und Isabelle küsste ihn mit der gleichen Leidenschaft, die sie in den vergangenen Tagen und Nächten geteilt hatten. Er kostete das Versprechen in ihrem Kuss. Und die selbstlose Liebe, die sie für ihn empfand.

Jetzt wurde ihm klar, dass seine Liebe zu Margarite und ihre Liebe zu ihm ganz anders gewesen waren. Er war in Margarite vernarrt gewesen, und sie hatte die Idee, einen Vampirgefährten zu haben, geliebt, aber in Wahrheit hatte sie ihn, den Mann, nicht geliebt. Und er war zu sehr davon besessen gewesen, sie zu haben, sie zu Seiner zu machen, als dass er erkannt hätte, dass die Liebe, die sie geteilt hatten, nicht von Dauer sein sollte.

Seine Liebe zu Isabelle war anders, sie war rein. Er wusste es, weil er bereit gewesen war, sie gehen zu lassen, ihr ein Leben ohne ihn zu geben, sein Leben für ihres zu geben, nur damit sie glücklich sein konnte. Auch wenn er nicht Teil ihres Lebens sein könnte. Orlando zog sie näher an sich heran. Er schloss sie in seiner Umarmung ein, kostete ihre Lippen und erkundete ihren süßen Mund, um sich daran zu erinnern, was er beinahe aufgegeben hätte.

Jetzt erkannte er den Grund dafür, und Isabelle hatte es verdient, ihn zu erfahren. Er brach den Kuss ab.

„Isabelle, Baby, da ist etwas, das ich loswerden muss.“

„Sag es mir.“

Er nahm eine Haarsträhne und strich sie ihr aus dem Gesicht. „Ich glaube, ich wusste von Anfang an, dass meine Beziehung zu Margarite zum Scheitern verurteilt war. Aber ich hatte zu viel Angst, es mir selbst einzugestehen. Und als sie tot war, fühlte ich mich so schuldig, denn wenn ich sie nicht als meine Gefährtin gewollt hätte, hätte sie vielleicht überlebt. Ich habe sie in meine Welt hineingezogen, als ich es nicht hätte tun sollen. Ich hätte erkennen müssen, dass wir nicht für einander bestimmt waren.“ Er seufzte. „Und als ich dich traf, hatte ich solche Angst, den gleichen Fehler ein zweites Mal zu machen. Deshalb habe ich mich nicht verteidigt, als du mir den Zeitungsartikel gezeigt hast.“

„Oh, Orlando. Du wirst den gleichen Fehler nicht zweimal machen, das verspreche ich dir.“ Isabelle zog seinen Kopf näher an sich heran und legte ihre Lippen auf seine.

„Ähm.“

Orlando hob den Kopf. Samson stand in der offenen Tür der Zelle. Isabelle schaute über ihre Schulter und drehte sich um, während sie gleichzeitig seinen Arm nahm und ihn um ihre Taille zog, ihren Rücken an seine Brust gedrückt.

„Dad."

„Ich wollte nicht lauschen", sagte Samson.

„Es tut mir leid, Samson", begann Orlando und fühlte sich seltsam, weil Isabelles Vater auf sie zukam, wo er gerade dabei gewesen war, Isabelle zu vernaschen.

Samson hob seine Hand. „Entschuldige dich nicht, denn es sieht nicht so aus, als würde es dir wirklich leidtun." Zu seiner Überraschung grinste Samson. „Obwohl ich dir jetzt die Leviten lesen muss."

Orlando runzelte die Stirn, wartete aber geduldig darauf, dass Samson fortfuhr.

„Wenn du Isabelle oder mir jemals wieder wichtige Informationen vorenthältst, werde ich dich zu Brei prügeln, ob du mein Schwiegersohn bist oder nicht. Nicke, wenn du mich verstehst."

Orlando nickte und fügte dann hinzu: „Schwiegersohn?“

Samson verdrehte die Augen. „Ich bin altmodisch, Orlando. Also mach eine ehrbare Frau aus meiner Tochter.“

„Ja, Sir!“ Er warf einen Blick auf Isabelle, die glücklich lächelte. „Aber was ist mit dem Vampirrat?“

„Ich habe bereits mit ihnen gesprochen. Morgen wird eine Ermittlung stattfinden. Ines wird aussagen und du wirst dem Rat die Wahrheit über alles sagen, was passiert ist. Es ist nur eine Formalität. Der Rat hat kein Interesse daran, einen Vampir eines Verbrechens anzuklagen, wenn dieser in Notwehr gehandelt hat, schon gar nicht einen Mann, der seitdem viele Leben gerettet hat. Ich werde als dein Leumundszeuge aussagen.“

Überwältigt von Samsons Großzügigkeit ließ Orlando Isabelle los und reichte Samson seine Hand. „Ich weiß nicht, wie ich dir danken soll.“

Samson schüttelte ihm die Hand. „Ich

schon." Er lächelte Isabelle an. „Mach meine Tochter glücklich."

Isabelle legte ihre Arme um Samson. „Oh, Dad! Ich liebe dich!"

Samson lachte leise. „Ich liebe dich auch, Schatz. Jetzt gehe ich lieber, denn es sieht so aus, als ob Orlando dich für sich alleine haben will."

46

Orlando ließ die Tür zu Graysons Loft hinter sich zufallen und zog Isabelle in seine Arme. Der Vampirrat war im Scanguards-Hauptquartier zusammengekommen, und Ines hatte ihrem Wort getreu die schändlichen Pläne von Orlandos blutgebundener Gefährtin Margarite und deren Vampirliebhaber Dennis LaRuson dargelegt. Samsons Aussage als Orlandos Leumundszeuge war nicht wirklich notwendig gewesen, aber Samson hatte darauf bestanden. Die Entscheidung des Rates war einstimmig und schnell gefallen: Orlando wurde entlastet und freigelassen.

„Du hast es geschafft", sagte Isabelle und drückte sich an ihn.

„Nein, du hast es geschafft. Ich glaube, ich schulde dir jetzt mein Leben."

Isabelle grinste. „In diesem Fall ..." Sie zog seinen Kopf zu ihrem. „Wie wäre es, wenn du dich ausziehst und ich mit dir mache, was ich will?"

„Hmm", grunzte er. „So wird es also zwischen uns sein? Ich werde dein Sexsklave sein?"

Sie legte den Kopf zur Seite. „Ja, so in etwa."

Er hob sie hoch und trug sie in Richtung Schlafzimmer. „Das ist mir recht."

Isabelle legte eine Hand auf seinen Nacken und küsste ihn, während sie mit der anderen seine Wange umfasste. Ohne stehenzubleiben, antwortete Orlando auf ihren Kuss, kostete und erkundete sie. Als er im Schlafzimmer ankam, legte er Isabelle auf das Bett und rollte sich über sie, ohne ein einziges Mal von ihren Lippen abzulassen. Er spürte ihre Hände auf sich, wie sie an seinem Hemd zerrten und ihn bereits auszogen.

Er ließ ihren Mund los und schnappte sich den Saum ihres Oberteils. Als er ihr den weichen Pullover über den Kopf schob, offenbarte er, was sich darunter befand: weiche Haut, sonst nichts.

„Ich sollte dich dazu bringen, einen BH zu tragen, wenn andere Männer in deiner Gegenwart sind", schlug er vor.

„Warum?" Sie öffnete die Knöpfe seines Hemdes.

„Sag nicht, dass dir nicht aufgefallen ist, wie einige der Ratsmitglieder dich angesehen haben." Orlando hatte zwei der Ratsmitglieder dabei erwischt, wie sie Isabelle lüsterne Blicke zuwarfen.

„Das habe ich nicht bemerkt." Sie schob ihm das Hemd über die Schultern. „Ich war zu beschäftigt damit, dafür zu sorgen, dass die Vampirin, die dem Rat assistierte, sich nicht an dich ranmachte. Sie sah aus, als wollte sie dich beißen."

Er gluckste. „Babe, wir wissen beide, dass

du die einzige Frau bist, die mich beißen darf."

Er war bereits damit beschäftigt, Isabelle aus ihrer Hose zu befreien, während Isabelle den Knopf seiner Hose öffnete und den Reißverschluss hinunterschob. Als sie ihre warme Handfläche auf die Beule unter seinen Boxershorts legte, entrang sich ein ersticktes Stöhnen seiner Kehle.

Sie drückte ihn jetzt bewusster und er atmete ein paar Mal tief durch.

„Wenn du so weitermachst, komme ich, bevor ich überhaupt in dich eindringen kann."

Isabelle kicherte und zog ihr Höschen aus. „Das sagst du immer, und dann bleibst du stundenlang hart."

„Beschwerst du dich?" Er zog seine Hose aus und befreite sich dann von seinen Boxershorts.

„Ich habe nichts zu meckern." Sie richtete ihren Blick auf seine Leistengegend, wo sein Schwanz nach oben zeigte, hart und stramm wie ein Fahnenmast. „Gar nichts." Sie leckte sich die Lippen.

Isabelle lag jetzt völlig nackt auf der

Bettdecke. Ihre Brüste waren von harten Brustwarzen gekrönt und er konnte bereits den Duft ihrer Erregung riechen. Bald würde er völlig davon berauscht sein und dem Sirenenruf nicht mehr widerstehen können. Doch während er noch bei Verstand war, stellte er seine eigene Forderung.

Inzwischen nackt, rutschte Orlando an ihrem Körper hoch und setzte sich rittlings auf sie, bis seine Knie die Matratze neben ihren Schultern niederdrückten. „Jetzt sei ein braves Mädchen und lutsche den Schwanz deines hungrigen Vampirliebhabers."

Er packte seine Erektion an der Wurzel und richtete sie auf Isabelles Mund.

„Ich dachte, du wärst mein Sexsklave", murmelte sie mit sinnlicher Stimme und verführerischem Blick. „Anscheinend habe ich das falsch verstanden."

„Mmm-hmm." Er stieß die Spitze seines Schwanzes gegen ihre Lippen.

Ohne weiteres Drängen öffnete Isabelle ihre Lippen und legte sie um seine Schwanzspitze. Einen Augenblick später umhüllte ihn die Wärme ihres Mundes und er sank in ihre einladende Höhle. Der erotische Anblick von Isabelle mit seiner Erektion in ihrem Mund raubte ihm fast die Beherrschung. Noch ein paar Sekunden lang genoss er die sanften Liebkosungen, die sie ihm schenkte, doch dann musste er sich zurückziehen.

Sie hob ihre Wimpern und sah zu ihm auf. „Baby, sag nicht, dass du das nicht mehr aushalten kannst. Gerade als ich anfing, Spaß zu haben."

„Ich bin mir sicher, dass du jede Menge Spaß haben wirst, wenn ich deine hübsche Muschi nehme." Schnell erhob er sich von ihr und rutschte nach unten. Mit einem Knie drückte er ihre Schenkel auseinander. „Genau so, Babe." Er ließ sich zwischen ihren Schenkeln nieder, begierig darauf, mit der Frau vereint zu sein, die er mehr als alles andere in seinem Leben liebte.

Zu seiner Überraschung spürte er Isabelles Hand auf seiner Brust. Er sah ihr in die Augen. „Stimmt etwas nicht?"

Ihre grünen Augen funkelten wie zwei

Smaragde. „Geh den Blutbund mit mir ein. Mach mich zu Deiner.“

Überrascht erstarrte er. Sie hatten nicht über einen Blutbund gesprochen, nachdem Samson vorgeschlagen hatte, dass Orlando sein Schwiegersohn werden sollte. Er hatte es nicht zur Sprache gebracht, weil er dachte, dass Isabelle noch mehr Zeit brauchte, bis sie dazu bereit war. Schließlich war sie so viel jünger als er und alles war so schnell gegangen.

„Baby“, sagte er zögernd. „Du musst noch keine Entscheidung treffen. Es gibt keine Eile.“

Isabelle legte ihre Hand auf seine Wange. „Oh Orlando, mein Herz hat sich schon vor langer Zeit entschieden, dass du für mich bestimmt bist, noch bevor ich dich wirklich gesehen habe. Und der Moment, als ich dein Blut trank, als du verletzt warst, war der Moment, in dem alles Weibliche und alles Vampirische in mir erwachte. Und jetzt kann ich nicht einfach so tun, als wüsste ich das nicht. Also lass mich nicht warten. Ich möchte, dass du mir gehörst und ich dir. Jetzt."

„Verdammt, Baby!"

„Ist das ein *Ja*?"

Orlando stieß in ihre Muschi und erschauderte, als ihre inneren Muskeln ihn fest umklammerten. „Wie fühlt es sich an?" Er zwang seine Reißzähne dazu, sich voll auszufahren, und öffnete seinen Mund, damit sie sie sehen konnte.

Isabelles Augen begannen golden zu schimmern und ihre Reißzähne fuhren sich als Reaktion auf seine aus. „Es fühlt sich an wie ein *Ja*."

Er brachte sein Gesicht näher und sah sie an, während er seine Hüften bewegte, in sie hineinstieß und zurückwich. Ihre Muschi fühlte sich heiß und glatt wie Seide an. Er würde nie genug davon bekommen, von Isabelle, von ihrer Liebe zu ihm.

„Ich liebe dich", murmelte er, bevor er sein Gesicht auf ihre Halsbeuge senkte. Er atmete den Duft ihrer Haut und ihres Blutes unter der Oberfläche ein und spürte, wie ihm ein Schauer über den Rücken bis in sein

Steißbein lief. Seine Eier zogen sich zusammen und sein Schwanz zuckte bei dem Wissen, dass sie im Begriff waren, eine Bindung für die Ewigkeit einzugehen.

Isabelle zog ihn zu sich hinunter und streichelte über seinen Körper, als würde sie erkunden, was bald ihr gehören würde. Und er würde immer ihr gehören, denn er würde sie niemals verlassen, sie niemals hintergehen. Das war die Liebe, nach der er sich sein ganzes Leben lang gesehnt hatte. Endlich hatte er sie gefunden. Er hatte Isabelle gefunden.

Orlando stach seine Reißzähne in Isabelles Haut. Damit erreichte der Geschmack ihres Blutes seine Zunge und er trank von ihr. Als er Isabelles Lippen auf seiner Schulter spürte und sie schließlich ihre Fangzähne tief in ihn versenkte, verstärkte sich die Lust, die durch seinen Körper strömte und ihn wie ein elektrischer Blitz durchfuhr.

Er spürte jetzt alles intensiver. Isabelle war ihm näher als je zuvor. Er konnte nicht sagen, wo sein Körper endete und ihrer begann, denn alle Empfindungen, alle Freuden, die er erlebte, waren nicht nur seine allein. Sie teilten ihr Vergnügen, wie es nur ein blutgebundenes Paar konnte.

Orlando, du gehörst jetzt mir und ich werde dich nie gehen lassen.

Ihre Worte hallten in seinem Kopf und Herzen wider und erfüllten ihn mit der Gewissheit, dass er endlich sein Zuhause gefunden hatte. Isabelles Herz war sein Zuhause und Isabelle würde von nun an in seinem eigenen Herzen leben. Und sie würden einander in einem Kokon ihrer Liebe beschützen.

Du gehörst mir, Isabelle, und ich werde dich immer beschützen. Das verspreche ich dir.

Epilog

Sieben Monate später

Die Tanzfläche im Mezzanine war voller Paare, die langsam zu einem Liebeslied tanzten. Orlando zog Isabelle näher an sich heran, bis sich ihr Bauch an ihn drückte und ihre vollen Brüste bei jeder ihrer Bewegungen an seiner Brust rieben. Sie trug heute Abend ein Kleid, eines mit einer Empire-Taille, die ihren wachsenden Bauch nicht einschränkte. Der königsblaue Stoff, der im gedämpften Licht des Clubs schimmerte, reichte nur bis zur Mitte ihrer Oberschenkel und brachte ihre langen, schlanken Beine zur Geltung. Sie trug

Stöckelschuhe und hatte noch nie sexyer ausgesehen. Tatsächlich sah sie mit jedem Tag, an dem ihre Schwangerschaft fortschritt, hinreißender und verlockender aus. Und er konnte nicht genug von seiner verführerischen Frau bekommen.

Orlando legte seine Hand auf ihren köstlichen Hintern und packte sie besitzergreifend. „Wie wäre es, wenn wir in mein Büro gehen?", flüsterte er ihr ins Ohr, bevor er mit seinen Lippen über ihren Hals strich.

Sie hob ihr Gesicht, um zu ihm aufzuschauen, und ihre Hand um seine Taille glitt tiefer. „Ich dachte, jetzt, wo der Club dir gehört, musst du bis zum Abschluss da sein." Ein sündiges Lächeln ließ ihre Lippen noch verlockender aussehen.

„Manchmal denke ich, dass dein Vater mir diesen Club als Hochzeitsgeschenk übergeben hat, weil er sicherstellen möchte, dass ich beschäftigt genug bin, damit du ab und zu eine Pause von mir bekommst."

Das Geschenk war mehr als großzügig und unerwartet gewesen. Samson hatte

Amaurys Hälfte des Clubs gekauft und Orlando dann den gesamten Club übertragen. Sowohl Patrick als auch Damian wollten sich ohnehin mehr Scanguards widmen und hatten daher keine Einwände, ihre Führungspositionen aufzugeben.

„Wenn das sein Plan war, hätte er zuerst den geheimen Raum im Büro des Managers abreißen lassen sollen." Isabelle brachte ein Bein an die Außenseite seines Oberschenkels, sodass sein Bein zwischen ihren Schenkeln war. Langsam rieb sie ihre Muschi an seinem Oberschenkel.

„Babe", murmelte er und legte beide Hände auf ihren Hintern, um ihre Bewegungen zu intensivieren. „Habe ich nicht erst vor sechs Stunden mit dir geschlafen? Du kannst unmöglich schon wieder geil sein."

Sie hob ihr Gesicht und schmollte wie ein Pin-up-Girl aus den 50ern. „Ich glaube, es liegt an der Schwangerschaft. Es macht mich ganz heiß."

„Na ja, in diesem Fall sollte ich lieber beheben, was ich verursacht habe, oder?"

„Ja, das solltest du lieber. Es ist alles

deine Schuld, dass ich von Tag zu Tag größer und runder werde und nicht genug von deinem Schwanz bekommen kann." Sie grinste. „Außerdem habe ich das Gefühl, dass dein Schwanz etwas Erlösung braucht. Du könntest jeden Moment platzen."

Isabelle hatte nicht Unrecht. Er war schon hart und bereit, in sie einzutauchen. Sie hätten Glück, wenn sie es rechtzeitig in sein Büro schafften. „Wir sollten uns lieber beeilen."

Abrupt nahm Orlando Isabelles Hand und zog sie über die Tanzfläche zu der Seite des Clubs, wo eine Treppe zum Büro des Managers hinaufführte. An der Treppe folgte er ihr nach oben, wobei er den Anblick ihrer nackten Beine genoss. Und als er seinen Gang ein wenig verlangsamte, konnte er sogar noch weiter oben unter ihr Kleid sehen. Sie trug ein schwarzes Höschen. Er atmete tief ein. Ein schwarzes Höschen, das von ihrer Erregung durchnässt war. Verdammt, Isabelle machte ihn heiß.

An der Tür holte Orlando sie ein und griff an ihr vorbei, um seine Zugangskarte durchzuziehen. Es ertönte ein Piepton, dann stieß Isabelle die Tür auf und ging hinein. Orlando trat hinter ihr ein und schloss und verriegelte die Tür von innen. Er machte das Licht nicht an. Eine ganze Wand des Büros war ein großer Einwegspiegel, von dem aus er in den Club hinunterblicken konnte, ohne dass jemand sehen konnte, was im Büro vor sich ging, solange das Büro dunkler als der Club blieb.

Orlando zog Isabelle in seine Arme und eroberte ihre Lippen für einen Kuss. Isabelle war bereits damit beschäftigt, die Knöpfe seines Hemdes zu öffnen, und er war genauso darauf erpicht sich auszuziehen. Er streifte seine Schuhe ab, öffnete seine Hose und schob sie bereits nach unten, als Isabelle sein Hemd aufriss und es ihm auszog.

„Verdammt, Baby!"

Er entledigte sich vollständig seiner Hose und Boxershorts, bevor er erneut nach Isabelle griff. Er half ihr beim Öffnen des Reißverschlusses und zog ihr das Kleid aus, wodurch ihr wunderschöner Körper zum Vorschein kam.

„Du wirst von Tag zu Tag schöner", murmelte er und befreite sie von ihrem BH, dann neigte er seinen Kopf zu ihren Brüsten und kostete die festen Kugeln. „Und deine Titten werden auch schwerer."

„Alles deine Schuld", murmelte sie leise und seufzte zufrieden, als er das feste Fleisch massierte.

„Ja", sagte er stolz, „alles meine Schuld. Weil ich meine Finger nicht von dir lassen kann." Er hakte seine Daumen in ihr Höschen und Isabelle schlüpfte heraus, bis sie völlig nackt war.

Er warf einen Blick auf ihren runden Bauch, ließ seine Hände darüber gleiten und streichelte ihn sanft. „Ja, alles meine Schuld."

Er drehte sie um, sodass sie der Wand zugekehrt war. Isabelle wusste, was kommen würde, und stützte ihre Hände an der Wand ab. Seitdem ihr Bauch immer runder und voller geworden war, liebten sie sich immer häufiger auf diese Weise. Es war für Isabelle bequemer, als sein Gewicht auf sich zu spüren. Und Orlando hatte überhaupt nichts dagegen. Er fickte sie gerne im Stehen von hinten, wo er sich an alles anpassen konnte, was seine unersättliche Frau von ihm verlangte.

Und sie war unersättlich, seine wunderschöne Gefährtin – selbst für eine Vampirhybridin. Und er begrüßte es. Genauso wie er jetzt ihren Eifer begrüßte.

„Lass mich nicht warten, Orlando", bettelte sie. „Heute Nacht brauche ich wirklich deinen Schwanz."

„Diesen Schwanz?" Er trat näher, nahm seinen Schwanz in eine Hand und schob ihn zwischen ihre Schenkel. „Du willst diesen Schwanz in deiner feuchten Muschi?"

Sie stöhnte leise. „Foltere mich nicht. Gib mir deinen Schwanz! Ich habe Rechte, weißt du, als deine Gefährtin, als deine Frau ..."

„Oh, diese Rechte?" Er lachte vor sich hin und richtete seinen Schwanz so aus, dass er den Eingang zu ihrer Scheide berührte. „Dann muss ich wohl doch nachgeben, oder? Schließlich bin ich ein sehr gehorsamer Ehemann, der seine Pflichten ernst nimmt. Und ich würde niemals verweigern, was ich dir schulde."

Er stieß in ihre Scheide und ließ zu, dass ihre Wärme und Nässe ihn umhüllte. Ihre inneren Muskeln schlossen sich um ihn und sperrten ihn ein.

„Ja!" Isabelle warf den Kopf zurück.

Orlando legte eine Hand auf ihren Bauch und streichelte sie dort, während er begann, langsam und gleichmäßig in sie hinein und wieder heraus zu gleiten. Er kannte Isabelles Körper inzwischen so gut, dass er immer wusste, was sie brauchte, um ihr Vergnügen zu finden. Und heute Nacht brauchte sie es langsam und sanft.

Er beugte sich vor, strich ihr die Haare von einer Seite ihres Nackens und küsste ihre empfindliche Haut. „Fühlst du dich jetzt besser?"

„Ja, viel besser." Ihre Antwort war ein atemloses Flüstern.

Isabelle bewegte sich synchron mit ihm und streckte ihren Hintern in seine Richtung, als er in sie hineinfuhr. Orlando legte beide Hände an ihre Brüste und massierte sie im Einklang mit seinen Stößen. Er mochte ihr Gewicht in seinen Handflächen und liebte es, wie Isabelle reagierte, wenn er sie drückte und ihre Brustwarzen neckte. Er kniff beide Nippel mit Daumen und Zeigefinger und Isabelle stöhnte.

„Sie sind so empfindlich", sagte sie.

„Ich weiß. Ich liebe es." Er erhöhte das Tempo seiner Stöße, beugte sich wieder vor und küsste ihren Hals. „Ich habe das Gefühl, dass du viele Male schwanger sein wirst."

„Warum?"

„Warum? Oh, Babe, wenn du nur sehen könntest, was ich sehe. Du bist sexyer als je zuvor und dein Körper ist so empfänglich für Vergnügen." Er spürte, wie sich seine Reißzähne herabsenkten und rieb sie über ihren Hals. „Und du bist ständig geil. Verdammt, welcher Mann würde das nicht lieben?"

Sie schaute über ihre Schulter und begegnete seinem Blick. Um ihre grünen Iris herum bildete sich ein goldener Farbton. „Aber wirst du nicht ständig erschöpft sein, wenn du einer Frau Vergnügen schenken musst, die nicht genug von dir bekommen kann?"

„Erschöpft? Unmöglich." Er bewegte seine Hüften in einem schnelleren Tempo und verspürte das Bedürfnis, ihr zu zeigen, dass er niemals vor seinen Pflichten als Ehemann zurückschrecken würde. „Vertrau mir, wenn du mich nicht ständig dazu verführen würdest, Sex zu haben, wo und wann immer, dann wäre ich derjenige, der dich verführen würde."

Isabelle begann zu keuchen.

„Tu ich dir weh?", fragte er, besorgt um sie und das Baby.

„Nein. Nimm mich härter, Baby."

„Alles, was meine unersättliche Frau braucht, um zu kommen." Er legte seine Hände auf ihre Hüften und begann, sie härter zu ficken und seinen Schwanz tiefer in sie zu treiben. Damit kam, wie immer, ein weiteres Verlangen zum Vorschein. Sein Verlangen nach Isabelles Blut.

Er legte sein Gesicht an ihren Hals und leckte über ihre Haut, dann strich er mit seinen Reißzähnen über die Ader, die dort pulsierte. Isabelle schnappte nach Luft und neigte ihren Kopf zur Seite, um ihm einen besseren Zugang zu ermöglichen. Orlando schlug seine Reißzähne in ihren Hals und begann, die reichhaltige Flüssigkeit zu trinken, die seine einzige Nahrung war, seit sie vor sieben Monaten den Blutbund geschlossen hatten.

Isabelle, ich liebe dich mit jeder Faser meines Wesens.

Mein Liebster, du bist alles für mich, antwortete Isabelle über die telepathische Verbindung, die sie teilten. *Ich werde immer dir gehören.*

Er hörte die Wahrheit in ihren unausgesprochenen Worten und spürte, wie sich sein Herz mit Vergnügen und Freude füllte. Und weiter unten spürte er, wie die körperliche Manifestation ihrer Liebe seinen Körper über den Rand trieb und sein Orgasmus ihn durchströmte, während Isabelle gleichzeitig ihren Höhepunkt erreichte. Er spürte, wie sie in seinen Armen erbebte, und drückte sie fest an sich.

Du hast mich gerettet, Orlando.

Weil du mich zuerst gerettet hast. Und seitdem rettest du mich jeden Tag.

Lesereihenfolge der Scanguards Vampire & Hüter der Nacht

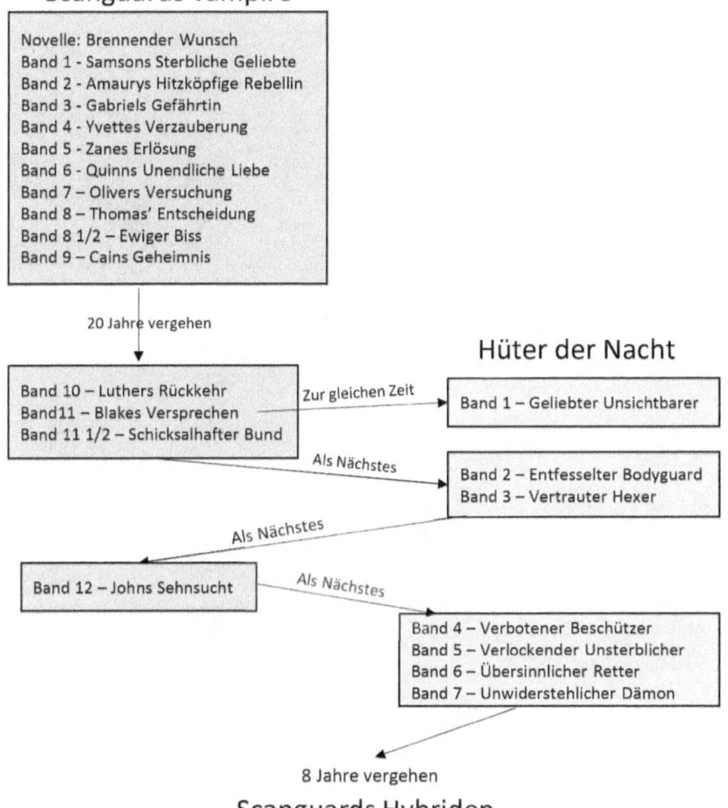

Scanguards Hybriden

Die Bände in der Scanguards Hybriden Serie werden zusätzlich auch in der Scanguards Vampir Serie nummeriert. (SV Band 13 = SH Band 1)

Band 1 (SV 13) – Ryders Rhapsodie
Band 2 (SV 14) – Damians Eroberung
Band 3 (SV 15) – Graysons Herausforderung
Band 4 (SV 16) – Isabelles Verbotene Liebe

Über die Autorin

Tina Folsom ist gebürtige Deutsche und lebt schon seit über 25 Jahren im englischsprachigen Ausland, seit 2001 in Kalifornien, wo sie mit einem Amerikaner verheiratet ist.

Im Herbst 2008 schrieb sie ihren ersten Liebesroman.

Vampire haben es ihr schon immer angetan. Mittlerweile hat sie 50 Bücher in Englisch sowie Dutzende in anderen Sprachen (Französisch, Spanisch und Deutsch) herausgegeben.

Webseite: https://tinawritesromance.com/deutscheleser/

Sie können ihr auch eine Email schicken:
tina@tinawritesromance.com

facebook.com/TinaFolsomFans

instagram.com/authortinafolsom

youtube.com/TinaFolsomAuthor

www.ingramcontent.com/pod-product-compliance
Lightning Source LLC
Chambersburg PA
CBHW061202190726
48288CB00001B/27